Fiona McFarlane

Nachts, wenn der Tiger kommt

Fiona McFarlane

NACHTS, WENN DER TIGER KOMMT

Roman

Aus dem Englischen von
Brigitte Walitzek

Deutsche Verlags-Anstalt

Für meine Eltern

1

Um vier Uhr morgens wurde Ruth wach, und ihr schlaftrunkenes Hirn sagte »Tiger«. Das war nicht weiter verwunderlich; sie träumte. Aber im Haus waren tatsächlich Geräusche zu hören, und sie hörte sie jetzt, beim Aufwachen. Sie kamen aus dem Wohnzimmer auf der anderen Seite des Flurs. Irgendetwas Großes strich an ihrer Couch und ihrem Fernseher entlang, und, vermutete sie, auch an dem weizenfarbenen, verstellbaren Fernsehsessel, der sich als Ohrensessel ausgab. Andere Geräusche folgten: das Schnauben und Schnaufen eines großen Tiers; ein vibrierendes Atmen, das Größe und Entschlossenheit verriet. Unverkennbar die Geräusche eines Säugetiers, unverkennbar aus der Familie der Katzen, als seien ihre eigenen über Nacht größer geworden und schnüffelten nun mit enormen Nasen nach Futter. Aber sie spürte das Gewicht der schlafenden Tiere auf dem Laken am Fußende ihres Betts, und was sie hörte, war etwas anderes.

Lauschend blieb sie liegen. Manchmal war das Haus still, und sie hörte nur das alberne Getöse ihres eigenen, durch ihre Adern pulsierenden Blutes. Dann wieder ein fernes, leises Winseln, gefolgt von forschenden Atemzügen. Die Katzen wurden wach, reckten sich, sahen sich um, und als was immer sich im Wohnzimmer herumtrieb ein lautes Prusten ausstieß, sprangen sie vom Bett und rannten hysterisch vor Angst in den Flur, durch die Küche und durch die einen Spalt offen stehende Hintertür ins Freie. Die plötzliche Aktivität rief im Wohnzimmer ein seltsames, ersticktes Fauchen hervor, und dieses Geräusch, gefolgt von einem lauteren Schnüffeln, bestätigte, dass es sich bei dem Eindringling um einen Tiger handelte. Einmal, im Zoo, hatte Ruth eines dieser Tiere beim Fressen gesehen, und das hatte sich genau so angehört: laut und schmatzend, begleitet von einem leisen, gutturalen Schnurren, immer wieder unterbrochen von einem kurzen, warnenden Grollen, das sich jeden Augenblick in ein Brüllen verwandeln konnte, wäre es nicht mit Fressen beschäftigt. Ja, es klang genau wie ein Tiger, der etwas Großes und Blutiges fraß, und doch war das Geräusch leer, fleischlos. Ein Tiger! Fasziniert von dieser Möglichkeit, vergaß Ruth, sich zu ängstigen, und musste sich selbst zur Angst ermahnen. Der Tiger schnüffelte noch einmal, rau, geifernd, und drehte sich auf seinen mächtigen Pranken, als wolle er sich hinlegen.

Ruth streckte eine mutige Hand in die Dunkelheit, fand das Telefon auf dem Nachttisch und drückte die Taste, die darauf programmiert war, ihren Sohn Jeffrey herbeizuzitieren, der, durch und durch vernünftig, wie er war, in diesem Augenblick ganz gewiss in seinem Haus in Neuseeland schlief. Das Telefon klingelte. Ruth hörte, wie belegt Jeffreys Stimme klang, als er sich meldete, hatte aber trotzdem kein schlechtes Gewissen.

»Ich höre Geräusche«, sagte sie mit leiser, dringlicher Stimme – einer Stimme, die sie ihm gegenüber bisher nur selten benutzt hatte.

»Was? Bist du das, Ma?« Er schüttelte den Schlaf von sich ab. Auch seine Frau würde jetzt aufwachen; sie würde sich besorgt auf die Seite rollen und das Licht einschalten.

»Ich kann einen Tiger hören. Er brüllt nicht, sondern schnauft und schnaubt nur. Es klingt, als würde er fressen, und als würde er sich sehr konzentrieren.« Sie wusste also, dass es ein männlicher Tiger war, und das war ein Trost. Ein weiblicher Tiger wäre ihr bedrohlicher vorgekommen.

Jeffreys Stimme klang jetzt schärfer. »Wie spät ist es eigentlich?«

»Hör selbst«, sagte Ruth. Sie hielt den Hörer von sich weg, in die Nacht hinein, aber dabei fühlte ihr Arm sich verletzlich an, und sie zog ihn wieder zurück. »Hast du es gehört?«

»Nein«, sagte Jeffrey. »Könnten es die Katzen sein?«

»Es ist viel größer als eine Katze. Ich meine, als eine *normale* Katze.«

»Du willst mir also wirklich sagen, dass ein – was? Dass ein *Tiger* in deinem Haus ist?«

Ruth gab keine Antwort. Sie hatte nicht gesagt, dass ein Tiger in ihrem Haus war, sondern dass sie einen *hörte*. Diese Unterscheidung kam ihr jetzt, da sie selbst wach war – und Jeffrey, und seine Frau, und inzwischen wahrscheinlich auch die Kinder –, wichtig vor.

»Ach, Ma. Es ist kein Tiger da. Entweder ist es eine Katze oder ein Traum.«

»Ich weiß«, sagte Ruth. Natürlich wusste sie, dass kein Tiger da sein konnte, war sich aber auch nicht sicher, ob das Ganze ein Traum war. Schließlich war sie wach. Und ihr Rücken tat weh, was er im Traum nie tat. In diesem Moment fiel ihr auf, dass die Geräusche verstummt waren. Sie hörte nur noch die üblichen Außengeräusche der sich brechenden Wellen.

»Möchtest du vielleicht nachsehen gehen?«, fragte Jeffrey. »Ich bleibe solange am Telefon.« Seine Stimme verriet schicksalsergebene Müdigkeit; Ruth vermutete, dass er seiner Frau mit einem Kopfschütteln bei geschlossenen Augen zu verstehen gab, dass alles in Ordnung war, dass seine Mutter nur einen ihrer *Momente* hatte. Als er sie vor ein paar Wochen, zu Ostern, besucht hatte, hatte Ruth eine neue, duldsame Wachsamkeit an ihm bemerkt, und die Angewohnheit, die Lippen zusammenzupressen, wenn sie etwas sagte, was er für merkwürdig hielt. Daher wusste sie – der drollige Spiegel, der Jeffreys Gesicht war, hatte es ihr verraten –, dass sie das Stadium erreicht hatte, in dem ihre Söhne sich ihretwegen Sorgen machten.

»Nein, Schatz, schon in Ordnung«, sagte sie. »Es war dumm von mir anzurufen. Tut mir leid. Schlaf weiter.«

»Bist du sicher?«, fragte Jeffrey, aber er klang benommen, er hatte sie bereits verlassen.

Dass Jeffrey so unbesorgt war, machte sie mutig. Sie stieg aus dem Bett und durchquerte das Zimmer, ohne Licht zu machen, den Blick auf das Weiß ihrer Füße auf dem Teppichboden gerichtet, bis sie die Schlafzimmertür erreichte. Dort blieb sie stehen und rief »Hallo?«. Keine Antwort, aber Ruth war sicher, im langen Flur einen pflanzlichen Geruch wahrzunehmen. Dazu fühlte sich die Luft nach Inland an, was nicht zu diesem Haus am Meer passte. Und die stickige Nacht war viel zu heiß für Mai. Ruth riskierte ein zweites »Hallo?« und stellte sich dabei die Schlagzeilen vor: »Australierin im eigenen Haus von Tiger gefressen«. Oder, eher noch: »Tiger lässt sich Rentnerin schmecken«. Darüber musste sie lächeln, und dann war da noch ein anderes

Gefühl, ein neues, das sie mit größerer Sorgfalt in Augenschein nahm: ein Gefühl überhöhter Bedeutsamkeit. Etwas Wichtiges, spürte Ruth, geschah mit ihr, und sie konnte nicht mit Sicherheit sagen, was es war: der Tiger oder das Gefühl von etwas Wichtigem. Beides schien zusammenzuhängen, aber das Gefühl der Bedeutsamkeit stand in keinem Verhältnis zu den tatsächlichen Ereignissen der Nacht, bei denen es sich schließlich nur um einen bösen Traum handelte, einen sinnlosen Anruf und einen kurzen Gang zur Schlafzimmertür. Sie spürte, dass etwas auf sie zukam – etwas Großes, und natürlich nichts Reales, so schlimm stand es noch nicht um sie –, sondern eine Art Form, oder zumindest eine Wärme. Es rief ein eigenartiges Brodeln in ihrer Brust hervor. Im Haus war es still. Ruth berührte ihre empfindliche Brust, machte die Schlafzimmertür zu und folgte ihren eigenen Füßen zurück zum Bett. Ihr Kopf füllte sich, veränderte sich, und verschwamm wieder. Bestimmt schläft der Tiger jetzt, dachte sie, also schlief sie ebenfalls ein und wachte erst am späten Vormittag wieder auf.

Bei Tageslicht sah das Wohnzimmer, das Ruth jetzt betrat, absolut harmlos aus. Die Möbel standen alle an ihrem üblichen Platz, zivilisiert, ordentlich, fast ängstlich auf Ruths Billigung bedacht, als hätten sie sie irgendwie verärgert und warteten nun in ihrem allerbesten Sonntagsstaat auf ihre Vergebung. Diese kriecherische Anbiederung bedrückte Ruth. Sie ging zum Fenster und zog mit dramatischer Gebärde die Spitzenvorhänge auf. Der Garten vor dem Haus sah genauso aus wie immer – die Grevilleen mussten beschnitten werden –, aber am Ende der Auffahrt, halb von den Kasuarinen verborgen, sah sie ein gelbes Taxi stehen. Es sah so verlassen aus, so unnötig grell. Bestimmt war der Fahrer irgendwo falsch abgebogen und sie würde ihm den Weg erklären müssen; das kam an diesem verlassen scheinenden Küstenstreifen gelegentlich vor.

Noch einmal sah sich Ruth im Zimmer um. »Ha!«, rief sie, als wolle sie es herausfordern, ihr Angst zu machen. Als es das nicht tat, kehrte sie ihm fast angewidert den Rücken zu, ging in die Küche, öffnete die Fensterläden und sah aufs Meer hinaus. Es lag wartend unterhalb des Gartens, und obwohl sie nicht mehr hinuntergehen konnte – die Düne war zu steil, ihr Rücken zu unberechenbar –, fühlte sie sich auf undefinierbare Weise durch seine Gegenwart getröstet, so wie sich eine Pflanze, dachte sie, vielleicht von Mozart getröstet fühlte. Es war Flut, das Wasser schmiegte sich flach an den Strand. Die Katzen tauchten aus den Gräsern auf, mit denen die Dünen bewachsen waren, blieben in der Tür stehen, beschnüffelten mit ihren misstrauischen Nasen die Luft im Inneren des Hauses und begaben sich dann in plötzlicher, überdrüssiger Ruhe hinein. Ruth schüttelte Trockenfutter in ihre Näpfe und sah zu, wie sie ohne innezuhalten fraßen, bis alles weg war. Irgendetwas an der Art, wie sie fraßen, mutete biblisch an, hatte sie entschieden; es hatte den Charakter einer Plage.

Dann machte sie Tee. Sie setzte sich in ihren Sessel – den einzigen, den ihr Rücken über längere Zeiträume hinweg tolerierte – und aß zum Frühstück Kürbiskerne. Der Sessel war ein riesiges, hölzernes Gebilde, ein Erbstück aus der Familie ihres Mannes. Er sah aus, als sei einst ein viktorianischer Geistlicher auf seiner Kante herumgerutscht, während er seine Predigten schrieb. Aber er gab Ruths Rücken Halt, deshalb hatte sie ihn in die Nähe des Esstischs gestellt, vor das Fenster, das auf den Garten und die Düne und den Strand hinausging. Sie setzte sich in ihren Sessel, trank ihren Tee und erforschte das neue Gefühl – das Gefühl von überhöhter Bedeutsamkeit –, das sie in der Nacht empfunden hatte und das auch jetzt noch bei ihr war. Es war definitiv traumartig; es besaß die Eigenart eines Traums, alles kleiner erscheinen zu lassen. Sie wusste, dass sie es bis zum Mittag wahrscheinlich völlig vergessen haben würde. Aber es erinnerte sie an etwas Essenzielles – nicht an die Jugend, nicht direkt, sondern an die Dringlichkeit der Jugend –, das sie nicht aufgeben wollte. Seit einiger Zeit hoffte sie, dass ihr Ende so außergewöhnlich sein würde wie ihr Beginn. Aber ihr war klar, wie unwahrscheinlich das war. Sie war Witwe, und sie lebte allein.

Die Kürbiskerne, die Ruth zum Frühstück aß, gehörten zu den wenigen Dingen, die in ihrer Speisekammer zu finden waren. Sie verteilte sie auf ihrer linken Handfläche und führte sie, immer zwei auf einmal, mit der Rechten zum Mund. Einer kam auf die linke Seite, hinter die Backenzähne, der andere auf die rechte. Bei den Tabletten, die sie täglich einnehmen musste, hielt sie es genauso; sie wirkten besser, wenn sie dabei auf eine bestimmte Weise vorging. Mithilfe dieser Symmetrien – eine Treppe musste immer mit dem linken Fuß zuerst betreten und immer mit dem rechten abgeschlossen werden – wahrte sie die Ordnung ihrer Tage. Wenn sie das Abendessen rechtzeitig zu den Sechsuhrnachrichten fertig hatte, würden ihre *beiden* Söhne Weihnachten nach Hause kommen. Wenn der Taxifahrer nicht an der Haustür klingelte, würde sie zwei Stunden in ihrem Sessel sitzen bleiben dürfen. Sie sah aufs Meer hinaus und zählte die Abfolge der Wellen: Wenn es vor der nächsten großen weniger als acht kleine gab, würde sie den Sand vom Gartenweg fegen. Diesen Weg zu fegen war eine Strafe des Himmels, eine Sisyphusarbeit, deshalb stellte Ruth sich selbst Fallen, die die Angelegenheit entscheiden sollten. Sie hasste es, den Weg zu fegen, hasste alles, was derart sinnlos war; hasste es, ihr Bett zu machen, nur um es abends wieder aufzuschlagen. Vor langer Zeit hatte sie ihren beiden Söhne die Bedeutung dieser alltäglichen Verrichtungen eingeschärft und selbst fest daran geglaubt. Jetzt dachte sie: Wenn in den nächsten zehn Minuten eine einzelne Person am Strand entlanggeht, ist nachts ein Tiger in meinem Haus; wenn es zwei sind, wird er mir nichts tun; sind es drei, wird er mir den Garaus machen. Diese Möglichkeit löste einen der kurzen, unkontrollierbaren Schauder aus, von denen Ruth sich vorstellte, dass sie in ihrem Kopf begannen und ihren Körper durch die Fußsohlen wieder verließen.

»Der Winter ist fast da«, sagte sie laut, den Blick auf das immer flacher wirkende Meer gerichtet; die Ebbe hatte eingesetzt. »Der verfluchte Winter ist fast da.«

Ruth hätte gern eine andere Sprache beherrscht, um in Augenblicken übermäßiger Frustration auf sie zurückgreifen zu können. Das Hindi, das sie in ihrer Kindheit auf Fidschi gesprochen hatte, hatte sie vergessen. Seit Neuestem war das Fluchen – das sie sich auf gemäßigte, mädchenhafte Weise erlaubte – ihre andere Sprache. Sie zählte sieben kleine Wellen, was bedeutete, dass sie den Pfad fegen musste, also sagte sie »Scheiße«, rührte sich aber nicht vom Fleck. Sie hätte das Meer den ganzen Tag lang beobachten können. An diesem

Morgen wartete ein Öltanker am Rand der Welt, als sei er seit ewigen Zeiten vom Weg abgekommen, und ein Stück weiter die Bucht entlang, in der Nähe der Stadt, konnte Ruth Surfer ausmachen. Sie ritten auf Wellen, die von hier aus nur Badewannengröße hatten, eine Spielzeugdünung. Das alles war in jeder Hinsicht ganz gewöhnlich, außer dass eine große, dicke Frau aufs Haus zukam, was aussah, als sei sie vom Meer angespült worden. Sie kam die Düne hinter dem Haus heraufgestapft, einen Koffer mit sich schleppend, den sie, nachdem sie sich eine Weile damit abgemüht hatte, zwischen den Gräsern liegen ließ. Er rutschte ein Stück zurück. Nachdem sich die Frau entschlossen zum oberen Rand der Düne vorgekämpft hatte, setzte sie ihren Weg durch den Garten mit unerschütterlicher Zielstrebigkeit fort. Mit jedem Schritt füllte sie den Himmel etwas mehr aus. Ihr Umfang, der warme Ton ihrer Haut und der dunkle Glanz ihrer unverkennbar geglätteten Haare wirkten fidschianisch auf Ruth, die aus ihrem Sessel aufstand, um die Besucherin an der Küchentür zu empfangen. Ihr Rücken protestierte nicht, als sie aufstand, was sie zusammen mit der Nationalität der Frau für die Begegnung optimistisch stimmte. Sie trat in den Garten und überraschte die Besucherin, die ohne ihren Koffer wirkte, als sei sie hier gestrandet, erschöpft vom Aufstieg, angetan mit einem dünnen grauen Mantel, das dünne graue Meer im Hintergrund. Vielleicht hatte sie Schiffbruch erlitten, oder war ausgesetzt worden.

»Mrs Field! Sie sind ja doch zu Hause!«, rief sie und näherte sich Ruth mit einer unbekümmerten Energie, unter der sich der Eindruck der Schiffbrüchigkeit in Luft auflöste.

»Ja, bin ich«, sagte Ruth.

»In voller Lebensgröße«, sprach die Frau weiter und streckte Ruth beide Hände entgegen, lose übereinandergelegt, als habe sie gerade eine lästige Fliege eingefangen. Ruth blieb nichts anderes übrig, als ihre Hände ebenfalls darzubieten; sie tat es. Die Frau umschloss sie mit sicherem, festem Griff, und gemeinsam standen sie im Garten, als sei sie genau aus diesem Grund gekommen. Ruth reichte ihrer Besucherin nicht einmal bis an die Schulter.

»Sie müssen entschuldigen«, sagte diese. »Ich bin völlig fertig. Und habe mir Ihretwegen schon Sorgen gemacht. Ich habe an die Haustür geklopft, und als Sie nicht geöffnet haben, dachte ich, ich gehe hintenrum. Wenn ich nur gewusst hätte, wie steil es sein würde. Wuff!« Das Wuff klang, als imitiere sie einen nicht sehr ausdrucksstarken Hund.

»Ich habe Sie nicht klopfen gehört.«

»Nein?« Die Frau runzelte die Stirn und senkte den Blick auf ihre Hände, als hätten sie irgendwie versagt.

»Kenne ich Sie?«, erkundigte sich Ruth. Die Frage war ernst gemeint; es war durchaus möglich, dass sie sie kannte. Durchaus möglich, dass sie als kleines Mädchen auf dem Schoß von Ruths Mutter gesessen hatte. Vielleicht war die Mutter der Frau auf genau die richtige, relativ belanglose Weise krank gewesen, die sie in die Ambulanz von Ruths Vater geführt haben würde. Dort waren immer Kinder gewesen; sie spielten und alberten herum, sie liebten jeden, der ihnen über den Weg lief, und gingen mit ihren Familien wieder fort. Vielleicht kam diese Frau aus jener vergangenen Zeit, mit einer Nachricht oder einem Gruß. Aber wahrscheinlich war sie zu jung, um eins dieser Kinder gewesen zu sein – Ruth schätzte sie auf Anfang vierzig –, mit ihrem glatten Gesicht, offensichtlich auf ihre äußere Erscheinung bedacht. Sie trug zwar kein Make-up, hatte aber diese schweren Augenlider, die immer aussehen, als seien sie in einem weichen Braun abgepudert worden.

»Oh, Entschuldigung.« Die Frau gab Ruths Hände frei und stützte sich mit einem Arm am Haus ab. »Nein, Sie kennen mich nicht die Bohne.« Dann nahm sie einen professionelleren Tonfall an. »Ich bin Frida Young, und ich bin hier, um mich um Sie zu kümmern.«

»Oh, das war mir nicht bewusst!«, rief Ruth, als hätte sie sie zu sich eingeladen und es dann völlig vergessen. Sie trat einen Schritt aus dem mächtigen Schatten der an der Wand lehnenden Frida Young heraus und erkundigte sich mit flatternder, erstaunter, fast koketter Stimme: »Brauche ich denn jemanden, der sich um mich kümmert?«

»Sagen Sie nur, Sie können keine Hilfe brauchen? Wenn jemand an meine Haustür oder vielmehr meine Hintertür gewalzt käme und mir anbieten würde, sich um mich zu kümmern, würde ich der betreffenden Person die Füße küssen.«

»Ich verstehe nicht«, sagte Ruth. »Haben meine Söhne Sie geschickt?«

»Nein, der Staat«, kam es von Frida, die zuversichtlich vom Ausgang des Gesprächs überzeugt schien: Sie hatte ihre Schuhe abgestreift – Strandschuhe, aus denen sie die Schnürsenkel herausgezogen hatte – und bewegte die Zehen im sandigen Gras. »Sie haben auf unserer Warteliste gestanden, und plötzlich hat sich eine Lücke aufgetan.«

»Für was?« Das Telefon fing an zu klingeln. »Und muss ich dafür bezahlen?«, wollte Ruth wissen, verwirrt durch die sich überschneidenden Ereignisse.

»Aber nein, meine Liebe. Der Staat bezahlt. Ist das nicht wunderbar?«

»Entschuldigen Sie mich«, sagte Ruth, schon auf dem Weg in die Küche. Frida folgte ihr.

Ruth hob den Hörer ab und drückte ihn ohne etwas zu sagen an ihr Ohr.

»Ma?«, fragte Jeffrey. »Ma? Bist du das?«

»Natürlich.«

»Ich wollte nur kurz hören, wie es dir geht. Mich vergewissern, dass du in der Nacht nicht aufgefressen worden bist.« Jeffrey lachte auf dieselbe Weise in sich hinein, wie sein Vater es in Augenblicken nachsichtiger Gereiztheit immer getan hatte.

»Das wäre nicht nötig gewesen, Schatz«, sagte Ruth. »Mir geht es gut.« Frida gestikulierte währenddessen auf eine Weise, die Ruth als Bitte um ein Glas Wasser interpretierte, und sie nickte, um zu sagen, dass sie sich gleich darum kümmern würde. »Hör zu, Schatz, ich habe gerade jemanden hier.«

Frida klapperte bereits in der Küche herum, öffnete Schränke und den Kühlschrank.

»Oh, dann will ich dich nicht länger aufhalten.«

»Nein, Jeff, ich möchte sowieso mit dir darüber reden. Sie ist eine Art Hilfe.« Ruth drehte sich zu Frida um. »Entschuldigen Sie, was genau sind Sie? Eine Pflegerin?«

»Eine Pflegerin?«, fragte Jeffrey.

»Eine staatliche Betreuerin«, sagte Frida.

Die Bezeichnung sagte Ruth mehr zu. »Sie ist eine staatliche Betreuerin, Jeff, und sie sagt, sie ist hier, um mir zu helfen.«

»Du machst Witze«, sagte Jeffrey. »Wie ist sie denn auf dich gekommen? Und was für einen Eindruck macht sie?«

»Äh, sie ist hier bei mir«, sagte Ruth.

»Gib sie mir mal.«

Ruth gab das Telefon an Frida weiter, die es gutmütig entgegennahm und sich zwischen Kinn und Schulter klemmte. Es war ein altmodisches Telefon, ein großes, schweres, sichelförmiges Ding, cremefarben, mittels einer besonders langen weißen Schnur mit der Wand verbunden, was bedeutete, dass Ruth es im ganzen Haus mit sich herumtragen konnte.

»Jeff«, sagte Frida, und Ruth konnte jetzt nur noch die leisen Konturen der Stimme ihres Sohnes hören. »Frida Young«, sagte Frida, und »natürlich«, und dann: »Ein staatliches Programm. Ihr Name stand in den Akten, und plötzlich ergab sich eine Lücke.« Es gefiel Ruth nicht, dass in der dritten Person über sie geredet wurde. Sie kam sich vor wie eine Lauscherin. »Für den Anfang eine Stunde pro Tag. Es ist eher eine Art Bewertung, einfach nur um herauszufinden, was sie braucht. Dann sehen wir weiter. Ja, ja, das lässt sich machen.« Und schließlich: »Ihre Mutter ist in guten Händen, Jeff.« Damit gab sie den Hörer an Ruth zurück.

»Hört sich doch gut an, Ma«, sagte Jeffrey. »Hört sich an, als könnte es genau das sein, was wir brauchen. Was für eine gute, was für eine ausnahmsweise mal wirklich gute Verwendung von Steuergeldern.«

»Warte mal«, sagte Ruth. Die Katzen beschnupperten neugierig Fridas Zehen.

»Aber ich möchte die Papiere sehen, in Ordnung? Ehe du irgendetwas unterschreibst. Weißt du noch, wie Dads Faxgerät funktioniert?«

»Einen Augenblick«, sagte Ruth sowohl zu Frida als auch zu Jeffrey, lief mit verschämter Hast, als müsse sie dringend auf die Toilette, ins Wohnzimmer und stellte sich ans Fenster. Das Gelb des Taxis war immer noch am Ende der Auffahrt zu sehen.

»Ich bin jetzt allein«, flüsterte sie mit gesenkter Stimme, die Lippen ans Telefon gepresst. »Und ich bin mir überhaupt nicht sicher, was ich von dieser Sache halten soll. Ich komme doch zurecht, oder?«

Es gefiel Ruth nicht, mit ihrem Sohn über diese Dinge zu reden. Es war ihr unangenehm und peinlich. Wahrscheinlich sollte sie für seine Liebe und Fürsorge dankbar sein, aber es schien ihr zu früh dafür. Sie war doch nicht alt – jedenfalls nicht zu alt, erst fünfundsiebzig. Ihre eigene Mutter war über achtzig gewesen, als sie nicht mehr allein zurechtkam. Und dass das alles ausgerechnet heute passieren musste, wo sie sich sowieso unsicher fühlte, weil sie Jeffrey mitten in der Nacht mit diesem ganzen Unsinn über einen Tiger angerufen hatte. Ob er Frida davon erzählt hatte?

»Du kommst prima zurecht«, sagte Jeffrey. Ruth zuckte innerlich zusammen, und ihr Rücken zitterte ein wenig, sodass sie die linke Hand ausstrecken musste, um sich am Fensterbrett abzustützen. Genau dasselbe hatte er bei seinem letzten Besuch gesagt, als er von Seniorenheimen und häuslicher Betreuung angefangen hatte. »Frida ist nur da, um sich ein Bild von deiner Situation zu machen. Wahrscheinlich wird sie dir einfach nur einen Teil der Hausarbeit abnehmen, und du kannst dich entspannen und das Leben genießen.«

»Sie ist übrigens aus Fidschi«, teilte Ruth ihm mit, hauptsächlich zu ihrer eigenen Beruhigung.

»Da siehst du. Da habt ihr ja schon eine Gemeinsamkeit. Und wenn du das Ganze hasst, wenn du sie nicht magst, treffen wir eben andere Vorkehrungen.«

»Ja, gut.« Ruth klang skeptischer, als sie sich fühlte, denn was Jeffrey gesagt hatte, machte ihr Mut, auch wenn ihr klar war, dass er sie bevormundete. Aber sie kannte die Grenzen ihrer Unabhängigkeit, wusste, bis wohin sie reichte, wusste auch, dass sie weder hilflos noch besonders mutig war, sondern irgendwas dazwischen. Aber sie konnte immer noch selbst über ihr Leben bestimmen.

»Ich gebe Phil Bescheid und sage ihm, dass er dich anrufen soll. Und wir reden am Sonntag weiter«, sagte Jeffrey. Der Sonntag war der Tag, an dem sie normalerweise miteinander telefonierten, immer um vier Uhr nachmittags. Eine halbe Stunde mit Jeffrey, fünfzehn Minuten mit seiner Frau, je zwei Minuten mit den Kindern. Sie hatten die Zeiten nicht bewusst festgelegt, sie hatten sich einfach so ergeben. Die Kinder hielten den Hörer immer zu dicht an den Mund. »Hallo, Nanna«, pusteten sie in ihr Ohr, und es war klar, dass sie sie fast vergessen hatten. Sie sah sie immer an Weihnachten, und sie liebten sie, und dann ging das Jahr dahin, und sie war nur noch eine anonyme Stimme, eine Handschrift auf einem Brief, bis sie das nächste Mal vor ihrer weihnachtlichen Tür standen. Drei oder vier Jahre lang hatte sich dieses Muster wiederholt, nachdem sich das erste Chaos nach dem Tod ihres Mannes gelegt hatte. Ruths jüngerer Sohn, Phillip, war anders. Wenn er anrief, redeten sie immer zwei bis drei Stunden am Stück, und er konnte sie derart zum Lachen bringen, dass sie prusten musste. Aber er rief nur alle paar Wochen an. Er sparte sich alle Einzelheiten seines aufregenden, geschäftigen Lebens für sie auf (er arbeitete als Englischlehrer in Hongkong, hatte eigene Söhne, war geschieden, zum zweiten Mal verheiratet und liebte Windsurfen), überschüttete sie damit und verschwand dann für einen weiteren Monat in der Versenkung.

Jeffrey beendete das Gespräch so warm und herzlich, dass sich Ruth zum ersten Mal ernsthafte Sorgen über sich selbst machte. Seine Fürsorge war unwiderstehlich. Aber Ruth fürchtete sich auch ein wenig vor ihren Söhnen; fürchtete, ihre jugendliche Autorität könne sie entlarven. Gut aussehende Familien, deren Mitglieder alle aktiv und attraktiv und gesellschaftlich bewandert waren, hatten sie als junge Frau immer nervös gemacht. Und jetzt war sie die Mutter von zwei Söhnen, die ganz genauso waren. Ihre Stimmen besaßen Gewicht.

Ruth folgte der Telefonschnur zurück in die Küche, wo Frida am Tisch saß, ein Glas Wasser trank und die Zeitung von gestern las. Sie hatte ihren grauen Mantel ausgezogen, der jetzt leblos, wie etwas Zerfetztes, über der Rückenlehne eines Stuhls hing. Darunter trug sie eine weiße Hose und eine weiße Bluse; nicht direkt eine Krankenschwesternuniform, aber doch ähnlich. Eine Handtasche, die der Mantel vorher verborgen hatte, hing schräg über ihrem Oberkörper, und ihre abgestreiften Strandschuhe lagen neben der Tür. Unter dem Tisch hatte sie die Beine weit von sich gestreckt und die nackten Zehen über die unterste Sprosse des Stuhls auf der anderen Tischseite gehakt. Ihre kräftigen Arme lagen schwer auf der Zeitung. Beim Lesen huschten die unterschiedlichsten Ausdrücke über ihr breites Gesicht. Ihre Augenbrauen waren so schmal gezupft, dass sie ihr eigentlich einen Ausdruck permanenter Überraschung hätten verleihen müssen. Stattdessen hoben sie mit ihrer perfekten Strichführung jede Regung ihres Gesichts hervor. Und dieses Gesicht war sehr ausdrucksvoll: Wäre es unbeweglich gewesen, wäre es vielleicht in seiner eigenen glatten Oberfläche versunken.

»Hören Sie sich das an«, sagte sie. »Es geht um einen Mann in Kanada, okay? Einen im Rollstuhl. Und eines Abends drehen sie ihm den Strom ab. Aus Versehen, sie haben das falsche Haus erwischt. Aber am nächsten Morgen ist er tot. Einfach erfroren.«

»Wie furchtbar«, sagte Ruth mit einem vagen Lächeln. Ihr fiel auf, dass Frida die Vokale dehnte, das »t« aber sehr prononciert aussprach. »Wirklich furchtbar. Haben Sie das Wasser gleich gefunden?«

Frida hob überrascht den Kopf. »Ich habe einfach Leitungswasser genommen«, sagte sie. »Würden Sie irgendwo wohnen wollen, wo man über Nacht erfrieren kann? Ich nicht. Hitze macht mir nichts aus, aber Kälte schon. Obwohl ich wahrscheinlich noch nie wirklich richtig gefroren habe. Wissen Sie« – sie lehnte sich auf ihrem Stuhl zurück –, »dass ich noch nie Schnee gesehen habe? Sie?«

»Ja«, sagte Ruth. »Zweimal. In England.« Ihr Rücken machte ihr zu schaffen, aber sie bückte sich trotzdem und streckte die Hand nach einer der Katzen aus, weil sie nicht wusste, was sie sonst tun sollte. Die Katze wich ihr aus und sprang auf Fridas Schoß. Frida sah nicht einmal hin und sagte kein Wort, aber sie streichelte die Katze gekonnt mit den Knöcheln ihrer rechten Hand. Sie trug keine Ringe.

»Er ist nett, Ihr Sohn«, sagte Frida. »Haben Sie noch mehr Kinder?«

»Nur die beiden Jungen«, sagte Ruth.

»Beide schon aus dem Nest ausgeflogen?« Frida faltete die Zeitung so zusammen, dass sie das unscharfe Gesicht des erfrorenen Kanadiers einrahmte, und schubste die Katze von ihrem Schoß.

»Schon lange«, sagte Ruth. »Sie haben eigene Kinder.«

»Dann sind Sie ja Großmutter!«, rief Frida mit blutleerer Begeisterung.

»Sie sehen also, dass ich das Alleinsein gewöhnt bin.«

Frida neigte den Kopf über den Tisch und sah auf eine Weise zu Ruth auf, dass sich jedes der braunen Augen an seine jeweilige Braue zu kuscheln schien. Eine neue Feierlichkeit hatte sie erfasst; sie schien sie von den wichtigeren Gegenständen im Raum übernommen zu haben, von der Zeitung und dem Tisch und den Sprossen von Ruths Stuhl. »Sie dürfen mich nicht als Gesellschafterin betrachten, Mrs Field«, sagte sie. »Ich bin nicht zu Ihrer Unterhaltung da. Ich komme jeden Morgen für eine Stunde, jeden Tag zur selben Zeit, mache meine Arbeit und bin wieder weg. Ohne Ausnahme. Kein Auftauchen zu jeder beliebigen Tages- oder Nachtzeit. Ich bin keine Fremde, und ich bin keine Freundin – ich bin Ihre rechte Hand. Ich bin die Hilfe, die Sie sich selbst zukommen lassen. Das hier heißt, dass Sie etwas für sich selbst tun, es heißt, dass Sie sich wichtig nehmen. Ergibt das für Sie einen Sinn? Für mich schon, Mrs Field. Für mich ergibt es absolut einen Sinn.«

»Oh«, machte Ruth, die in diesem Augenblick davon überzeugt war, dass Frida Young den Sinn in allem erkannte, alles verstand. Sie verstand – wie konnte sie? – den Besuch des Tigers, den Geruch im Flur, Fidschi natürlich, jenen seltsamen, sicheren Ort, und den Traum von Bedeutsamkeit in der dummen Nacht.

Aber Frida brach den Bann, indem sie aufstand. Ihr massiger Körper arrangierte sich wirklich schön um sie herum; er passte zu ihr. Und ihre Stimme klang jetzt unbeschwerter, nicht mehr so angespannt, so spitz. »Lassen wir es für heute gut sein«, sagte sie. »Es ist eine Menge, was Sie da zu verdauen haben. Und meine Tasche ist noch draußen.«

Ruth folgte ihr in den Garten. »Schöner Tag«, kommentierte Frida, obwohl der Tag nichtssagend und blass war und das Meer sich dumpf an den dumpfen Strand schmiegte. Frida schenkte der Aussicht keinerlei Beachtung. Sie ging die Düne hinunter zu ihrem Koffer, die Ellbogen an die Seiten gedrückt, die Hände etwa auf Höhe ihrer Schultern, als habe sie Angst zu fallen. Beim Hinuntergehen wirkte sie anmutiger als vorhin; ihr Rücken sah so kraftvoll aus, dass Ruths Rücken anfing zu schmerzen. An ihrem Koffer angekommen, hielt Frida kurz inne, um den Sitz ihrer Haare zu überprüfen, die dunkel und im Nacken zu einem schlichten Knoten geschlungen waren. Der Koffer war schwer, aber sie redete mit Ruth, während sie ihn nach oben schleppte.

»Sie brauchen sich keine Gedanken zu machen, Mrs Field«, sagte sie. Ein dünner Schweißfilm glänzte auf ihrer Stirn. »Wir werden morgen über meine Aufgaben reden. Ich koche, putze, achte darauf, dass Sie Ihre Medikamente nehmen, helfe Ihnen bei Ihren Übungen. Beim Baden? Ich könnte mir denken, dass Sie das für den Moment noch allein hinbekommen. Was immer Ihnen im Augenblick schwerfällt – dafür bin ich da. Sie haben Probleme mit dem Rücken, richtig? Ich kann sehen, wie vorsichtig Sie sich bewegen. Das müssen wir im Auge behalten. So, geschafft.« Sie hievte den Koffer über den Rand der Düne, trug ihn schlenkernd durch den Garten ins Haus und stellte ihn neben Ruths Sessel unter dem Esszimmerfenster ab.

»Was ist denn da drin?«, fragte Ruth.

»Nur ungefähr dreitausend Kilo. Ich muss mir unbedingt einen mit Rollen besorgen.« Sie versetzte dem Koffer einen Tritt. Im gleichen Augenblick ertönte vor dem Haus eine Autohupe, sodass man meinen konnte, der Koffer hätte gehupt. »Das ist für mich. Morgen früh komme ich wieder. Ist neun Uhr für Sie in Ordnung?« Sie griff sich den Mantel und sah sich nach ihren Strandschuhen um, bis Ruth auf die Stelle neben der Tür deutete, wo sie lagen. Die Autohupe ertönte noch einmal; die Katzen sprangen auf und flitzten in aufgeregten Kreisen um Fridas Füße herum. Sie bückte sich nicht, um sie zu streicheln; stattdessen sah sie sich noch einmal in Küche und Esszimmer um, als wolle sie überprüfen, ob ihr Werk gut sei, und ging wie selbstverständlich durch den Flur zur Vordertür.

»Hübsches Haus«, sagte sie, als sie die Tür öffnete. Ruth, die ihr gefolgt war, sah das Rechteck aus Licht, das von draußen hereinfiel, den Umriss Fridas in diesem Licht und, vage, die goldene Flanke eines Taxis.

»Der Koffer?«, fragte sie.

»Den lasse ich hier, wenn es Ihnen recht ist«, sagte Frida. »Wiedersehen!« Sie zog die Tür zu. Als Ruth am Wohnzimmerfenster ankam, war von Frida und dem Taxi nichts mehr zu sehen. Das Gras stand hoch im winterlichen Garten, und außer dem Meer war kein Geräusch zu hören.

2

Harry, Ruths Mann, war jeden Tag zu Fuß in die nahe gelegene Stadt gegangen, um die Zeitung zu kaufen. Er unternahm diesen Spaziergang auf den Rat seines Vaters hin, der bis weit in seine Achtziger hinein den elastischen Gang und den Blutdruck eines viel jüngeren Mannes besessen hatte. Im zweiten Jahr nach seiner Pensionierung starb Harry auf einem dieser Spaziergänge. Vom Haus aus nahm er immer den schmalen Weg (Ruth und Harry bezeichneten ihn als ihre Auffahrt), der vom Meer wegführte. Das Meer verschwand; die Luft veränderte sich unvermittelt, wurde dichter und roch nach Insekten statt nach Seetang. Der Weg war gerade breit genug für ein einzelnes Auto, und wenn Harry, ein großer Mann, die Arme ausbreitete, konnte er die hohen Gräser und die Kasuarinen zu beiden Seiten berühren. Hinter ihm lagen das Haus, die Düne, der breite Strand und die ersten Sonnenstrahlen. Er ging immer um halb sieben los, egal bei welchem Wetter. Wenn er die Küstenstraße erreichte, die den sandigen Hügel hinunterführte, auf dem sein Haus stand, hatte er seinen Rhythmus gefunden. Am Fuß dieses Hügels wartete eine kleine Bushaltestelle, die schon einmal bessere Zeiten gesehen hatte – eine Anschlagtafel, an der nur noch Fetzen hingen, eine splitternde Bank. Hier lehnte sich Harry an das schwarz-gelbe Schild mit der Aufschrift »Stopp! Bus!« und spürte die seltsame Aktivität seines Herzens. So jedenfalls stellte Ruth es sich vor. Dann setzte er sich schräg zur Straße auf die Bank. Er trug eine hellblaue, ärmellose Daunenweste, die am Rücken ein wenig ausgebeult war, wie um einem kleinen Buckel Raum zu geben. Von hier aus konnte er die Möwen über die Flussmündung fliegen sehen, die die Straße vom Strand trennte. Er hatte diesen Strand schon als Kind geliebt.

Harrys beachtliche Größe, seine extrem aufrechte, nur durch die aufgeplusterte Daunenweste verzerrte Haltung, der gepflegte weiße Haarschopf, das auffällige Schwarz seiner Augenbrauen, die weich gewölbten Ohren, die in einem etwas seltsamen Winkel von seinem Kopf abstanden, und das ungewöhnliche Zittern seiner Hände in seinem würdevollen Schoß – all das weckte die Aufmerksamkeit einer vorbeikommenden Autofahrerin, die am Straßenrand anhielt. Die junge Frau beugte sich über den Beifahrersitz ihres Autos, kurbelte das Fenster herunter und fragte Harry mit lauter Stimme, ob alles in Ordnung sei. Nichts war in Ordnung. Harrys Brustkorb hob und senkte sich mühsam bei jedem Herzschlag, und als er sich vom Meer wegdrehte und der Straße zuwandte, übergab er sich auf den sandigen Beton. Hinterher erinnerte sich die Fahrerin, dass Harry sich vorbeugte, um seine Kleidung nicht zu beschmutzen, dass er die linke Hand wie in femininer Überraschung auf die Rippen presste und dass er versuchte, mit dem Fuß Sand über das Erbrochene zu scharren, während sein Kopf in hilfloser Bejahung auf und ab nickte.

Das alles erzählte die Fahrerin, die Ellen Gibson hieß, Phillip und Jeffrey am Tag nach dem Tod ihres Vaters. Sie hatten sie nach Einzelheiten gefragt, und sie verhielt sich sehr entgegenkommend. Es gab eine Redewendung, die Harry oft benutzt hatte: »Jemanden wie einen Hund in der Gosse krepieren lassen.« Er wandte den Ausspruch auf Männer an, die er nicht besonders mochte, aber zu tolerieren bereit war (gewisse Premierminister zum Beispiel). »Es gibt zwar nicht viel, was für ihn spricht, aber ich würde ihn nicht wie einen Hund in der Gosse krepieren lassen.« Diese Einstellung war Teil der weit gefassten Demokratie seines grundsätzlich toleranten Herzens. Trotz einiger Einwände seines jüngeren Bruders erzählte Jeffrey Ruth, was Ellen gesagt hatte, und Ruth liebte diese Ellen, die Harry zur Seite gestanden hatte, sodass er nicht wie ein Hund in der Gosse krepieren musste. Sie hatte ihn gehalten, als er von der Bank auf den Boden rutschte; hatte ihm immer wieder versichert, alles würde gut. Als der Krankenwagen eintraf, war er tot.

Auf Harrys Beerdigung stellten liebenswürdige Trauergäste Ruth eine kleine, tränenlose, zögerliche Frau als »die junge Samariterin« vor. Bis zu diesem Augenblick war Ellen Gibson sozusagen nur ein Name gewesen, der Menschlichkeit und Zufall verkörperte. Jetzt stand Ruth der Person gegenüber, die gesehen hatte, wie Harry starb. Sie wirkte jung, wie ein Teenager, obwohl Ruth wusste, dass sie zwei kleine Söhne hatte. Ellen wollte keinen Dank von Ruth annehmen, Ruth keine Beileidsbezeugungen von Ellen. Während rund um sie herum die Trauerfeier ihren Lauf nahm, hielten die beiden Frauen sich lange bei den Händen, als hofften sie, einander eine Liebe zu vermitteln, die durch die Kürze ihrer Bekanntschaft nicht zu rechtfertigen war.

Jetzt, nach fünf Jahren ohne Harry, war Ruth bereit, die Möglichkeit zu akzeptieren, dass gute Menschen wie aus dem Nichts auftauchten und sie aus keinem anderen Grund in ihr Herz schlossen als dem, dass sie eben gut waren. Ellen war ein Beweis dafür, wieso nicht auch Frida Young? Ein anderer Typ Frau hätte sich vielleicht eingeredet, dass Harry – immer noch irgendwie anwesend – Frida geschickt hatte, damit sie sich um seine Frau kümmerte. Nicht so Ruth, die in Bezug auf das Leben nach dem Tod zwar vage optimistisch war, sich aber keinen großspurigen Vorstellungen darüber hingab. Ähnliche Gefühle hegte sie auch in Bezug auf den Staat und war bereit, einfach so zu akzeptieren, dass er ihr nach einem langen ehrbaren, gesetzestreuen Leben diese Frida zur Verfügung stellte. Ruth und Harry hatten nie über ihre Steuern geklagt, sondern sie immer bereitwillig gezahlt. Für Straßen! Büchereien! Schulen! Staatliche Betreuerinnen! Natürlich war es nicht Harry, der Frida geschickt hatte, aber Ruth hatte das Gefühl, dass er mit ihr einverstanden wäre. Ihre Söhne wären es, ihre Frauen ebenfalls; und auch Ellen Gibson, die gelegentlich mit einem Kuchen oder einem neu erschienenen Buch vorbeikam. Ruth hatte es gern, wenn andere mit dem, was sie tat, einverstanden waren. Ihr Wunsch nach Einverständnis war die Stütze ihres Lebens gewesen, hatte sie auf angenehme Weise gewöhnlich gemacht. Jetzt sorgte er dafür, dass sie am liebsten geflucht hätte. Aber sie wollte dieses Einverständnis trotzdem haben.

Nun, da Frida und das Taxi weg waren, hatte Ruth den Tag wieder für sich. Ach, die sanfte, verwirrende Spannweite des Tages, das Ausfüllen all dieser Mehr-oder-weniger-Stunden. Sie betrachtete Fridas Koffer, der unverfroren Platz im Esszimmer beanspruchte: ein altmodischer, cremefarbener

Koffer, ähnlich dem, den Ruth bei sich gehabt hatte, als sie 1954 nach Sydney gekommen war. Er war schwer, und abgeschlossen. Einen Moment lang fürchtete Ruth, er könne eine Bombe enthalten. Sie stieß ihn sanft mit dem Fuß an und glaubte, das Gluckern einer Flüssigkeit zu hören. Das beruhigte sie. In Erfüllung ihrer Abmachung mit der Anzahl der Wellen, die sie vom Fenster aus gesehen hatte, fegte sie den Sand vom Gartenweg, gönnte ihrem Rücken dann eine Pause und sah aufs Meer hinaus. Sie aß Sardinen auf Toast. Sie duschte lange, wozu sie sich auf den Plastikhocker setzte, den Jeffrey während seines letzten Besuchs für sie gekauft hatte.

Während sie all diese Dinge tat, dachte sie an den Tiger. Und an andere Phasen ihres Lebens, in denen sie etwas empfunden hatte, was diesem Gefühl persönlicher Bedeutsamkeit nahekam. Da war zum einen ihre missionarische Kindheit, in deren Verlauf sie immer wieder gesagt bekam, sie sei Teil eines auserwählten Volkes, einer königlichen Priesterschaft, eines Volkes, das Gott gehörte. Inzwischen betrachtete sie es als ein seltsames, von Dringlichkeit bestimmtes Leben, in dem ihr Vater die Kranken heilen und ihre Seelen retten musste und die Blumen in sinnloser Üppigkeit blühten und es zu viel von allem gab: zu viel Sonne, Grün, Liebe. Ihre Eltern hatten gute Singstimmen gehabt, und jeden Abend spielte ihre Mutter Kirchenlieder auf einem von der Feuchtigkeit in Mitleidenschaft gezogenen Klavier. Wenn Ruth die Briefe ihrer Cousinen aus Sydney las, bemitleidete sie sie wegen ihres so gewöhnlichen Lebens. Ihre eigenen Eltern waren berufen worden zu dienen, und sie war mit ihnen berufen und nach einer Fremden in einem fremden Land benannt worden. »Wie bitter ist doch der Pfad der Freude«, sagte sie zu sich selbst; das hatte sie irgendwo gelesen. Zur damaligen Zeit gab es nie auch nur einen Moment zu verlieren. Selbst als sie älter wurde und das intensive, feuchte Licht Fidschis sie nicht mehr so blendete und auch die Kirchenlieder an Leuchtkraft verloren, blieb Ruth in Bedeutsamkeit gefangen. Sie verliebte sich – natürlich verliebte sie sich – in einen Mann namens Richard Porter. Sie war unausgebildet, eher prüde, und von der Liebe überfordert; sie verstand es nicht, damit umzugehen. Auch das war wie in einem Traum. Jede Nacht durchlebte sie heftige Träume unmöglicher Freuden. Sie empfing ihren eigenen Körper und aß am nächsten Morgen ihr demütiges Frühstück.

Dann wurde sie erwachsen und verließ Fidschi. Sie ging nach Sydney, wo ihre Cousinen die richtigen Kleider trugen und die richtigen Songs kannten und sich ein bisschen über ihre eigenartige, inbrünstige Kindheit lustig machten. Und so unternahm sie von da an bewusste Anstrengungen, ein ganz gewöhnliches Leben zu führen, so wie die Menschen, die sie um sich herum sah: Menschen, die dort aufwuchsen, wo sie geboren wurden, unter ihresgleichen, und ihren unbeschwerten, traurigen Weg durch eine Welt gingen, die sie voll und ganz verstanden. Nur während einer einzigen Phase nach ihrer Ankunft in Sydney fand Ruth ihr Gespür für das Ungewöhnliche wieder, während einer Kinderkrankheit Phillips, einer schweren Rippenfellentzündung. Vier Wochen lang lag er mit fest umwickelter Brust im Bett, mit Fieber, Schmerzen und einem trockenen Husten, der sich anhörte, als würden Papyrusblätter gegeneinandergerieben. Ruth erinnerte sich genauer an jene Phase ihres Lebens als an irgendeine andere: Das Gefühl der Dringlichkeit, das sie empfunden hatte, verlieh den trivialsten Dingen Bedeutung. So zum Beispiel konnte sie sich noch heute an die genaue Reihenfolge der Bücher auf dem Regal neben Phillips Bettchen erinnern. Sein mühsames Atmen erinnerte sie an einen Spielzeugzug, der einen Berg hinaufkeucht. Daran dachte sie, während sie in der Dusche auf dem Plastikhocker saß und sich wusch. Sie dachte an jene Reihe von Kinderbüchern. In den Fliesen der Dusche erkannte sie Tiergesichter und den Mann im Mond. Inzwischen war es dunkel geworden, und sie hatte den Tag überstanden; sie hatte ihn überlebt. Ehe sie zu Bett ging, schloss sie die Wohnzimmertür als Vorsichtsmaßnahme gegen Tiger.

Um kurz nach drei erwachte sie zur Möglichkeit von Geräuschen aus dem Wohnzimmer. Die Katzen regten sich, als sie es tat, schliefen aber sofort wieder ein. Sie lauschte eine Weile, blinzelte sich in der körnigen Dunkelheit vollends wach, konnte aber nur ungewöhnliche Geräusche von Vögeln und Insekten hören, als sei draußen Sommer, oder vielleicht ein Dschungel. Ein- oder zweimal hörte sie ein Winseln, das von einem Tiger herrühren, genauso gut aber das Schnarchen der Katzen sein konnte; sie machten unglaublich viel Lärm für derart winzige, schlafende Lebewesen. Ruth versuchte, ihn zu hören, ihren Tiger, ihren bedeutungsschweren Besucher, bis ihr die Augen wieder zufielen. Er ist also nur ein einmaliges Ereignis gewesen, dachte sie beim Einschlafen, enttäuscht.

Am folgenden Morgen fuhr ein Taxi vor dem Haus vor. Ruth schlich auf Zehenspitzen ans Wohnzimmerfenster, um zu beobachten, was vor sich ging. Sie war sicher, dass es dasselbe Taxi war wie gestern: ein gelber Holden, älteres Baujahr, auf Hochglanz poliert wie eine Staatskarosse, auf den Türen die Aufschrift »Taxiservice Young« und eine Telefonnummer. Die Fenster waren in einer Schattierung getönt, die Harry als unzulässig dunkel bezeichnet hätte. Frida stieg auf der Beifahrerseite aus und schlug die Tür fest zu, aber auf eine beiläufige Weise, als würde sie sich anders gar nicht schließen lassen. Sie trug den grauen Mantel und darunter eine weiße Hose und die grauweißen Strandschuhe, und ihre Haare lockten sich um ihr Gesicht, was sie jünger aussehen ließ. Sie ging die paar Schritte zu der Stelle neben dem Haus, an der Harrys Auto, ein silberner Mercedes, geparkt stand, stieß prüfend einen Fuß in den Hinterreifen und ging zum Taxi zurück. Sie beugte sich zuhörend zum Fahrerfenster hinab, das heruntergekurbelt wurde, lachte und klopfte auf das blitzende Dach des Taxis, das anschließend im Rückwärtsgang die Auffahrt hinunterkroch, als habe es Angst, eine Störung zu verursachen.

Ruth ging zur Haustür, um sie zu öffnen. Im selben Augenblick ertönte die Klingel, eine alte mit Zweiklangton, der sich für Ruth immer anhörte, als sage sie tatsächlich »Dingdong«.

»Gestern habe ich die Klingel gar nicht gesehen«, sagte Frida. Sie lächelte, sah nicht ganz so groß aus wie am Vortag, und in ihrer Ellbogenbeuge hing ein Netz voller Orangen. Sie beugte sich vor und ergriff Ruths Hände, ein bisschen so wie bei ihrer ersten Begegnung gestern, und manövrierte sich währenddessen an Ruth vorbei in den Flur. »Da habe ich mir gestern das Herz aus dem Leib geklopft, aber kein Wunder, dass sie mich nicht gehört haben, wenn Sie an so eine schöne Klingel gewöhnt sind. Guten Morgen! Guten Morgen! Ich habe Ihnen Orangen mitgebracht.«

Sie schlenkerte das Netz durch den Flur und in die Küche, wie ein Priester mit einem Weihrauchfass.

»Aber das wäre doch nicht nötig gewesen«, protestierte Ruth.

»Ich weiß, ich weiß«, sagte Frida und kippte die Orangen in eine große Schüssel, die sie in einem der Hängeschränke gefunden hatte. »Aber die Dinger kommen mir schon zu den Ohren raus. Mein Bruder George kennt jemanden, der sie umsonst kriegt. Keine Ahnung, woher, und ich frage lieber nicht nach. Das war übrigens mein Bruder, der mich eben abgesetzt hat. Das Taxi gehört ihm – er ist selbstständig. Falls Sie je ein Taxi brauchen, lassen Sie es mich wissen, dann rufe ich George an.«

Die Orangen schichteten sich zu einem wundervollen, prallen Berg.

»Danke«, sagte Ruth. »Aber ich habe ein Auto.«

»Wie Sie meinen«, antwortete Frida, sichtlich gekränkt über diese Ablehnung. Ihre Augen weiteten sich vor Missbilligung, glaubte Ruth zumindest.

»Aber manchmal braucht man ja trotzdem ein Taxi, nicht wahr?«, lenkte Ruth ein. »Und ehrlich gesagt hasse ich es, fahren zu müssen.«

Besänftigt tätschelte Frida Ruths Arm. »Wie wäre es jetzt mit einer Hausbesichtigung?«, fragte sie und hängte ihren grauen Mantel an den Haken an der Hintertür. Darunter trug sie eine andere Bluse als gestern. Sie war strahlender weiß, passte zu der weißen Hose, und Frida sah darin wie eine Kosmetikerin aus.

Sie schien diejenige zu sein, die die Besichtigungstour leitete. Sie marschierte in Zimmer, begehbare Wandschränke und Flure und verkündete »Das Badezimmer« oder »Der Wäscheschrank«, als sei Ruth eine potenzielle Käuferin, die das Haus in Augenschein nahm. Keine neue Entdeckung schien sie zu überraschen. In Ruths Schlafzimmer hielt sie sich taktvoll zurück, in den Gästezimmern dagegen war sie gnadenlos. Sie ging sogar so weit, unter die Betten zu schauen, und zog, ihren lockigen Kopf schüttelnd, Gebinde aus Katzenhaaren aus versteckten Ecken hervor. Ruth reagierte mit einem entschuldigenden Lächeln, was Frida mit einem »Ts-ts-ts« quittierte, aber sie legte einen Arm um Ruths Schultern, als wollte sie sagen: »Nur keine Sorge. Ab jetzt wird alles anders.«

»Das hier waren die Zimmer meiner Söhne«, erklärte Ruth. »Wenn wir in den Ferien hierherkamen. Das Haus war unser Ferienhaus.«

»Verstehe«, sagte Frida, strich mit dem linken Zeigefinger über ein Bücherbrett und überprüfte ihn auf Staub. Sie waren in Phillips Zimmer, und die Bücher waren alle für aufgeweckte kleine Jungen bestimmt. »Was ist aus dem anderen Haus geworden?«

»Dem in Sydney? Das haben wir verkauft. Wir sind hierhergezogen, als wir in Rente gingen«, erklärte Ruth.

»Wir?«, fragte Frida.

»Mein Mann und ich. Harry.«

Wieder drückte Frida Ruths Schulter. »Und es macht Ihnen nichts aus, so ganz allein hier draußen zu leben?«

»Überhaupt nichts«, sagte Ruth. »Wieso sollte es?«

Ihre Mutter hatte ihr einmal ans Herz gelegt: Einsamkeit ist abstoßend, Gelangweiltsein unattraktiv. Ruth war sicher, dass beides aus ihrem Gesicht hervorleuchtete. Sie war überzeugt, dass sie die eigenartigen, unvorhersehbaren Bewegungen einer Person besaß, die daran gewöhnt ist, allein zu sein. So zum Beispiel ahmte sie, wenn sie fernsah, die Gesichtsausdrücke der Schauspieler nach. Manchmal machte sie eine Art Spiel daraus. Einmal, als sie einen Zeitungsartikel über das Thema las, war sie überzeugt gewesen, Depressionen zu haben, aber da Harry nicht an so etwas geglaubt hatte – »Glück ist eine Frage der eigenen Entscheidung«, hatte er immer gesagt –, sprach sie nicht mit ihrem Arzt darüber, und erst recht sagte sie nichts zu ihren Söhnen. Ziemlich bald nach Harrys Tod erkannte sie, dass ihr Kummer die nach außen hin sichtbare Ordnung ihrer Tage nicht merklich durcheinanderbringen würde. Stattdessen rechnete sie mit einer langen, privaten Phase der Trauer.

»Kommen Sie, lassen Sie uns bei einer Tasse Tee über alles reden«, sagte Frida.

Ruth fürchtete, dass es nur der kleinsten Aufforderung bedurfte, und sie würde sich in endlosen Geschichten über Harry verlieren; sie sehnte sich nach der Gelegenheit dazu und schämte sich schon im Voraus.

Aber Frida ging es ums Geschäftliche. »Ich habe da ein paar Papiere, die Sie sich ansehen müssten«, sagte sie, holte ihren Koffer aus dem Esszimmer und hievte ihn mit einem beeindruckenden Ächzen auf den Tisch. Der Koffer war kleiner, als Ruth ihn in Erinnerung hatte, kaum größer als eine geräumige Aktentasche. Frida kramte darin herum, brachte eine Klarsichthülle zum Vorschein, hielt sie Ruth mit einem Ausdruck geduldigen Abscheus hin und sagte: »Der offizielle Papierkram.«

Aber ehe Ruth die Hülle an sich nehmen konnte, trat Frida einen Schritt zurück und ging ans Fenster. »Ist ja nicht zu fassen!«, rief sie.

Der Blick von der Rückseite des Hauses rief oft derartige Reaktionen hervor. Da war die Düne, die sich vom Garten zum Strand hinunter absenkte; da waren die weite Fläche des Wassers und die Krümmung der Bucht mit dem fernen Silberschimmer der Stadt zur Rechten, und draußen auf der Landzunge ein weißer Leuchtturm. Die Hände in die Hüften gestemmt, hatte Harry oft im Garten gestanden und voller Befriedigung gesagt: »Nichts zwischen hier und Südamerika.« Seit seinem Tod hatte Ruth oft das Gefühl, das Haus sei Teil einer geruhsamen Kontinentalverschiebung und bewege sich auf seiner eigenen Insel gemächlich aufs offene Meer hinaus. Ruth liebte Inseln. Sie hatte ihr ganzes Leben auf ihnen verbracht. Sie passten zu ihr.

»Widerlich«, kam es von Frida.

»Oh«, machte Ruth. Die Großartigkeit der Aussicht war ihr immer ein bisschen peinlich gewesen, als sei der Besitz von so viel Schönheit Eingeständnis einer persönlichen Eitelkeit. Sie fragte sich, ob Frida der Gast war, den sie immer erwartet hatte, die Person, die ihr daraus einen Vorwurf machen würde.

»Schauen Sie doch!«

Ruth schaute und sah eine Gruppe von Menschen auf dem Strand weiter unten. Es waren neun oder zehn, alle nackt, oder doch fast nackt. Einige lagen im Sand, andere tummelten sich im Wasser. Ruth fand, dass eine fröhliche Unschuld von ihnen ausging. Es war, als stünde man auf einem Berg und betrachtete ein Dorf, das sich behaglich ins

Tal einkuschelte. Frida jedoch war unverkennbar empört, so wie Harry es gewesen wäre, und stürmte in den Garten hinaus. Ruth folgte ihr. Im Winter ereignete sich an diesem Teil des Strands so wenig – gelegentlich kam ein vereinzelter Läufer vorbei, hin und wieder ein Hund. Einmal war die alte Mole nach einem Sturm auseinandergebrochen und in sich zusammengestürzt und im Lauf des Winters vollständig weggespült worden. Leute, die nackt badeten, waren definitiv ein Ereignis, und Ruth gefiel die Vorstellung, dass sie da waren.

»Denkt ihr etwa, hier ist niemand?«, ereiferte sich Frida. »Denkt ihr etwa, ihr seid allein auf der Welt und könnt tun und lassen, was ihr wollt?«

Sie marschierte in eine Ecke des Gartens, wo zwei vergessene Aluminiumtonnen, die vor langer Zeit für den Kompost verwendet worden waren, angesichts der martialischen Entschlossenheit von Fridas Absichten zu neuem Leben erwachten. Sie riss die Deckel von den Tonnen, schüttelte sie probeweise und drehte sich mit einem hämischen Gesichtsausdruck zu Ruth um. Der Ausdruck erschreckte Ruth. Wer war diese Fremde, die ihr Stück Land überquerte und, die Deckel der Kompostbehälter in fester Hand, auf den Ozean zumarschierte? Frida baute sich auf dem sandigen Grat am Rand des Gartens auf und schrie etwas zum Strand hinunter. Die Deckel schwenkend, machte sie sich an den Abstieg die Düne hinunter, wobei sie weitere Kriegsschreie ausstieß und die Deckel über ihrem Kopf zusammenschlug. Die Leute am Strand – Ruth sah jetzt, dass sie sehr jung waren, einfach nur Teenager – hatten miteinander gelacht, aber als sie Frida bemerkten, richteten sie sich im Sand auf oder kamen, die Köpfe dunkel vor Nässe, aus dem Wasser gekrabbelt. Auf diese Entfernung sahen sie unbeholfen und schön aus. Eine Verwerfung der Wolken ließ Sonnenlicht über ihre Arme und Schultern fluten. Sie machten sich über Frida lustig, fingen in Erwartung ihrer Ankunft aber bereits an, ihre Sachen zusammenzuraffen, wickelten sich in ihre Handtücher und stolperten über den nassen Sand davon.

Frida blieb an der schmutzigen Linie stehen, die den höchsten Stand der Flut markierte. Einen Deckel hoch über ihren Kopf erhoben, als wolle sie ihre Augen beschatten, um besser sehen zu können, verwandelte sie sich in einen Schiffskapitän, der den Horizont absucht. Derart heroische Posen passten gut zu ihr und ihrem stattlichen Körper. Langsam ging sie aufs Meer zu, bis sie die Stelle erreichte, an der die jungen Leute ihr Lager aufgeschlagen hatten. Dort schleuderte sie die Deckel von sich und fing an, den Sand mit Fußtritten zu bearbeiten, sodass er in wilden Schwaden rund um sie herum aufstieg. Als sie aufhörte, senkte er sich glatt über alles, bis es schien, als hätte nie jemand dort gesessen. Dann hob sie die Deckel auf und machte sich auf den Rückweg zum Haus.

Ruth beobachtete Fridas ruhiges Gesicht, das die Düne heraufgeschwebt kam. Es war schwer, in ihr die Frau zu erkennen, die sich am Tag zuvor ebendiese Düne heraufgekämpft hatte. Es war, als hätte sie nur diesen einen schwierigen Aufstieg gebraucht, um trittsicher zu werden; oder vielleicht dienten die Deckel ihr als eine Art Ballast: Sie hielt sie ein Stück von ihrem Körper weg, wie Flügel.

»Das wäre erledigt«, keuchte sie. Sie stand nun neben Ruth und atmete schnaubend wie ein Pferd durch die Nase aus. Der Zwischenfall schien sie mit einer Art Gesundheit erfüllt zu haben.

Unsicher, was sie sagen sollte, murmelte Ruth nur: »Die jungen Leute sollten so weit hier draußen, wo es keinen Badewärter gibt, wirklich nicht schwimmen. Es ist zu gefährlich.«

»Die kommen jedenfalls nicht zurück.«

»Sie wollten wahrscheinlich nur ein bisschen Spaß haben.«

Frida legte die Deckel zurück auf die Kompostbehälter. »Sollen sie vor den Häusern anderer Leute ihren Spaß haben. Sollen sie anderen Leuten die Aussicht verderben.« Damit zog sie sich mit der Entschiedenheit und Bestimmtheit einer Krankenschwester ins Haus zurück.

Ruth blieb noch eine Weile draußen, um zu beobachten, wie die Jugendlichen den Pfad zu dem kleinen Parkplatz hinter der Bushaltestelle einschlugen, wo einmal eine Norfolk-Kiefer bei einem Sturm umgestürzt war und den Transporter eines Surfers zerquetscht hatte. Sie hatte erwartet, dass sie einfach ein Stück am Strand entlang weiterziehen und sich dort erneut niederlassen würden, aber anscheinend hatte Frida sie ein für alle Mal verscheucht. Ruth fand es schade, sie gehen zu sehen. Aber der heftige nasse Wind, der jetzt aufkam, ein nur allzu vertrauter Seewind, hätte sie sowieso bald vertrieben. Sand und Salz stoben auf, flogen in Ruths Haare und über ihren Garten. Ihr Teil des Strands war jetzt leer, und die flüchtenden Jugendlichen konnten in jedem Auto sitzen, das in Richtung Stadt fuhr. Wenn ich in den nächsten zehn Sekunden *ein* Auto sehe, dachte sie, werde ich ihr sagen, dass sie gehen soll. Ein weißes Auto kam hinter dem Hügel hervorgeschossen, ein dunkles folgte dicht dahinter. Ruth hatte keine Zeit gehabt, sich auf zwei Autos vorzubereiten.

»Tee ist fertig!«, rief Frida.

Ruth fand sie in der Küche, wo sie mit Teebeuteln und Bechern hantierte.

»Wie trinken Sie ihn?«, fragte sie. »Mit Milch und Zucker?«

»Viel Milch, ein Stück Zucker.«

»Milchig und süß«, sagte Frida. Die Mischung schien ihr zu gefallen. Ihr eigener Tee war stark und dunkel, und sie wollte sich nicht setzen, um ihn zu trinken, sondern blieb an die Anrichte gelehnt stehen.

»Erzählen Sie mir etwas«, sagte sie, den Blick in ihren dampfenden Becher gerichtet.

»Was denn?«, stotterte Ruth, fast als hätte sie Lampenfieber.

»Ich verschaffe mir gern einen Eindruck von meinen Klienten, bevor wir anfangen. Ehemann? Job? Familie? Kindheit? Solche Sachen.«

»Das sind aber eine Menge Sachen.«

»Sie können es ja kurz machen«, schlug Frida unverbindlich vor. Ruth vermutete, dass sie sich nicht setzte, weil sie nicht wollte, dass das alles den ganzen Tag dauerte.

»Also gut«, sagte Ruth. »Harry war Anwalt. Er ist vor fünf Jahren an einer Lungenembolie gestorben. Von meinen Söhnen habe ich Ihnen schon erzählt. Was sonst noch? Ich habe als Sprecherzieherin gearbeitet und bin in Fidschi aufgewachsen.«

Ruth wartete darauf, dass Frida auf die Erwähnung von Fidschi reagierte, aber das tat sie nicht. Vielmehr kniff sie die Augen zusammen, als versuche sie, in die Ferne zu blicken. »Sie haben als *was* gearbeitet?«

»Als Sprecherzieherin«, sagte Ruth.

»Sie meinen, wenn jemand stottert oder so?«

»Nein«, sagte Ruth. »Es geht dabei um die Kunst der mündlichen Rede. Darum, sich klar und präzise auszudrücken. Aussprache, Artikulation –«

»Sie meinen, Sie haben den Leuten beigebracht, vornehm zu reden?« Es war schwer zu sagen, ob Frida angewidert oder fassungslos oder beides war.

»Nein, sich *korrekt* auszudrücken«, sagte Ruth. »Was nicht dasselbe ist.«

»Und die Leute haben Sie dafür *bezahlt?«*

»Ich habe meistens junge Menschen unterrichtet, und ihre Eltern haben mich bezahlt.«

Frida schüttelte den Kopf, als habe sie gerade eine lächerliche, aber amüsante Geschichte erzählt bekommen. »Klingen Sie deswegen so englisch?«

»Ich klinge nicht englisch«, protestierte Ruth, hatte diesen Vorwurf aber schon öfter zu hören bekommen. Früher einmal wäre es ein Kompliment gewesen. In Ruths Schule hatte es eine Lehrerin, Mrs Mason, gegeben. Sie war in einem eleganten, unbestimmbaren Alter und hatte einen interessanterweise abwesenden Ehemann. Außerdem war sie Engländerin. Jeder gerundete Vokal, der über ihre Lippen floss, war wie eine polierte, süße Frucht für ihre Schülerinnen, die Kinder von leitenden Angestellten der Zuckerfabrik, von Ingenieuren, Missionaren und Regierungsvertretern: die Kinder des Empire. Sie, die so weit weg von zu Hause aufwuchsen, mussten lernen, korrekt zu sprechen. Mrs Mason lehrte sie Reime, Zungenbrecher und knifflige Operettentexte und ließ sie immer und immer wieder die Wochentage aufsagen – vier, fünf, sieben Mal, ohne dazwischen Luft zu holen. Sie verwehrte sich gegen die Verwendung von Pidgin-Englisch, Slang oder Hindi, führte einen unermüdlichen Kampf gegen die aus Faulheit verschluckten t's ihrer australischen Schülerinnen und nahm es sehr genau damit, welche Zusammenziehungen erlaubt waren und welche nicht. Ruth war ihre Vorzeigeschülerin.

»Sie klingen aber ziemlich englisch«, sagte Frida und griff sich Ruths leeren Becher. »Sie klingen ein bisschen wie die Queen.«

Ruth hatte eine ausgeprägte Schwäche für die Queen. »Das ist doch lächerlich«, sagte sie. »Die Queen spricht völlig anders als ich. Achten Sie einmal auf ihre Diphthonge. Völlig anders.«

»Ihre was?«, schnaubte Frida, über das Spülbecken gebeugt. »Ihre Dipftonge?« Und plötzlich war es ein komisches, albernes Wort, und Ruth musste lachen, und fand es wundervoll, lachen zu können, obwohl ihr der Rücken dabei wehtat. Auch Frida lachte, und dieses Lachen, das aus ihrem voluminösen Brustkorb aufstieg, war wie etwas Seltenes und Wundervolles. Es schien sich zu entfalten wie ein Flügelpaar. Ihr ganzes Gesicht veränderte sich: Sie sah auf einmal liebreizend und hübsch aus. Sie ließ die Becher klappernd im Spülbecken liegen und hob das Geschirrtuch vor ihr Gesicht, um ihr breiter werdendes Lächeln zu verbergen. Ruth in ihrem spindeligen Sessel fühlte sich geradezu beschwingt. Sie lächelte und seufzte und dachte: Ja, Ruth, du Dummchen. Das hier könnte gut werden, das hier könnte funktionieren.

3

Das Haus fand Gefallen an Frida, es öffnete sich ihr. Ruth saß in ihrem Sessel und sah dabei zu. Sie sah die Bücherregale erleichtert aufatmen, als Frida sie abstaubte und neu ordnete; sie sah das Arbeitszimmer Jahre von Papieren abschütteln, die Harry gehortet hatte. Nie hatte sie perfektere Orangen gesehen als die, die Frida in ihrem kleinen Einkaufsnetz anbrachte. An jedem Werktagmorgen warteten das Haus, die Orangen und Ruth darauf, dass Frida in ihrem goldenen Taxi vorfuhr, und wenn sie wieder ging, verfielen sie in ein Schweigen der Erleichterung und des Bedauerns. Ruth merkte, dass sie anfing, sich auf die Störung ihrer Tage zu freuen, und war ein bisschen verärgert über sich selbst, weil sie derart schnell kapitulierte.

Frida war aber auch faszinierend. Zum einen sahen ihre Haare immer anders aus: zu Zöpfen geflochten, zu Locken gedreht, starr vor Haarspray, weich fallend. Jeden Morgen um kurz vor neun öffnete Ruth die Wohnzimmertür, die sie am Abend vorher so sorgfältig geschlossen hatte, und trat ans Fenster, um Frida aus dem gelben Taxi aussteigen zu sehen. Vielleicht waren ihre Haare diesmal hochgesteckt, vielleicht hingen sie glatt bis auf ihre Schulterblätter. Vielleicht hatten sie eine neue Farbe. Eines Tages waren sie so blond, so wolkig und wesenlos, dass ihr Kopf überhaupt nicht mehr zu dem tüchtigen Körper darunter zu passen schien. An diesem Morgen wirkte sie ein bisschen neben sich, machte als Erstes Tee, setzte sich auf die Treppe hinter dem Haus und trank ihn in einer Aura gebleichten Glamours. Die Katzen schlugen einen weiten Bogen um sie, um dem chemischen Geruch auszuweichen, der von ihr ausging. Das leuchtende Blond hielt sich nur wenige Tage, bevor es einen gelberen Messington annahm; dann kam eine sanftere, weißliche Farbe, die gleichzeitig raffinierter und kindlicher wirkte. Auf die blonde Periode folgte erst Rot, dann Burgund, dann ein glänzendes Tiefschwarz, dann wieder das anfängliche Braun, und der Zyklus konnte erneut beginnen. Frida nahm Komplimente über ihre Haare immer mit einem würdevollen Lächeln entgegen, hob eine vorsichtige Hand an ihren Kopf und ließ sie dort verharren.

»Meine Haare sind mein Hobby«, sagte sie. Ruth hatte noch nie jemanden kennengelernt, der den eigenen Kopf als Hobby betrachtete.

Fridas prachtvolle Haare kamen ihrer Arbeit nie in die Quere. In den ersten Wochen verrichtete sie ihre Tätigkeiten in einer heiteren Grundstimmung, die man allerdings nie als fröhlich bezeichnen konnte. Sie besaß eine entschlossene Tüchtigkeit, gleichzeitig aber auch etwas Träges, ein langsames, bewusstes Geben ihrer selbst. Wie sich herausstellte, enthielt ihr Koffer riesige Flaschen eines Desinfektionsmittels mit Eukalyptusduft. Jeden Morgen wischte sie die Böden mit dem glitschigen Zeug, führte den Mopp mit anmutigen Bewegungen ihrer adretten Füße. Erst roch das Haus süß und waldig, dann jedoch so durchdringend, dass die Katzen sich angewöhnten, an höher gelegenen Stellen zu schlafen, weg von den geschrubbten Dielen und Kacheln. Als Ruth

Frida darauf aufmerksam machte, baute sie sich breitbeinig auf den makellosen Böden auf und atmete tief und hörbar durch die Nase ein, um die wohltuende Wirkung ihres Reinemachens auf die Bronchien zu demonstrieren.

»Riechen Sie doch!«, rief sie, und Ruth musste einatmen, bis ihr der Hals brannte. »Ist es nicht wundervoll? Ist es nicht besser als Seetang und Fliegen?«

Sie machte nie einen Hehl daraus, dass sie den Geruch des Meeres hasste.

Neben dem Putzen bewertete sie Ruths »Situation«. Sie registrierte das Fehlen von Haltegriffen im Bad und eines Zauns rund um den Garten. Sie befragte Ruth nach ihrer körperlichen Verfassung und Beweglichkeit, nach Haarausfall, Schlafmustern, Essgewohnheiten (»Sie werden immer dünner«, warf sie ihr vor, als sei sie seit Langem mit Ruths Körper vertraut) und der Häufigkeit geselliger Kontakte. Sie ließ Ruth eine ganze Reihe von Fragebögen ausfüllen: »Wie oft baden Sie? a) Täglich b) Alle zwei bis drei Tage c) Gelegentlich d) Zu besonderen Anlässen« oder »Umkringeln Sie die Zahl, die in etwa Ihrem letztjährigen Einkommen entspricht«.

Am Ende ihrer Bewertung verkündete sie als Erstes, dass Ruth keinen Anspruch auf Unterbringung im sozialen Wohnungsbau habe. »Das ist bei Leuten wie Ihnen meistens nicht der Fall«, fügte sie mit sichtlicher Befriedigung hinzu. Als Ruth einwandte, sie sei sowieso nicht an der Unterbringung in einer Sozialwohnung interessiert, sog Frida die Luft auf eine Weise ein, die von langjähriger Erfahrung sprach, und sagte: »’nem geschenkten Gaul schaut man nicht ins Maul.«

»*Einem* geschenkten Gaul«, korrigierte Ruth. »Der Satz geht übrigens auf ein altes römisches Sprichwort zurück.«

Frida zog die Augenbrauen so hoch, dass sie fast ihren Haaransatz berührten. »Und solche Sachen haben Sie Ihren Schülern beigebracht?«

»Ehrlich gesagt ja«, sagte Ruth, stolz darauf, dass sie sich noch so gut erinnern konnte.

Frida war nicht sonderlich beeindruckt. Das zeigte sich an der Art, wie sie den Kopf einzog und leise schniefte. Es hörte sich fast schwesterlich an, fand Ruth.

»Also, Mrs Field?«, kam Frida zum Thema zurück.

Und Ruth sagte, nicht zum ersten Mal: »Ach bitte, nennen Sie mich doch Ruth.«

Frida ging nicht darauf ein. »Alles in allem wird eine Stunde am Tag nicht reichen«, fuhr sie fort. »Ich werde vorschlagen, dass man Sie auf drei aufstockt. Das wäre dann von neun bis zwölf, und wenn Sie wollen, kann ich eine weitere halbe Stunde bleiben, um Ihnen das Mittagessen zu machen. Das heißt, wenn Sie sich überwinden können, meine schlampige Ausdrucksweise und meine Redensarten zu ertragen.«

Ruth war zerknirscht. Sie liebte Fridas schlampige Ausdrucksweise, liebte ihre Redensarten, liebte es, dass Frida so fest an sie glaubte; liebte es, dass sie so glaubhaft waren. Ich bin eine Angeberin, dachte sie.

»In Ordnung«, sagte sie, und damit willigte Ruth in drei Stunden plus eine zusätzliche halbe Stunde fürs Mittagessen ein.

»Gut.« Plötzlich wirkte Frida schüchtern. »Übrigens mag ich diesen Namen. Ruth«, murmelte sie.

Beim Mittagessen war sie wieder entspannter. Sie machte Ruth ein Schinkensandwich und kochte, weil Ruth darauf bestand, ein Ei für sich selbst, das sie dann aus einem Micky-Maus-Eierbecher löffelte, um den Phillip und Jeffrey sich immer gestritten hatten. Während sie das Ei aß, erklärte sie Ruth die Anforderungen der strikten Diät, die sie machte, weil sie einmal viel dicker gewesen war als jetzt.

»Meine ganze Familie ist groß und kräftig. Schwerknochig«, sagte sie und nippte an ihrem Eierlöffel. »Mum und Dad sind tot, meine Schwester Shelley auch. Alle waren dick. Und als Shell starb, sagte ich zu mir: ›Frida, es ist Zeit, etwas zu verändern.‹ Damals war ich noch in Perth. Da habe ich meine Ausbildung gemacht, in Perth. Und ich sagte: ›Frida, jetzt oder nie.‹«

Diese Enthüllungen beim Mittagessen hatten etwas fast Prahlerisches. Frida klang wie eine Frischbekehrte, die den Prozess ihrer Errettung von der Kanzel ihres wiedergeborenen Körpers schildert. »Ich habe dem Essen einen Brief geschrieben und alles Negative aufgelistet, was es mir angetan hat«, sagte sie. »Dann habe ich die Scheidung verlangt. Ich habe mir sogar eine Urkunde anfertigen lassen – eine Freundin von mir, eine Kollegin, hat sie am Computer aufgesetzt. Dann habe ich sie unterschrieben, und das war's.«

»Was Sie nicht sagen«, sagte Ruth.

»Und sehen Sie mich jetzt an«, triumphierte Frida und präsentierte ihren stattlichen Körper, indem sie die Unterarme mit nach oben gerichteten Handflächen zur Seite klappen ließ.

»Aber irgendetwas essen Sie schon, oder?«

»Natürlich. Eine Ehe verlässt man ja auch nicht mit leeren Händen. Ein paar Sachen – die gesunden Sachen – habe ich mitgenommen. Von allem anderen habe ich mich scheiden lassen. Folglich blieb mir nichts anderes übrig, als es zu vergessen. Wissen Sie – es ist, wie wenn man sich von jemandem trennt und ihn bis aufs Blut hasst, aber trotzdem möchte man manchmal seine Schulter berühren. Oder seine Hand halten.«

Ruth versuchte, sich vorzustellen, wie Frida jemandes Hand hielt. Es gelang ihr nur mit Mühe.

»Aber selbst wenn man es will, man kann nicht. So ist das nun mal bei einer Scheidung«, sagte Frida. Wenn jemand stirbt auch, dachte Ruth. »Und dann vergisst man es einfach. Es gibt Dinge, von denen könnte ich Ihnen nicht einmal mehr sagen, wie sie schmecken. Fragen Sie mich, wie irgendwas schmeckt.«

»Ich weiß nicht. Salat«, sagte Ruth.

»Salat darf ich essen«, sagte Frida. »Salat habe ich mitgenommen. Fragen Sie mich nach was anderem. Fragen Sie mich nach Eiscreme.«

»Also gut«, sagte Ruth. »Wie schmeckt Eiscreme?«

»Ich kann mich nicht erinnern!«, sagte Frida. »So ist das bei einer Scheidung.«

Ruth war hingerissen von Fridas Scheidung. Sie hätte gern alle angerufen, die sie kannte, um ihnen davon zu erzählen. Aber wen hätte sie anrufen können? Phillip war nie zu Hause, oder sie berechnete den Zeitunterschied nicht richtig. Jeffrey hätte sie es erzählen können, aber der hatte ihren »boshaften Sinn für Humor«, wie er es nannte und womit eindeutig »gehässige Ader« gemeint war, immer missbilligt. Er hasste es, wenn sie sich über andere Leute lustig machte. Wenn sie zu ihm sagen würde: »Diese Frau, Frida, hat sich vom Essen scheiden lassen«, würde er wahrscheinlich verlangen, dass sie ihm die Geschichte haargenau erklärte, und dann »Gut für sie« sagen. Er war jetzt schon bereit, Frida zu billigen. Wie versprochen hatte Ruth ihm sämtliche Unterlagen zugesandt; und laut Frida schickte er ihr regelmäßige E-Mails mit Anweisungen, wie genau sie sich um seine Mutter zu kümmern hatte, wofür sie schließlich ausgebildet war, vielen herzlichen Dank, aber man lernte schnell, dass bei diesem Job meistens die Familien das größte Problem sind. Ach ja, diese Familien!

Frida aß den Rest von ihrem Ei. »Sie sind von Natur aus dünn, oder?«, fragte sie mit einem Anflug von Mitleid in der Stimme.

»Ich habe mir in letzter Zeit einen ziemlichen Bauch zugelegt«, schränkte Ruth ein. Aber Frida reagierte nicht darauf. Sie klopfte auf der Spitze ihrer leeren Eierschale herum, bis sie einbrach.

»In diesem Job ist es hilfreich, groß und kräftig zu sein«, sagte sie. »Finde ich jedenfalls. Ich kenne allerdings auch Krankenschwestern, die winzig sind, aber die Kraft von zehn Männern haben. Man sollte eine Krankenschwester nie unterschätzen.«

»Mit der Arbeit von Krankenschwestern kenne ich mich aus«, sagte Ruth, und Frida sah sie überrascht an. »Meine Mutter war eine.«

»Und sie hat Sie natürlich immer zur Arbeit mitgenommen, was?«, fragte Frida ein bisschen spitz, als habe sie selbst eine ganze Schar von lieben Kleinen, die sie jedoch zu Hause lassen musste.

Ruth lachte. »Es blieb ihr nichts anderes übrig. Meine Eltern waren Missionare. Sie war Krankenschwester, er Arzt.

Sie leiteten gemeinsam eine Ambulanz, die an ein Krankenhaus angeschlossen war. Auf Fidschi.«

Es war das erste Mal, dass Ruth in den Wochen seit Fridas Auftauchen auf Fidschi zu sprechen kam. Frida reagierte nicht darauf. Ein rätselhaftes Missvergnügen schien sie erfasst zu haben.

»Ich habe gesehen, wie schwer meine Mutter gearbeitet hat und wie erschöpft sie immer war«, fuhr Ruth, inzwischen nervös, in bemüht unbeschwertem Plauderton fort. »Und wahrscheinlich wurde das, was sie tat, nie wirklich anerkannt, obwohl man sie sehr geliebt hat. Die Arbeit meines Vaters, die wurde geschätzt und anerkannt, aber bei meiner Mutter sah man immer nur die Aufopferung. So jedenfalls drückten die Leute es aus.«

»Was für Leute?«, fragte Frida, als stelle sie die Existenz aller Leute, egal wo, infrage.

»Ach, Sie wissen schon«, sagte Ruth und wedelte vage mit der Hand. »Mitglieder der Kirchengemeinde, Krankenhausmitarbeiter, Verwandte. Ich fand immer, dass die Krankenpflege ein absolut unterschätzter Beruf ist.«

Frida schnaubte. »Ich würde *das hier* nicht als Krankenpflege bezeichnen«, sagte sie und stand auf, wie um Sicherheit aus ihrer Körpergröße zu ziehen. Sie hob den Eierbecher wie einen Kelch vom Tisch, ging in die Küche und stieß, den Eierbecher immer noch hoch erhoben, mit der Hüfte die Fliegengittertür auf.

»Für die Schnecken«, sagte sie und warf die zerdrückte Eierschale in den Garten.

Kurz darauf kam das Taxi, um sie abzuholen, und sie verließ das Haus in ausgezeichneter Stimmung.

4

Beim Aufwachen hatte Ruth oft das Gefühl, in der Nacht sei etwas Wichtiges passiert. Möglich, dass sie wieder von einem Tiger geträumt hatte. Oder, so wie früher, von Richard Porter, in ihrem Bett – dabei hätte so ein Traum doch zweifellos von Harry handeln müssen. Seit Frida im Haus war, dachte sie öfter an Richard, als rufe die Tatsache, dass sie nun täglich Gesellschaft hatte, ihr die Existenz anderer Menschen in Erinnerung. Mit Richard und Frida und dem Gefühl einer eigenartigen Bedeutsamkeit waren ihre Wochen randvoll. Außerdem, merkte Ruth, herrschte in ihnen eine seltsame Treibhaushitze. Sie nahm Decken von ihrem Bett und trug wieder leichtere Kleidung – Sommerkleider oder Baumwollshorts, und dazu die kleinen, ausgeleierten T-Shirts, die ihre Söhne als Kinder getragen hatten. Die Katzen verloren ihr Winterfell in Frühlingsbüscheln, und Ruth hörte nachts weiterhin Geräusche von Vögeln und Insekten. Aber es geschah nur wenig: Frida brachte im Badezimmer Haltegriffe an und zeigte Ruth eine Methode, sich hinzulegen und aufzusetzen, ohne ihren Rücken zu sehr zu belasten; sie moppte und fegte und brachte ihr neue Pillen, die ein mit George befreundeter Naturheilkundler empfohlen hatte und die dazu beitragen sollten, Gedächtnis und Hirnfunktionen zu verbessern. Da sie aus einem ganz gewöhnlichen, orangefarbenen Küchengewürz bestanden, färbten sie Ruths Urin leuchtend gelb.

Jeffrey und Phillip riefen an. Diese Dinge füllten die Zeit, waren aber nichts Ungewöhnliches.

Allerdings war da die Sache mit dem Auto. Ruth fuhr nicht gern und hatte Angst vor Harrys Auto; sie beäugte es durch die Küchenfenster und machte sich nachts Gedanken darüber. Sie fing an, von dem Obst und den Unmengen an Konserven zu leben, die Frida anschleppte, alle von irgendeinem Freund von George organisiert, sodass es nicht mehr nötig war, mit dem Auto oder auch mit dem Bus in die Stadt zu fahren. Sie nahm ab. Sie aß den Rest der Kürbiskerne, und sie flutschten geradewegs durch sie durch. Einmal die Woche setzte sie sich auf Jeffreys Anweisung hin ins Auto und ließ den Motor laufen. Dabei empfand sie ein geschäftiges, praktisches Gefühl der Erneuerung, gefolgt von dem beunruhigenden Gefühl, zu ihrer eigenen Beerdigung zu fahren.

Eines Tages, als Ruth wieder einmal im Auto saß, tauchte Fridas Kopf so unvermittelt wie der eines Polizisten im Fenster auf. Ruths Herz machte einen Satz, aber sie nahm die Hände nicht vom Steuer; darauf war sie stolz, als bedeute es, dass sie entgegen ihrer eigenen Überzeugung doch eine gute Fahrerin war.

»Sie benutzen das Ding doch nie«, sagte Frida. »Sie sollten es verkaufen.«

Ruth hatte zwar Angst vor dem Auto, wollte es aber behalten. Ein Verkauf wäre ihr so unwiderruflich vorgekommen. »Das könnte ich nicht«, sagte sie.

Eine Woche später brachte Frida das Thema erneut zur Sprache. »Mir fallen auf Anhieb drei oder vier Leute ein, die Ihnen das Auto gleich morgen abnehmen würden«, sagte sie.

»Fahren bedeutet Unabhängigkeit«, zitierte Ruth einen Ausspruch Harrys, der sie gezwungen hatte, mindestens einmal die Woche ein Stück zu fahren. »In Übung bleiben«, hatte er das genannt.

Frida schüttelte den Kopf. »Nicht wenn Sie nicht wirklich fahren.« Sie versprach, das Taxi ihres Bruders würde Ruth jederzeit, und zwar kostenlos, zur Verfügung stehen. »Schließlich gehören Sie jetzt zur Familie«, sagte sie mit ungewohnter Herzlichkeit.

Außerdem erbot sie sich, Ruths Einkäufe zu erledigen, Briefmarken zu besorgen, Briefe zur Post zu bringen, Rechnungen zu bezahlen und, falls nötig, Hausbesuche ihres Arztes zu arrangieren.

»Sie können nicht jeden Abend nur Dosensardinen essen«, schimpfte Frida. »Wenn der Staat mich dafür bezahlt, Ihre Einkäufe zu erledigen, sollten Sie sie mich auch erledigen lassen. Dafür bin ich schließlich da.«

Frida hatte eine Vorliebe für diesen Satz – sofern der Umstand, dass sie ihn so oft anwendete, auf eine Vorliebe schließen ließ. Er schien die melancholische Bedeutung ihrer Bereitschaft zu dienen so adäquat auf einen Punkt zu bringen. Dennoch wehrte sich Ruth gegen den Verkauf des Autos. Was, wenn sie nachts, wenn sie allein war, einen Eindringling hörte und fliehen musste? Oder wenn ein medizinischer Notfall eintrat und das Telefon nicht funktionierte?

»Wie wollen Sie bei einem medizinischen Notfall denn fahren können?«, fragte Frida.

»Es könnte ja nur ein geplatztes Trommelfell sein. Oder ein Problem mit den Katzen, und ich müsste sie irgendwohin bringen. Schließlich kann man wegen einer Katze keinen Krankenwagen rufen, oder?«

Was ihr in Wahrheit Sorgen machte, stellte sie überrascht fest, war der Tiger. Das war natürlich lächerlich. Aber was, wenn er in einer Nacht zurückkäme, in der sie vergessen hätte, die Wohnzimmertür zu schließen? Sie würde hören, wie er auf seinen agilen Pfoten zielstrebig durch den Flur auf ihr Schlafzimmer zukam, und ihr einziger Fluchtweg wäre das Fenster. Sie sah sich in den Garten klettern, sich in die Büsche ducken und darauf warten, dass die überlegene Nase des Tigers ihre Witterung aufnahm. Als ob sie mit ihrem Rücken durch ein Fenster klettern und sich ducken könnte! Vielleicht käme es zu einer Hetzjagd über den mondhellen Strand, auf der sie den heißen Atem des Tigers dicht hinter sich spüren würde, während das Auto in der gemütlichen Auffahrt irgendeines glücklicheren Fremden vor sich hin schlummerte.

»Ich werde es *nicht* verkaufen«, beharrte sie, drehte den Zündschlüssel um und schaltete den Motor aus, was vielleicht die falsche Geste war, wenn sie die Absicht hatte, ihre Entschlossenheit unter Beweis zu stellen. Das Auto erschauderte und gab ein Ächzen von sich, bevor es verstummte, so wie ein viel älteres Auto es vielleicht getan hätte.

»Wie Sie meinen«, sagte Frida und zuckte die runden Schultern. »Ich wollte Ihnen nur helfen.«

Nach dieser Diskussion begann für Fridas Haare eine ereignislose Phase straffer Hochsteckfrisuren. Sie verbrachte mehr Zeit mit den Fußböden und ihrem Eukalyptusmopp und gab bei allem, was sie tat, Geräusche von sich – sie seufzte, ächzte, stöhnte leise. Alles war mit Mühen und

Klagen verbunden, oder, alternativ, mit einer aggressiv-munteren Energie. Immer wieder ließ sie Bemerkungen über hochbetagte Autofahrer und überfällige Registrierungserneuerungen fallen; mehr als einmal ließ sie sich darüber aus, wie schwierig es doch sei, Menschen zu helfen, die sich nicht helfen lassen wollten. Sie wirbelte die Atmosphäre des Hauses mit diesen klar vernehmlichen Äußerungen von Mühe und Zufriedenheit durcheinander, und Ruth fand es einfacher, ihr möglichst aus dem Weg zu gehen. Sie zog sich in ihren Sessel zurück, zählte Schiffe und tat so, als lese sie die Zeitung. Jeffrey rief mit dem Vorschlag an, sie solle sich doch für ein Wochenende Besuch aus Sydney einladen; er dachte dabei an eine ganz bestimmte unverheiratete Frau, die, wie Ruth wusste, eine anspruchslose und dankbare Besucherin war, und eine eifrige Spionin für die besorgten Kinder ihrer in die Jahre gekommenen Freunde. Ruth nickte und lächelte ins Telefon. Frida fuhrwerkte mit ihrem Mopp herum, das Auto wartete.

In der folgenden Woche saß Ruth wieder einmal auf dem Fahrersitz, den Blick aufs Meer gerichtet, das glatt und grün war, außer dort, wo die Morgensonne einen Pfad darüber zeichnete, dort schimmerte es silbern. Sie empfand die altvertraute Angst, als sie den Schlüssel drehte, aber heute kam noch etwas anderes Furchtbares dazu: Das Auto schien sich immer enger um sie zu schließen, als würde es, während sie darin saß, zusammengedrückt. Es fühlte sich so klein und so schwer an, dass es jeden Augenblick in der Düne versinken und sie mit sich im Sand begraben konnte.

»Du hasst dieses Auto«, sagte sie laut und legte die Hände an die Stellen des Lenkrads, die von Harrys häufigen Berührungen glatt gescheuert waren. Er hatte immer teure europäische Autos gekauft, weil er überzeugt war, dass sie ewig halten würden; dieses Auto gab ihm recht. Es war die personifizierte Unzerstörbarkeit.

»Du hasst dieses Auto«, sagte sie noch einmal, weil sie es tatsächlich hasste und nicht nur Angst davor hatte, es zu fahren, sondern auch vor der teuren Maschinerie seines europäischen Herzens. Frida hatte wie immer recht. Wahrscheinlich hatte sie mit allem recht.

Aber es ärgerte sie, dass Frida recht hatte. Deshalb legte sie den Rückwärtsgang ein und fuhr mit einer Sicherheit, die einzig und allein aus Todesverachtung erwächst, die lange Auffahrt hinunter. Frida kam ans Wohnzimmerfenster; Ruth sah Hände, die die Spitzenvorhänge beiseiteschoben. Aber es war zu spät – Ruth verschwand bereits die Auffahrt hinunter. An der Straße bog sie rechts ab, weg von der Stadt. Links von ihr lagen die Hügel, rechts von ihr das Meer. Ein niedriger Wolkenschweif zog am Himmel dahin, während sie fuhr. Es war Juli – die Mitte des milden Winters. Die Straße war hell und grau, und das Auto derart schnell unter ihren hitzigen Händen; sie dachte an das Wort *Quecksilber,* ein wichtiges Wort, ein Wort für einen Piraten oder einen Kater. Ihre eigenen Katzen trugen alberne Athletennamen, menschliche Namen, die sie missbilligte und die sie nie benutzte; wie konzentriert ihr Geist sich anfühlte, dachte sie, obwohl all diese Dinge in ihm umherschwirrten, Piraten und Kater; sie bewegte sich auf einen definitiven Punkt zu und freute sich darauf, in Erfahrung zu bringen, was für ein Punkt das war. Sie würde ihn finden und nach Hause zurückkehren. Aber ihre Rückkehr musste perfekt sein: eine Geste, die sowohl

Kapitulation als auch Überlegenheit ausdrückte. Sie musste besagen, dass Ruth zwar bereit war, das Auto zu verkaufen, aber nicht, sich Fridas Willen völlig zu unterwerfen.

Ruth folgte der lang gezogenen Linkskurve eines Hügels, bis ihr ein wenig schwindlig wurde, und als die Straße wieder gerade verlief, entdeckte sie am Rand einen Obststand mit einer kleinen Freifläche daneben, auf der Autos parken konnten. Sie hatte sich oft gefragt, wer wohl an solchen Ständen anhielt. Harry hatte sich immer geweigert. Sie jedoch bog von der Straße ab, holperte auf den grasbewachsenen Seitenstreifen und blieb einen Moment in dem still gewordenen Auto sitzen. Als sie ausstieg, fühlte sich die Luft wie frisch poliert an. Sie war gleichzeitig belebend und schneidend.

Ein Junge im Teenageralter, mit von zu viel Sonne dunkler Haut und ausgebleichten Haaren, betreute den Stand. Sein blinzelndes Gesicht war vor Langeweile wie blank gescheuert, und das Surfbrett, das neben ihm lehnte, erklärte den Ausdruck in seinen Augen, der von Sehnsucht nach dem Meer sprach. Er schien hauptsächlich Avocados zu verkaufen, aber es gab auch eine prachtvolle Ananas, die Ruths Blick auf sich zog. Sie gehörte nicht hierher: eine Ananas, so weit südlich, im Juli! Sie ging näher und legte eine Hand auf die schartige Schale.

»Viel zu tun?«, erkundigte sie sich. Sie hatte sämtliche Münzen aus dem Aschenbecher des Autos gefischt. Ihr Gewicht zog ihre Taschen nach unten.

»Nee«, brummte der Junge, zuckte die Schultern, seufzte und sah auf das wogende Meer hinaus. »Ich könnt schon seit Stunden da draußen sein.«

»Könnte«, korrigierte Ruth und kramte ihre Münzen hervor. »Ich weiß nicht, wie viel Geld das hier ist, aber ich möchte es restlos ausgeben.«

Er war schnell im Zählen. »Es sind neunzehn Dollar und fünfundvierzig Cent«, sagte er. Harry hätte missbilligend den Kopf geschüttelt, weil sie die Münzen nicht längst aus dem Auto geholt hatte.

»Was bekomme ich dafür?«

Der Junge sah aufs Meer hinaus, dann sah er Ruth an. »Alles.«

Es dauerte zehn Minuten, »alles« ins Auto zu laden. Der Brustkorb des Jungen schien sich mit jeder Kiste zu weiten; er fing an, über das Wetter zu sprechen, über eine sich verlagernde Sandbank in der Bucht, und schließlich kratzte er sich genüsslich am Kinn, das nur ein paar spärliche Barthaare aufwies. Der Rücksitz des Autos war jetzt voller Avocados, aber die Ananas saß ganz für sich allein auf dem Beifahrersitz; Ruth hätte sie am liebsten angeschnallt. Als sie davonfuhr, winkte der in die Freiheit entlassene Junge ihr nach. Die Ananas kullerte in den Kurven der Küstenstraße ein wenig hin und her, und irgendetwas daran – die prallen Bewegungen, der satte, goldene Duft, die Absurdität des spitzen, grünen Schopfs – gab Ruth das Gefühl, Urlaub zu machen. Gab ihr das Gefühl, immer weiterfahren zu wollen, ohne je zurückzukommen. Aber, fragte sie sich, wie machte man Urlaub vom Urlaub? Und als sie sich das fragte, war sie schon wieder zu Hause.

Ruth hoffte, dass Frida vor dem Haus oder zumindest gleich hinter der Haustür warten würde. Aber das tat sie nicht. Also parkte Ruth das Auto an seinem üblichen Platz.

Das Gefühl, zerdrückt zu werden, war verschwunden; Auto und Boden fühlten sich wieder solide an. Sie dachte an die Zeit zurück, als sie noch jung war, und ihre Söhne noch klein, und sie nur dann streng aussah, wenn sie Auto fuhr; dann presste sie die Lippen ganz fest zusammen, ihre Ellbogen spreizten sich wie beim Ballett vom Lenkrad weg, und ihr Gesicht nahm einen Ausdruck an, der den Kindern Angst machte. Es konnte kein Fehler sein, das alles hinter sich zu lassen.

Vom Garten und von der Haustür aus rief Ruth nach Frida; dann ging sie zum Auto zurück, öffnete die Hintertüren, betrachtete die flachen Kisten mit den Avocados und überlegte, ob sie sie herausheben sollte. Erst da kam Frida aus dem Haus, noch damit beschäftigt, sich die Hände am Saum ihrer weißen Bluse abzutrocknen.

»Avocados? Im Winter?«

»Ein Geschenk«, sagte Ruth.

»Kein sonderliches Geschenk, wenn ich sie selbst schleppen muss«, sagte Frida, aber Ruth sah, dass sie sich freute. Es war die Menge, die sie beeindruckte; Frida hatte eine Vorliebe für große Mengen. Sie schleppte und ächzte, bis die Avocados im Haus waren, und Ruth ging zurück, um das Auto abzuschließen. Die Ananas lag noch auf dem Beifahrersitz. Sie hob sie mit besonderer Vorsicht heraus: wegen ihres Rückens, aber auch wegen der Ananas selbst.

Als sie wieder ins Haus kam, stand Frida im Esszimmer am Fenster und gab seltsame Geräusche von sich, ein leises, kehliges Gurren, das von einem Vogel stammen konnte. Ruth schaute und sah Elstern im Garten. Frida beobachtete sie und stieß diese leisen, gutturalen Lockrufe aus. Sie hörte erst damit auf, als Ruth sagte: »Ich habe beschlossen, das Auto zu verkaufen.«

Da drehte sie sich um und lächelte. »Gut«, sagte sie. Ihr rundes, hübsches Gesicht sah wunderschön aus, wenn sie lächelte. Sie streckte die Arme aus und nahm die Ananas entgegen, als habe sie die ganze Zeit darauf gewartet, als habe sie eine Bestellung dafür aufgegeben. Ruth legte die Autoschlüssel auf den Tisch. Ihre jetzt leeren Hände rochen nach Münzgeld.

»Im Grunde genommen tue ich es für meinen Seelenfrieden«, erklärte sie.

»George kann sicher einen guten Preis für Sie rausschlagen«, sagte Frida, und am nächsten Tag stellte sie Ruth einen Mann namens Bob vor, der sich das Auto ansah – er bestand darauf, es »das Fahrzeug« zu nennen – und bereit war, dreizehntausend Dollar dafür zu bezahlen. Die Vorstellung, endlich frei von diesem Auto zu sein, begeisterte Ruth, ebenso die Vorstellung, es zu verkaufen, ohne ihre Söhne um Rat gefragt zu haben. Diese Befriedigung wuchs noch, als Bob ihr einen Scheck überreichte, und Ruth sah, dass er abgesehen von den sonstigen Misslichkeiten, mit denen er sich herumplagen musste – Frida hatte eine ungetreue Ehefrau und Nierensteine erwähnt –, auch noch mit dem ungewöhnlich hässlichen Nachnamen *Fretweed* geschlagen war. Am selben Nachmittag kam er mit einem dürren Begleiter zurück, der das Fahrzeug die Auffahrt hinuntermanövrierte. Ruth dachte, dass ein vertrautes Auto einen ganz spezifischen Klang hat, und dieser Klang schien fast mehr als jedes andere Geräusch – sogar mehr als der Klang von Harrys Stimme – unauslöschlich in ihrem Gedächtnis verankert. Aber das Auto verschwand und nahm seinen Klang mit sich; und auch Harry verschwand zum letzten Mal die Auffahrt hinunter. Frida schien sich dessen in der Stille des Hauses bewusst zu sein. Ein Gefühl der Erleichterung und der Erschöpfung bezeichnete das Ende ihres kleinen Machtkampfes, und es manifestierte sich in kleinen, fürsorglichen Dingen: Tee, der gemacht wurde, Stille, die gewahrt wurde, kein Konkurrenzgebaren um die Zuneigung der Katzen. An der Stelle, wo das Auto immer gestanden hatte, war das Gras völlig vergilbt und hatte die Farbe von reifem Getreide angenommen. Frida befestigte den Scheck mit einem Magneten am Kühlschrank und sagte, sie würde ihn gleich als Erstes am Montagmorgen zur Bank bringen.

5

Ab da kümmerte sich Frida um Ruths Bankangelegenheiten. Sie legte ihr Kontoauszüge und Anschreiben vor, und Ruth wedelte jedes Mal königlich mit der Hand, als wolle sie nicht mit derartigen Kleinigkeiten belästigt werden. Frida behandelte Ruths Sparbuch wie etwas Heiliges, bat immer um die Erlaubnis, es benutzen zu dürfen, und legte es hinterher so, dass Ruth es sehen konnte, an seinen Platz ganz hinten in Harrys Aktenschrank zurück. Jeffrey hatte Ruth erklärt, wie Scheckkarten funktionierten, aber sie mochte die effiziente Behaglichkeit des Buchs; mochte die Art, wie es sich anfühlte, so in sich geschlossen, so manuell.

Auch Frida hatte nichts für Scheckkarten übrig. »Geld ist nicht aus Plastik«, sagte sie, obwohl es das natürlich sehr wohl war.

Eigentlich hatte Ruth die Absicht, sich die ganzen Unterlagen abends anzusehen, wenn sie allein war. Sie erinnerte sich noch gut daran, was ihre Mutter über den Umgang mit Bediensteten gesagt hatte: Du darfst ihnen nie Anlass geben zu glauben, dass du ihnen nicht vertraust. Aber abends war das Haus kein Ort für diese bei Tag gefassten Vorhaben; es verlangte eine andere Art von Entschlossenheit. Nach Einbruch der Dunkelheit verdichtete sich die Hitze, sodass jedes Geräusch tropisch anmutete: Palmen rasselten mit ihren speerförmigen Blättern, Insekten rieben in den tropfenden Bäumen ihre Flügel aneinander; das ganze Haus bewegte sich, pulsierte. Ruths Kopfhaut juckte vor Hitze. Sie lauschte auf Hinweise auf den Tiger, aber alles wirkte auf beruhigende Weise pflanzenfressend. Eines Nachts wurde sie vom Heulen eines Hundes geweckt und fing an, über wilde Hunde nachzudenken – sie glaubte, sich an eine Hyäne im *Dschungelbuch* zu erinnern. Ihre Mutter hatte ihr das *Dschungelbuch* vorgelesen, als sie noch klein war, zu einer Zeit, da ihr Bett vom Fenster fortgerückt werden musste, weil sie unter Albträumen litt; vom Kopfkissen aus fiel ihr Blick auf eine grün gestrichene Kommode mit einem gläsernen Nachtlicht, das rosige Schatten auf ein gerahmtes Bild vom Hafen von Sydney warf (anscheinend war sie an einem Ort namens Sydney geboren worden). Sie musste also ungefähr sechs oder sieben gewesen sein.

Jetzt lag sie wach im Bett und lauschte der Hyäne, bei der es sich zweifellos nur um einen Hund am Strand handelte. Die Katzen neben ihr rührten sich, schliefen aber wieder ein. Ihr Gefühl von etwas Außergewöhnlichem war ganz besonders stark ausgeprägt. Vielleicht war sie sieben und wartete darauf, dass ihr Vater von einem langen Abend in der Ambulanz nach Hause kam. Vielleicht war sie neunzehn und wartete auf Richards Stimme im Flur; er kam noch später nach Hause als ihr Vater und schlich immer so vorsichtig an ihrer pulsierenden Tür vorbei, dass sie ihn leicht überhört haben könnte. Die Bedeutsamkeit erwuchs aus den Geräuschen, die sie hörte, und aus denen, an die sie sich nur erinnerte; sie lag irgendwo genau dazwischen, fand dort einen Platz, und wuchs. Ruth lag da, lauschte und wartete; dann wurde sie des Wartens müde. Ich bin zu alt, dachte sie, um ein junges Mädchen zu sein, das auf ein wichtiges Geräusch wartet. Wieso gehe ich ihm nicht entgegen? Wieso bereite ich mich nicht darauf vor? Sie stieg aus dem Bett, um sich ein Bad einlaufen zu lassen, und während das grünliche Wasser die laute Wanne füllte, suchte sie in Harrys Arbeitszimmer nach ihrem alten Adressbuch. Wenn ich es finde, bevor die Wanne überläuft, dachte sie, wird Richards Adresse drinstehen. Sie fand das Buch, bevor die Wanne halb voll war, schlug es auf, und da, unter P für Porter, war Richards Adresse. Sie einfach nur zu sehen fühlte sich wie eine Aufforderung an.

Mithilfe des Haltegriffs, den Frida angebracht hatte, ließ sie sich ins Wasser gleiten. Das Wasser intensivierte das Weiß ihrer Beine, aber es glättete und überspielte auch die Falten ihrer Haut, sodass ihr Körper zur Hälfte, den Tatsachen entsprechend, alt und zur Hälfte ein Meeresgeschöpf und jung war.

Nach dem Bad fühlte sich Ruth glücklich und träge. Sie zog ein frisches Nachthemd an. Es war ärmellos und hell und hatte, obwohl es kurz war, etwas Bräutliches. Frida hatte es ausgesucht, und Ruth war entsetzt gewesen über das matronenhafte Blümchenmuster; aber jetzt, in der Nacht, leuchtete es. Die Hitze des Hauses bildete dort, wo das Mondlicht durch das geriffelte Glas der Haustür in den Flur fiel, eine Art Baldachin. Das Licht breitete sich über die Holzdielen wie ein Satz Karten, und Ruth sah, dass der Flur lang und gerade war und es weder Tiger noch Vögel noch Palmen gab. Aus Angst, hinzufallen, durchquerte sie ihn mit ausgebreiteten Armen (Harrys Mutter war nach einem ganzen Leben bei bester Gesundheit im Alter gestürzt und nie wieder richtig auf die Beine gekommen), und als sie die Tür zum Wohnzimmer öffnete, schien das Licht, das durch die Fenster fiel, sie völlig unvermittelt anzuspringen. Dieses Zimmer fühlte sich vergleichsweise kühl und still an, enthielt aber dennoch ein Echo hitziger Geräusche. Diese Geräusche suchte sie.

Aber sie fand nur die Stille ihrer Möbel, die entweder im Schatten lagen oder von den Spitzenvorhängen, die zwischen ihnen und dem Mond hingen, von einem Muster überzogen wurden. Wann immer Ruth den Mond betrachtete, wirkte er groß und voll, aber heute war er ganz besonders beeindruckend, als hätte er sich zu einem Ballon aufgeblasen, um ihr zu versichern, dass es in ihrem Wohnzimmer nichts Ungewöhnliches gab. Sein Licht fiel voll auf die Fläche vor dem Haus, aber ein Stück weiter wurde es von der grasbewachsenen Auffahrt verschluckt. Alles Mögliche konnte auf dieser Auffahrt lauern, ein Tiger oder ein Taxi. Ruth durchquerte das Esszimmer und sah in den Garten hinaus. Alles auf der zum Meer liegenden Seite des Hauses war in grelles Weiß getaucht und wirkte wie ausgebleicht, und diese Leere hatte etwas Gemeißeltes, das Ruth zum Fluchen verlockte. Sie liebte das prahlerische Poltern des Fluchens, das Gefühl, ein Publikum zu haben; es machte alles menschlicher. Sie stand in der halb offenen Hintertür, sagte »Fuck« und sehnte sich nach dem tröstlichen, heißen, sirrenden, singenden Dschungel, den sie aufgestört hatte, als sie aus dem Bett stieg. Er klang nicht wirklich wie Fidschi – auf Fidschi hatte sie nachts Autos auf der Straße gehört, die Bewegungen ihrer Eltern, das Telefon, das im Flur klingelte, und ihren Vater, der das Haus verließ, um nach einem Patienten zu sehen, Kreppmyrten, die sich an ihrem Fenster rieben, und das Geräusch des heißen Wassers in den Leitungen, wenn ihre Mutter sich ein Bad einlaufen ließ –, aber er klang anders genug, um sie an Fidschi zu erinnern; anders genug, um sie an das Zimmer mit dem Nachtlicht und dem Bild vom Hafen von Sydney denken zu lassen. Die Geräusche des Dschungels waren voll gewesen, alles hier war leer.

Sie ging ins Wohnzimmer zurück und lauschte eine Weile. Jedes Geräusch, das sie hörte, war ganz gewöhnlich, das kühle Zimmer war starr und luftlos. Sie legte sich aufs Sofa, drehte den Spitzenvorhängen der Fenster den Rücken zu und wartete. Es erschien ihr sehr wichtig, dass irgendetwas sie vielleicht berühren würde, und es war entscheidend, die Augen nicht zu öffnen, um nach was immer es auch sein mochte Ausschau zu halten. Ein Tiger wäre perfekt, aber im Grunde genommen war ihr alles recht; ein Vogel vielleicht, aber es musste nicht einmal ein Vogel sein. Einfach nur eine Fliege. Einfach nur ein Palmwedel, der sich im gelben Wind bewegte. Wenn sie mit geschlossenen Augen auf der Couch liegen blieb, würde sie vielleicht spüren, wie ihr Dschungel zu ihr zurückkam, vielleicht würde ein gelbes Licht leuchten, vielleicht würde ein Tiger mit seiner breiten Nase gegen ihren Rücken stupsen. Vielleicht würde wenigstens das Wasser in den Leitungen hämmern. Am nächsten Morgen wurde sie von Frida geweckt, die sie auf dem Sofa umdrehte, ihr ins Gesicht starrte und schrie: »Sind Sie jetzt völlig verrückt geworden? Ich hätte mir fast in die Hose gemacht! Ich dachte, Sie sind tot!«

6

An diesem Morgen nahm sich Frida die Fußböden besonders gründlich vor. Umspült von angeschwemmtem Dreck, der bewirkte, dass ihre nackten Füße graue Spuren hinterließen, egal wie lange sie die Böden trocknen ließ, schuftete sie sich in eine tiefschwarze Stimmung hinein. Aber sie schrubbte weiter, und irgendwann lagen die Böden glatt und sanft glänzend vor ihr. Da wurde sie dann großmütig und herzlich. Sie saß am Esstisch, blickte hochherzig aufs Meer hinaus und aß getrocknete Aprikosen. Ihre Haare waren zu einem komplizierten dreifachen Zopf geflochten, und die Böden waren, vorübergehend, perfekt.

Ruth setzte sich zu ihr an den Tisch und sagte: »Jeffrey findet, ich soll mir jemanden zu Besuch einladen.«

Frida kaute ihre Aprikosen.

»Genau gesagt will er, dass ich Helen Simmonds einlade, eine sehr vernünftige Frau, die er seit Ewigkeiten kennt und die ihn hinterher anrufen und ihm alles erzählen wird.«

Frida schnalzte mit ihrer gut gelaunten Zunge.

»Also dachte ich, ich lade stattdessen einen Mann ein.«

Frida johlte. Ihr ganzes Gesicht strahlte vor vergnügter Anzüglichkeit. »So, so«, lächelte sie. »Gerade als ich dachte, ich weiß alles über Sie.«

Ruth freute sich über die Unterstellung, tat sie aber mit einem abwehrenden Wedeln der Hand ab.

»Und wer ist er?«, fragte Frida. »Ihr Liebster?«

»Ich habe ihn fünfzig Jahre nicht gesehen.«

»Exliebster?«

»Nein. Na ja. So etwas Ähnliches.«

»Ha!«, triumphierte Frida. »Stille Wasser sind eben doch tief.«

»Ach Frida, wir reden von den Fünfzigern! Und auf Fidschi hätte es genauso gut noch 1912 sein können.«

Frida schnaubte, als hätte es nie ein 1912 gegeben.

»Ich meine nur, Fidschi in den Fünfzigern«, schränkte Ruth ein. »Ich wollte nicht sagen, dass Fidschi ein *rückständiges* Land ist.«

»Und wenn, wäre es mir auch egal«, sagte Frida. Die Aprikosen verschwanden nacheinander in ihrem wohlwollenden Mund. Ruth fing an, sich Sorgen über Fridas Verdauung zu machen, gab sich aber selbst den guten Rat, den Mund zu halten; Frida gehörte zu den Frauen, von denen ihre Mutter anerkennend gesagt hätte, sie habe die Konstitution eines Ochsen. Als Kind hatte Ruth Angst vor Ochsen gehabt, die mit den Augen rollten und die Spitzen der Zuckerrohrpflanzen abfraßen und deren Flanken in der Sonne glänzten, aber inzwischen wusste sie, dass ihre Mutter nicht an diese realen Ochsen gedacht hatte, wenn sie jemanden zu seiner Konstitution beglückwünschte.

»Er hieß Richard Porter«, sagte Ruth.

»Sicher«, sagte Frida und hob eine ihrer gezupften Augenbrauen, als hätte sie die ganze Zeit auf Richard gewartet. Aber das war nun einmal Fridas Art: Es war unmöglich, sie mit etwas zu überraschen. Lieber wäre sie verhungert, als sich von irgendetwas überrumpeln zu lassen. Das hatte sie selbst mehr als einmal gesagt. Ruth brauchte Frida auch gar nicht erst zu fragen, ob sie mehr über Richard hören wollte, weil sie sowieso nur die Schultern zucken oder seufzen oder im besten Fall sagen würde: »Wie Sie wollen.« Es war viel besser, einfach anzufangen.

»Er war Arzt und geschickt worden, um meinem Vater in der Ambulanz zu helfen«, sagte Ruth. »Ich war neunzehn. Er war älter.«

Fridas Gesicht schien sich zu einem Feixen zu verziehen, als erwarte sie eine schmutzige Geschichte. Aber es war schwer zu sagen, was sie dachte. Sie saß da, fast wie betäubt, die Füße ein Stück über dem Boden, und blickte über die Bucht hinweg, wo ein beharrlicher Wind den Nebel vertrieb und die Fahnen über dem Surfclub flattern ließ.

Richard, erklärte Ruth, war aus humanitären Beweggründen und nicht als Missionar nach Fidschi gekommen, obwohl er sich bereit erklärt hatte, sich zu gewissen Glaubensgrundsätzen zu bekennen, um die Stelle zu bekommen – es war nach dem Krieg so schwer, ausgebildete Kräfte zu finden, dass Ruths Vater bereit war, diesen Kompromiss zu akzeptieren. Vor Richards Ankunft bezeichneten Ruths Eltern ihn immer als »diesen talentierten, aber irregeleiteten jungen Mann« und verbrachten viel Zeit damit, das Haus vorzubereiten, da er bei ihnen wohnen sollte, bis er eine eigene Unterkunft gefunden hatte. Immerhin war er Australier; Ruths Eltern dankten Gott für diese Rücksichtnahme, und Ruth schloss sich ihren Gebeten an. Allerdings war sie hauptsächlich daran interessiert, wie attraktiv er wohl war. Er kam mitten in einem Wolkenbruch bei ihnen an. Ruth stand auf der Veranda neben dem Haus und beobachtete, wie er vom Taxi durch den Regen lief. Ein intensives Gefühl von Schicksalhaftigkeit ergriff sie, weil sie neunzehn war und weil er so von der Vorsehung geschickt schien: jung, Australier, Arzt, und jetzt kam er durch den Regen in ihr Haus gelaufen. Also bog sie um die Hausecke, sehr auf ihre Wirkung bedacht – denn sie war hübsch gewesen, ein hübsches, hellblondes Mädchen – und bereit, so bewusst bereit, für einen plausiblen Anfang ihres Lebens. Aber er war klatschnass und hatte hauptsächlich sein Gepäck im Kopf, das der Fahrer durch den Regen ins Haus schleppte. Richard schien ihm dabei helfen zu wollen, wurde aber von Ruths Vater daran gehindert, der eine Willkommensrede vorbereitet hatte, die er nun hielt, wobei er Richard in einer väterlichen Umarmung umklammerte. In diesem ganzen Durcheinander wurde Ruth mehr oder weniger vergessen und dann nur hastig vorgestellt. Sie zog sich schmollend in ihr Zimmer zurück und dachte an einen ersten Eindruck, bestehend aus dunklen Haaren und einer hageren Gestalt.

Später am selben Abend, als Richard wieder trocken war, waren seine Haare heller, und sein Körper wirkte weniger hager. Attraktiv war nicht der richtige Ausdruck für ihn; er sah zwar gut aus, aber auf eine ordentliche, schimmernde, schmale Weise, mit seinen gekämmten Haaren und seiner geraden Nase und der Blässe um die Lippen herum. Es war, als sei seine Schönheit weggepackt worden – höflich, resolut –, damit er sich um den Rest seines Lebens kümmern konnte, aber sie machte sich trotzdem bemerkbar, im Schimmer seiner Haare und dem zart geschnittenen Gesicht. Die feinen Linien auf seiner Stirn ließen auf Ernsthaftigkeit schließen. Das alles gefiel Ruth; sie befand es für gut. Manchmal band sie ihre eigenen Haare zu straff nach hinten, als dass es noch schmeichelhaft gewesen wäre, weil sie offen eine lange, weiß-goldene Fläche bildeten, eine Ablenkung, und nichts mit dem Werk Gottes zu tun hatten.

Sie saßen alle gemeinsam am Tisch – Ruth, ihre Eltern und Richard –, und Ruth sah das Esszimmer so, wie er es sehen musste: wie lang und schmal es war, wie schäbig weiß, mit dem angestoßenen Sideboard mit dem Familiensilber (einer Terrine, einem Pfefferstreuer, einer Punschschüssel mit sechs gläsernen Tassen, alles liebevoll von Sydney hierhergebracht, aus der Vergangenheit, und nur selten benutzt. Ist es nicht komisch, dachte Ruth, dass manche Gegenstände anscheinend dazu bestimmt sind, Dinge wie Seereisen und Kriege zu überstehen?). Ein Ventilator drehte sich unter der Decke. Ruths Mutter hielt nichts von Lampenschirmen, sondern liebte helles, antiseptisches Licht, und so wirkte der Esstisch, der Äquator in diesem lang gestreckten Zimmer, als würde im nächsten Moment eine Notoperation durchgeführt werden. Es gab keine Schatten; alles gleißte wie in greller Mittagssonne. Landschaftsaquarelle flankierten eine Fotografie des Königs. Als Richard den Kopf senkte, weil Ruths Vater das Tischgebet sprechen wollte, sah Ruth den hellen Streifen weißer Kopfhaut, wo der Scheitel seine Haare teilte. Die Spitzen seiner Ohren waren von der Sonne gerötet, und seine Stirn war gebräunt und feucht. Er hielt die Augen offen, und sein zart geschnittenes Gesicht blieb unbewegt, aber er formte ein »Amen« mit den Lippen. Vielleicht würde er sich ja doch bekehren lassen. Ruth sah ihn zu lange an, und er ertappte sie dabei.

Alle aßen mit jener ingrimmigen Konzentration, die aus Verlegenheit und gutem Willen entsteht. Zumindest bei Ruth war es so, und bei ihrer Mutter und Richard. Ihr Vater dagegen war wirklich entspannt und glücklich, genoss die Gesellschaft des Mannes und Mediziners mit sichtlichem Vergnügen, als habe er sich, was Gespräche anbelangte, viele Monate lang in einer Einöde befunden. Wahrscheinlich war es auch so, vermutete Ruth. Ihr Vater belegte Richard mit Beschlag, während sie selbst kaum ein Wort sagte und hoffte, stattdessen eine brennende innere Intensität auszustrahlen, die sich ihm auch ohne Worte mitteilen würde. Richard beantwortete die Fragen ihres Vaters mit einer Höflichkeit, die darauf schließen ließ, dass er seine wahren Gefühle für sich behielt. Ruth erkannte und schätzte diese Art von Reserviertheit und kam zu dem Schluss: Er ist ein moralischer Mann, aber rücksichtsvoll. Er ist gutherzig. Wahrscheinlich – gestand sie sich später ein – hätte er absolut prinzipien- und gefühllos sein können, und sie hätte trotzdem etwas entdeckt, was sie bewundern konnte. So entschlossen war sie, ihn zu lieben.

Nach dem Essen setzten sie sich auf die Veranda (die Ruth für sich immer als Terrasse bezeichnete) und tranken Tee. Der Tee war nie heiß genug. Es war, als würde man die Luft trinken, die sich drückend um sie alle legte, als hätte der Regen von vorhin beschlossen, nicht weiter zu fallen, sondern in der Schwebe zu verharren. Fledermäuse schwammen über ihren Köpfen. Richard zündete sich eine Zigarette an, und Ruth stellte sich vor, wie der Rauch in seine Lungen eindrang und wieder ausgeatmet wurde. Alles war Dunst – der Tee, die feuchte Luft, der Rauch –, nur Richard war eindeutig. Sie sah ihn nur selten an und sagte kaum etwas, bemühte sich aber um besondere Anmut, während sie sich fächelte, um die Mücken zu vertreiben – sie stachen sie nur selten, schwirrten aber um ihr Gesicht herum. Irgendwann wurde ihre Mutter müde und sagte: »Ich bin sicher, die jungen Leute haben sich eine Menge zu erzählen«, und Ruth sah den erstaunten Blick ihres Vaters, als sei der Gedanke, Richard und Ruth könnten etwas gemeinsam haben – und sei es auch nur ihr annähernd gleiches Alter –, völlig abwegig. Dann zogen sie sich zurück; ihre Mutter nachsichtig, ihr Vater, der mitten in einem Monolog unterbrochen worden war, aufgestört. Sie bewerkstelligten ihren Rückzug derart umständlich, dass Ruth vor Verlegenheit am liebsten im Erdboden versunken wäre.

Richard saß da und rauchte, umhüllt von einer Aura aus Erschöpfung, Erleichterung und erzwungener Höflichkeit. All das ließ sich allein daran erkennen, wie er dasaß und rauchte. Ruth mochte die Art, wie er das Handgelenk ganz starr hielt. Manche Männer, fand sie, rauchten wie Frauen; ihr gefiel, dass er das nicht tat. Er trug einen Ehering, aber nicht am richtigen Finger, und viel später erfuhr sie, dass er seinem verstorbenen Vater gehört hatte. Aus Angst, es könne auch nur ein Moment des Schweigens eintreten, stellte Ruth Fragen. Richard war in der Hoffnung nach Fidschi gekommen, sagte er, eine Armenklinik für die Behandlung indischer Frauen zu eröffnen.

»Was wollen Sie behandeln?«, fragte Ruth überrascht, denn sie dachte, es gehe darum, dass indische Frauen an irgendeiner speziellen Krankheit litten, die unter australischen, fidschianischen und englischen Frauen unbekannt war, und obwohl sie vermutete, dass es etwas Peinliches sein könnte, wollte sie wissen, was es war.

»Indische Frauen«, wiederholte er. Hatte er aus ihrer Frage etwa geschlossen, dass sie nicht wusste, dass es indische Frauen gab? Es war ein schlechter Anfang.

»Oh«, machte Ruth. »Ich dachte, Sie sind hier, um uns zu helfen. In unserer Ambulanz.«

»*Ihrer* Ambulanz?«, fragte er zurück.

Ruth fand diese Bemerkung sehr unhöflich und genoss ihre eigene Empörung, aber sie schämte sich auch: Alles, was sie sah, war so schäbig, so offensichtlich. Aus dem Haus drangen die Geräusche des Boys, der in der Küche das Geschirr abwusch, im wild wuchernden Garten herrschte keine wirkliche Ordnung, und sie waren gleichzeitig zu privilegiert (immerhin waren sie keine indischen Frauen, mit ihren geheimnisvollen Leiden) und nicht privilegiert genug (wenn man mit einem jungen Mann auf der Terrasse saß, sollte man doch gewiss nicht hören müssen, wie in der Küche das Geschirr abgewaschen wurde, oder?). Also korrigierte sie sich. »*Der* Ambulanz.«

Da lächelte er sie an, und fast gegen ihren Willen lächelte sie zurück. »Was ich wirklich möchte«, sagte er, und sie beugte sich bis dahin vor, wo der Rauch seiner Zigarette begann; sie hätte den Kopf hineintauchen können. »Was ich wirklich möchte, ist, eine eigene Ambulanz zu eröffnen, für den Anfang vielleicht einmal im Monat, öfter, falls Interesse besteht und ich die nötigen Mittel auftreiben kann. Es gibt da einen Mann namens Carson – kennen Sie ihn?«

»Ja«, sagte Ruth bedauernd. Andrew Carson war ein noch relativ junger Mann, der für die Südpazifische Kommission arbeitete. Die Leute verdächtigten ihn auf freundliche Weise, Kommunist zu sein, hauptsächlich weil er nicht in die Kirche ging. Er schätzte Ruths Vater, weil dieser als Arzt die Möglichkeit gehabt hätte, in Sydney Geld zu verdienen – »richtiges Geld«, sagte er, als gäbe es eine andere Sorte –, stattdessen aber hier war, um Fidschianer zu kurieren. Ruths Vater konnte mit dieser säkularen Art der Billigung nichts anfangen. Der Gedanke, Richard und Andrew Carson könnten Freunde werden – Verbündete –, machte Ruth untröstlich.

»Er denkt, er kann vielleicht Mittel für mich auftreiben. Ich will auf die Dörfer fahren, und dafür brauche ich einen Lastwagen.«

»Einen Lastwagen«, sagte Ruth mit einer Ernsthaftigkeit, die Richards Plänen entsprach.

»Und bis dahin, ja, bis dahin bin ich hier, um in Ihrer Ambulanz zu helfen.«

»Das freut mich«, sagte sie. »Beides, meine ich. Dass Sie hier sind, um meinem Vater *und* den indischen Frauen zu helfen.« Es war die durchdachteste Bemerkung, die sie je einem Mann gegenüber geäußert hatte, mit dem sie nicht verwandt war, und sie hatte das Gefühl, dass ihre Ohren rot glühten.

Richard belohnte sie mit einem weiteren Lächeln. Der Rauch hing neben ihm, ohne nach oben zu steigen oder sich nach unten zu senken. »Ihr Vater redet gern, nicht wahr?«, wechselte er das Thema.

Ruth reagierte empfindlich auf Kritik an ihrem Vater, auf jene prekäre, persönliche Weise, auf die Kinder um die Würde ihrer Eltern besorgt sind. Sie machte sich beträchtliche Sorgen um ihn, in der Welt da draußen.

»Normalerweise nicht«, sagte sie. »Er ist froh darüber, dass er Sie zum Reden hat.«

»Ich mag ihn wirklich sehr«, sagte Richard. »Ich habe alles gelesen, was er über Keuchhusten geschrieben hat.« Sie wartete, dass er hinzufügte: »Aber das alles interessiert Sie sicher nicht.« Er tat es nicht. Seine Zigarette war bis an seine Finger heruntergebrannt, und er schüttelte sie weg. »Ich rauche sie immer bis auf den letzten Krümel«, sagte er. »Eine schlechte Angewohnheit. Aus Armeezeiten.«

»Wo waren Sie?«

»Hauptsächlich in Neuguinea, und dann noch eine Weile in Tokio.« Offensichtlich überlegte er, ob er sich noch eine anzünden sollte; sie sah, wie er sich dagegen entschied. »Und Sie? Haben Sie gerade Ferien? Gehen Sie wieder zurück nach Sydney auf die Schule?«

Ruth stand auf. »Sie müssen erschöpft sein.«

»Das bin ich wirklich«, sagte er und erhob sich ebenfalls. »Sie haben mir das Gefühl gegeben, sehr willkommen zu sein. Haben Sie vielen Dank.«

Er bot ihr nicht die Hand, sondern stand einfach nur mit seinen Zigaretten da und hatte seinen Tee nur halb getrunken; offenbar wusste er nicht, was guter Tee in Suva kostete. Das Viereck des Küchenfensters verdunkelte sich.

»Ich hoffe, Sie werden sich hier wohlfühlen«, sagte Ruth und ging, zu schnell, ins Haus. »Ich bin mit der Schule fertig. Ich bin neunzehn. Gute Nacht.«

Sie lief die Treppe hinauf und dachte, du Idiotin, du Idiotin.

Jetzt sagte sie zu Frida: »Ich habe mich gleich am ersten Abend in ihn verliebt. Was für eine dumme Gans ich doch war. Ich kannte ihn ja überhaupt nicht.«

»Meistens ist es besser, sie nicht zu kennen«, sagte Frida.

»In manchen Fällen vielleicht. Aber Richard war ein ganz besonderer Mann.«

»Und Sie haben ihn nicht geheiratet?«

»Nein.«

»Schön blöd.«

»Es lag nicht an mir.«

»Ich habe gemeint, schön blöd von ihm«, sagte Frida.

»Oh, für ihn hat sich alles gut gefügt«, sagte Ruth. »Er hat vor mir geheiratet. 1954 fuhren wir gemeinsam zurück nach Sydney, und ich hoffte, dass unterwegs irgendetwas passieren würde. Etwas Definitives, meine ich. Aber wie sich herausstellte, war er die ganze Zeit über verlobt gewesen. Er hatte nie etwas davon gesagt, nicht einmal zu meinem Vater. Ich war auf seiner Hochzeit und habe ihn danach nie wiedergesehen.«

»Wirklich? Nie?«

»Nie.« Ruth liebte die dramatische Endgültigkeit dieses »Nie«, musste aber zugeben, dass sie sich Weihnachtskarten geschrieben hatten.

»Wenn Sie mich fragen«, sagte Frida, die nur selten wartete, bis sie gefragt wurde, »können Sie froh sein. Was ist denn das für ein Kerl, der verschweigt, dass er verlobt ist?«

»Das Mädchen, das er heiraten wollte, war Japanerin. Er hatte sie in Japan kennengelernt«, sagte Ruth zu Richards Verteidigung und sah, dass Frida das nicht als Grund für seine Heimlichtuerei gelten ließ. »Der Krieg war noch nicht so sehr lange vorbei. Es war ein heikles Thema.«

Frida tastete blindlings nach einer Aprikose und machte ein nachdenkliches Gesicht. Mit heiklen Themen kannte sie sich aus. Sie aß die Aprikose, bevor sie fragte: »Und wie ist es ausgegangen?«

Als wäre ein Leben eine Episode, in der Dinge passieren, dachte Ruth. Wahrscheinlich ist es das auch. Und Dinge passieren tatsächlich, aber dann, in meinem Alter, und in Richards Alter, hören sie auf zu passieren, und deshalb kann man diese Frage stellen.

»Seine Frau starb ein oder zwei Jahre vor Harry. Sie war älter als er – als Richard, meine ich.«

Jetzt hob Frida eine Hand an ihre dunklen Haare und stieß ein Seufzen aus, das so bitter war, so erschöpft, und gleichzeitig so süß, dass Ruth versucht war, die Hand auszustrecken, um sie zu trösten. Aber Frida stand vom Tisch auf.

»Und Sie wollen ihn wirklich wiedersehen?« Fridas Stimmung schlug um; schon hatte sie ein weitsichtiges Stirnrunzeln aufgesetzt.

»Ich glaube ja«, sagte Ruth. »Doch. Ja.«

»Es wäre eine Menge Arbeit.« Frida seufzte und reckte sich, als laste diese Arbeit bereits jetzt auf ihr. »Ich hasse es, das zu sagen, Ruth, aber ich bin mir nicht sicher, ob Sie einem Besuch gewachsen sind. Wie alt ist dieser Richard überhaupt? Achtzig? Neunzig?« Sie sagte »Achtzig? Neunzig?«, als sei der Unterschied zwischen den beiden Altern vernachlässigbar.

»Er muss über achtzig sein«, antwortete Ruth. Richard über achtzig? Es kam ihr so unglaublich vor.

»Man könnte fast sagen, es ist unverantwortlich, von einem Mann dieses Alters zu verlangen, dass er auf Reisen geht. Und zu glauben, dass Sie in der Lage wären, sich um ihn zu kümmern, in *seinem* Alter.« Frida sah Ruth auf eine

Weise an, die »Und in *Ihrem* Alter« hinzufügte, und nahm die Tüte mit den Aprikosen vom Tisch.

»Auf der letzten Weihnachtskarte hat er geschrieben, er sei bei bester Gesundheit.«

»Bei bester Gesundheit für *achtzig*«, schnaubte Frida.

Frida glaubte, ein Geheimnis zu wissen, erkannte Ruth. Und zwar: dass Ruth und Richard naiv waren, dass sie alt waren, älter als alt, und dass sie vielleicht noch zu einer süßen, drolligen Romanze fähig waren, jeder körperliche Aspekt aber für sie beide vorüber war. Nun ja, vielleicht war er das. Ruth war unsicher. Sie erlaubte sich zu hoffen, ohne näher zu definieren, was sie sich erhoffte.

»Jeffrey wäre ganz Ihrer Meinung«, sagte Ruth mit einem sorgfältig unschuldigen Gesichtsausdruck, und sie sah, dass Frida über diese unerfreuliche Möglichkeit nachdachte, bevor sie in die Küche ging. Ruth blieb im Gedanken an Richard ganz ruhig sitzen. Sie war überrascht, wie sehr sie sich wünschte, ihn zu sehen, und auch, wie angenehm sich dieses Wünschen anfühlte. Jemand würde zu ihr kommen – Besuch, den sie selbst eingeladen, den sie selbst geplant hatte.

»Wissen Sie was?«, rief Frida aus der Küche. Sie verkündete gute Neuigkeiten – Großzügigkeiten, die sie aus ihrer Fülle heraus anbot – oft in voller Lautstärke aus einem anderen Raum, damit sie sich nicht mit Dankesbezeigungen abgeben musste. »Vielleicht könnte ich ja aushelfen. Sie wissen schon, vielleicht könnte ich auch am Wochenende kommen. Natürlich nicht umsonst, dass das klar ist.« Sie tauchte kurz im Durchgang zwischen den beiden Räumen auf. »Aber gegen angemessene Bezahlung könnte ich meinetwegen für Sie beide kochen und ein Auge auf alles haben.«

»Würden Sie das tatsächlich tun?«

Frida klapperte in der Küche herum, was bedeutete: »Ja, aber wagen Sie bloß nicht, mir dafür zu danken.«

Damit schien das Ganze für Frida beschlossene Sache zu sein: Ruth würde Richard einladen, und Frida würde ein Auge auf alles haben. Sie bereitete ein untypisch festliches Essen zu: eine Art Curry mit Ananasstückchen und undefinierbarem Fleisch. Es schmeckte wie ein entfernter Verwandter von etwas Fidschianischem.

»Wie nennen Sie das hier?«, fragte Ruth, als Frida ihren grauen Mantel anzog und zur Haustür ging.

»Mittagessen«, sagte Frida.

Später, als Ruth mit dem zweifelhaften Fleisch im Magen im Bett lag, machte sie sich Gedanken wegen Richard. Eigentlich wollte sie nur daran denken, wie wunderbar er war, dass alle Mädchen ihn geliebt hatten, er aber sie, Ruth, am liebsten gehabt hatte. Sie dachte daran, wie sie mit ihren Freundinnen spazieren gegangen war und er mit seinem schäbigen, in allen Nähten ächzenden Laster vorbeikam, seiner mobilen Ambulanz, und den Staub aufwirbelte, und er drückte auf die Hupe oder hielt sogar an, um ein paar Worte mit ihr zu wechseln, und manchmal, um sie nach Hause zu fahren oder sie alle im Laster an den Strand zu kutschieren, und beim Schwimmen hielt er sich immer in ihrer Nähe, lag neben ihr in der Sonne, plauderte über Andrew Carson, ließ Sand auf ihre Füße rieseln, fragte sie wegen irgendeines Fauxpas um Rat, den er sich gegenüber der Frau des methodistischen Geistlichen geleistet hatte, sagte, sie erinnere ihn an ein Milchmädchen auf einer Keksdose, und schließlich, als die Königin Fidschi besuchte und zu ihren Ehren ein Ball im Grand Pacific Hotel stattfand, bat er Ruth, ihn zu begleiten – obwohl er Königinnen missbilligte –, weil er wusste, dass sie gern hingehen wollte. Und alle warteten darauf, dass Ruth und Richard – ihre Namen wurden so oft gemeinsam genannt – ein Paar wurden. Auch als Richard anfing, sich selbst in Misskredit zu bringen, weil er sich zu sehr um die Gesundheit der indischen Frauen sorgte, sich mit den falschen Fidschianern anfreundete (»Agitatoren«, nannte Ruths Vater sie), zu lange im Haus von Ruths Eltern wohnen blieb (»Um Geld für die Armenklinik zu sparen«, sagte er. »Wegen mir«, hoffte und betete Ruth) und sich weigerte, in die Kirche zu gehen, obwohl er gar kein Kommunist war, hofften die Frauen von Suva, dass Ruth mit diesem »talentierten, aber irregeleiteten« jungen Mann ihr Glück finden würde. Sie hatte die Hoffnung aufgegeben, ihn zu bekehren, war sich, was Gott anging, selbst nicht mehr so sicher. Richard kam spät in der Nacht nach Hause, sie hörte, wie er leise an ihrer Tür vorbeiging, aber er blieb nie stehen. Nein, das stimmte nicht: Einmal blieb er stehen. Ihre Tür war offen. Er kam herein, um sich zu entschuldigen. Er hatte sie am Abend zuvor auf dem Ball für die Königin geküsst und würde es nie wieder tun. Die Leute fingen an, sich zu fragen, ob er wirklich normal war. Sie waren unsicher, was es mit den indischen Frauen auf sich hatte und was mit Andrew Carson war. Aber sie wären nie auf den Gedanken gekommen, dass er eine japanische Verlobte haben könnte.

Und wie Ruth ihn allen gegenüber in Schutz nahm! Weil sie sein Liebling war, sein Milchmädchen auf der Keksdose. Aber auch das war anstrengend. So zum Beispiel lieh er ihr schwierige Bücher, ohne dass sie ihn darum gebeten hatte, und wollte wissen, was sie davon hielt. Wenn die Ozeandampfer mit ihren Orchestern und Theatertruppen an Bord in Suva anlegten, nahm er sie mit zu den Vorstellungen. Und wenn ihm nicht gefiel, was er sah oder las oder hörte, bezeichnete er es als »schlechtes Stück«, als »schlechtes Buch«. In seinem Mund war schlecht das stärkste Adjektiv überhaupt. Immer hatte er eine entschiedene Meinung zum betreffenden Stück, zur betreffenden Symphonie, und er kündigte sie immer mit diesem deklamatorischen Stakkato an, als fasse er seine Meinung hilfreich zusammen, ehe er sich ausführlicher darüber ausließ: »Es war schlecht«, sagte er, oder »durchweg schlecht«, wenn er etwas für unrettbar hielt. Und wenn etwas seine Zustimmung fand, war es entweder »wichtig« oder »herausragend« oder »sehr gut«. Die meisten der Vorstellungen, zu denen er sie mitnahm, langweilten sie, selbst wenn sie sie genoss, und sie hatte das Gefühl, dass Richard seine ganze Welt wahrnahm, aus der sie, durch ihre eigene Entscheidung, wie es schien, ausgeschlossen war. Sie sah, dass er kummervoll ihren überenthusiastischen Applaus registrierte, wenn das Ganze schließlich vorbei war.

Er war höflich, hielt seine Meinung immer zurück, bis er darum gebeten wurde. Er wartete, bis sie fragte: »Und? Wie fanden Sie es?« Und dann sagte er: »Sehr schlecht« oder »Ausgezeichnet«, und dann ließ er sich minutenlang darüber aus, wieso er dieser Meinung war, und in dieser Zeit fragte sich Ruth, wie er auf all die Sachen kam, die er sagte. Es erstaunte sie, dass er derart unerschöpfliche Meinungen haben konnte, und dazu noch fähig war, sie zu artikulieren. Er ist einfach klüger als ich, schlussfolgerte sie, und interessierter. Aber ein Teil von ihr misstraute auch seiner Fähigkeit,

Gefühle derart schnell in Worte zu übersetzen. Sie selbst war nach einem Konzert immer erfüllt von einem Gefühl für die Form der Musik, und nach einem Theaterstück ahnte sie die Fäden, die gezogen worden waren; aber sie wusste nicht, wie sie diese Formen und Fäden beschreiben sollte. Richard dagegen redete und redete, dann sagte er: »Und? Was denken Sie?« Und sie antwortete vielleicht: »Ich bin derselben Meinung« oder »Es hat mir gefallen«. Sie hatte keine Meinungen, falls das, was er von sich gab, Meinungen waren; höchstens Vorlieben, und die waren oft vage. Sie wusste, dass ihre Meinungen existierten – dass sie auf Dinge, die ihr gefielen, mit echter Freude reagierte –, aber sie fand es nie nötig, sie genauer unter die Lupe zu nehmen. Wenn sie gedrängt wurde, ihren Geschmack in Bezug auf Bücher oder Kunst oder Musik darzulegen, klang sie in ihren eigenen Ohren so, als rede sie über ihre Lieblingsfarbe. Aber mit Harry, dessen Vorlieben ähnlich verschwommen waren, konnte sie ihre Freude mit Leichtigkeit teilen; so zum Beispiel liebten sie beide Händels *Messias,* empfanden aber nicht das Bedürfnis, die speziellen Empfindungen, die die Musik in ihnen auslöste, auf den Prüfstand zu stellen. Bücher waren etwas anderes, sie waren privat. Niemand konnte sie gleichzeitig mit ihr lesen, darauf reagieren und auf ihre Reaktion achten. Richard hatte versucht, sie aus sich herauszulocken, und sie hatte Angst, ihn mit dem wenigen, was er dort vorfand, zu enttäuschen. Im Vergleich dazu war Harrys Zwanglosigkeit eine Erleichterung.

Ruth hatte gedacht, ihr Charakter würde sich mit zunehmendem Alter schärfer herauskristallisieren, bis sie irgendwann feststellte, dass es keine Bedeutung mehr für sie hatte;

sie hörte auf, sich deswegen Gedanken zu machen, so als handele es sich um ein endlich aufgegebenes Hobby. Aber jetzt würde Richard vielleicht wieder mit seinen schlechten Büchern und seinen großartigen Symphonien ankommen und sie erneut zweifeln lassen. Die Hände auf dem mit Fleisch gefüllten Bauch, lag sie im Bett und machte sich Gedanken, bis die Katzen auf ihren Bettpfosten sich aufsetzten und sie anstarrten. Sie lauschten auf etwas, also lauschte sie ebenfalls, hörte aber nichts Ungewöhnliches. Ihr Herz fühlte sich steif, aber kräftig an. Nicht jetzt, dachte sie, und meinte damit den Tiger. Nicht, wo Richard kommt – was bedeutete, dass sie tatsächlich wollte, dass er kam. Eine der Katzen gab ein leises, seltsames Grollen von sich, oder zumindest ein Geräusch, das einem Grollen ähnelte. Als Ruth sie streicheln wollte, schnappte sie nach ihren Fingern, was sie immer traurig und schüchtern machte. Unglücklich drehte sie sich im Bett um, und die Katzen sprangen auf und rannten davon.

»Schön!«, rief sie ihnen nach. Sie würde Richard schreiben. Es war immer noch möglich, dass in ihrem Leben Dinge geschahen. Sie stemmte sich hoch, ging zum Frisiertisch und fand Papier und einen Stift.

»Mein Lieber«, schrieb sie. »Dieser Brief hier kommt für Dich vielleicht wie ein Blitz aus heiterem Himmel, aber wenn Du die Zeit erübrigen und die Reise auf Dich nehmen könntest, würde die hier unterzeichnende alte Dame Dich sehr gern wiedersehen. Ich lebe am Meer, habe eine sehr schöne Aussicht (es gibt Wale) und außerdem eine wundervolle Hilfe namens Frida, deren Bruder George Dich mit dem Taxi am Bahnhof abholen und hierherbringen könnte. Wir könnten über Fidschi und schöne Erinnerungen reden oder einfach nur in der Sonne dösen. Komm so bald Du möchtest. Die Wale wandern gerade. Komm so bald Du kannst.«

Ruth schrieb den Brief, las ihn nicht noch einmal durch, klebte den Umschlag zu und schickte ihn am nächsten Morgen mit Frida auf den Weg. Möglicherweise enthielt er Rechtschreibfehler, und hinterher machte sie sich Gedanken darüber, dass sie mit »in Liebe« unterschrieben hatte, aber das Wichtigste war, dass der Brief existierte und abgeschickt worden war. Fünf Tage später kam Richards Antwort. Seine Schrift war so spärlich wie Winterzweige. Er hatte sich sehr gefreut, von ihr zu hören, denn er hatte in letzter Zeit öfter an sie denken müssen, ob sie es glaubte oder nicht, und falls sie alt war, so war er älter. Der nächste Monat war für ihn leider unmöglich, aber er würde am Freitag in vier Wochen kommen.

7

Ein paar Tage vor Richards Besuch rief Ruth bei Jeffrey an.

»Was ist passiert?«, fragte er, kaum dass sie sich gemeldet hatte. Seine Wochentagsstimme klang, als wäre er bereit, sofort in Aktion zu treten.

»Nichts ist passiert«, beruhigte sie ihn. »Ich werde dieses Wochenende bloß beschäftigt sein, und da dachte ich, ich rufe jetzt an.«

»Womit beschäftigt?«

»Ich bekomme Besuch.«

»Sehr schön, Ma. Ist es jemand, den ich kenne? Helen Simmonds? Gail? Barb?«

»Nein.«

»Wer dann?«

»Jemand von früher.«

»Wenn du unbedingt ein Geheimnis daraus machen willst, werde ich dich nicht weiter drängen«, kam es von Jeffrey. Er war Harry so ähnlich, dass es fast unheimlich war. Aber wahrscheinlich hatten Witwen bei ihren Söhnen oft dieses Gefühl, und es zu erwähnen, hätte Jeffrey nur geärgert. Sie selbst hatte schließlich auch hart gekämpft, um sich ihren Glauben daran zu bewahren, dass sie völlig anders war als ihre Eltern.

»Ich mache kein Geheimnis daraus«, protestierte sie. »Es ist ein alter Freund aus Fidschi. Er heißt Richard Porter.«

Da war es wieder, dasselbe Gefühl wie damals, als sie ihren Schulfreundinnen gesagt hatte: »Ich fahre mit demselben Schiff nach Sydney wie Richard Porter.« Damals, 1954, hatten die Mädchen genickt und sich gegenseitig vielsagend angelächelt, und Ruth war bei diesen sanften Unterstellungen aufgeblüht. Ihr zärtliches Herz war fast übergequollen. Jetzt sagte Jeffrey: »Wie nett.«

»Erinnerst du dich? Wir haben Weihnachten immer Karten von ihm bekommen. Von ihm und seiner Frau.«

»Eigentlich nicht.«

»Er hat mich gekannt, als ich noch ein Mädchen war«, sagte sie. »Und er hat deine Großeltern sehr gut gekannt. Er war ein ziemlich außergewöhnlicher Mann. Eine Art Aktivist, würde man heutzutage wahrscheinlich sagen.«

»Frag ihn, ob er alte Fotos hat«, sagte Jeffrey.

»Ich bin sicher, er hat welche«, sagte Ruth. »Jedenfalls hatte er eine Kamera dabei, als die Königin zu Besuch kam.«

Ruth wusste, dass Jeffrey »Mädchen« als »kleines Mädchen« interpretieren und sich diesen Richard als beträchtlich älteren, onkelhaften Mann vorstellen würde. So jedenfalls hörte er sich an. Er gab vor, sich zu freuen, dass sie Gesellschaft haben würde, betonte allerdings, dass sie Helen Simmonds unbedingt bald einmal zu sich einladen sollte. Abgesehen davon sorgte er sich über die zusätzliche Arbeit, die ein Besucher (bei dem es sich nicht um Helen Simmonds handelte) für sie bedeuten würde. Ruth erklärte, Frida würde ihr helfen, gegen sehr wenig Geld – er wollte wissen, wie viel genau, und war mit ihrer Antwort zufrieden –, und dass sie davon ausging, dass sie kaum etwas anderes tun würden, als Wale zu beobachten und Tee zu trinken, was so wenig »zusätzliche Arbeit« bedeutete, dass es fast peinlich war. Frida, die die Esszimmerfenster putzte, während Ruth telefonierte, gab, als es um ihre Bezahlung ging, ein angewidertes Stöhnen von sich.

Jeffrey, der immer an den Reisevorkehrungen anderer Leute interessiert war und viel Zeit damit verbrachte, seine eigenen Reisen zu planen, wollte wissen: »Und wie will dieser Richard zu dir kommen?«

Ruths Antwort war ihm nicht detailliert genug. Die Unterhaltung zog sich noch eine Weile hin, und Ruth dachte: Was kann ich sagen, damit *er* dranbleibt? Und wann kann *ich* das Gespräch beenden? Sie wartete immer auf Hinweise darauf, dass Jeffrey kurz davor war, einen Anruf zu beenden, und wenn sie diese Hinweise identifiziert hatte, kam sie ihm zuvor und beendete das Gespräch an seiner Stelle, so abrupt, als dürften sie keinen weiteren Augenblick verlieren. Er schien kein bisschen schockiert darüber, dass seine Mutter vorhatte, einen männlichen Besucher zu empfangen, was einerseits eine Erleichterung war, andererseits aber auch bedauerlich, dachte Ruth. Nicht etwa, dass sie es darauf anlegte, ihre Söhne zu schockieren. Für derart durchschaubare Frauen hatte sie nie etwas übrig gehabt.

»Ich hoffe jedenfalls, ihr habt eine schöne Zeit«, sagte Jeffrey.

Ruth schnitt dem Telefon eine Grimasse. Eine schöne Zeit! Ich habe dich neun Monate unter meinem Herzen getragen, dachte sie. Ich habe dich mit meinem Körper genährt. Ich bin Gott! Der Ausdruck, der ihr auf der Zunge lag, lautete »Hurensohn«. Aber dann wäre sie ja die Hure.

Das Telefon gab ein leises Klingeln von sich, als Ruth einhängte, so als räuspere es sich, um Jeffrey aus dem Hals zu bekommen. Ruth betrachtete die Kurzwahltaste, die Phillip heraufbeschwören würde.

»Wie spät ist es in Hongkong?«

Mit gerunzelter Stirn zog Frida ihre Uhr zurate und fing an, die Stunden an den Fingern abzuzählen. »Zu früh, um anzurufen«, seufzte sie, als bedaure sie das Ergebnis ihrer Berechnungen, sei aber bereit, sich tapfer damit abzufinden. Es war immer zu spät oder zu früh, um in Hongkong anzurufen; allmählich zweifelte Ruth fast daran, dass es an jenem fernen Ort jemals Tag war. In den letzten vier Wochen, in denen sie auf Richards Besuch gewartet hatte, hatte sie angefangen, die Existenz jedes anderen Ortes in Zweifel zu ziehen; es kam ihr so unglaublich vor, dass Richard in ebendiesem Augenblick irgendwo war, lebte, und darauf wartete, sie zu sehen.

Frida wandte sich wieder ihren Fenstern zu. »Jeff findet meine Bezahlung also angemessen?«, sagte sie. Es war keine Frage. Das Fleisch ihrer Arme vibrierte, während sie an den Fensterscheiben herumrieb; die Fensterscheiben vibrierten ebenfalls. Frida hatte eine derart starke Bindung an das Haus entwickelt, dass dieses beidseitige Vibrieren wie eine Art Unterhaltung wirkte. Ruth fand es beruhigend.

Jetzt, wo sie Jeffrey von Richards Besuch erzählt hatte, stand fest, dass Richard tatsächlich kommen würde. Ruth befragte ihr Herz und stellte fest, dass es einen Hüpfer machte, sich aber gleich wieder in sich selbst zurückzog. Probleme drängten sich ihr auf. Im Haus war es so heiß, und möglicherweise gab es nachts Vögel, und so gut wie sicher Insekten, die es zu dieser Jahreszeit nicht geben sollte. Die Katzen erbrachen sich auf Fußböden und Betten, und ihre Haare schienen aus allen Ecken hervorzusprießen. Zum ersten Mal seit Monaten bemerkte Ruth den Zustand des Gartens: Er schien zu schrumpfen. Harry hatte so viele Stunden damit verbracht, diesen Garten zu pflegen und vor Sand und Salz zu schützen, war auf Leitern geklettert und hatte mit weichen, grünen Knieschonern, die ihm das Aussehen eines in die Jahre gekommenen Rollschuhläufers verliehen, im Gras gekniet. Er wäre entsetzt, wenn er den Garten jetzt sehen würde. Seine Sträucher und Hecken waren stellenweise so licht geworden, dass sie praktisch nicht mehr vorhanden waren; sie erinnerten Ruth an ein achtlos liegen gelassenes Malbuch. Die Hortensien sahen aus, als hätten riesige Raupen sie abgefressen, und abgerissene Frangipanizweige lagen überall im Gras herum, dessen zerschlissener Flor wie verblasster Samt aussah. Die Erde unter den dürren Halmen war verschwunden – war einfach weggeweht worden. Jetzt gab es nur noch Sand; mehr Sand als Rasen; die wenigen Bäume stemmten sich gegen das Meer an, und das Einzige, was gedieh, waren die hohen einheimischen Gräser, die das Haus auf drei Seiten umgaben.

»Er wird es so nehmen, wie es ist«, sagte Frida, die sah, wie verzweifelt Ruth den Garten durch die seifigen Scheiben des Esszimmers betrachtete.

»Ja«, nickte Ruth.

»Er ist nur ein bisschen verwildert. Aber Sie haben selbst gesagt, dass er Ihnen so besser gefällt.«

»Ja«, sagte Ruth.

»Und drinnen wird alles glänzen wie das reinste Gold.«

Frida schien sehr auf die Ehre des Hauses bedacht zu sein. Schließlich spiegelte sie ihre eigene Ehre wider, und so machte sie sich daran, als Vorbereitung auf Richards Besuch jede Ecke und jeden Winkel zu schrubben. Ruth hatte noch nie zuvor ein derartiges Maß an Eifer bei ihr beobachtet. Sie wollte nicht einmal Hilfe annehmen, sondern verbannte Ruth ins Esszimmer, wo sie »wenigstens keinen Unfug anstellen« konnte.

Während Frida putzte, erzählte Ruth ihr von Richard. Über ihn zu reden milderte ihre Nervosität. Gut möglich, dass sie jede Geschichte mehr als einmal erzählte. Zum Beispiel die von dem grünen Sari, den er ihr zum Geburtstag geschenkt hatte, und wie verlegen er gewesen war, als sie ihn anprobierte. Oder wie er das erste Mal eine Kumquat aß und Ruth durchs ganze Haus jagte, um sie zu zwingen, auch eine zu essen. Das Weihnachten, an dem er ihr aus einer Teekiste ein Puppentheater bastelte, weil sie aushilfsweise an einer Mädchenschule unterrichtete. Und der Ball zu Ehren der Königin.

»Ich habe mir ein Kleid aus hellblauer chinesischer Seide machen lassen«, sagte sie nonchalant, als habe sie ständig Seidenkleider in Auftrag gegeben. Sie erwähnte nicht, dass Richard sie auf dem Ball geküsst hatte und sie seitdem von unerschütterlicher Dankbarkeit für die Queen erfüllt war, deren dunkler, königlicher Kopf hin und wieder zwischen den vielen Menschen im Ballsaal zu sehen gewesen war. Sie war gerade erst gekrönt worden und nicht viel älter als Ruth. Die Queen! Und Richard! Beide am selben Abend. Die blaue Seide hatte Ruths blonde Haare zum Leuchten gebracht. Richard tanzte mit ihr und fragte, ob sie müde sei, und geleitete sie, die Hand in der Mulde ihres Rückens, durch die Menge, ohne ihr einen Grund dafür zu nennen. Er führte sie in einen Flur und küsste sie zwischen den Topfpalmen, bis Andrew Carson kam und sie störte. Andrew Carson, der Vielleichtkommunist, der Kussmörder! Und es war absolut kein keuscher Kuss gewesen. Ruth hatte das Kleid für die Töchter aufbewahrt, die sie vielleicht einmal haben würde, und hatte keine Ahnung, wo es jetzt wohl war.

Frida bestärkte sie in ihrer nostalgischen Schwelgerei, indem sie keine Einwände dagegen erhob; abgesehen davon war ihr nicht anzumerken, ob sie sie interessierte. Sie blieb an diesem Donnerstag länger und putzte und kochte, und zum ersten Mal aßen sie gemeinsam zu Abend. Frida hatte eine kalorienarme Gemüsepfanne zubereitet, häufte Reis auf Ruths Teller und stocherte in ihrem Essen herum.

»Immer noch auf Diät?«, fragte Ruth.

Frida nickte feierlich. »Ich weiß nicht, ob es Ihnen aufgefallen ist«, sagte sie, »aber ich habe um die Taille herum zwei Zentimeter abgenommen.«

Es war seltsam, mit der nur in ihrem Essen herumpickenden Frida am Tisch zu sitzen. Sie aß zwei Bissen, dann noch zwei, und stand auf, um den Tisch abzuräumen.

»Nur keine Eile«, sagte sie, aber da sie bereits dabei war, die Teller einzusammeln, schob Ruth ihren Reis von sich.

»Ich bin sowieso zu nervös, um zu essen.«

»Wieso um alles in der Welt sind *Sie* denn nervös?«, fragte Frida, die das Geschirr schon unter fließendem Wasser abspülte. Das Wasser sprudelte über Töpfe und Teller und Fridas Hände.

»Es gibt da etwas, was mir Sorgen macht«, sagte Ruth.

»Was denn?«

»Ich würde mich ja nicht so sorgen, wenn wir keine Gäste erwarten würden.«

»Wir erwarten nur einen einzigen Gast.«

»Ist es normal, dass mein Kopf so juckt?« Ruth hob die Hand an ihre Haare, verbot sich aber, sich im Beisein von Frida zu kratzen. »Es macht mich noch wahnsinnig.«

Frida schüttelte Schaum von ihren Händen und fragte: »Wann haben Sie Ihre Haare denn das letzte Mal gewaschen?«

Ruth fing an zu weinen. Das war noch nie vorgekommen; es war einfach furchtbar. Aber obwohl sie wusste, dass es furchtbar war, ließ sie ihren Tränen freien Lauf, teils weil sie so entsetzt darüber war, dass sie vergessen hatte, sich die Haare zu waschen, und obwohl das Jucken immer stärker wurde, nicht einmal auf den Gedanken gekommen war, dass es daran liegen könnte. Nachts hatte sie sich Sorgen gemacht, sie könnte Läuse oder sonst irgendwelche Parasiten haben, oder dass sie sich das Jucken nur einbildete und verrückt wurde. Morgens wachte sie schweißig aus ihrem von diesen Ängsten geplagten Schlaf auf und zerrte an ihren Haaren, um sich nicht zu kratzen, und jetzt hatte Frida sie daran erinnert, dass Haare sich nun einmal so anfühlten, wenn sie nicht gewaschen wurden. Frida beobachtete Ruths Tränen mit sichtlicher Missbilligung. Aber diese Art der Missbilligung war bei ihr für gewöhnlich Vorbote eines Akts der Hilfsbereitschaft, und der Gedanke an diese Hilfe tröstete Ruth.

»Möchten Sie vielleicht, dass ich Ihnen die Haare wasche?«, fragte Frida, und Ruth druckste: »Ich wasche mich doch jeden Abend.«

»Ich weiß.«

»Ich nehme es damit sehr genau.«

»Ich wüsste es, wenn es nicht so wäre, meine Liebe. Sie würden riechen«, sagte Frida so liebevoll, dass Ruth eine beschämte Hand vor ihr Gesicht schlug. Ihre Kopfhaut wütete. Gut möglich, dass es Wochen her war, seit sie sich die Haare zuletzt gewaschen hatte. Frida zog den Stöpsel aus dem Spülbecken, trocknete sich die Hände an einem Geschirrtuch, krempelte die Ärmel ihrer Bluse hoch und strich ihre eigenen Haare nach hinten.

»Nur keine Sorge«, sagte sie. »Das bekommen wir schon hin. Wird nett werden. Wie ein Besuch beim Friseur.«

»Es ist mir so peinlich.« Ruth spürte, dass sie sich in eine Art Hilflosigkeit hineinfallen ließ, die inzwischen ein bisschen gekünstelt und deshalb angenehm war. Sie freute sich darauf, sich der ungeteilten Aufmerksamkeit wohltuender Hände zu überlassen. »Ist das nicht zu viel verlangt?«

»Dafür bin ich doch da.«

Eigentlich hatte Frida Ruths Haare am Becken im Badezimmer waschen wollen. Die Idee gefiel Ruth. Sie erklärte, als Kind seien ihre Haare immer so gewaschen worden. Sie beschrieb das Badezimmer im Haus auf Fidschi mit seiner schmalen, kurzen Wanne (ihr Vater musste sich hineinhocken und sich das Wasser mit einem kleinen Eimer über den Rücken kippen). Ruths Mutter hatte grüne Gaze vor die Fenster gehängt, damit niemand hineinsehen konnte, aber auch weil sie, genau wie die anderen Frauen in ihrem Bekanntenkreis, der Meinung war, Grün sei eine kühle Farbe.

»Blau ist die kühlste Farbe«, sagte Frida. Und als sie es sagte, war Blau tatsächlich die kühlste Farbe; es war einfach so.

Aber als Ruth von ihrem Stuhl aufstehen wollte, um ins Badezimmer zu gehen, protestierte ihr Rücken. Frida – die skeptische, ungeduldige Frida, deren eigenes zuverlässiges Rückgrat normalerweise jedes Mitgefühl mit Ruths Wirbelsäule verweigerte – entschied, dass das Waschbecken zu viel für sie wäre. Stattdessen deutete sie auf den verstellbaren Fernsehsessel im Wohnzimmer; »Faulenzersessel« hatte Ruth ihn einmal genannt, weil sie diese Art von Sessel nicht guthieß; wahrscheinlich eine protestantische Sichtweise. Frida füllte eine große Schüssel mit Wasser und breitete Handtücher über den Sessel, den Fußboden und Ruth. Sie kurbelte den Sessel tiefer, als er je zuvor gekurbelt worden war, sodass Ruth jenseits ihres kleinen Bauchs ihre Zehenspitzen sehen konnte.

Frida war sehr gut im Haarewaschen, wahrscheinlich, vermutete Ruth, wegen der vielen Übung an ihrem eigenen gesunden Kopf, und ließ jedem der einzelnen Schritte viel Sorgfalt angedeihen: dem Anfeuchten, dem Einshampoonieren und Ausspülen, dem Auftragen von Conditioner. Sogar eine Kopfmassage, durchgeführt mit der geschickten Gleichgültigkeit einer gelernten Friseurin, gehörte dazu. Die Geschicklichkeit, mit der sie vorging, war nicht weiter überraschend, aber dass Frida beim Haarewaschen zu reden anfing, damit hätte Ruth nie gerechnet. Den Anfang machten ihre Schlaflosigkeit, ihre nervösen Kopfschmerzen und ihre Verdauungsprobleme.

»Sie müssten mal meinen Nacken und meine Schultern fühlen«, sagte Frida. »Hart wie Beton.«

Wie es schien, war ihr Bruder das Problem. Oder vielmehr das Haus, das Frida und ihm gemeinsam gehörte. Es war das Haus ihrer Mutter gewesen, die vor fünf Jahren gestorben war und es ihren drei Kindern vererbt hatte: George, Frida und einer Schwester namens Shelley. Shelley war kurz darauf ebenfalls gestorben und hatte George und Frida ihren Anteil am Haus zu gleichen Teilen hinterlassen.

»Es ist ziemlich klein und schäbig«, sagte Frida. »Ehemaliger städtischer Wohnungsbau. Aber es ist unser Zuhause, und es hat eine schöne Aussicht. Allein das Grundstück ist dieser Tage ein hübsches Sümmchen wert.«

Das Haus stand in der nahe gelegenen Stadt. Wie sich herausstellte, hatten Fridas Mutter und Harry ihre Häuser im selben Jahr gekauft. Damals war es eine ganz normale, funktionelle, ruhige Stadt gewesen, beherrscht von einer Atmosphäre hilfloser Entvölkerung: Die Konservenfabrik, früher der Lebensmittelpunkt, war zehn Jahre zuvor geschlossen worden. In jenen ruhigeren Tagen fuhren Harry und Ruth, die damals nur im Urlaub herkamen, oft mit den Jungen von ihrem Ferienhaus in den Ort, um Lebensmittel zu kaufen und am Hafen viel zu sahnige Eiscreme zu essen. Ruth erinnerte sich an Straßen voller ordentlicher Eternithäuser. Gut möglich, dass sie auf ein städtisches Wohnungsbauprojekt zurückgingen: Schließlich mussten die Arbeiter der Konservenfabrik ja irgendwo wohnen.

Kurz nachdem Fridas Mutter und Harry ihre Häuser in diesem bescheidenen Städtchen beziehungsweise seiner Nähe gekauft hatten, eröffneten Cafés und Boutiquen zwischen den Lebensmittelläden und Zeitungsgeschäften der Hauptstraße und in den Gebäuden der alten Fabrik. Ein kleines Hotel wurde gebaut, dann ein größeres; der Wohnwagen-Campingplatz schrumpfte auf ein Drittel seiner Größe, um einem kleinen Hafen Platz zu machen. Fridas Mutter und Harry hatten unbeabsichtigt eine ausgezeichnete Investition getätigt, waren beide, wie Frida es ausdrückte, »auf eine Goldader gestoßen«. Ruth stellte sich vor, wie die beiden sich gegenseitig beglückwünschten. In dieser Vorstellung umarmte Fridas Mutter, eine rosige, stämmige Fidschianerin, den hochgewachsenen, patrizischen Harry, und Harry, den nichts mehr freute, als wenn sich erwies, dass er besonders schlau gewesen war, schwenkte eine Champagnerflasche über ihrem Kopf.

Jetzt jedoch gab es Probleme mit dem Haus von Fridas Mutter. Wie es aussah, war George spielsüchtig.

»Nicht im großen Stil«, sagte Frida. »Nur Poker und Keno im Club. Aber das reicht völlig, kann ich Ihnen sagen.«

Ruth liebte Spielautomaten, liebte ihre kleinen Lämpchen und ihr blechernes Gedudel, liebte die komplizierten Tasten und die Verheißung von Glück. Sie hatte nicht oft die Gelegenheit, aber wann immer sie eine der Maschinen entdeckte, spielte sie. »Ein Spielchen riskieren«, sagte sie jedes Mal mit künstlichem Cockney-Akzent. Nie wäre sie auf den Gedanken gekommen, dass jemand wegen seiner Liebe zu Pokerautomaten in Schulden geraten könnte, aber genau das war George passiert. Sie bemitleidete ihn deswegen und wusste, dass Harry es nicht getan hätte, weil Harry so vernünftig und hin und wieder ein Snob gewesen war. Ruth vermutete, dass sie selbst auf Weisen, die ihr nicht einmal bewusst waren, ebenfalls ein Snob war, hatte aber das Gefühl, dass ihr mitfühlendes, empfängliches Herz das wieder ausglich.

Ruth bedauerte George, mehr noch aber bedauerte sie Frida. George hatte zwei Hypotheken auf das Haus aufgenommen, die erste, um ein Geschäft zu finanzieren, bei dem es um den Import und die Umverpackung von Ersatzteilen für Autotelefone ging, die zweite für sein Taxiunternehmen, als die erste Geschäftsidee fehlschlug. Zu diesem Zeitpunkt war er in das Haus eingezogen, und Frida kam kurz darauf nach.

»Um mein Erbe zu schützen«, sagte sie. »George würde sich einen Scheiß darum kümmern.«

Ruth sagte nichts zu Fridas plötzlich vulgärer Ausdrucksweise. Sie gefiel ihr. Fridas flinke Hände strichen über und durch ihre Haare, um zu verhindern, dass ihr das Wasser ins Gesicht lief. Es war lange her, seit jemand sie berührt hatte.

Zuerst war Georges Taxiunternehmen ein Erfolg. Vom Freund eines Freundes hatte er zwei Lizenzen übernommen, und als es mit der Stadt aufwärtsging, konnte er sogar Konzessionen vergeben. Es gab eine Zeit, da trug fast jedes Taxi in der Stadt die Aufschrift »Taxiservice Young«. Aber fehlender Geschäftssinn, miese Organisation, unfreundliches Auftreten und der Ruf, unzuverlässig zu sein – »ein arroganter Mistkerl, egal ob Kunden, Angestellten oder Fahrern gegenüber, von seiner eigenen Schwester ganz zu schweigen« –, sorgten dafür, dass es für den unglückseligen George immer weiter bergab ging. Er spielte immer mehr, während Fahrer kündigten, Fahrzeuge den Geist aufgaben, Versicherungen nicht gezahlt wurden und Kunden woanders hingingen. Jetzt hatte er nur noch das eine Auto, das er selbst fuhr. Erst letztes Wochenende hatte eine längere Affäre mit einer früheren Telefonistin in einer Schlägerei mit ihrem Mann geendet, und George hatte die Nacht im Krankenhaus verbringen müssen.

Kurz gesagt, George war eine Katastrophe. Frida hatte alles versucht, aber er wollte sich einfach nicht helfen lassen. Ruth hatte jedes Verständnis für Menschen, »die sich nicht helfen lassen wollten«, sie hatte das Gefühl, grundsätzlich zu ihnen zu gehören, ungeachtet ihrer momentanen Unterwerfung. Fridas Sorge galt nun dem Haus ihrer Mutter, das sie als »das Haus, in dem sie gestorben ist« bezeichnete. Ruth gab mitfühlende Laute von sich. Sie war nie in dem Haus gewesen, in dem ihre eigene Mutter gestorben war, einer Pfarrei im Bundesstaat Victoria. Ihre Mutter hatte dort Freunde besucht und war nachts an einem Schlaganfall gestorben. Ruths Vater war im Krankenhaus gestorben, und Harry, der war in überhaupt keinem Haus gestorben.

Frida brachte die Schüssel ins Bad, um das schmutzige Wasser gegen frisches auszutauschen. Ruth fand, dass sie sich viel schneller bewegte als gewöhnlich, dafür aber weniger effizient. Seifenwasser schwappte auf ihre gepflegten Fußböden.

»Keine Ahnung, wieso ich Ihnen das alles erzähle«, sagte Frida, plötzlich wieder förmlich, als sie zurückkam, entspannte sich aber, als sie den Conditioner in Ruths Haare einkämmte. Sie hielt die Haare an den Wurzeln fest, damit es nicht ziepte, so wie Ruths Mutter es in dem Badezimmer mit dem grünlichen Licht immer getan hatte. Folgendes war das Problem: zwei Hypotheken auf dem Haus und die Zahlungen im Rückstand. Das Haus zu verlieren wäre an und für sich nicht einmal so schlimm, aber es war nun einmal das Haus, »in dem sie gestorben ist«. Und staatliche Betreuerinnen wurden so derart schlecht bezahlt.

»*Ihnen* brauche ich das ja nicht zu erzählen«, sagte Frida. »Sie wissen, wie wenig Wertschätzung man uns entgegenbringt.«

Und natürlich war George zu stolz, um Hilfe zu erbitten. Im Grunde genommen waren sie das beide. Es gab Verwandte, die sicherlich bereit wären, ihnen unter die Arme zu greifen, der Mutter wegen, und Fridas wegen, aber ihr Stolz ließ nicht zu, sie zu fragen.

»Wenn man von zu Hause weggegangen ist, ist man eben gegangen«, sagte Frida. »Und entweder kommt man mit hocherhobenem Kopf zurück, oder gar nicht.«

Daraus schloss Ruth, dass Frida alle Verbindungen zu Fidschi abgebrochen hatte, dass ihr Abschied dramatisch verlaufen war und sie davon ausging, die Konsequenzen den Rest ihres Lebens tragen zu müssen. Und sie nickte, um Frida zu zeigen, dass sie verstand, aber Frida hielt ihren Kopf mit starker Hand fest.

»Ich habe schon überlegt, ob ich mir einen zweiten Job suchen soll«, fuhr Frida fort und hielt inne, damit sie beide über den ehrenhaften Vorsatz eines zweiten Jobs nachdenken konnten. »Aber dann dachte ich: ›Entschuldigung? Ich habe ja kaum genug Zeit für diesen hier.‹ Andererseits verdiene ich keine Millionen. Wissen Sie eigentlich, wie hilfreich diese zusätzliche Arbeit für Sie ist? Ich meine, dass ich am Wochenende für Sie kochen soll? Damit wäre zumindest die Stromrechnung abgedeckt. George lässt immer sämtliche Lichter brennen. Wenn ich nicht wäre, wäre das ganze Haus erleuchtet wie ein Weihnachtsbaum. Die ganze Nacht, jede Nacht. Und Sie können sich nicht vorstellen, wie lange er immer unter der Dusche steht!«

»Was für eine Energieverschwendung«, sagte Ruth.

»Andererseits geht wirklich nichts über eine schöne, ausgiebige heiße Dusche«, kam es schnippisch von Frida, die Ruths Haare nun mit einem Handtuch trocken rieb. »Wie fühlt sich das an?«

»Viel besser.« Ruth berührte prüfend ihre Kopfhaut, die prompt zu jucken anfing.

»Gibt es sonst noch etwas zu tun? Wir wollen doch schließlich, dass Sie für Ihren Besuch so perfekt wie möglich aussehen.« Ruth versuchte, irgendwelche versteckten Untertöne aus dieser Bemerkung herauszuhören, konnte aber keine entdecken. »Sollen wir uns vielleicht einmal Ihre Füße ansehen?«

Ruth hatte schon länger nicht mehr an ihre Füße gedacht und war einigermaßen überrascht, sie intakt am Ende ihrer Beine vorzufinden. Sie hielt sie mit gestreckten Zehen in die Höhe, und wie der Prinz aus dem Märchen zog Frida ihr die Pantoffeln aus. Ihre kleinen Füße waren sommersprossig, die spröden Nägel schmiegten sich an ihre langen Zehen. Frida war schockiert, wie trocken ihre Fersen waren.

»Das kann auf gar keinen Fall so bleiben«, sagte sie, lief geschäftig ins Badezimmer und kam mit einer weiteren Schüssel mit heißem Wasser und einem kleinen grauen Stück Bimsstein zurück. »Ich habe mal gehört«, sagte sie, »dass das beste Mittel gegen rissige Fersen – Sie werden es nicht glauben – Wundcreme für Babys ist!« Mit einem Grinsen steckte sie Ruths Füße in die dampfende Schüssel und fing an, mit dem Stein daran herumzuschrubben. Das Wasser nahm eine milchig weiße Färbung an, was Frida aber nicht zu stören schien.

Ruth bewegte probeweise einen ihrer Füße. Er fühlte sich im heißen Wasser schwer und knochenlos an. »Sie sind zu gut zu mir«, sagte sie.

Frida antwortete nicht. Das Wasser in der Schüssel schwappte.

»Mein Vater hat das auch gemacht«, sagte Ruth. »Einmal im Jahr hat er eine Fußwaschung veranstaltet. Erst hat er allen Patienten die Füße gewaschen, dann dem Personal der Ambulanz, dann den Hausbediensteten, dann mir und zum Schluss meiner Mutter.«

»Wieso?«

»Um uns und sich selbst in Erinnerung zu rufen, dass er dazu da war, uns zu dienen, nicht umgekehrt.«

Frida hörte auf zu schrubben und kniff zweifelnd ein Auge zu.

»Und weil es nett war«, sagte Ruth. »Es war eine nette Geste.«

In Ruths Erinnerung waren diese Zeremonien golden durchwirkte Tage gewesen, heller als gewöhnlich. Gleichzeitig hatten sie auch etwas Unbehagliches, waren überlagert vom Gefühl einer bevorstehenden Katastrophe. Ihre Mutter bereitete alle vor. Sie begutachtete die Füße der Patienten und sorgte dafür, dass ihre Zehennägel geschnitten und sauber waren, und ließ das Personal in Reih und Glied Aufstellung nehmen. Die fidschianischen Krankenschwestern kicherten, wenn sie die weichen weißen Schuhe auszogen, die sie auf Anweisung von Ruths Vater tragen mussten. Der Gärtner, ein dünner, fröhlicher Mann, wusch sich die Füße unter dem Wasserhahn an der Außenwand, bis die Rufe der Krankenschwestern ihn daran hinderten.

»Wenn er dich sieht! Wenn er dich sieht!«, schimpften sie.

Die Ambulanz war für die Armen von Suva gedacht. Sie kamen aus eigenem Antrieb, mit Schmerzen und Verletzungen und Atembeschwerden und Blut im Stuhl und tauben Gliedmaßen und Schwangerschaften und Kopfschmerzen und Fieber, und Ruths Vater heilte sie, verwies sie weiter oder schickte sie wieder nach Hause. Es war nicht vorgesehen, dass sie über Nacht blieben, aber häufig taten sie das, wenn die fidschianischen Stationen im Krankenhaus voll waren. Am Morgen der Fußwaschung waren also die Patienten da, die über Nacht geblieben waren, plus ihre Familien, und dazu die neuen Patienten, die an diesem Morgen eingetroffen waren, und bevor Ruths Vater sie behandelte, wusch er ihnen die Füße.

Die Fußwaschung fand am Karfreitag statt, jenem feierlichen, stillen Tag, der sich vom Rest des Jahres abhob (obwohl die Patienten trotzdem behandelt, die Fußböden gefegt und das Mittagessen zubereitet werden musste). Zuerst ging es in die Kirche, in der um diese Zeit, kurz vor Ostern, eine erwartungsvolle Spannung herrschte. Die ausgewählten Lieder waren voller Dankbarkeit, die Passagen aus der Bibel gedämpft, der ganze Gottesdienst eine Art pflichtschuldige Trauerfeier. Dann ging Ruths Familie von der Kirche zurück zur Ambulanz, Ruths Vater vorneweg, die Schultern in seinem Sonntagsanzug gestrafft. Er war ein Mann von unermüdlicher Betriebsamkeit und unkomplizierter guter Laune, und er hatte einen breiten Rücken, ähnlich wie ein Maurer oder ein Sportler; aber sein Kopf war klein, sein Adamsapfel auffällig, und seine Haare bildeten am Hinterkopf einen jungenhaften Wirbel. Sie waren sehr fein, diese Haare, und seine Wimpern waren lang. Sein breiter, kräftiger Rumpf stand im Gegensatz zu seinen Gliedmaßen, seinen zarten Knöcheln und langen Kängurufüßen, seinen Chirurgenhänden, seinem adretten Kopf und den filigranen Haaren. Sie verliehen ihm ein irgendwie schwächliches Aussehen. Frischgebackene Mütter zuckten zusammen, wenn sie ihre kräftigen Babys in seinen schmalen, knochigen Händen sahen. Wenn diese Hände am Tag der österlichen Fußwaschung seifig über die Füße von Personal, Patienten und Familienmitgliedern glitten, fühlten sie sich an wie die präzisen Werkzeuge eines Holzschnitzers. Ruth erinnerte sich an den Druck eines Knöchels auf ihrem Spann, und wie sich die beiden langen Hände über ihrem Fuß verschränkten, wie zum Gebet.

Er rutschte vor seinem Personal und seinen Patienten auf dem Boden herum, mit lockeren Gliedmaßen und schwerfälligem Körper, ein Babyelefant, und zog den Wassereimer hinter sich her. Die Palmen an den Fenstern ließen die Sonne in Streifen über die braunen Füße fallen. Nach je vier Fußpaaren stand er auf, um mit einem kleinen Eimer frisches Wasser zu holen. Alle beobachteten ihn schweigend. Die Krankenschwestern hatten vorher immer Angst, sie würden vielleicht lachen müssen, wenn er ihnen die Füße wusch, aber sie taten es nie. Verlegen standen sie in einer Reihe nebeneinander, und wenn er sich ihnen näherte, unterdrückten sie vielleicht ein Lächeln, aber während der Waschung, wenn er in aller Demut vor ihnen kniete, waren ihre Gesichter ernst und feierlich, und selbst die jüngsten von ihnen berührten mit einem Murmeln seinen Kopf. Manchmal weinten sie.

Wenn es ihm bloß gelingt, während der Waschung seine Würde zu bewahren, dachte Ruth: Mehr als einmal entfuhr ihm beim Aufstehen ein Furz, oder seine Knie knackten, vor allem als er älter wurde. Als Ruth ins Teenageralter kam, war das alles ihr nur noch peinlich; sie war hin- und hergerissen zwischen beschützerischem Stolz und Angst und Irritation. Sie fing an, einen gewissen Widerstand beim Personal oder den Patienten zu bemerken, war sich aber nicht sicher, ob es sich um Langeweile oder Verlegenheit oder Widerstreben handelte. Für manche verlor er das Gesicht. Andere waren ihm dankbar. Ruth hatte fast mütterliche Gefühle für ihren Vater auf seinen unbeholfenen, zweckmäßigen Knien, fühlte sich seiner eng umgrenzten, allegorischen Welt überlegen, und er, dessen Kopf mit zunehmendem Alter immer kleiner wurde, brach ihr, die sich so überlegen fühlte, fast das Herz.

Richard weigerte sich, an der Zeremonie teilzunehmen. Er weigerte sich, Füße zu waschen oder sich die Füße waschen zu lassen. Die Familie war deswegen in heller Aufregung; Ruths Mutter war voller einfühlsamer Vorschläge, ihr Vater nachdenklich und ernst. Ruth bewegte sich am Rand dieser stummen Entrüstung, empört im Namen ihres Vaters, sich aber gleichzeitig auch eines milden, zunehmenden Rebellierens bewusst. Sie schämte sich wegen der Zeremonie. Nicht zu ändern, entschied sie; dennoch bewunderte sie sie. Sie war rein und gut gemeint. Vielleicht wurde sie einfach falsch verstanden? Aber sie machte Richard so zornig. Als Ruth ihn nach dem Grund fragte, wollte er ihn nicht nennen. Auch darin lag etwas Edelmütiges. Er zögerte, weil er sich, vermutete sie, nicht sicher war, wo ihre Loyalitäten lagen. Sie versprach, ihrem Vater nichts davon zu sagen, und er sagte: »Darum geht es nicht.«

Am Abend der Zeremonie saßen sie auf der Terrasse. Er schwieg und rauchte, was die Moskitos fernhielt. Den ganzen Tag über hatte niemand ihn gesehen. Ruth saß neben ihm, platzte fast vor Neugier und war erfüllt von einer wachsenden, allumfassenden Bewunderung. Es gab keinen einzigen Teil seines Körpers, der sie nicht anrührte: seine straffen Schultern, sein Tick, mit dem Fuß zu wippen, seine ruhigen Augen. Der Rauch kringelte sich um ihre Köpfe. Ihre Arme berührten sich nicht – aber Ruth war sich bewusst, dass sie sich *fast* berührten. Sympathie lag in der Luft. War er sich all dieser Dinge nicht bewusst? Ihrer Arme, des Mondlichts, des Rauchs? Ein Hund bellte. Nach der Fußwaschung hatten Ruth und ihre Eltern zu Mittag gegessen: Osterlamm, aus Neuseeland importiert. Richards Platz am Tisch war leer geblieben, und Ruth, die ihre Gabel in die robusten grauen Fasern des Lamms stach, brachte es nicht über sich, sich zu fragen, wo er wohl aß. Jetzt fragte sie ihn.

»Wo haben Sie heute gegessen?«

»Bei Andrew Carson und seiner Familie«, sagte Richard.

»Wieso?«

»Sie hatten mich eingeladen.«

Ruth überlegte und sagte dann: »Weil Sie sich bei ihnen über meinen Vater beklagt haben?«

»Nein, nein. Ich habe alle genug verärgert, ohne Ihren Vater auch nur zu erwähnen. Alle halten ihn für einen Heiligen. Wahrscheinlich ist er einer.«

»Womit haben Sie sie verärgert?«

»Ach, mit Politik.« Richard wedelte mit der Hand, in der

er die Zigarette hielt. »Mit dieser ganzen Repatriierungsgeschichte. Lasst uns die Inder rauswerfen, lasst uns die Chinesen rauswerfen. Wir sollten sie alle nach Hause schicken oder ihnen die Marquesasinseln überlassen. Hauptsache, sie verschwinden von hier. Sollen sie sich doch woanders gegenseitig die Köpfe einschlagen und Fidschi den Fidschianern überlassen.« Er schwieg einen Moment. »Und den Engländern.«

»Sie sind anderer Meinung?«, fragte Ruth. Sie wusste, dass er anderer Meinung war; sie hatten schon früher über das alles gesprochen. Ruth nahm nichts so wichtig wie das, was sie mit ihm zusammen wichtig nahm.

»Ich habe für heute genug von Kontroversen«, sagte er. »Ich glaube, am besten gehe ich einfach ins Bett.«

»Noch nicht«, sagte Ruth. »Erst wenn Sie mir gesagt haben, wieso das, was mein Vater macht, so falsch ist.«

Richard sah sie mit geduldiger Miene an, aber es genügte, um ihr Herz höherschlagen zu lassen. Er schien sie abzuschätzen. Noch hatte er sie nicht auf dem Ball geküsst.

»Also gut«, sagte er. »Also gut. Sagen Sie mir: Wann gibt er den anderen die Chance, *ihm* die Füße zu waschen? Ist er vielleicht der größte, der edelste Diener von ihnen allen? Dieses Privileg des Dienens! Er nennt sich Diener, und ich weiß, dass er sich auf bestimmte Überzeugungen bezieht – Selbsterniedrigung, Demut, Hingabe, der dienende Christ, dieses ganze christliche Modell des Dienens. Ich weiß das alles, aber hat er sich je die Mühe gemacht, darüber nachzudenken, dass er in einem Land lebt, in dem Leute jeden Tag als Diener für ihn arbeiten? Sie haben einen Hausboy! Er wäscht Ihrem Vater nicht in einer großen öffentlichen Show die Füße – er schrubbt jeden Abend das Geschirr, wenn niemand ihn sieht. Es tut mir leid, aber das macht mich wütend. Nein, es tut mir nicht leid – mein Gott aber auch!«

Niemand sonst redete auf diese Weise, niemand sonst wurde je ärgerlich. Ruth staunte und wurde vor lauter Bewunderung unbeholfen und empfänglich. Nichts von dem, was er sagte, überraschte sie. Sie hatte angefangen, das meiste davon selbst zu denken. Aber sie hatte einen ehrbaren Mann noch nie fluchen gehört, und das machte den größten Eindruck auf sie. In diesem Augenblick hätte sie die Kirche, ihre Familie und Fidschi aufgegeben und wäre mit ihm in pilgerähnlicher Hast in jedes Land seiner Wahl geflohen – wenn er sie dazu aufgefordert hätte. Wenn er sie doch nur auffordern würde! Aber das tat er nicht, und so blieb sie loyal, und folglich defensiv. Es war derselbe Impuls, der dafür sorgte, dass sie sich für die knackenden Knie ihres Vaters schämte.

»Sie sind noch nicht lange genug hier, um das mit den Dienstboten zu verstehen«, sagte sie, aber das klang so schwächlich (sie hatte schon so viele Leute genau das zu Neuankömmlingen sagen hören), daher fuhr sie fort: »Und was sollte er sonst tun? Gar keine Fußwaschungen mehr vornehmen? Und einfach hoffen, dass alle wissen, dass er sich nicht für etwas Besseres hält als sie?«

Ruth veränderte ihre Haltung und berührte dabei Richards Arm mit dem Ellbogen, was kein Gefühl hervorrief. Aber sie wollte, dass er seine Hand auf ihre legte und ihr zustimmte, wollte es so sehr.

»Heute Morgen«, sagte er, »bin ich mit dem verdammten Laster über diese verdammten Straßen gefahren, weil irgendjemand irgendjemand anderem, der mich informierte, erzählt hatte, in Nasavu sei eine schwangere Frau zusammengebrochen – und dann ließen sie mich nicht einmal zu ihr und sagten, das Problem käme nur daher, dass sie über unebenes Gelände gegangen sei, und sie würde in den Tempel gehen, und alles wäre wieder gut. Und mir war unterwegs ein Reifen geplatzt, und ich musste mit einem verdammten Monarchisten nach Suva zurückfahren, die Fidschianer sind alle Monarchisten, und der Laster steht immer noch da draußen, und morgen muss ich irgendwie dahin zurück, und ich habe Ihnen ja gesagt, ich sollte besser ins Bett gehen. Das sollte ich wirklich.«

Und er stand auf und küsste sie auf den Scheitel, was überhaupt nichts bedeutete. Sie verhielt sich am züchtigsten, wenn sie wütend auf ihn war, oder verlegen, oder ganz besonders verliebt, und in diesem Augenblick war sie alles zusammen. Außerdem kam sie sich sehr jung vor.

»Können wir morgen weiterreden?«, fragte er. Und fügte, weil er nett war, hinzu: »Sie haben völlig recht, wahrscheinlich mit allem, aber heute Abend kann ich Ihnen gegenüber nicht fair sein. Ich bin viel zu traurig.«

Auch das erstaunte sie. Warum sollte Richard traurig sein?

Es gab einen weiteren Augenblick wie diesen, erinnerte sich Ruth, ohne Frida davon zu erzählen: auf dem Schiff nach Sydney. Richard ging nach Sydney zurück, um eine Stelle bei der Weltgesundheitsbehörde anzunehmen; Ruth fuhr »nach Hause«, wie ihre Eltern es nannten, um sich eine Arbeit zu suchen. Sie verbrachte die Reise in unerträglicher Angst davor, dass nichts mit Richard passieren würde, dass mit ihrem ganzen Leben nichts passieren würde. Sie wusste, dass sie irgendwie, wie dumm, damit gerechnet hatte, für immer die Tochter ihrer Eltern zu sein, sogar während sie über ein Studium oder eine Tätigkeit als Lehrerin oder Krankenschwester nachgedacht hatte (sollte sie, wie ihre Mutter, Krankenschwester werden? Würde sie wirklich als Lehrerin nach Fidschi zurückgehen? Täglich schwankte sie in diesem Punkt hin und her). Und die Reise verging, und an einem Septembermorgen stand sie neben Richard auf dem Schiffsdeck, auf dem Schulmädchen Paddle-Tennis spielten. Den Blick auf die Ausläufer des Hafens von Sydney gerichtet, sagte sie: »Wie es aussieht, werde ich jetzt irgendetwas *sein* müssen.«

»Schrecklich«, stimmte Richard ihr zu. »Dieses Unbedingt-etwas-sein-Müssen.«

Und Ruth war erstaunt, dass ein Mann, der so offensichtlich *etwas war* – Arzt, Soldat, Retter indischer Frauen –, deswegen so bedrückt klingen konnte. Aber er hatte auf dem Schiff zweimal ihre Hand gehalten, einmal, um sie bei starkem Seegang zu stützen, und einmal, drei Minuten lang, weil sie so dumm gewesen war, ein bisschen zu weinen, weil sie Fidschi verlassen musste. Er hatte ihr einen Drink gebracht, und, da es immer kälter wurde, je weiter sie sich vom Äquator entfernten, eine Decke für ihre Knie. Sie saßen auf dem Sonnendeck, und weil sie Handschuhe trug, unter denen sich ein Ehering verbergen konnte, hatte ein Mann sie angelächelt und angenommen – dessen war Ruth sich sicher –, dass sie verheiratet waren. Und Richard hatte sie auf dem Ball für die Königin geküsst, obwohl sie sich manchmal fragte, ob sie sich das nur eingebildet hatte.

Nichts davon war genug, aber es war ein Anfang – die Überfahrt war vorbei, Sydney wartete, diese Stadt, in die Ruth gehörte, ohne etwas darüber zu wissen. Richard würde ihr Sydney zeigen, sie würde ihn lieben, und er würde ihre Liebe erwidern.

Sie liefen in den Hafen ein. Die weite, strahlende Stadt schob sich ans Wasser heran, wagte sich aber nicht bis ganz an den Rand vor. Ruth sah grüne Parkflächen voller Bäume, aus denen Schwärme weißer Papageien hervorbrachen. Für Ruth, die gedacht hatte, Sydney sei viel englischer als Fidschi, waren die Papageien eine Überraschung. Und dann beugte sich Richard über die Reling und sagte etwas, aber obwohl sie sein Gesicht nicht sehen konnte, trug ihr der Wind jedes Wort zu, und was er sagte, lief darauf hinaus, dass er bald heiraten würde.

»Wen?«, fragte Ruth, und Richard musste sich umdrehen und sie bitten, ihre Frage zu wiederholen.

»Sie heißt Kioko«, sagte er dann. Ruth verstand »Coco« und stellte sich ein hellblondes Mädchen vor, mit dieser Art von strahlendschönem Gesicht, das sein eigenes Licht aussendet (Ruths eigenes Gesicht reflektierte das Licht nur, wie ein Mond), und anfänglich war sie überraschter darüber, dass Richard ein Mädchen namens Coco lieben konnte, als über die Tatsache, dass Richard überhaupt jemanden liebte. Der Puls in ihrem Hals schlug so stark, dass sie kaum noch Luft bekam.

»Glückwunsch«, sagte sie mit einem steifen Lächeln. Sie traute sich nicht zu, Fragen zu stellen. Inzwischen waren sie von den Schulmädchen umgeben, die mit ihren Paddeln landwärts winkten. Ruth fühlte sich viel älter als sie alle.

Der Wind war so stark, dass Richards Nase anfing zu laufen. »Ich habe Kioko in Japan kennengelernt«, sagte er. »Sie ist Witwe. Und Japanerin.«

»Wie nett«, sagte Ruth schmallippig, aber, wie sie fand, würdevoll. Und das war das Wichtigste. Fand sie.

»Sie ist Japanerin«, wiederholte Richard. »Deshalb habe ich nichts gesagt. Ich war mir nicht sicher – na ja –, was Sie dazu sagen würden. Sie alle.«

Ruth tat so, als hätte sie ihn nicht gehört. Sie stand zitternd an der Reling, fest entschlossen, nicht zu weinen. Das Wichtigste war, aus dieser Situation herauszukommen, ohne sich anmerken zu lassen, wie sehr sie litt.

Jetzt drehte Richard sich um, um sie anzusehen – richtig anzusehen. Er räusperte sich und blinzelte mit den Augen. »Es tut mir leid«, sagte er.

»Aber was denn bloß?«, rief Ruth mit einem zu angestrengten Lächeln und trat einen Schritt von ihm zurück, weil sie dachte, er wolle ihren Arm berühren. »Ich glaube, ich gehe jetzt besser und …«, fing sie an, aber ihr fiel nichts ein, was sie so dringend zu erledigen haben könnte. Sie hatte so oft zu ihm gesagt, wie sehr sie sich auf die Einfahrt in den Hafen freute.

»Sie wird mich abholen«, sagte Richard. »Ich würde sie Ihnen gern vorstellen.«

Er und Kioko hatten sich also geschrieben, Pläne geschmiedet, Abmachungen getroffen: »Ich komme mit diesem und diesem Schiff und kann es kaum erwarten, dich zu sehen. Ein Mädchen wird mich begleiten, ein albernes Kind, das Opern hasst. Ich fürchte, du wirst sie begrüßen müssen.« Ruth sah die weichen, bewundernden Gesichter der Mädchen, denen gegenüber sie damit geprahlt hatte, dass sie mit Richard Porter nach Sydney fahren würde. In diesem Augenblick kamen ihr diese Gesichter schlimmer vor als das von Richard. Die grün-graue Stadt kippte am Ende des Schiffs zu Seite.

»Das wäre schön«, log Ruth.

Am liebsten wäre sie vom Schiff gesprungen und zu Fuß über den Grund des Meeres nach Suva zurückgegangen. Aber sie nahm sich vor, freundlich und unerschütterlich zu sein, eine Abgesandte ihrer Eltern, ein Testament der wundervollen Arbeit, die Richard unter den indischen Frauen Fidschis geleistet hatte; auf keinen Fall durfte er glauben, dass sie seine Heirat mit einer japanischen Witwe missbilligte, oder dass es ihr etwas bedeutete, dass er sie auf dem Ball geküsst hatte, obwohl er die ganze Zeit verlobt gewesen war. Vielleicht würde es ihr im Gedränge beim Verlassen des Schiffs gelingen, ihren aufgeregten Onkel zu finden und ihr Gepäck zu holen, Richard zu verlieren, nur halbherzig nach ihm Ausschau zu halten – wo konnte er bloß *abgeblieben* sein? – und Kioko doch nicht begegnen zu müssen. Und so kam es auch. Es war fast zu einfach, Richard zu verlieren, als habe er selbst auch Angst vor der Begegnung. Ruth stolperte mit ihrem Gepäck in die Arme ihrer sentimentalen Tante und war sich fast sicher, Kioko nicht gesehen zu haben. Gut, da *war* eine dunkelhaarige Frau in einem gelben Kleid gewesen, die auf jemanden wartete, aber sie sah nicht sonderlich japanisch aus. Ruth fuhr mit ihren Verwandten nach Hause in eine Straße, die von schweren, malvenfarbenen Jakarandas gesäumt war, in ein geborgtes Schlafzimmer, das von der milden Sonne aufgewärmt wurde, und weinte in ein Kissen, das nach fremden Haaren roch.

Es war eine schmerzliche Stunde, aber trotzdem hatte sie ihre Gefühle genügend unter Kontrolle, um zu hoffen, dass sie daraus lernen würde, demütig zu sein. Ihr Herz war auf die denkbar unauffälligste Weise gebrochen worden. Sie hatte nie wirklich etwas riskiert (das erkannte sie später und durchlebte Augenblicke des Bedauerns). Die Tatsache, dass niemand wusste, dass sie litt, war gleichzeitig Triumph und, teilweise, Ursache ihrer Qual. Nach ein oder zwei schrecklichen Wochen war es eine sehr beherrschte Qual. In mancher Hinsicht trat sie voller Erleichterung aus dem Schatten von Richards Meinungen, Richards Missbilligung und Richards Geschäftigkeit heraus. Sie war sich nie völlig sicher, wie er es bewerkstelligt hatte, sie zu einer weniger interessanten Person zu machen. Waren es die Nerven? Oder hatte er sie gelangweilt? Vier Monate später nahm sie mit schwerem Herzen an seiner Hochzeit teil. Seine zukünftige Frau hatte dunkle Haare, die um eine ovale Stirn gewunden waren. Wie es sich wohl anfühlte, durch den Mittelgang auf sein sich öffnendes Gesicht zuzugehen? Sie wehrte all seine Versuche ab, sich mit ihr zu treffen, gab an, zu beschäftigt zu sein; und sie war tatsächlich beschäftigt, arbeitete als Sekretärin für die Missionsgesellschaft ihrer Eltern, bezog mit ein paar anderen Mädchen eine Wohnung, beschloss, so zu werden wie sie, dieselben Schuhe zu tragen wie sie und dieselben Zeitschriften zu lesen, ganz genau so zu sein wie jedes andere Mädchen im weitläufigen, sauberen, gemäßigten Sydney. Gelegentlich mutmaßte sie, dass Richard ihr Verhalten missbilligen würde, und gab sich alle Mühe, weniger an ihn zu denken, bis es irgendwann keine Mühe mehr war. Ruth hatte oft gehört, wie ihre Mutter Krankenschwestern mit Liebeskummer gute Ratschläge gab. »Es gibt eine Menge andere Fische im Meer«, sagte sie immer, und aus ihrem biblischen Mund klang es wie eine Weisheit. Jetzt sagte Ruth liebevoll zu sich selbst: »Es gibt größere Fische als mich.«

Sechs Monate lang trug sie die richtigen Schuhe, las die richtigen Zeitschriften und ging mit den richtigen Männern aus. Dann lernte sie auf einer Arbeitsveranstaltung, auf der sie als Hüterin der Sandwiches fungierte, Harry kennen. Er war mit seinen Eltern gekommen, die als Missionare auf den Salomonen arbeiteten, und schien großen Appetit auf Sandwiches zu haben. Er aß mindestens vier, bevor er sie fragte, ob er sie wiedersehen dürfe. Und er war freundlich, attraktiv und unanstrengend. Es war, als seien sie beide im selben Land aufgewachsen – im Land Missionarische Kindheit – und fänden nun gemeinsam in der wirklichen Welt einen Weg. Harry sagte gern: »Ist es nicht unglaublich, wie *normal* wir sind?«, was in Ruths dankbarem Herzen ein glückliches Zucken auslöste. Sie ließ sich gern versichern, dass sie normal war. Sie küssten sich, warben umeinander, und Richard trat in den Hintergrund. Sie heirateten, und Richard wurde nicht eingeladen. Obwohl sowohl Ruths als auch Harrys Eltern Missionare waren, war die Religion für sie beide eine Privatangelegenheit; im Vergleich zum schwierigen, eigenartigen Glauben ihrer Eltern und der Energie, mit der sie ihn verfolgten, waren ihre eigenen Ansätze schwächlich und blieben am besten verborgen. Gemeinsam hörten sie auf zu glauben. Sie liebten dieselben Möbel und Bilder, dieselbe Musik, dasselbe Essen, und das sorgte für die Leichtigkeit, mit der sie ihren Hausstand gründeten. Wenn Ruth an die erste Zeit ihrer Ehe zurückdachte – und das tat sie oft –, hatte sie den Eindruck eines existierenden Glücks, das nur darauf gewartet hatte, dass sie beide eintraten.

Frida kauerte sich hin. »So«, sagte sie, mit demselben beseligten Ausdruck auf dem Gesicht, den sie auch zeigte, wenn sie mit den Böden fertig war. Sie hob Ruths Füße aus der Waschschüssel, trocknete sie mit einem gründlichen Handtuch und cremte sie anschließend ein. Ihre Hände waren glitschig und kräftig. Ruth legte den Kopf an die Lehne des Sessels und schloss die Augen. Frida summte, während sie Ruths Füße eincremte, und es gab auf der Welt nur Sicherheit, und die Tatsache, dass Richard morgen kam, bei bester Gesundheit für seine achtzig Jahre.

8

Als Ruth am Morgen von Richards Ankunft in den Garten trat, fühlte sie sich an den Frühling erinnert, als zeige sich dieser in ihrem Teil der Welt als deutlich ausgeprägte Jahreszeit. Die Luft war süß, trocken und grün, das Haus sauber, die Schränke gefüllt mit Lebensmitteln, eine Vase mit Goldakazienblüten, die ein eigenes zartes Licht aussandten, stand auf dem Esstisch. Frida hatte sie von einem Baum am Haus ihrer Mutter geschnitten. Richard sollte gegen Abend eintreffen.

Der einzige Makel inmitten all dieser Schönheit war die Entdeckung einer klebrigen Substanz auf einem der Sofakissen, Hinterlassenschaft einer der Katzen, was Frida zu einer kurzen Tirade über die gastrointestinale Herrschaft der Katzen über das Haus veranlasste (sie war überzeugt, dass die Schweinereien, die sie hinterließen, absichtliche Attacken gegen ihre Person darstellten). Aber das Problem ließ sich relativ leicht aus der Welt schaffen. Frida rieb das Kissen mit einem Schwamm ab, drehte es um und schien den Vorfall im selben Moment zu vergessen. Sie war in außergewöhnlich guter Stimmung, erledigte, was zu erledigen war, hatte alles unter Kontrolle, ohne sich despotisch aufzuführen, erkundigte sich bei allem nach Ruths Meinung, plusterte Kissen und ihre seit Neuestem lockigen Haare auf und machte viel Aufhebens um Jeffreys Zimmer, in dem

Richard schlafen sollte. Gemeinsam bezogen Ruth und sie das Bett mit den besten, leicht angegilbten Leinenlaken – Frida hatte sie gebügelt, und ausgebreitet und festgesteckt erinnerten sie Ruth an ein dick mit Butter bestrichenes Brot. Das ganze Haus war voller Erwartung, als seien Essen, gebügelte Laken und saubere Fenster Geheimnisse, die es auf sanften Druck hin preisgeben würde. Frida verbrachte den Nachmittag mit Kochen, und Ruth fegte den Sand vom Gartenweg. Sie war stolz auf die weiche Sonne auf ihren Haaren und Schultern, die vertraute Krümmung des Meeres und die Schönheit ihres Hauses auf dem Hügel. Ihr Rücken schmerzte. Sie überlegte, ob sie eine zusätzliche Pille nehmen sollte, entschied sich aber dagegen, weil sie den Verdacht hatte, dass sie sie teilweise benommen machten, und sie wollte an diesem Wochenende einen klaren Kopf haben. Sie zog sich um, entschied sich für einen blauen Rock mit Gürtel, der ihre schmale Taille betonte, und setzte sich in ihren Sessel, um zu warten. Das Warten unter diesen Umständen war schwer. Das Gefühl, dass sich etwas Wichtiges ereignen würde, regte sich in Ruths Brust, als würde ein Wind hindurchwehen.

Richard klopfte an die Tür, statt zu klingeln. Da Ruth das Klopfen nicht hörte, dauerte es einen Augenblick, bevor ihr klar wurde, dass die Tatsache, dass Frida geschäftig zur Tür huschte, eine Reaktion auf sein Eintreffen war. Als sie selbst den vorderen Teil des Hauses erreichte, hatte Frida ihm schon Tasche und Mantel abgenommen, und das Motorengeräusch auf der Auffahrt stammte von Georges Taxi, das bereits wieder wegfuhr. Ruth trat durch die Tür in den Vorgarten, wo Richard auf sie wartete. Er war älter geworden, das ja, und er trug eine Brille, aber er war immer noch erkennbar Richard, und ihr Herz schlug schneller, so wie damals, als sie beobachtet hatte, wie er durch den fidschianischen Wolkenbruch ins Haus gelaufen kam, außer dass sie jetzt weder nervös noch ängstlich war, sondern fest entschlossen, beherzt zu sein. Richard streckte ihr die Hände entgegen, und sie ergriff sie. Sie küssten sich auf die Wangen, als hätten sie sich immer auf diese Weise begrüßt, und als Frida mit seinem Gepäck durch die Tür verschwunden war, nahm er Ruths Arm und führte sie ins Haus. Leise und überglücklich redeten sie aufeinander ein: Es ist so schön, dich zu sehen, es tut so gut, hier zu sein, meine Güte, du siehst großartig aus, du auch, es ist, als wäre es erst gestern gewesen, es ist unglaublich.

»Genau so hab ich mir alles hier vorgestellt«, sagte Richard. Er stand völlig unbefangen in Ruths Wohnzimmer, und Ruth ließ mit ihm zusammen den Blick über die Gemälde von Hügeln schweifen, auf denen helle Kühe grasten, das antike gerahmte *Tapa* über dem Kamin und die Fotos ihrer Kinder und Enkel, die zwischen grünen Glasgefäßen hervorlächelten. Sie sah bescheidenen Wohlstand, Glück, ein gutes Leben. Richard wirkte in diesem Zimmer so selbstverständlich, so willkommen, dass sie ihn noch einmal umarmte, und er lachte sie an, sie lachten miteinander und setzten sich Händchen haltend aufs Sofa. Frida hantierte derweil geräuschvoll in der Küche herum.

»Lass dich richtig ansehen«, sagte Richard, und statt das Gesicht hinter ihrem Arm zu verstecken, wie sie es früher vielleicht getan hätte, erwiderte Ruth seinen Blick, hielt dabei aber den Atem an und machte den Hals lang.

Seine Haare waren dünner und weiß geworden, aber er hatte immer noch sehr viele. Vielleicht hatte er sie aus diesem Grund etwas länger wachsen lassen, sodass sie seinen Kopf umstanden wie eine Ektoplasmawolke. Seine Stirn war hoch, genau wie sie sie in Erinnerung hatte, und sie freute sich für ihn, dass sein Haaransatz kaum zurückgewichen war. Sie waren gemeinsam jung gewesen, jetzt waren sie alt, und weil es dazwischen nichts gegeben hatte, erfasste dieses seltsame, teleskopartige Ineinanderschieben der Zeit Ruths Herz auf eine Weise, dass ihr schwindlig wurde. Wieder war sie gerührt über die Art, wie seine Nasenflügel sich beim Übergang in die Wange abflachten, die eigentümliche Kerbe in seinem eher kleinen Kinn und die vertraute Geste, mit der er seine Hose mit den Handflächen glatt strich. Alles erinnerte sie an den Abend, an dem er ihren Vater wegen der Fußwaschungen kritisiert hatte.

»Rauchst du noch?«, fragte sie.

»Schon seit Jahren nicht mehr.«

»Gut«, sagte sie, weil es für seine Lungen besser war, aber sie war auch enttäuscht. Sie hätte ihn gern rauchen gesehen; hatte die schöne Vorstellung, dass der junge Richard aus diesen speziellen Gesten heraus auferstehen würde – dem Anheben des Handgelenks, dem Abschnippen der Asche –, um sich ihr zu erklären. Dann fiel ihr ein, dass seine Frau an Lungenkrebs gestorben war, und sie wäre am liebsten im Erdboden versunken; sie erinnerte sich, wie sie Harry von Kiokos Tod erzählt hatte, und dass Harry daraufhin davon gesprochen hatte, wie selten Lungenkrebs bei japanischen Rauchern vorkam, sodass Kioko Porter gleich zweifach vom Schicksal geschlagen schien, eine schreckliche Folge ihres Weggangs aus Japan. Ruth saß wie erstarrt, während Richard ihr von seiner Reise erzählte: dem Verkehr in Sydney, dem verspäteten Zug. Vielleicht würden er und Jeffrey sich doch gut verstehen. Sie fing an zu denken, dass es vielleicht besser gewesen wäre, er wäre doch nicht gekommen.

»Das Essen ist fertig«, verkündete Frida, und Richard stand auf. Ruth sah, dass seine Hand automatisch zu den Knöpfen eines Jacketts zuckte, das er seit Jahrzehnten nicht mehr getragen hatte.

»Oh, übrigens, Richard, das hier ist Frida, meine liebe Frida.« Ruth klang in ihren eigenen Ohren viel zu überschwänglich, sie riss sich zusammen. »Frida Young, Richard Porter.«

Richard streckte Frida die Hand hin, und Frida nahm sie mit einer Feierlichkeit, an die Ruth seit Langem gewöhnt war, die Richard aber überraschte. Beim Händeschütteln wirkten die beiden, als einigten sie sich über eine Sache von nationaler Bedeutung, bei der Frida ihren Kontrahenten zu einem Kompromiss gezwungen hatte. Als Richard Frida die Hand reichte, registrierte Ruth, wie schlank er immer noch war, und war dankbar für ihre eigene schmale Taille, auch wenn sich darunter dieser Bauch vorwölbte. Richard bot ihr seinen Arm, sie nahm ihn, und auf diese Weise begaben sie sich zu Tisch.

Während des Essens bewegte sich Frida mit effizienter, geräuschloser Tüchtigkeit zwischen Küche und Esszimmer hin und her. Ruth forderte sie auf, sich zu ihnen zu setzen, aber sie schüttelte Kopf und Hände in einer anmutigen Pantomime. Nein, sagte ihr Lächeln, weicher in den Mundwinkeln, als Ruth es je erlebt hatte, das würde ich im Traum nicht tun. Vielleicht gehörte sie zu jenen Frauen, die sich im Beisein von Männern anders verhielten. Hatte Ruth sie wirklich noch nie zusammen mit einem Mann gesehen? Sie dachte an Bob Fretweed, der ihr aber zu oberflächlich schien, um wirklich als Mann zu zählen, dachte daran, wie Frida sich ins Fenster des Taxis gebeugt und mit George gelacht hatte. Aber George war ihr Bruder! Frida brachte die Bohnen, tat ihnen Soße auf und zog sich in die Küche zurück, wo sie vor sich hin summend Arbeitsflächen abwischte, die bereits sauber waren. Ruth missbilligte diese sinnlose Geschäftigkeit. Ein dreimal geputztes Haus erweckte ihrer Meinung nach zu sehr den Eindruck, als sei es von der antiseptischen Zunge einer Katze sauber geleckt worden.

Ruth fand es seltsam, gemeinsam mit Richard zu essen, ohne dass ihre Eltern dabei waren. Da sie entschlossen war, nicht mit Erinnerungen anzufangen – sie hatte Angst, rührselig und sentimental zu wirken –, fürchtete sie, sie würden sich nichts zu sagen haben. Zum Glück jedoch gab es die Kinder, über die sie reden konnten. Sie schienen beide beruhigend gewöhnliche Kinder großgezogen zu haben; keins von ihnen schien drastisch missraten zu sein. Seine älteste Tochter war Ärztin.

»Manchmal erinnert sie mich an dich«, sagte Richard. »Sie ist so stur, aber auf die bestmögliche Weise. Ich habe immer gedacht, du hättest eine gute Ärztin abgegeben.«

Frida räumte inzwischen die Teller ab, und Richard beugte sich über den nun leeren Tisch, um Ruths Hand zu berühren. Anders als ihre Haut hatte seine keine Altersflecken bekommen; sie war von einem klaren, faltigen Braun. Frida, die hinter ihm stand, zog eine Augenbraue hoch und ging kopfschüttelnd in die Küche zurück, als sei die Ungebührlichkeit der heutigen Jugend nicht zu fassen.

»Wie kommst du darauf, dass ich eine gute Ärztin abgegeben hätte?«, fragte Ruth.

»Ich habe doch gesehen, wie du in der Ambulanz geholfen hast. Aber das war es nicht ausschließlich. Du hast das richtige Naturell: präzise und gütig.«

»Präzise stimmt nicht mehr«, sagte Ruth und schüttelte den Kopf, wie um wieder Ordnung ins Chaos zu bringen.

Richard lachte. »Ich habe manchmal das Gefühl, jeder einzelne Teil von mir sei anders als damals. Ich habe das Gefühl, nicht wiedererkennbar zu sein.«

»Nein!«, rief Ruth. »Du bist noch genau wie damals.«

»Wirklich? Gut zu wissen.« Er hielt immer noch ihre Hand, was Ruth schön fand, sie aber auch verlegen machte. Sie hätte ihn gern darauf hingewiesen, dass er sie als junger Mann nie so bereitwillig berührt hatte wie jetzt. Er schien jetzt etwas anderes von ihr zu brauchen, oder war eher bereit, dieses Bedürfnis zu zeigen, oder war einfach weicher und sentimentaler geworden. Aber er war immer noch Richard. Ruth schlug vor, ins Wohnzimmer umzuziehen; Richard setzte sich neben sie auf die Couch. Ihr Bein berührte seins, sie zog es fort. Es war albern, so schüchtern zu sein; sie ärgerte sich über sich selbst, konnte aber anscheinend nichts daran ändern. Sie stellte ihm Fragen über Sydney, er wollte alles über ihr Haus wissen, und er berührte sie nicht noch einmal.

Frida kam herein, um Gute Nacht zu sagen. In ihrem grauen Mantel stand sie sittsam in der Tür, und Ruth ging zu ihr und legte die Hand an ihre Wange.

»Vielen Dank für alles, meine Liebe«, sagte sie, und Frida nickte fast verschämt. Dann ging sie in den Flur und machte die Tür hinter sich zu.

»Ein Glück, dass du sie gefunden hast«, sagte Richard.

»Es war eher andersherum. Sie hat mich gefunden.«

»Erzähl«, sagte Richard.

Aber Ruth merkte, dass sie das nicht wollte. Sie erinnerte sich nicht gern an den Tag von Fridas Ankunft, ohne genau zu wissen, wieso eigentlich. »Ach, du weißt schon, der Staat hat sie geschickt, ob du es glaubst oder nicht. Sie ist einfach hier aufgetaucht. Ein Geschenk des Himmels.«

»Ein *Deus ex Machina*.«

»Genau, genau.« Ruth war verärgert über die Großspurigkeit, mit der Richard diesen Ausdruck hervorzauberte, einen Ausdruck, den er ihr damals beigebracht hatte. »Aber eigentlich ist sie einfach aus Fidschi.«

»Aus Fidschi? Was für ein erstaunlicher Zufall. Was hat sie denn da gemacht?«

»Sie *ist* aus Fidschi«, sagte Ruth. »Sie ist Fidschianerin.«

Richard sah zur Tür, als würde Frida zuvorkommenderweise dort auftauchen, um sich von ihm in Augenschein nehmen zu lassen. »Sie sieht nicht besonders fidschianisch aus«, sagte er.

»Findest du?«

»Ich weiß nicht. Wenn du mich gefragt hättest, wo sie meiner Meinung nach herkommt, hätte ich wahrscheinlich nicht gewusst, was ich sagen soll.«

»Ich wollte nie jemand sein, der sagt: ›Ich wüsste nicht, was ich ohne sie anfangen sollte‹, aber ich glaube, inzwischen bin ich so jemand.«

»Ja, ja, diese Dinge schleichen sich an einen an«, nickte Richard.

Ruth fragte sich, wer sich an ihn herangeschlichen hatte. Ihre Brust verkrampfte sich – einen Moment lang fühlte sie sich wie auf dem Schiff im Hafen von Sydney, als sie von der Existenz eines Mädchens namens Coco erfuhr –, und sie wechselte das Thema. »Weißt du, du hättest dir keinen besseren Monat aussuchen können, um zu kommen«, sagte sie. »Es ist genau der richtige Zeitpunkt für die Wale.«

Um diese Jahreszeit wanderten immer Buckelwale an der Küste entlang nach Süden. Verspielt tummelten sie sich vor den Landzungen und wagten sich häufig auch tiefer in die Bucht hinein. Wenn Ruth früher, noch jünger und mit noch geschmeidigem Rücken, die Düne hinunter- und über den Strand zum Meer gegangen war, hatte sie immer das Gefühl gehabt, ihnen feierlich entgegenzuschreiten, um sie zu begrüßen. Bestimmt wussten sie, dass sie kam, um ihnen ihre Aufwartung zu machen. In einem Jahr war Phillip zu Besuch da, und er war mit einem Kajak hinausgepaddelt, um die Tiere noch besser sehen zu können. Harry hatte ihm vom Ufer aus mit verlorener, monotoner Stimme nachgerufen: »Nicht so dicht! Nicht so dicht!« Die unirdischen Rufe der Wale, drängend und hoch, beschworen die nächtlichen Hilferufe schiffbrüchiger Seeleute herauf.

Es war immer eine von Ruths größten Freuden gewesen, ihren Besuchern die Wale zu zeigen. Sie liebte es, sie auf dem Fenstersitz im Wohnzimmer aufzureihen, von wo aus sie mit schmalen Augen aufs Meer hinaussahen; sie verteilte geerbte Ferngläser, die alle einmal im Pazifik vor Missionarsgesichter gehalten worden waren, und die Gäste waren immer so aufgeregt, dass sie schließlich, egal bei welchem Wetter, nach draußen stürzten, um dem Wasser näher zu sein. Alle schrien auf, wenn eine Fontäne aufspritzte, und Ruth hatte immer das befriedigende Gefühl, für das den großen Säugetieren geschuldete Gemeinschaftsgefühl am Strand verantwortlich zu sein. Sie freute sich auf Richards Gesicht, wenn er die Wale sah, und lehnte sich erleichtert an seine Schulter, als sie sich im Flur eine gute Nacht wünschten. »Ich bin so froh, hier zu sein«, sagte er. Der Besuch war also doch kein Fehler, alles würde gut werden. Mehr als gut. Ruth machte die Wohnzimmertür zu, legte sich ins Bett und schlief dankbar ein.

Aber am Morgen regnete es, und die Sicht war schlecht. Von den Fenstern aus wirkte das Meer aufgewühlt und diesig, von den Walen keine Spur. Dennoch waren am Stadtstrand Surfer zu sehen, und Ruth beobachtete sie mit untypischer Bitterkeit vom Esszimmer aus.

»Egal ob Regen oder Sonnenschein, sie sind immer da«, grollte sie, den Blick auf das verschwommene Meer gerichtet, und fragte sich, ob der Junge, der ihr die Ananas verkauft hatte, auch unter ihnen war. »Müssen die denn nie arbeiten?«

Bei besserem Wetter – bei besserer Laune – billigte sie ihre grenzenlose Freiheit.

Frida räumte den Frühstückstisch ab.

»Vielen Dank, Frida«, sagte Richard. »Es ist lange her, dass ich ein derart gutes, reichhaltiges Frühstück gegessen habe.«

Frida lächelte erfreut, sagte aber nichts.

Sie blieben im Esszimmer, Ruth setzte sich in ihren Sessel, Richard saß auf dem langen Fenstersitz. Das Haus wirkte im Regen sehr friedlich. Die Luft war angenehm und warm.

Frida machte das Licht an, weil der Tag so trüb war, brachte ihnen Tee und Shortbread und machte sich in der Küche an die Vorbereitung des Mittagessens. Sie war so anders als die Frida der Diäten und der Fußböden; ihr Haar war ganz normal braun, und sie trug es ganz schlicht, halb hochgesteckt, halb offen herabhängend. Diese friedliche Frida war so effizient und leise wie immer, aber nie völlig unsichtbar. Ihre Gegenwart füllte das Haus mit Ruhe, sodass Ruth die Wale vergaß und sich entspannte und in den Tag mit Richard hineinfallen ließ. Er schenkte ihr und ihrer gemeinsamen Vergangenheit große Aufmerksamkeit, und Ruth genoss es, mit jemandem zu sprechen, der sie als Teil ihrer Familie gekannt hatte, der ihre Eltern gekannt und sie alle zusammen auf Fidschi erlebt hatte. Ihr fiel niemand sonst ein, der noch am Leben war und sich auf diese Weise an sie erinnerte. Sie redeten über ihren Vater, über seine eifrigen Hoffnungen für seine Ambulanz und die Welt und über die stille, gute, bedauernde Weise, auf die er beide Orte verlassen hatte. Ruth erinnerte Richard an seine Weigerung, an der Fußwaschung teilzunehmen, und er lachte und sagte: »Ich war ein furchtbarer Snob.«

»Du warst wundervoll. Wenigstens fand ich das.«

»Du warst auch ziemlich wundervoll«, sagte er. »Aber sehr jung.«

Und als sei sie immer noch jung genug, um über den Vorwurf zu großer Jugend gekränkt zu sein, sagte sie: »Du bist jetzt viel älter, als mein Vater es damals war.« Richard schnitt eine gutmütige Grimasse. »Weißt du, dass ich oft auf Hindi über dich geflucht habe?«, sagte sie. »Ich dachte, du könntest mich nicht verstehen.«

»Ich habe dich sehr gut verstanden«, sagte Richard. »Deine Mutter übrigens auch. Sie hatte von den Dienstboten Hindi gelernt.«

»Ach du je.«

»Wir sind so leicht zu durchschauen, wenn wir jung sind.«

Ruth schämte sich für ihr junges Ich. Er musste die ganze Zeit gewusst haben, dass sie ihn liebte, einfach nur durch einen Blick – einen einzigen Blick – in ihr hingebungsvolles Gesicht.

»Aber du hast damit aufgehört, als mein Hindi sicherer wurde«, sagte Richard. »Ich erinnere mich noch an den Tag, an dem du gemerkt hast, dass mein Hindi besser war als deins. Du hattest gehört, wie ich mich mit einer meiner Patientinnen unterhalten habe.«

Frida brachte ihnen Tee. Der Regen fiel immer noch auf das vage, kaum zu erkennende Meer.

»Bist du je in Indien gewesen?«, fragte er. Nein, Ruth war nie dort gewesen. »Ich war zweimal da. Beim ersten Mal habe ich versucht, mich mit meinem halb vergessenen Fidschi-Hindi zu verständigen, aber die Leute haben höchstens jedes fünfte Wort verstanden.«

»Ich bin nie wieder in Fidschi gewesen«, sagte Ruth. Sie wusste, dass Richard noch einmal hingefahren war, weil er ihr eine Postkarte geschickt hatte, etwa fünf Jahre nachdem ihre Eltern in den Ruhestand gegangen und nach Sydney zurückgezogen waren. Die Postkarte zeigte das Grand Pacific Hotel, und er hatte geschrieben: »Ich vermisse meine Fidschianer – Deine Mutter, Deinen Dad und Dich.« Sie war damals verheiratet, und Mutter, und hatte sich trotzdem gefragt, ob die Postkarte eine Anspielung auf den Kuss auf dem Ball sein sollte. Übernervös hatte sie sie vor Harry versteckt.

»Wieso nicht?«

»Zuerst konnte ich es mir nicht leisten«, sagte Ruth. »Und dann, als ich es konnte, als wir es konnten, gab es so viele andere interessante Orte.«

»Es ist gar nicht einmal so schlecht, nicht zurückzugehen. Auf diese Weise bewahrt man sich die Dinge.«

»Vielleicht hättest du dann nicht hierherkommen sollen«, lachte Ruth. »Jetzt kannst du mich nicht mehr bewahren.«

»Doch, das kann ich«, sagte Richard. »Ich erinnere mich sehr gut an dich als Teenager, und daran wird nichts etwas ändern.«

»An was genau erinnerst du dich?«

»Lass mich überlegen. Ich weiß noch, dass du den *Ulysses* schneller gelesen hast als irgendjemand sonst auf der Welt.«

Ruth dachte an den *Ulysses,* den Richard sehr schätzte und aus Sydney mitgebracht hatte. Sie war wild entschlossen gewesen, das Buch zu lesen, und hatte nie zuvor so hart an irgendetwas gearbeitet. Sie erinnerte sich auch, dass sie und Richard so jung gewesen waren und über die Existenz des Himmels diskutiert hatten (sie hatte Ja, er hatte Nein gesagt, aber beide gaben zu, Zweifel zu haben – es war das erste Mal, dass Ruth merkte, dass sie tatsächlich zweifelte). Oh, oh, und sie erinnerte sich, dass sie in ihrem Bemühen, sich für Bach zu erwärmen, plötzlich festgestellt hatte, dass sie Mozart liebte. Sie hatte sich jahrelang geschämt, nur weil Richard Mozart nicht mochte, bis sie irgendwo las, dass Abraham Lincoln ein Fan war. Da spürte sie, dass sie in der Anerkennung ihrer eigenen Meinung aufblühte. Das mit Lincoln und seiner Liebe zu Mozart hatte sie in einer Biografie gelesen, die Harry gekauft, selbst aber nie gelesen hatte. Nein, Jeffrey hatte sie Harry (der politische Biografien liebte) zu Weihnachten geschenkt. Und außerdem war da noch diese eine Auden-Passage, die ihr selbst so gut gefallen hatte – Calibans Lied in einem langen Gedicht –, sie hatte den Titel vergessen. Sie hatte Richard gebeten, es ihr vorzulesen, und bei einer Zeile – »hilflos in dich verliebt« – hatte er innegehalten. Sie war überwältigt gewesen von Verheißung. *Ja, ja,* hatte sie gedacht, als er innehielt. Und dann hatte er weitergelesen, und später, in einem Gespräch – nur ein paar Tage später –, ging Ruth auf, dass er es schon völlig vergessen hatte, und sie war wütend gewesen, weil sie immer auf Kleinigkeiten hereinfiel, die sich dann als bedeutungslos herausstellten. Wo hatte das alles gewartet, während sie so mühelos daran gearbeitet hatte, es zu vergessen? Sie saß da, zitternd vor Dankbarkeit für ihr Gehirn, dieses klebrige Organ.

»Du siehst auf einmal so glücklich aus«, sagte Richard.

Sie senkte den Kopf, hob ihn aber wieder, um Richard anzusehen. »Ich bin auch glücklich«, sagte sie. »Tut mir leid, dass ich vorhin so schlecht gelaunt war. Ich war enttäuscht wegen des Wetters.«

»Das Wetter ist perfekt«, sagte Richard.

Wann hatte sie je gehört, dass Richard etwas als perfekt bezeichnete? Er erwiderte ihren Blick auf sehr vertraute Weise. Wenn jemand ihr mit neunzehn gesagt hätte, dass es über fünfzig Jahre dauern würde, bis er sie auf diese Weise ansah, hätte es ihr das Herz gebrochen. Jetzt war sie nur ein klein wenig traurig, und das war sowohl erträglich als auch schön. Sie streifte mit der Hand über Richards Arm.

Frida verhielt sich in der Küche ganz still, vielleicht lauschte sie. Richard sprach über den Melassegeruch, der über den Zuckerfabriken hing, und Ruth erzählte ihm, dass ihre Mutter sie einmal zu einem Bridgespiel mit irgendwelchen Frauen in einer Zuckerstadt außerhalb von Suva mitgenommen hatte. Die Frauen saßen an kleinen Tischen, während ihre Kinder Würstchen im Teigmantel und Scones aßen, und weil Ruths Vater kein leitender Angestellter der Firma war – überhaupt nicht zur Firma gehörte, nicht einmal ein von staatlicher Seite geschickter Arzt war –, hatten einige der Kinder nicht mit Ruth geredet. Es war das einzige Mal, dass ihre Mutter Bridge spielte.

»Meine Mutter hätte das alles geliebt«, sagte Richard. »Ich glaube, sie hätte sich in einer dieser hierarchischen kleinen Zuckerstädte sehr wohlgefühlt. Sie hätte es als eine Art Herausforderung empfunden.«

»Man musste ganz schön skrupellos sein«, sagte sie.

»Das war sie. Einmal wurde mein Bruder zur Geburtstagsparty eines Schulfreunds eingeladen, war aber zu krank, um hingehen zu können. Ich war damals ungefähr acht, glaube ich, und er zehn. Sie zwang mich, so zu tun, als sei ich mein Bruder, weil sie mit den Eltern des Geburtstagskindes auf gutem Fuß stehen wollte. Sie hatte lange auf eine Einladung in ihr Haus gewartet, darum ging es, und diese Party war die einzige Gelegenheit. Also kamen wir dort an, und die anderen Kinder wussten natürlich, dass ich nicht mein Bruder war, aber meine Mutter nannte mich James, und irgendwann taten sie es auch.«

»Wieso?«

»Sie waren wohlhabend, diese Leute, sie hatten Beziehungen und ein riesiges Haus. Ich weiß noch, dass ich unglaublich beeindruckt war. Derartige Einladungen waren meiner Mutter sehr wichtig. Denn danach konnte sie sie ebenfalls zu Partys einladen.«

Die Geschichte gefiel Ruth nicht, sie hätte sie gern wie eine Fliege verscheucht. Es gefiel ihr nicht, dass Richard seine Kindheit mit ihrer verglich. Seine Kindheit war Sydney: rötlich braune Backsteine, Fähren auf dem Wasser, angeleinte Hunde, Frauen, die in quadratischen Gärten Wäsche an quadratischen Wäscheständern aufhängten.

Richard beugte sich auf dem Fenstersitz vor. »Es ist eine Erleichterung, findest du nicht auch, sich nicht mehr über derartige Dinge sorgen zu müssen. Meine Frau hat sich oft darüber beklagt, dass alles zunehmend lässig gehandhabt wird, aber mir ist es lieber so. Dir nicht auch? Jedenfalls ist Kioko letzten Endes sehr gut mit meiner Mutter ausgekommen.«

Auch dass er seine Frau kritisierte, und sei es auch noch so zurückhaltend, gefiel Ruth nicht. Sie hatte das Gefühl, mit einer Klage über Harry reagieren zu müssen, und konnte es nicht. Wie absurd, dachte sie, hier zu sitzen und mir Gedanken darüber zu machen, Harry untreu zu sein. Aber sie legte den Arm so auf den Tisch, dass ihr zartes weißes Handgelenk nach oben gerichtet war, hin zu Richard. Wenn er hinsieht, dachte sie – und ehe sie entscheiden konnte, was sein Hinsehen bedeuten würde, sah er hin.

»In Sydney habe ich oft Partys gegeben«, sagte Ruth, »aber ich war, was das anging, nie sehr gut. Am Morgen der Party habe ich beim Aufwachen immer gedacht: ›Verdammt, warum tue ich mir das schon wieder an?‹ Aber Harry liebte Partys. Und dann sind wir hierhergezogen, und es gab niemanden mehr, für den man eine Party veranstalten konnte.«

»Wie lange habt ihr beide hier gelebt?«

»Nur etwas über ein Jahr«, sagte Ruth. Wie kurz diese Zeit gewesen war. »Ich habe immer gedacht, ich würde eine dieser alten Damen werden, die immer von morgens bis abends beschäftigt sind. Du weißt schon – sich für alles interessieren, Kurse belegen, mehrgängige Menüs kochen, Freunde besuchen. In Sydney war ich so. Ich habe gearbeitet – na ja, Arbeit ist vielleicht nicht der richtige Ausdruck. Ich habe in einem Zentrum für Flüchtlinge geholfen. Ich war Sprecherzieherin, hast du das gewusst? Ich hatte noch ein paar Privatschüler und habe im Zentrum Kurse gegeben. Dann kamen wir hierher, weil Harry es sich so wünschte. Er hat erst so spät aufgehört zu arbeiten, das hatte ich auch immer so erwartet, und er wollte einfach nur am Meer sein und Ruhe haben. ›Ich bin jetzt so weit, die Füße hochzulegen, Ruthie‹, hat er gesagt. Aber als wir dann hier waren, hat er den ganzen Tag im Garten gearbeitet und ist jeden Morgen stundenlang spazieren gegangen und hat Sachen im Haus in Ordnung gebracht, und wir sind zu diesem Leuchtturm und zu jenem historischen Gefängnis oder in die Stadt gefahren, und die Jungen kamen Weihnachten nach Hause. Es ist ihm immer leichtgefallen, irgendwelche Beschäftigungen zu finden. Ich bin nicht so. Vor allem seit er nicht mehr da ist. Ich kam hierher und habe irgendwie – einfach aufgehört.«

»Eigentlich schade«, sagte Richard, und einen Moment lang kam Ruth sich vor, als hätte er sie als schlechtes Buch oder schlechtes Theaterstück bezeichnet, aber dieser Mann war er nicht mehr. Er war müde geworden, dachte sie, und das hatte ihn lockerer gemacht. Die Tatsache, etwas sein zu müssen, hatte ihn müde gemacht.

»Ich weiß nicht«, sagte Ruth. »Alle haben erwartet, dass ich nach seinem Tod nach Sydney zurückgehen würde. Ich habe so schön getrauert, dass sie erwarteten, ich würde auch in dieser Hinsicht vernünftig sein. Oder sie fanden, ich sollte in die Nähe eines meiner Kinder ziehen oder sie zu mir. Aber Phil ist in Hongkong komplett eingebunden, und Jeffreys Schwiegervater in Neuseeland ist sehr krank, also habe ich es nicht erlaubt. Und dann merkte ich, dass ich diejenige war, die Ruhe am Meer wollte.«

Am Nachmittag hörte der Regen auf. Ruth und Richard standen mit ihren Ferngläsern auf der Düne und hielten Ausschau nach den Walen. Ruth war nervös. Wenn wir einen Wal sehen, bestimmte sie, wird nichts zwischen uns passieren. Wenn wir zwei sehen, wird alles passieren. Sie wusste nicht genau, was sie mit *alles* meinte. Aber es kamen keine Wale.

Zum Abendessen gab es Schweinelende und Süßkartoffeln. Frida stellte alles auf den Tisch und weigerte sich, mit ihnen zu essen, egal wie sehr Ruth und Richard sie auch drängten.

»Nein! Nein!«, beharrte sie und lachte, als würde sie gekitzelt; sie klang gleichzeitig gequält und widerstrebend.

»Dann lassen Sie wenigstens den Abwasch stehen«, sagte Ruth. »Das schaffen wir ganz sicher.«

Frida protestierte erst, gab dann aber doch nach. Ruth fiel auf, dass sie Probleme hatte, Richard anzusehen. Wenn er mit ihr sprach, sah sie immer links an seinem Gesicht vorbei und befühlte ihre ordentlichen Haare. Sie nahm ihren Mantel vom Haken in der Küche, murmelte »*Bon appétit*« und ging den Flur entlang. Die Haustür wurde geöffnet und geschlossen.

Ruth war nun bereit dafür, dass etwas geschah. Aber sie hielt ihre Hoffnungen vage. Richard war bei bester Gesundheit. Er aß mit gesundem Appetit und lachte viel, während er ihr erzählte, wie seine Tochter ihn ein einziges Mal in einen Yogakurs mitgenommen hatte. Er versprach, einmal japanisch für sie zu kochen. Es wurde dunkel auf der Düne, und Ruth zog die Wohnzimmervorhänge zu, während Richard die Fensterläden auf der Meerseite des Hauses vorlegte. Keiner von ihnen machte Anstalten, den Tisch abzuräumen. Sie gingen ins Wohnzimmer, wo Ruth ihre Entscheidung bedauerte, sich in einen Sessel statt neben ihn auf die Couch zu setzen. Ihr neunzehnjähriges Ich hätte denselben Fehler gemacht.

»Neulich habe ich an den Ball für die Königin gedacht, auf dem wir waren«, sagte sie.

»Ich auch«, sagte Richard. Er saß auf der Seite der Couch, die ihr am nächsten war, und seine Hände lagen geschlossen und unnatürlich still auf seinen Knien. So hat er mit dem Rauchen aufgehört, dachte Ruth: indem er sich gezwungen hat, seine Hände still zu halten. Genau so würde er es machen.

»Ich habe die Speisekarte immer noch irgendwo. Ich habe sie aufbewahrt«, sagte sie, obwohl sie in dem Augenblick, in dem sie es sagte, sicher war, dass Frida sie überredet hatte, alle derartigen Sachen wegzuwerfen, als sie ganz am Anfang ihrer Tätigkeit Hausputz gemacht hatte.

»Woran genau hast du gedacht?«, fragte Richard.

»Natürlich daran, dass du mich geküsst hast«, sagte sie. »Und wie sehr es mir gefallen hat.«

»Wieso waren wir eigentlich da? Wieso haben sie ausgerechnet mich eingeladen?«

»Sie haben alle möglichen Leute eingeladen. Ich weiß noch, dass irgendjemand ziemlich empört war – weil du eingeladen warst und meine Eltern nicht. Meinst du, es hat ihnen etwas ausgemacht? Ich dachte eigentlich, es sei ihnen egal.«

»Und ich bin mit ihrer Tochter davongerauscht und habe sie geküsst.« Richard musste über sich selbst lachen. »Ich habe mich für so alt und weise gehalten, und du warst so jung. Ich habe mich sehr über mein Verhalten geschämt.«

»Zu Recht«, sagte Ruth. »Wo du eine heimliche Verlobte hattest und alles.«

»Du machst dich über mich lustig«, sagte Richard. »Und ich glaube, ich hatte getrunken. Hatte ich getrunken?«

»Alle hatten getrunken«, sagte Ruth. »Wahrscheinlich hat es nie zuvor so viele Leute gegeben, die so erpicht darauf waren, auf die Königin anzustoßen.« Ruth spürte, dass sie geradezu von innen strahlte, weil es so schön war, mit ihm zu lachen. Es tat gut, zu flirten, und sie dachte, dass man das Flirten nie den ganz jungen Menschen anvertrauen sollte. »Aber hör mal – vor einem Augenblick habe ich gesagt, wie sehr es mir gefallen hat, von dir geküsst zu werden, und du hast nicht einmal Danke gesagt.«

»Ich hätte sagen sollen, wie sehr es *mir* gefallen hat, dich zu küssen«, sagte Richard mit einer galanten Verbeugung. Es war lächerlich. Und wundervoll. Der junge Richard hätte nie so geredet. Wann hatte er seine Ernsthaftigkeit abgelegt? Selbst der Kuss auf dem Ball war ernst gewesen. Wir hätten auf dem Schiff nach Sydney miteinander schlafen und es dann gut sein lassen sollen, dachte Ruth, denn es wäre ein Fehler gewesen, Richard mit seinen schlechten Büchern und seinen hervorragenden Theaterstücken zu heiraten. Aber das hier, das war wunderbar.

»Warum hast du das gemacht?«, fragte Ruth.

»Weil du so hübsch warst natürlich. Wie ein Milchmädchen, weißt du noch? Und ich dachte – nun ja, ich hatte getrunken, aber ich dachte auch, wie süß und mühelos es wäre, dich zu lieben. Du hast sogar ausgesehen wie eine Braut, in deinem weißen Kleid.«

»Es war hellblau«, sagte Ruth. »Und wieso mühelos?«

»Weniger kompliziert«, sagte Richard und bewegte die Hände; diese Bewegung war das erste Anzeichen von Nervosität. »Das alles ist so lange her, es ist schwer, es sich noch vorzustellen. Kiokos Familie hat sie enterbt, und das erste Haus, in das wir zogen, nun ja – die Nachbarn haben sich zusammengetan und australische Flaggen in ihre Fenster gehängt und sich geweigert, mit uns zu sprechen. Ich hatte zwar mit so etwas gerechnet, aber irgendwie ist man doch nie vorbereitet. Wenn ich jemanden wie dich geheiratet hätte, wären sie mit Kuchen und ihren Babys zu uns gekommen.«

»Es ging also gar nicht wirklich um mich«, sagte Ruth. Er hatte sie geküsst, um zu sehen, wie es wäre, sich unbeschwert und sicher zu fühlen. Wieso war sie nie auf diesen Gedanken gekommen?

»Es ging um niemand anderen als um dich«, sagte er. Im Zimmer war es still. »Ich habe mich wirklich über mich selbst geschämt.«

»Und ich war todunglücklich«, sagte Ruth, aber als sie seine echte Überraschung sah, lächelte sie und rief: »Lass uns etwas trinken! Lass uns auf unser Wiedersehen anstoßen. Es müsste noch etwas von Harrys Scotch da sein.«

»In Ordnung«, sagte Richard.

»Es ist guter Scotch.«

»Anwälte haben immer ausgezeichneten Scotch.«

»Aber wo« – Ruth stand stirnrunzelnd auf und ging zum Flaschenschrank – »hat Frida die Gläser hingetan? Ständig räumt sie alles um.«

»Du scheinst hier draußen sehr gut zurechtzukommen«, sagte Richard.

Ruth war stolz, das zu hören. Sie schenkte ein und setzte sich neben ihn auf die Couch. Etwas Vielversprechendes lag in der Luft. Der Scotch schmeckte verschlossen und alt, aber golden.

»Du kommst mir sehr genügsam vor«, sagte Richard.

»Selbstgenügsam?«

»Ich finde, du und Frida, ihr seid eine Genügsamkeit. Ihr seid wie eine kleine Welt, ein kleiner runder Globus.«

»Hört sich ziemlich klaustrophobisch an.« Ruth rechnete die Katzen zur Bevölkerung dieser kleinen Welt hinzu. Sie saßen zu Richards Füßen, ohne ihn zu berühren. Wie still sie waren, fast als wären sie künstlich.

»Ich finde, es klingt wundervoll. Mir gefällt die Vorstellung, dass sie rund um die Uhr auf dich aufpasst.«

»Nicht wirklich rund um die Uhr«, sagte Ruth. »Abends geht sie nach Hause.«

»Wirklich? Ich dachte, sie wohnt hier.«

»Hier wohnen? Als wäre sie ein Hausmädchen!«

»Ist sie das denn nicht?«, fragte Richard sanft.

»Glaub mir, Frida ist bestimmt kein Hausmädchen. Normalerweise kommt sie nur unter der Woche, und nur vormittags. Nach dem Mittagessen geht sie, und am nächsten

Morgen bringt ihr Bruder, der geheimnisvolle George, sie mit seinem goldenen Taxi wieder her.«

»Der Taxifahrer, der mich hergebracht hat?«

»Stimmt, du hast George ja schon kennengelernt. Wie ist er denn so?«

»Er ist Fridas Bruder? Also *er* sieht wirklich fidschianisch aus. Er war – ich weiß nicht, zurückhaltend. Er hat nicht viel geredet. Frida schläft also nur hier, während ich da bin? Auf mich hat sie den Eindruck gemacht, sich hier richtig eingelebt zu haben.«

»Sie schläft nie hier«, sagte Ruth. »Sie geht jeden Abend nach dem Essen. Wie kommst du bloß auf diese Idee?«

»Wegen ihres Schlafzimmers«, sagte Richard. Ruth hob den Kopf wie eine wachsame Katze. Das Glas, aus dem Richard gerade trinken wollte, verharrte in der Schwebe. Es war, als könne Ruth einen Alarm hören, den Richard, bei aller Wachsamkeit schwerhörig, noch nicht wahrgenommen hatte. Entschuldigend sagte er: »Ich habe einfach angenommen, dass es ihr Schlafzimmer ist.«

»Welches Zimmer?«, wollte Ruth wissen.

»Das am Ende des Flurs.«

»Phils Zimmer?«, fragte Ruth, aber Richard konnte die Zimmer nicht den Namen ihrer Söhne zuordnen. Er hatte ihre Söhne nie kennengelernt.

»Das am Ende des Flurs«, wiederholte er.

Am Ende des Flurs stieß Ruth auf Frida, die früher am Abend in ihrem grauen Mantel die Haustür auf- und anschließend hinter sich zugemacht hatte. In Phillips Zimmer lebte Frida inmitten ihrer eigenen Sachen. Das Zimmer war nicht vollgestopft oder auf irgendeine Weise unordentlich, aber es war entschieden bewohnt: Die Möbel waren umgestellt worden, unbekannte Postkarten klebten an den ansonsten freigeräumten Wänden, und ihr Koffer lag ordentlich ausgerichtet oben auf dem Schrank. Frida saß in einem Sessel, den Ruth noch nie gesehen hatte, nahm ein Fußbad und las einen Krimi. Die Erkenntnis, dass Fridas Füße schmerzten und sie gerne Krimis las, war für Ruth ein fast so großer Schock wie die Tatsache, dass sie – alles deutete darauf hin – tatsächlich in ihrem Haus lebte. Frida ließ das Buch sinken.

»Was geht hier vor?«, fragte Ruth.

Die obere Hälfte von Fridas Körper blieb still, aber sie hob ihre Füße, einen nach dem anderen, aus der Waschschüssel und stellte sie auf das Handtuch, das auf dem Boden lag. Dabei hatte sie etwas Unerschütterliches an sich, als sei sie stets in diesem Zimmer gewesen und würde für immer dort bleiben. Durch Fridas Schweigen hörte Ruth Richard in der Küche hantieren, das Wasser aufdrehen und das Geschirr zusammenstellen.

»Was tun Sie hier?«, fragte sie, die Hand um den Türknauf gekrampft.

»Wonach sieht es denn aus? Ich entspanne mich am Ende eines langen Tages.«

»Aber wieso sind Sie *hier?*«

»Wieso sollte ich nicht hier sein?«

»Ich habe Sie weggehen sehen«, sagte Ruth.

»Wie können Sie gesehen haben, wie ich weggehe, wenn ich nicht gegangen bin?«

»Dann habe ich Sie eben weggehen *gehört.* Ich habe die Haustür gehört. Sie sind im Mantel ins Zimmer gekommen und haben Gute Nacht gesagt.«

»Ich habe den Müll rausgebracht«, sagte Frida. »Er wird morgen abgeholt.«

»Im Mantel?«

»Yep.« Dann: »Es ist kalt draußen.«

»Ich dachte, Sie sind gegangen.«

»Scheint so, als hätten Sie das angenommen. Keine Ahnung, wieso.«

»Und wieso sollte ich nicht annehmen, dass Sie gegangen sind. Schließlich leben Sie nicht hier.«

»Ach du je.« Frida hob die Füße vom Handtuch, auf dem zwei große feuchte Flecke zurückblieben. »Ach du je. Sie wissen doch, dass ich über Nacht bleibe, um während Richards Besuch zu helfen. Das wissen Sie doch.«

»Ich weiß, dass Sie übers Wochenende kommen«, sagte Ruth. »Aber nicht, dass Sie hier schlafen.«

»Aber Sie erinnern sich doch, dass wir über George gesprochen haben. Über die Probleme, die ich mit ihm habe? Und Sie sagten, ich kann so lange bleiben, wie es sein muss. Und hier bin ich.« Frida breitete die Hände aus, als schließe ihre Definition von *ich* nicht nur ihren Körper ein, sondern auch die Gegenstände, die ihn umgaben, im Grunde genommen das ganze Zimmer.

»Das ist nicht wahr, Frida. Was Sie da sagen, ist nicht wahr. Ich würde mich erinnern.« Ruth war sich ganz sicher; aber trotzdem hatte sie das Gefühl, etwas aufdröseln zu müssen, einen völlig verworrenen Faden. Denn dass es Ärger mit George gegeben hatte, daran konnte sie sich erinnern.

»Sie wissen selbst, dass Ihr Gedächtnis nicht mehr das ist, was es einmal war.«

»Das weiß ich *nicht*«, sagte Ruth, aber der Satz fühlte sich wie ein Eingeständnis von Unwissenheit an, wie ein Eingeständnis von irgendetwas, anstatt eines Beharrens auf dem Gegenteil.

Frida saß in dem unbekannten Sessel und sah Ruth unbewegt an. Ihre Sturheit hatte etwas Mineralisches. Ruth hatte das Gefühl, mit etwas Spitzem daran herumhacken zu können, und es würde nicht mehr zum Vorschein kommen als die Einförmigkeit der Zusammensetzung. Aber eine ähnliche Brillanz haftete ihrer eigenen Gewissheit an, dass Frida log. Ihr Geist fühlte sich durchsiebt und klar an, und ihr klarer, prismatischer Geist drehte die Tatsache, dass Frida log, immer wieder hin und her. Etwas mit derartiger Bestimmtheit zu wissen war befriedigend, und wenn das stimmte, was dann noch? Bei welchem anderen Wissen konnte Ruth sich sicher sein, auf eine derart unangreifbare Weise? Plötzlich gierte sie nach weiteren Gewissheiten dieser Art. Ihr ganzes Leben lang hatte sie Angst gehabt, etwas zu glauben, was unwahr war. Es erschien ihr wie eine ständige Bedrohung; die Möglichkeit, beispielsweise, irrtümlich zu glauben, dass Christus für ihre Sünden gestorben war. Entsetzt wandte sie sich von dieser Unwahrscheinlichkeit ab. Es war so unwahrscheinlich, dass Frida log; dass Richard Ruth nach all dieser Zeit wollte; dass das Haus wirklich so heiß war und voller Dschungelgeräusche steckte und einmal sogar ein Tiger da war. Wer sollte irgendetwas davon glauben? Aber es war wahr.

»Sie machen sich nur lächerlich«, sagte Frida mit resignierter Stimme. Ihr Gesicht war so still und ausdruckslos, dass es schien, als sei gar keine Frida darin enthalten. Ruth wollte dieses Gesicht dazu bringen, sich wieder zu bewegen; oder es nicht mehr ansehen müssen.

»Ich möchte, dass Sie mein Haus auf der Stelle verlassen«, sagte Ruth. »Ich möchte, dass Sie George anrufen und ihm sagen, dass er Sie nach Hause bringen soll. Und morgen früh kommen Sie zurück, und wir klären alles.«

»Meinen Sie das im Ernst?« Fridas Augen weiteten sich endlich ein bisschen mehr. »Sie wollen mich allen Ernstes mitten in der Nacht aus dem Haus werfen?«

»Sie haben gehört, was ich gesagt habe«, sagte Ruth. Sie war entsetzt, ihre eigenen Worte mit ihrer falschen Bravour zu hören. *Sie haben gehört, was ich gesagt habe.* Als wäre sie in einem Film. Als hätte sie nicht ihr ganzes Erwachsenenleben versucht, Kindern beizubringen, keine derart leeren Floskeln zu benutzen.

»Denken Sie gut nach«, sagte Frida, beugte sich vor und stützte die Unterarme auf die Knie, und Ruth ging auf, dass ihre Augen auf gleicher Höhe waren, obwohl Frida saß und Ruth stand. Wie klein war sie eigentlich geworden? Und wie groß war Frida?

»Denken Sie lieber noch einmal sehr gut über das alles nach, königliche Hoheit«, sagte Frida. »Denn wenn Sie mich zwingen, jetzt zu gehen, komme ich nicht wieder.«

Damit stand sie auf. Sie war riesig. Sie schien aus dem Ozean aufgetaucht zu sein, aufgebläht von Strömungen und Gezeiten, zornig und blau. Sie schien kein Ende zu nehmen. Ihre Haare hatten sich irgendeiner chaotischen Kraft unterworfen und standen nun wild, ungekämmt, von ihrem Kopf ab. Das war noch etwas Neues an Frida: dass ihre Haare lose und ungekämmt waren. Sie trugen zum Eindruck göttlichen Zorns bei. Ruths Finger krampften sich immer noch um den Türknauf.

»Ich werde keine Ultimaten dulden, Frida«, sagte sie, wusste aber, wie zittrig sie klang, wie dünn ihre Stimme sich anhörte, wie ein kleines Glöckchen, das an einem Krankenbett geläutet wird.

»Sie sind doch diejenige, die sagt, dass ich verschwinden soll, sonst –«, sagte Frida und beugte sich näher an Ruths Gesicht. Dann fuhr sie zurück und warf die Hände in die Luft, nahm jene Haltung des Nichtverstehens an, die sie immer annahm, wenn sie die Unterstützung eines nicht existierenden Zuhörers anflehte. Ihr Gesicht wurde wieder es selbst. »Wissen Sie was? Das hier ist mal wieder hundert Prozent typisch. Da tut man einer kleinen alten Dame einen Gefallen – ich werde schließlich nicht dafür bezahlt, dass ich über Nacht bleibe –, und was ist? Die alte Schachtel wirft einen mitten in der Nacht aus ihrem ach so kostbaren Haus. Nur damit sie sich an ihren Liebsten ranschmeißen kann. Das ist doch der wahre Grund, oder?«

»Es ist kein Rauswerfen, wenn ich Sie nie gebeten habe zu bleiben«, sagte Ruth.

»Er *ist* also Ihr Liebster?«

»Er hat nicht das Geringste hiermit zu tun.«

»Dann ist es also nur Zufall, dass Sie mich rauswerfen, wenn er hier ist? Und was wird er dazu sagen? Und wer wird morgen für Sie und ihn sorgen? Sie vielleicht? Werden Sie für ihn kochen? Und überhaupt, wie genau wollen Sie mich eigentlich hier rausbekommen? Wollen Sie mich tragen? Mithilfe welcher Armee?«

»Sie würden es nicht wagen«, sagte Ruth.

»*Was* würde ich nicht wagen?«

Ruth wusste es nicht. Sie drückte sich an die Tür und

wünschte, Frida würde einfach still gehen. Das würde sie selbst eines Tages auch tun, wie sie hoffte: einfach still gehen.

»Ich sage Ihnen jetzt Folgendes«, sagte Frida. »Verschwinden Sie aus meinem Zimmer.« Sie bewegte sich auf Ruth zu. »Das hier ist nicht vorbei, o nein. Vielleicht gehe ich morgen, vielleicht auch nicht. Aber heute Abend verschwinden Sie aus meinem Zimmer, und wir beide werden über diese ganze Sache schlafen – falls ich nach alldem hier überhaupt schlafen *kann* –, und morgen früh reden wir weiter, worauf Sie sich verlassen können.« Frida näherte sich der Tür, sodass Ruth gezwungen war, zur Seite auszuweichen, um einen Zusammenstoß zu vermeiden. »In Ordnung? Keine weiteren Befehle von Ihnen – ich habe jetzt Feierabend. Im Augenblick sind Sie nicht meine Chefin. Haben Sie das verstanden?«

Frida wirkte nicht direkt bedrohlich; aber auf ihrem Gesicht lag ein seltsames, beängstigendes Lächeln. Dann stand Ruth im Flur, und die Tür war zu, und sie wusste nicht, ob sie von selbst in den Flur gegangen war und die Tür zugemacht hatte, oder ob Frida eins oder beides für sie gemacht hatte. Sie klopfte an die Tür, aber nicht laut, und Frida antwortete nicht. Etwas Schweres wurde dagegengeschoben. Ruth wagte es nicht, noch einmal zu klopfen oder zu rufen. Sie konnte keine Szene machen, wo Richard da war.

Aber Richard machte in der Küche einen absolut entspannten Eindruck, erledigte den Rest des Abwaschs, die Ärmel bis zu den knochigen Ellbogen hochgekrempelt, und legte diese süße, einstudierte Unbekümmertheit an den Tag, die er vielleicht als Vater von Teenagertöchtern perfektioniert hatte. Er hatte sich mit nassen Händen die wolkigen Haare nach hinten gestrichen, wodurch seine hervorkragenden Ohren zum Vorschein kamen – wann waren seine Ohren so groß geworden? Wie die eines alten Mannes? Wenn er weniger hilfreich-heiter gewirkt hätte, hätte Ruth vielleicht geweint oder wenigstens seine medizinische Expertise in Anspruch genommen: »Bitte, Richard«, hätte sie vielleicht gesagt, »wie merke ich, ob ich dabei bin, den Verstand zu verlieren? Gibt es irgendwelche unverkennbaren Anzeichen? Bitte, gibt es eine Art Test? Was würdest du zu einer alten Frau sagen, die nachts einen Tiger in ihrem Haus hört, die vergisst, sich die Haare zu waschen, die nicht merkt, dass ihre staatliche Betreuerin bei ihr eingezogen ist?« Aber sein ganzes Verhalten zielte darauf ab, ihr zu verstehen zu geben, dass er an Frida und dem Gästezimmer nichts ungewöhnlich fand; dass er Ruths Würde achtete; dass er nicht in irgendetwas hineingezogen werden wollte. Und so dankte sie ihm für den Abwasch, er wies den Dank zurück, und in einer Salve von Nettigkeiten sagten sie sich Gute Nacht und gingen allein in ihre jeweiligen Schlafzimmer.

Die Katzen hatten sich unter dem Federbett verkrochen und regten sich protestierend, als Ruth sie aufstörte, indem sie sich auf die Bettkante setzte. Das Bett wirkte in diesem Augenblick, als spuke Harrys Phantomkörper darin herum: ein Arm, der sich drehte, ein zuckender Fuß. Es war makaber und schrecklich und auf alberne Weise gleichzeitig auch tröstlich. Allein daran zu denken machte Ruth verlegen, wo Richard doch in Jeffreys Zimmer war. Und Frida in dem von Phillip. Seit wann war ihr Haus derart bevölkert? Ruth, die Katzen, Frida, Richard. Ihr kam der Gedanke, dass Frida tatsächlich tun könnte, womit sie gedroht hatte: dass sie weggehen könnte. Ruth streckte die Füße aus – auf dem

Bett sitzend, reichten sie nicht ganz bis auf den Boden – und sagte: »Jetzt habe ich es geschafft, was?« Sie sah ihren Kopf im Spiegel über dem Frisiertisch sprechen, und das war noch etwas, was sie immer tat: Sie tat so, als sei sie Harry, der beobachtete, wie sie sich bewegte und sprach. Sie drehte den Kopf weg; verlor die Geduld mit sich selbst. Hatte sie wirklich vergessen, dass Frida in ihrem Haus lebte? Sie hatte definitiv vergessen, sich die Haare zu waschen, und Frida hatte sich darum gekümmert.

Auch dieser Tag war also vorbei, und Richard würde morgen Nachmittag wieder abreisen. Das Wochenende war genau wie das Schiff nach Sydney: Tage voller Verheißungen mit Richard, an denen nichts Definitives geschah. Jetzt hatte sie ihn ein zweites Mal verloren, wegen Frida. Aber als sie im Bett lag und alles noch einmal durchdachte, und Frida vor sich sah, die einen Krimi las und ein Fußbad nahm, und sich an Richards traurige, selbstgefällige Erklärung der Schwierigkeiten erinnerte, die er auf sich genommen hatte, weil er eine japanische Frau hatte – und wieso das bedeutete, dass er küssen konnte, wen immer er wollte –, wandte sich ihr Zorn gegen ihn. Wieso war er gekommen? Und wenn er nun einmal da war, wieso nur für ein Wochenende, wenn die Tage der Woche doch gar keine Rolle mehr spielten? Sie waren beide alt und außerhalb der Zeit. Sie lag im Bett, eingezwängt zwischen den Katzen, und wütete vor sich hin. Wieso hatte er ihr gesagt, dass Frida nachts im Haus war? Jetzt würde sie Frida wegen ihm verlieren, herzlichen Dank auch. Sie würde ihn wegen Frida verlieren, und Frida wegen ihm. Und mit diesem Gedanken, dem letzten, bevor sie einschlief, leerte sich das ganze Haus.

9

Es war schon spät, als Ruth am nächsten Morgen aufwachte. Der Tag war so klar, dass sie auf dem Weg in die Küche durch die Fenster des Esszimmers den städtischen Leuchtturm sehen konnte. Sie rief nach Frida, und Richard antwortete. Er kam aus dem Wohnzimmer und sah mit seinen vielen dichten, weißen Haaren und dem gut gelaunten Gesicht wie Spencer Tracy aus, bloß größer.

»Frida ist heute Morgen nicht da.«

»Wo ist sie denn hin?«

»Einkäufe erledigen. Ihr Bruder hat sie mit dem Taxi abgeholt.«

»Wie hat sie gewirkt?«

»So wie immer.« Richard legte die Hände auf ihre Schultern und gab ihr einen Gutenmorgenkuss auf die Wange, aber sie war viel zu durcheinander, um sich darüber freuen zu können.

»Sie erledigt nur ein paar Einkäufe«, sagte Ruth und dachte: Genügsam. Eine kleine Welt. »Es war alles nur ein Missverständnis.« Sie widerstand der Versuchung, in Phillips Zimmer zu laufen – Fridas Zimmer – und nachzusehen, ob Fridas Sachen weg waren.

»So was kann vorkommen«, sagte Richard.

Er machte ihr eine Tasse Tee und setzte sich dicht neben ihren Sessel auf den Fenstersitz, während sie ihn trank. Er berührte ihren Arm und ihre Haare, während sie über das Wetter und ihre Pläne für den Tag sprachen: Ruths Rücken ging es gut, das Wetter war schön, sie könnten mit ihren Ferngläsern zum Strand gehen und nach Walen Ausschau halten. Vielleicht würden sie sogar bis zur nördlichen Landzunge gehen. George sollte Richard erst am Nachmittag abholen, bis dahin hatten sie noch Stunden. Sie sprachen über diese Pläne, machten aber keine Anstalten, sie in die Tat umzusetzen. Ruth konnte nicht aufhören, an Frida zu denken.

»Nur ein Missverständnis«, sagte sie noch einmal. »Mein Gedächtnis ist einfach nicht mehr das, was es einmal war.«

»Dein Gedächtnis ist völlig in Ordnung. Denk doch nur, was du noch alles über Fidschi weißt, vor all diesen Jahren.«

»Aber genau das ist es doch. Das sagt man doch immer über das Alter. Dass man sich an Sachen erinnert, die Ewigkeiten her sind, aber nicht mehr weiß, was man zum Frühstück gegessen hat. Und manchmal, weißt du – manchmal bilde ich mir Sachen ein.«

»Du bist nicht alt«, sagte Richard. »Du bist ein junges Mädchen auf Fidschi, das den neuen Arzt willkommen heißt.«

Es war albern, das zu sagen, und unwahr, aber das kümmerte Ruth nicht. Sie senkte den Kopf vor Freude darüber, es zu hören. Er sah sie jetzt genau so an, wie sie es sich als junges Mädchen gewünscht hatte. Zeit und Alter waren eine große Ödnis, die sich vor ihr ausbreitete; aber sie hatten sie auch hierhergebracht, so schnell, zu Richard. Trotzdem machte ihre Freude sie gegen ihren Willen auch verlegen.

»Sieh dir die Vögel an«, sagte sie, und endlich sah Richard von ihr weg und aus dem Fenster. An bestimmten Stellen der Bucht hatten sich schwarz-weiße Seevögel versammelt; sie schienen sich alle gleichzeitig aufs Wasser hinabzustürzen und dann wieder aufzusteigen. »Die Wale sind da, wo die Vögel sind – das ist eine Möglichkeit, sie zu finden. Kannst du etwas sehen? Eine Fontäne? Eine Schwanzflosse?«

»Nein«, sagte Richard. »Aber die Vögel sind wunderschön.«

»Sieh dir die Leute am Strand an«, sagte Ruth. Wochenendbesucher, die wegen der Wale gekommen waren, standen reglos am Ufer. Hin und wieder hob sich ein Arm und deutete, oder irgendjemand hüpfte aufgeregt auf und ab. »Sollen wir runtergehen?«

»Ich glaube, es wird Regen geben«, sagte Richard. »Regen, Regen und noch mehr Regen. Wir bleiben besser drin.«

Ruth lachte leise auf und vermied es, ihn anzusehen. Stattdessen betrachtete sie die Menschen am Strand, und als diese sich umdrehten und in eine Richtung deuteten, schaute sie in der Hoffnung, einen Wal zu entdecken, ebenfalls dorthin, sah aber nur die weißen Kronen der anlaufenden Wellen. Es war seltsam, das alles vom Fenster aus zu beobachten, ohne nach draußen zu gehen oder zumindest die Ferngläser zu holen. Harry wäre nicht damit einverstanden gewesen. Aber Harry war nicht hier. Richard beugte sich näher und küsste sie, erst auf die Wange und dann, als sie sich ihm zuwandte, auf den Mund. Er war so exakt, seine Hände waren so trocken, und eine so einsame Hitze ging von ihm aus. Vor dem Hintergrund des Meeres und des Fensters und der Vögel über dem Wasser war es – gleichzeitig aber auch wieder überhaupt nicht – wie die Tagträume, denen Ruth auf Fidschi nachgehangen hatte; es war, als sei ihr jugendliches Hegen und Pflegen dieser Träume so zurückhaltend gewesen, dass sie erst jetzt Früchte tragen konnten. Und natürlich hatte ihr Körper seitdem eine Menge durchgemacht – Sex, Geburten, die Mühen von fünfzig Jahren –, und seine Reaktion auf Richard besaß nur wenig Ähnlichkeit mit jener mädchenhaften Inbrunst. Eine trockene Wärme stieg in ihr auf und begegnete seiner. Hör auf, all diese Dinge zu denken, sagte sie zu sich selbst; du wirst gerade geküsst. Richard küsst dich. Hast du ihn nicht deswegen eingeladen? Du bist eine keusche, eitle, sentimentale alte Frau. Sie zögerte, und Richard löste sich von ihr, aber sie holte ihn zurück, indem sie eine Hand auf seine Schulter legte.

»Frida?«, sagte er.

»Wir werden das Auto hören.«

Da wusste sie, dass sie mehr vorhatte als ihn nur zu küssen. Welches Vertrauen sie besaß! In ihn und in sich selbst. Sie stand auf und sagte: »Komm mit.«

Richard nahm ihre Hand, und es fühlte sich an, als hätte sie ihn mit ihrer Kraft vom Fenstersitz hochgezogen. Sie gingen in ihr Schlafzimmer. Es gefiel Ruth nicht, sich und ihn im Spiegel zu sehen, aber sie wischte das ungute Gefühl beiseite: Sie wusste, dass es lächerlich war, über diese Art von vernünftigem Sex schockiert zu sein. Es gab niemanden, den sie fragen musste: Darf ich das hier haben? Ist es erlaubt? Es fühlte sich ähnlich an wie das Fluchen: etwas Kleines und Privates, das sie gegen die Konventionalität ihres Lebens ins Feld führen konnte. Aber sie wollte nicht undankbar klingen. Sie hatte ein bisschen von diesem abgelehnt und ein bisschen von jenem, bis sie merkte, dass nicht mehr viel da war, mit dem sie einverstanden sein konnte. Jetzt konnte sie hiermit einverstanden sein.

Beide waren darauf vorbereitet, sich praktisch zu verhalten. Ruth ordnete die Kissen auf dem Bett so, wie es für ihren Rücken am besten war, wie sie aus Erfahrung wusste, und Richard zog die Vorhänge zu. Dann bewegten sie sich in diesem falschen Dämmerlicht aufeinander zu. Es gab keine Eile, und folglich auch kein Gefummel; sie ließ ihn ihre Bluse aufknöpfen, zog den BH aber selbst aus. Es war einer von der soliden, fleischfarbenen Sorte, die Druckstellen an ihren Schultern und ihrem Oberkörper hinterließ, und ihre befreiten Brüste waren pudrig und weiß. Richard ließ die Hände über ihre kreppartige Haut gleiten, als sei er damit alt geworden und kenne jede Phase ihres Nachgebens. Dann, immer noch im Rock, nahm Ruth ihm die Brille ab und half ihm, das Hemd über den Kopf zu ziehen. Einen Moment lang verhedderte er sich darin, sodass sein Gesicht verdeckt war. Sie küsste ihn durch den Stoff hindurch auf den Mund. Richard hatte eine niedliche, wollige Brust, wie ein Äffchen, und sein Brustkorb und sein Bauch waren runzlig. Es schien wichtig zu sein, dass sie beide nackt waren. Sie zogen sich fertig aus, und Richard stand da, als hätte er die Hände in den Taschen vergraben, während Ruth sich auf dem Bett niederließ. Dann legte er sich auf sie.

Sie hatte nicht das Gefühl, dass Harry im Raum oder im Bett war; nichts war zu spüren, außer Ruth und Richard. Es gab Geräusche, aber keine Worte. Richard war zärtlich und zuvorkommend und umsichtig. Wahrscheinlich wäre er vor fünfzig Jahren auch so gewesen, aber jetzt war da eine zusätzliche Fürsorglichkeit, eine Vertrautheit und Erleichterung darüber, ihn nicht zu lieben, außer in der Rückschau. Etwas Ähnliches hatte sie beim Sex mit Harry beobachtet, als sie älter wurden: dass nichts davon abhing, nicht so wie früher. Richard war so ruhig und so anmutig, obwohl sein Körper dünn war und sein Atem über ihr Gesicht schabte. Außerdem war er gut gelaunt und geduldig. Sie beide waren es. Sie experimentierten nicht, um nicht enttäuscht zu werden und weil weniger erwartet wurde, aber Ruth biss sich auf die Innenseite der Wange, weil sie mehr Genuss empfand, als sie gedacht hatte. Daraufhin küsste Richard ihre Schulter. Richard! Die Katzen hätten hier oder sonst wo sein können, Frida hätte zurückkommen und sie überraschen können; aber das tat sie nicht.

Hinterher half Richard ihr beim Anziehen. Sie saßen auf der Kante ihres Betts. Er hatte sein Hemd noch nicht wieder angezogen, und sie sah Leberflecke am unteren Teil seines Rückens, von denen sie nicht gewusst hatte, dass sie da waren.

»Ich wäre froh, ich könnte bleiben.«

»Wieso tust du es nicht?«

Richard zog sein Hemd an und lachte, und sie schüttelte den Kopf, wie um zu sagen: Natürlich nicht.

»Meine Enkelin hat morgen Geburtstag«, sagte er, nahm ihre Hand und küsste sie. »Ich werde dich nicht bitten, mich zu heiraten. Ich finde, es wäre unseren Kindern gegenüber unfair, die ganze Frage der Erbschaften zu verkomplizieren. Ich meine, in unserem Alter. Stört es dich, dass ich so praktisch denke?«

»Überhaupt nicht«, sagte Ruth. Und es störte sie wirklich nicht.

Dann legte er den Kopf in ihren Schoß. Sie strich seine Haare zurück, sodass sie das nach oben gerichtete Rund seines Ohrs sehen konnte.

»Aber was würdest du davon halten, zu mir zu ziehen?«, fragte er.

Ruth sah sich neben Richards Bett sitzen. Sie sah ihn sterben. Frida hatte einmal über Harry gesagt: »Wenigstens hat er Ihnen das Krankenbett erspart«, und Ruth war entsetzt gewesen. Jetzt war das Gewicht von Richards Kopf in ihrem Schoß zwar schwer, aber es war ihr auch lieb. Sie drückte die Haare über sein flaches Ohr und hätte sich vielleicht vorgebeugt, um seine Stirn zu küssen, aber er setzte sich auf und sagte entschuldigend: »Tut mir leid. Ich bin viel zu schnell.« Dann knöpfte er sein Hemd zu, und sie sah, wie dick seine Fingernägel geworden waren und dass seine Hände zitterten. »Aber du wirst darüber nachdenken?«

»Ja«, antwortete Ruth und stand auf, sich ihrer Ruhe bewusst, ihrer fehlenden Überraschung und der Tatsache, dass sie weder großes Glück noch Freude empfand, sondern ein bisschen amüsiert war, als hätte ihr jemand einen etwas traurigen Witz erzählt. Nichts von allem kam ihr dringend vor. Sie beide hatten ein halbes Jahrhundert gewartet, wieso redeten sie dann wie Teenager, als könnten sie es nicht ertragen, voneinander getrennt zu sein? Aber sie würde darüber nachdenken.

Sie waren jetzt beide angezogen, zupften sich lachend gegenseitig zurecht, so wie ihre Mütter es früher vielleicht getan hätten. Gemeinsam spazierten sie durchs Haus und sprachen über verschiedene Möglichkeiten. Ruth könnte in ein paar Wochen nach Sydney kommen. Richard könnte sie noch einmal besuchen. Sie würden miteinander telefonieren, würden sich schreiben. In der Bucht hätte sich eine ganze siegreiche Armada von Walen tummeln können, sie hätten nichts davon bemerkt. Tatsächlich mieden sie das Meer und setzten sich ins Wohnzimmer, wo weißes Nachmittagslicht durch die Vorhänge sickerte und Richard die rechte Hand auf Ruths linkes Knie legte und sagte: »Bitte, denk darüber nach.« Sie hörten Georges Taxi auf der Auffahrt, was sie beide überraschte. Er hätte erst in einer halben Stunde kommen sollen.

Frida war lange genug weg gewesen, um mehr als nur Einkäufe zu erledigen, und einen Moment lang fürchtete Ruth, George sei nur gekommen, um Richard abzuholen, und dass dies seine letzte Dienstleistung sein würde, bevor er und seine Schwester für immer aus Ruths Leben verschwanden. Aber dann war erst im Garten und danach an der Haustür das Geraschel von Plastiktüten zu hören, und angestrengtes Atmen, und dann verkündete Frida, George müsse noch eine andere Fahrt erledigen und käme in einer halben Stunde zurück, um Richard abzuholen.

»Und? Was gibt's Neues zu berichten?«, fragte sie. Sie trug ihren grauen Mantel und sah ungewohnt frohlockend aus.

Ruth und Richard zuckten lächelnd die Schultern.

Frida kramte aufgekratzt in ihren Einkaufstüten herum und beachtete sie nicht weiter. »Also ich, ich habe Neues zu berichten«, sagte sie. »Und zwar was richtig Aufregendes. Eine Hai-Attacke am Strand.«

Ruth und Richard kämpften sich, immer noch benommen, aus ihrer privaten Welt heraus.

»Eine Hai-Attacke?«, brachte Richard zustande.

»Wie furchtbar«, rief Ruth. Und ließ Frida in allen Einzelheiten berichten. Seit der letzten Attacke waren Jahre vergangen. Die Zeitungen würden sich darauf stürzen. Es war kein Junge von hier (nicht der Junge mit der Ananas, dachte Ruth), sondern ein Surfer aus der Stadt, der regelmäßig herkam; er war nicht tot, noch nicht, aber es sah nicht gut aus, er hatte sehr viel Blut verloren, und wahrscheinlich würde ein Bein amputiert werden müssen.

»Er wird also entweder tot sein oder einbeinig, wenn er aufwacht«, sagte Frida mit einem kleinen, grimassierenden Lachen.

Richards Besuch endete mit der Aufregung dieses Unglücks. Sie gingen alle in den Garten und sahen einen Hubschrauber tief über die Bucht fliegen.

»Sie versuchen, ihn zu finden«, sagte Frida.

»Den Jungen?«, fragte Ruth.

»Den Hai.«

Die Grüppchen der Walbeobachter schwenkten ihre Ferngläser hektisch hin und her, um herauszufinden, was los war. Frida ging die Düne hinunter zu ihnen, und Ruth und Richard folgten ihr. Richard umfasste ritterlich Ruths Ellbogen.

Es schien das Natürlichste von der Welt, dass die Walbeobachter sich zu Frida umdrehten und ihr, als sie über den Sand auf sie zukam, entgegenriefen: »Ist es ein Hai? Ein Hai?« Sie drängten sich um sie, und sie beantwortete all ihre Fragen mit feierlichem Selbstbewusstsein. Ein junges Mädchen in einem nassen Badeanzug fing an zu weinen, andere zückten ihre Handys, um das leere Meer zu fotografieren. Wale waren keine zu sehen, sondern nur ein stetes, kabbeliges Anlaufen sturmaufgewühlter Wellen an den Strand. Der Hubschrauber produzierte ein insektenähnliches Summen, das, mal lauter, mal leiser, über das Wasser zu ihnen drang.

Richard hielt Ruths Hand, während sie beobachteten, wie er schließlich höherstieg und aus der Bucht hinausflog. Die Gruppe am Strand fing an, sich aufzulösen.

Richard wollte Ruth dabei helfen, die Düne wieder hochzusteigen, aber Frida griff sich ihren anderen Arm und riss sie praktisch von ihm weg, und Richard trottete hinter ihnen her wie ein kleiner Junge, dessen gesamte Aufmerksamkeit darauf gerichtet ist, wie unbedeutend er ist. Folglich musste er unnötig viel Lärm machen, und Frida musste ihn bewusst ignorieren, und Ruth durfte keine Notiz davon nehmen, sondern musste an Fridas Arm die Düne hinaufsteigen und dabei nur an die Düne denken. Aber die ganze Zeit über spielte sie in ihrem Kopf die Szene durch, wie Richard die Hand auf ihr Knie gelegt und gesagt hatte: »Bitte, denk darüber nach.«

Das Taxi wartete schon, und zum ersten Mal sah Ruth die massige und unvermittelte Gestalt des geheimnisvollen George. Sein Fenster war heruntergekurbelt, und da saß er, im Schatten, am Steuer, einen fleischigen Unterarm ins rosige Licht der Sonne gewinkelt. Frida machte keine Anstalten, mit ihm zu sprechen oder ihn vorzustellen. Richards kleiner Koffer stand schon hinter der Tür bereit. Und damit war das Wochenende vorbei, es war vergangen, ohne dass Ruth es mitbekommen hatte. Sie wartete nach wie vor darauf, dass etwas passierte. Wahrscheinlich war es schon passiert; aber sie war immer noch in einem Zustand der Erwartung. Es war George, der alles verdarb. George, der Menschen wegbrachte. Sein Taxi wartete, also musste Richard seinen Koffer aus dem Haus rollen, und Ruth musste mit Frida auf der Schwelle stehen und lächeln.

»Wegen letzter Nacht«, sagte Frida. »Es ist in Ordnung.«

»Natürlich«, sagte Ruth.

»Ich meine, ich verzeihe Ihnen.«

Ruth und Frida hoben die Hände, und Richard winkte vom Rücksitz des Taxis, das im Rückwärtsgang die Auffahrt hinunterfuhr und zwischen den gelben Gräsern verschwand.

10

Kaum dass Richard weg war, wurde Ruth krank. Sie entschied, dass beides zusammenhing, der zeitlichen Übereinstimmung wegen – sie konnte die Tasse Tee, die Frida ihr direkt nach seiner Abreise machte, nicht bei sich behalten –, und weil ihr Unwohlsein nichts Spezifisches hatte. Vielleicht war sie einfach nur liebeskrank. Es war zu viel, ein altes Herz wie das ihre in Wallung zu versetzen, dachte sie. In weniger sentimentalen Augenblicken machte sie sich selbst Vorwürfe, weil sie sich wie ein Schulmädchen aufführte, war gleichzeitig aber auch insgeheim froh über diesen Beweis ihrer immer noch existierenden romantischen Empfindsamkeit. Trotzdem verbrachte sie mehrere Tage im Bett, immer müde, selten hungrig, aber ohne Fieber oder Kopfweh oder sonstige Schmerzen, außer denen in ihrem Rücken. Sie nahm ihre Tabletten und versicherte Frida, dass es nicht nötig sei, den Arzt zu holen oder ihre Söhne zu benachrichtigen. Frida fand, dass sie sich mit Richard einfach zu viel zugemutet hatte. Ruth errötete, aber Frida achtete nicht weiter darauf.

Frida war eine gute Krankenpflegerin. Sie kochte Suppe und machte sauber und kümmerte sich auf eher praktische, professionelle als auf vertraute Weise um ihre Patientin. Sie überschlug sich zwar nicht gerade vor Mitgefühl, tat Ruths vage Beschwerden aber auch nicht als belanglos ab. Sie sorgte dafür, dass Ruth genug Flüssigkeit zu sich nahm, und nachdem sie sich bei Richard nach der positiven Wirkung von Fischöl auf betagte Hirnzellen erkundigt hatte, verabreichte sie Ruth große Kapseln, gefüllt mit einem wolkigen, goldenen Öl. Ruths einziger Kummer war, dass Frida die Katzen nicht ins Schlafzimmer ließ. Eine neue Atmosphäre der Ruhe legte sich über das Haus, nachts war es kühl und sauber und geräuschlos. Frida verlor kein Wort über George, ihre Geldsorgen oder den Streit wegen Phillips Zimmer. In Phasen unruhiger Verwirrung – wenn sie zu viel oder zu wenig geschlafen hatte – versuchte Ruth, über Richard zu sprechen, aber Frida, so gleichmütig und geradeheraus, schüttelte immer nur leise den Kopf, auf dem Gesicht das pausbäckige Lächeln einer Madonna, die über den Kopf ihres Kindes hinwegblickt, als überlege sie, was sie für Josef kochen solle. Ruth dachte über die Möglichkeit nach, zu Richard zu ziehen, und sagte manchmal laut: »Wieso eigentlich nicht? Wer sollte mich daran hindern?« Ein anderes Mal argumentierte sie: »Ich gehöre nicht zu den Frauen, die ihr ganzes Leben wegen eines Mannes aufgeben.« Wieder ein anderes Mal hatte sie das Gefühl, eine wichtige Entscheidung fällen zu müssen, war sich aber auf angenehme Weise unsicher, was für eine Entscheidung das sein sollte. Frida las Krimis und sagte nichts. Die Sonne fiel durch das Fenster und zeichnete lange Streifen auf das Bett, und diese Streifen bewegten sich den ganzen Tag über weiter, und dann war es wieder dunkel.

Es waren behagliche, wenn auch morastige und vergessliche Tage. Es fiel Ruth leicht, sich Fridas Pflege zu überlassen, und als sie sich allmählich besser fühlte, bemühte sie sich weiterhin um ein kränkliches Aussehen und tat so, als nippe sie nur an ihrer Suppe. Aber eines Morgens erwischte Frida sie außerhalb des Betts, wie sie versuchte, eine der Katzen durchs Fenster ins Zimmer zu schmuggeln, und überhäufte sie mit Vorwürfen.

»Das ist also der Dank dafür, dass ich mich wie eine Heilige für Sie aufopfere?«, schimpfte Frida. »Das war's, raus aus dem Bett. Schluss mit dem Herumliegen auf der faulen Haut, während ich Sie von hinten bis vorn bediene.«

Frida verhielt sich, als gehe es Ruth nicht nur besser, sondern als sei sie bei bester Gesundheit: jung, aber faul. Sie scheuchte ihren Pflegling in den Garten, wo Ruth in der Sonne sitzen und Bohnen entfädeln oder das Silber putzen sollte.

»Und erzählen Sie mir bloß keine sentimentalen Geschichten über dieses Familiensilber«, warnte Frida.

An den Nachmittagen musste Ruth im Garten »frische Luft« schnappen, statt drinnen ein Nickerchen zu halten.

»Sie werden sehen, in kürzester Zeit werden Sie wieder am Strand spazieren gehen«, sagte Frida, als sei Ruth an tägliche Strandspaziergänge gewöhnt gewesen, und wenn Ruth über ihren Rücken klagte, tippte Frida sich jedes Mal an die Schläfe und sagte: »Sind Sie schon mal auf den Gedanken gekommen, dass sich das alles nur in Ihrem Kopf abspielt? Wie heißt das Wort noch mal? Jeffrey wüsste es bestimmt.«

»Psychosomatisch«, sagte Ruth.

»Jeffrey wüsste es.«

Eines Morgens kam Frida mit einem hellblauen Umschlag vom Briefkasten zurück. Sie überreichte ihn Ruth in aller Form und blieb stehen, um zuzusehen, wie Ruth ihn öffnete. Aber Ruth hatte es nicht eilig. Sie sah sich den Absender an: Richard Porter, gefolgt von der Adresse des Hauses in Sydney, in dem sie leben konnte, wenn sie wollte. Neben ihr scharrte Frida seufzend mit den Füßen.

»Würden Sie mir bitte den Brieföffner bringen?«, bat Ruth. »Er liegt auf Harrys Schreibtisch.«

»Reißen Sie ihn doch einfach auf.«

»Ich möchte ihn aber aufschlitzen«, sagte Ruth. »Ich möchte die Adresse nicht kaputt machen.«

Frida schüttelte den Kopf und verdrehte die Augen, eine untypisch komische Grimasse, und ging ins Haus. Das bot Ruth die Gelegenheit, den Umschlag zu beschnuppern. Sie strich mit den Fingern über die zugeklebte Lasche und befühlte die Stellen, die Richards Hände – und vielleicht seine Zunge – berührt hatten. Ruth hatte erwartet, schon früher von ihm zu hören, war sich aber nicht wirklich sicher, wie viel Zeit seit seinem Besuch vergangen war.

Frida kam mit einem scharfen Küchenmesser zurück.

Der Umschlag enthielt eine Doppelkarte, und in der Karte lag ein Blatt desselben dünnen Papiers, auf dem er geschrieben hatte, um ihre Einladung anzunehmen. Auf der Karte war das Foto eines Strands zu sehen – nicht dieses Strands, nicht von Ruths Bucht. Der Himmel auf dem Foto war von einem geradezu lächerlichen Blau. Ruth konnte sich nur schwer vorstellen, dass Richard diese Karte ausgesucht hatte. Der Text lautete: »Liebe Ruth, liebe Frida, meinen herzlichsten Dank für ein ganz besonderes Wochenende.«

Ruth reichte die Karte an Frida weiter, die sie sorgsam entgegennahm, als enthalte sie extrem gute Neuigkeiten. Währenddessen las Ruth den Brief, der nur an sie gerichtet war: »Liebste Ruth, ich hoffe, es geht Dir besser. Ich würde so gern Deine Stimme hören und erfahren, was Du denkst. Mein Garten ist voller rosa Taglilien, von denen ich unbedingt möchte, dass Du sie siehst – meine Tochter sagt, ich werde mich noch etwa drei Wochen oder so an ihnen erfreuen können. Sie hat den grünen Daumen geerbt, der in der Familie liegt, und natürlich auch sämtliche Finger. Bitte ruf mich an, sobald es Dir gut genug geht, oder schreib, sonst …! Sonst komme ich zurück und hole Dich.«

Ruth fragte sich, ob sie sich darüber freuen würde, geholt zu werden.

Frida beobachtete sie. »Kann ich sehen?«, fragte sie.

»Der Brief ist privat«, sagte Ruth.

»Oh, *privat*.« Frida schien das lustig zu finden und hob die Arme wie in einem Film, in dem ein Mann in einem exzentrisch gestreiften Anzug gerade »Hände hoch« befohlen hat.

»Woher weiß er, dass ich krank war?«, fragte Ruth. »Hat er angerufen?«

»Hat er«, sagte Frida.

»Wann?«

»Als Sie krank waren.« Frida stopfte die Karte in den Bund ihrer Hose.

»Ich kann mich nicht daran erinnern.«

»Soll ich vielleicht auch noch alles aufschreiben? Ich bin nicht Ihre Sekretärin.« Frida verlagerte ihr Gewicht von einem Fuß auf den anderen. »Abgesehen davon wollte er sich nur bei uns bedanken. Wie er es auf dieser Karte geschrieben hat. Ich glaube nicht, dass er großartig mit Ihnen plauschen wollte.«

»Falls Sie es unbedingt wissen wollen«, sagte Ruth sehr von oben herab, »er will, dass ich zu ihm ziehe.«

Auf Fridas Gesicht zeichnete sich nur einen Moment lang Überraschung ab, dann hatte sie sich wieder unter Kontrolle. Ruth hatte noch nie gesehen, dass Frida die Fassung verlor, und es lag etwas Alarmierendes in diesem sichtbaren Ausdruck ihrer Gedanken.

»Und?«, fragte sie.

»Ich habe mich noch nicht entschieden«, antwortete Ruth, die bereits bedauerte, überhaupt etwas gesagt zu haben. Ein Satz Mrs Masons fiel ihr ein: »Schwatzhafte Zungen sollte man besser im Zaum halten.«

Frida sagte nichts weiter. Es war unübersehbar, dass sie noch weitere Fragen hatte, sich aber nicht dazu herablassen würde, sie zu stellen. Sie schnippte gegen die Karte in ihrem Hosenbund und wogte ins Haus zurück.

Am Abend rief Jeffrey an. »Ich hatte gerade einen sehr interessanten Anruf von Frida«, sagte er. »Sie macht sich Sorgen.«

Ruth fragte sich, wann Frida die Zeit für den Anruf gefunden hatte. Sie hatte gedacht, sie hätte die letzten Stunden im Badezimmer verbracht, damit beschäftigt, sich die Haare zu färben.

»Übrigens hat sie mich gebeten, dir nichts von unserem Gespräch zu sagen«, fuhr Jeffrey fort. »Aber ich kann derartige Heimlichkeiten nicht leiden, obwohl ich sicher bin, dass sie ihre Gründe hat.«

»Die hat sie meistens.«

»Also, was diesen Richard angeht. Wie alt ist er eigentlich?«

»Etwa achtzig.«

»Oh, achtzig«, wiederholte Jeffrey, womit Ruth wusste, dass seine Frau mithörte. »Das ist etwas anderes. Bei Frida klang es, als sei er eine Art Glücksritter.«

»Harry ist doch kein Glücksritter.«

»Du meinst Richard.«

»Natürlich, Richard. Ich kenne ihn seit fünfzig Jahren. Er ist nicht hinter meinem Geld her.«

»Aber hinter dir?«, fragte Jeffrey.

»Ja, ich glaube, er ist tatsächlich hinter mir her. Ist das für dich in Ordnung, Schatz?«

»Worüber reden wir hier? Begleiter? Fester Freund? Ehemann?« In seiner Stimme lag ein jungenhaftes Zittern, aber es schien eher auf Verlegenheit als auf Besorgnis zurückzuführen. Er brachte es unter Kontrolle, indem er sich räusperte.

»Ich finde, es wäre euch Kindern gegenüber unfair, in meinem Alter die Frage der Erbschaftsangelegenheiten zu verkomplizieren«, sagte Ruth.

»Was?«

»Ich werde ihn nicht heiraten.«

»Ich weiß, dass du Gesellschaft brauchst. Ich mache mir wirklich Sorgen, weil du so ganz allein da draußen lebst.«

»Ich habe Frida.«

»Dem Himmel sei Dank für Frida«, sagte Jeffrey.

»Hat Richard also deine Erlaubnis, hinter mir her zu sein?«

»Du brauchst meine Erlaubnis nicht, Ma. Es geht einzig und allein darum, was *du* willst. Aber ich würde ihn gern kennenlernen, bevor du irgendwelche Entscheidungen triffst.«

»Die Lilien blühen nur noch drei Wochen oder so«, sagte Ruth.

»Wie bitte?«

»Er möchte, dass ich mir seine Lilien ansehe. Sie sind rosa.«

Jeffrey räusperte sich erneut. Ruth fürchtete, etwas Falsches gesagt zu haben.

»So, so, rosa Lilien, aha. Wo lebt er eigentlich?«

»In Sydney, wie dein Vater.«

»Hast du vor, ihn Weihnachten einzuladen?«, fragte Jeffrey. »Damit wir ihn alle kennenlernen können? Oh – aber wo würde er dann schlafen?« Praktische Details dieser Art hatten ihn schon immer beschäftigt, schon als er noch ein kleiner Junge war. Dann schien ihm aufzugehen, dass seine Frage persönlicher war, als er beabsichtigt hatte, und er fügte hinzu: »Ich meine, wenn wir alle da sind.«

»Und wo Frida schon in Phils Zimmer ist«, ergänzte Ruth. »Aber vielleicht will sie ja gar nicht über Weihnachten bleiben.«

»Wie meinst du das?«

»Vielleicht will sie Weihnachten mit George verbringen«, sagte Ruth.

Frida erschien geräuschlos in der Tür zwischen Küche und Flur. Ihre Haare waren jetzt von einem hellen Rotbraun, gerundet und glänzend, wie ein polierter Apfel. Ihr Gesicht war schrecklich ausdruckslos.

»Was macht Frida denn in Phils Zimmer?«, wollte Jeffrey wissen.

»Nun ja, sie wohnt jetzt da«, sagte Ruth irritiert. Wie oft sollte sie es denn noch sagen?

»Ist sie da? Gib sie mir mal.«

Fridas Hand war bereits ausgestreckt. Ruth bot ihr den Hörer dar, als überlasse sie Juno die weiße Kuh. Fridas Stimme klang heiter, als sie »Jeff?« ins Telefon sagte, aber ihre ausdruckslosen Augen blieben auf Ruths Gesicht gerichtet.

»Ja, Jeff«, sagte Frida mit edlem Überdruss. »Ja, das stimmt. Ich hatte angenommen, sie hätte es Ihnen gesagt.«

Jeffs Stimme am anderen Ende der Leitung hörte sich so klein an – nur ein Klang, im Grunde genommen, keine Worte, und dadurch schien es, als sei ein Streit bereits vorbei, und als habe er ihn verloren. Frida stand wartend da, während Jeffs Stimme summte, und ihre Augen huschten von Ruths Gesicht zu ihren eigenen Fingernägeln, die sie aus dem Schatten ihres Körpers herausstreckte.

»Hören Sie, Jeff, das ist eine Sache zwischen Ihnen und Ihrer Mutter. Die sich, nur zu Ihrer Information, in den letzten Wochen nicht besonders wohlgefühlt hat. Sie wollte Sie nicht beunruhigen – sie hat sich einfach nur übernommen, mit Richard und allem. Schließlich ist sie kein Küken mehr. Ich wollte einfach zur Stelle sein. Wir haben das alles durchgesprochen, nicht wahr, Ruthie?«

Dies ohne einen Blick auf Ruth, die sich ins Esszimmer zurückgezogen hatte, verärgert darüber, dass ihr Sohn so ein Theater machte. Es ist *mein* Haus, dachte sie. Es ist nicht Phils Zimmer, sondern meins. Wenn ich tausend Fridas in Phils Zimmer unterbringen will, oder tausend Richards in Jeffs Zimmer – in *meinem* Zimmer –, dann kann ich das. Und die Lilien, die Weihnachten längst verblüht wären, waren ihm völlig egal gewesen.

»Nur allgemeine Müdigkeit, Appetitlosigkeit, nichts Ernstes«, sagte Frida ins Telefon. »Inzwischen geht es uns schon wieder viel besser, nicht wahr, Ruthie?«

»Ja!«, zwitscherte Ruth aus dem Esszimmer.

»Ja, Jeff, machen Sie das«, sagte Frida. »Hören Sie, ich hielt es einfach nicht für nötig. Ich bin ausgebildete Krankenschwester, und die einzige Zeit, die ich bereitwillig verschwende, ist meine eigene. Also gut, gleich morgen früh. Wie Sie meinen. Nein, absolut nicht. Nicht nötig, Jeff – ich mache es gern. Und sie ist froh, Gesellschaft zu haben, die Gute. Stimmt doch, Ruthie? Also gut.« Frida drehte sich um und brachte den Apparat an seiner langen weißen Schnur zu Ruth, die ihn widerstrebend an ihr Ohr hielt.

»Ma, wenn du krank bist, musst du mir das sagen. Ich will, dass du es mir sagst. In Ordnung?« Jeffreys Stimme klang verärgert, wie die eines kleinen Jungen, als habe er die Erwachsenenspiele satt, von denen er ungerechterweise ausgeschlossen wurde.

»Eigentlich«, sagte sie, »muss ich dir gar nichts sagen. Was sagst du jetzt?«

Damit hängte sie ein, beziehungsweise sie versuchte es, aber sie war so weit von der Wand entfernt, und diese elend lange Schnur war dazwischen, dass sie den Hörer fallen ließ. Er rollte albern über den Boden, bis Frida ihn aufhob, ihn betrachtete, als hätte sie so etwas noch nie gesehen, und dann einhängte.

»Danke«, sagte Ruth.

Das Telefon fing sofort wieder an zu klingeln, aber Frida sah Ruth nur mit diesem großen, ausdruckslosen Gesicht an und schüttelte den Kopf, während sie in Richtung Phils Zimmer ging. Das Telefon klingelte und klingelte, und Ruth hob nicht ab, bis sie eine Tür zuschlagen hörte. Da erst meldete sie sich. Es war natürlich Jeffrey. Er war außer sich.

»Hast du eben einfach aufgehängt?«, wollte er wissen, und Ruth, die bis dahin stolz auf ihre Rebellion gewesen war, bereute und sagte: »Ich habe das Telefon fallen lassen.

Da klang er wieder herzlich und väterlich. »Ich habe einfach das Gefühl, dass einer von uns kommen und diese Frau kennenlernen sollte, die in deinem Haus lebt«, sagte er.

»Du wirst sie Weihnachten sehen.«

»Sie nennt dich Ruthie!«

»Nein, tut sie nicht.«

»Was bezahlst du ihr eigentlich?«

»Ich habe dir doch schon gesagt: Ich bezahle ihr keinen Cent.«

Das stimmte nicht. Sie hatten sich auf ein kleines Gehalt für Fridas zusätzliche Leistungen geeinigt. Es war nicht sehr hoch, aber Frida hatte darauf bestanden, den Betrag so gering zu belassen.

»Bis Weihnachten sind es noch Wochen«, sagte Jeffrey. »Hättest du etwas gegen einen schnellen Besuch vorher einzuwenden?«

»Wunderbar«, sagte Ruth. War es wirklich wunderbar? Ihr kam der Gedanke, dass Jeffrey diesen Besuch nur plante, damit sie nicht zu Richard fahren konnte. Würde Richard dann kommen und sie holen, wie er es angedroht hatte?

Sie verbrachten mehr Zeit als gewöhnlich damit, sich gegenseitig eine gute Nacht zu wünschen, fast als wären sie Liebende, die sich nicht trennen konnten, bis die Katzen um Ruths Füße strichen, und »Bett! Bett!« forderten. Sie hängte ein und nahm sie mit ins Schlafzimmer. Sie rekelten und reckten und putzten sich, und schließlich schliefen sie ein. Ruth marschierte geräuschvoll ins Badezimmer, wusch sich mit größtmöglichem Getue und schlug die Wohnzimmertür so laut es ging zu, aber aus Fridas Teil des Hauses war nicht das Geringste zu hören.

11

In dieser Nacht kam der Tiger zurück, oder was immer es war, was das Geräusch verursachte, das Ruth hörte. Sie lag im Bett und dachte an Richard und wie es wohl wäre, wieder in der Stadt zu leben. Richard wohnte in einem sonnigen, hügeligen Teil Sydneys, nordwestlich des Hafens, wo die Bäume im Herbst ihre Blätter abwarfen und der Feierabendverkehr Lichterspuren durch die breiten abendlichen Straßen zog. Die Gärten dort oben waren voller Rhododendren und Azaleen, als sei das Klima kühler und feuchter als in anderen Teilen der Stadt, und Ruth, die die Gegend nicht sehr gut kannte, dachte dabei an das große, wuchtige Haus der Eltern eines ihrer Schüler, die sie zum Essen eingeladen und sich dann über die Kosten ihrer Stunden gestritten hatten. Ruth dachte auch an Jeffrey, wie jungenhaft er am Telefon geklungen hatte, und wie er gesagt hatte: »Es geht einzig und allein darum, was *du* willst.« War das möglich? Seit Harrys Tod hatte sie nur selten daran gedacht, etwas zu wollen. Frida war diejenige, die wollte. Sie wollte saubere Fußböden, eine schmalere Taille und andersfarbige Haare. Frida füllte die ganze Welt mit dem, was sie wollte. Und Ruth bewunderte sie dafür. Wieso nicht auch so sein?

Die Katzen hörten die Geräusche als Erste. Ruth war fast schon eingeschlafen, aber sie setzten sich auf, sphinxähnlich, die Pfoten nach innen gestellt, die Augen geschlitzt.

Sie sahen aus wie die kleinen Kaiser auf den Stoffen, die im achtzehnten Jahrhundert von China nach England geschickt worden waren. Ihre Ohren bewegten sich, ihre Schwänze verrieten Wachsamkeit. Ruth, die ihre Wachsamkeit spürte, drehte den Kopf auf dem Kissen, um zu lauschen, und da war es: Etwas bewegte sich durchs Wohnzimmer und verschob dabei die Möbel, aber die Schritte waren so leicht, so schwerelos. Es folgte ein lautes Ausatmen, wie das Schnüffeln einer enormen Hauskatze an einer unerklärlicherweise geschlossenen Tür, und als die Katzen das hörten, verloren sie ihre Gelassenheit und ergriffen die Flucht.

Jetzt bemerkte Ruth einen ungewöhnlichen Geruch, der ins Zimmer zu kommen schien, als die Katzen es verließen. Dieser sehr eigene Geruch, konzentriert und ranzig, war völlig anders als der eines richtigen Dschungels, aber genau diese Kindheitserinnerungen weckte er in Ruth. Es war wie bei den Warnschreien der Möwen im Garten, wenn die Katzen sich im Gras versteckten: keine direkte Panik, sondern nur ein allgemeiner Aufruf zu Wachsamkeit. Konnte ein Geruch eine Möwe sein? Oder war er doch eher wie ein Papagei? Der Tiger schüttelte den Kopf – neues Atmen begleitete dieses Kopfschütteln – und tappte durchs Wohnzimmer. Es ärgerte Ruth, ihn zu hören; sie ärgerte sich über sich selbst, weil der Tiger jetzt, wo sie Frida und Richard hatte, völlig sinnlos geworden war; er hatte den Weg für die beiden bereitet und wurde jetzt nicht mehr gebraucht. Sie lauschte auf Veränderungen in den Geräuschen des Tigers, und als sie sie hörte, zog sie wilde Schlussfolgerungen: Der Tiger ist im Flur, es sind zwei Tiger, die Insekten fressen die Möbel, vielleicht ist sogar ein Wildschwein da. Verloren in diesen Spekulationen, schlief sie ein. In dieser Hinsicht konnte Ruth sich glücklich schätzen – sie konnte immer schlafen, egal wie besorgt sie war, aber sie litt die ganze Nacht unter unruhigen Träumen. Als sie am Morgen aufwachte und das Gewicht der Katzen das Federbett rund um ihre Füße niederdrückte, kam sie zu dem Schluss, dass ihre Fähigkeit, trotz des Tigers zu schlafen, auf mangelnden Glauben an ihn hindeutete.

»Schließlich«, sagte sie laut, »ist ja auch gar kein Tiger da.«

Die Katzen hoben fragend-aufmerksam die Köpfe und fingen an, sich zu putzen. Ruth zog sich an. Sie bürstete ihre Haare. Es gab keinen Tiger, nicht letzte Nacht und auch sonst nicht. Heute würde sie Richard anrufen, aber nicht, um ihm zu sagen, dass sie zu ihm kommen würde – noch nicht. Einfach nur, um seine Stimme zu hören.

Aber als Ruth das Wohnzimmer betrat, sah es irgendwie durcheinander aus. Ein Sessel stand näher als üblich an einer Lampe. Eine Ecke des Teppichs war zurückgeschlagen. Und waren die Katzenhaare, die sie im Teppich fand, borstiger als gewöhnlich, orangefarbener? Das Licht fiel unschuldig durch die Spitzenvorhänge. Alles war still, aber jedes Möbelstück wirkte in diesem flachen, faden Licht, als hätte es sich aus seiner Verankerung losgerissen und sei dann in seinem Beharren auf Gewöhnlichkeit gestrandet. Ruth hatte das Gefühl, das ganze Haus lüge sie an. Wie konnte es nachts nach Dschungel riechen und jetzt so stark, so frisch, nach Eukalyptus? Aber das lag an Frida, die die Böden gewischt hatte. Sie versteckt die Beweise, dachte Ruth, ob sie es weiß oder nicht. Weiß sie es?

»Frida?«, rief sie.

Frida kam. Sie kam mit der ganzen walkürenhaften Majestät der vormittäglichen Frida, wenn ihre Laune sich noch nicht für den Tag verfestigt hatte und jede Stimmung von ihr Besitz ergreifen konnte: freundlich zu sein, mürrisch zu sein. Die unberechenbare Frida der milchigen Vormittage, die entweder Joghurt aß oder sich jedes Molkereiprodukt versagte, die vielleicht Ruths Haare wusch oder nach den Katzen trat (ohne sie je zu treffen), und die eine neue Privatsphäre mit sich herumtrug, die auch von dem Zimmer ausstrahlte, das früher einmal Phillips Zimmer gewesen war, sodass Ruth wusste, dass sie es auf keinen Fall betreten durfte. Die Böden glänzten feucht vor Nässe und warfen das Licht zurück, sodass Frida, als sie sie überquerte, größer denn je wirkte. Wie kann es sein, fragte sich Ruth, dass Frida zwar dünner wird (ihre Diät funktionierte), gleichzeitig aber auch mehr Raum einzunehmen scheint? Es musste ein Trick dieses ganzen Lichts sein, das von den makellosen Böden zurückgeworfen wurde.

»Sie sind ja schon auf«, konstatierte Frida gut gelaunt. »Dann rufe ich jetzt den Arzt an.«

»Wieso?«

»Weil Ihr Sohn es mir aufgetragen hat – gestern Abend am Telefon.«

»Ich bin nicht mehr krank.«

»Fein«, sagte Frida. »Dann also kein Arzt.« Und sie drehte sich um, um zu gehen.

»Frida!«, rief Ruth. Frida hasste es, aufgehalten zu werden, wenn sie zu tun hatte, und sie hasste es, wenn man ihren Namen rief. Ruth tat es nur unter ganz besonderen

Bedingungen. Zweimal an einem Vormittag war ziemlich bemerkenswert.

»Was?« Frida fuhr herum, wirkte aber durchaus friedlich. Ihr honigfarbenes Haar machte sie umgänglicher.

»Ist Ihnen heute Morgen hier drin ein komischer Geruch aufgefallen?«

»Was meinen Sie mit komisch?«

»Eine Art Tiergeruch, oder so.«

»Von den Katzen? Sie sind richtige kleine Stinktiere. Aber dagegen lässt sich nicht viel machen.«

»Nein, nein, nicht nur von den Katzen. Ein stärkerer Geruch. Riechen die beiden wirklich so schlecht? Katzen sind doch eigentlich saubere Tiere, oder nicht?«

»Wenn die sauber sind, dann bin ich die Königin von Saba.«

Gut möglich, dass sie die Königin von Saba war. Eingehüllt in ihre Robe aus majestätischem Licht, war sie soeben in ihrer ganzen Weisheit und Pracht vom Hof Salomons gekommen, wo sie alle Arten von Problemen gelöst hatte: unnötige Autos, unmögliche Tiger, die Melancholie des Königs. Jetzt war sie hier, um Ruth beizustehen. Sie war eine goldene Gelegenheit.

»Das hier ist eine goldene Gelegenheit«, sagte Ruth.

Frida schüttelte den Kopf und machte sich erneut auf den Weg in die Küche.

»Frida, warten Sie!« Jetzt lag Dringlichkeit in Ruths Stimme. Wenn Frida den Kopf schüttelte, musste man ihr die Dinge sehr schnell erzählen, oder gar nicht. »Was würden Sie dazu sagen, wenn letzte Nacht hier ein Tiger umgegangen wäre?«

»Im Haus oder ums Haus herum?«

»Im Haus«, sagte Ruth.

»Was für eine Art Tiger?«

»Was für Arten gibt es denn?«

»War es ein großer Tiger? Ein männlicher Tiger?«

»Ja«, sagte Ruth.

»Groß oder männlich?«, fragte Frida, ganz sachlich.

»Groß und männlich.«

»Ein tasmanischer Tiger? Oder ein gewöhnlicher?«

»Ein gewöhnlicher«, sagte Ruth.

»Und wie kommen Sie darauf, dass wir einen Tiger haben?«

»Ich dachte, ich hätte ihn gehört.«

»Aber nicht gesehen?«

»Ich habe ihn auch gerochen. Deshalb habe ich Sie nach dem Geruch gefragt.«

Frida schnupperte lange und ausgiebig. Sie lehnte sich in das Schnuppern hinein, ihre Nasenflügel blähten sich, ihre Augen wurden schmal; sie lehnte sich noch weiter hinein, wie in einen wohlduftenden Wind. »Eine Art haariger Geruch? Meinen Sie das? Wie ein Teppich, der gewaschen werden muss?«

»Wie ein Dschungel«, sagte Ruth. Und dann ging ihr eine andere Möglichkeit auf. »Oder vielleicht wie ein Zoo.«

»Also wirklich«, kam es von Frida. »Sie wollen mir also sagen, dass ich mir jeden Tag die Beine ausreiße, um dieses Haus in Schuss zu halten – und Strandhäuser sind am schwersten sauber zu halten, das können Sie mir glauben, bei all dem Salz und dem Sand. Also, obwohl ich mich fast zu Tode schinde, um das Haus tipptopp in Schuss zu halten, sagen Sie mir, dass es hier riecht wie in einem *Zoo?«*

»Nein, Frida, nein!«, rief Ruth. »Der Geruch ist mir letzte Nacht aufgefallen, aber Sie haben längst dafür gesorgt, dass alles wieder perfekt ist.«

»Dann sind es die Katzen, glauben Sie mir«, sagte Frida und schwebte, da das Problem gelöst war, auf flinken Füßen davon.

»Natürlich«, sagte Ruth erleichtert. »Oder es ist überhaupt nichts. Ich bilde es mir nur ein. Vielen Dank.«

Aber Frida drehte sich noch einmal zu ihr um. Das Licht, das um sie herum aufsprang, von den Fußböden und vom Meer, verbarg ihr Gesicht.

»Und was würde ein Tiger von Ihnen wollen?«, fragte sie, sichtlich verblüfft über die Möglichkeit, dass sich ein Tiger für Ruth interessieren könnte. Sie lehnte ihren Mopp in eine Ecke, ging zum Fernsehsessel und setzte sich. Auf ihrem Gesicht lag ein Ausdruck jovialer Geringschätzung. Sie ließ sich in der Möglichkeit des Tigers nieder; machte es sich dort bequem.

»Sie meinen, dieser Tiger hat es auf Sie abgesehen? Vielleicht haben Sie in dem Dschungel, in dem Sie aufgewachsen sind, seine Mutter umgebracht, und jetzt will er Sie dafür zur Strecke bringen.«

»Ich bin nicht im Dschungel aufgewachsen«, sagte Ruth. »Sondern in einer Stadt. Und auf Fidschi gibt es keine Tiger.«

»Wenn es einen Dschungel gibt, gibt es auch Tiger.«

»Das stimmt nicht«, sagte Ruth. »Tiger mögen kühles Wetter. Sie leben in Indien und China. Vielleicht auch in Russland.«

»Es gibt Inder auf Fidschi.«

»Ich dachte, Sie wissen nichts über Fidschi.«

»So viel weiß jeder. Aus den Nachrichten.«

»Nur weil es auf Fidschi Inder gibt, heißt das noch lange nicht, dass es auch indische Tiger gibt. Ich dachte, *das* wüsste jeder.«

»Ich weiß jedenfalls, dass es in Australien keine Tiger gibt«, sagte Frida. »Und Küstentiger schon mal gar nicht. Es sei denn, sie machen hier Urlaub.«

»Ich weiß. Es waren einfach nur komische nächtliche Geräusche.«

Frida setzte sich im Fernsehsessel auf. Ihr Gesicht war unbeweglich vor Nachdenken. »Es müssen die Katzen gewesen sein«, sagte sie.

»Sicher, die Katzen«, sagte Ruth. Aber die Katzen hatten vor irgendetwas Angst gehabt; das ließ sich nicht bestreiten.

»Ich meine, eigentlich ist es nicht weiter überraschend, wenn man darüber nachdenkt. Sie lassen nachts immer die Hintertür offen, damit die Katzen kommen und gehen können. Wahrscheinlich ist Ihr Tiger auf diesem Weg reingekommen. Was meinen Sie wohl, was Jeff dazu sagen würde? Was wäre, wenn ich Mr Fantastisch sagen würde, dass Sie die Hintertür offen gelassen haben und ein Tiger hereinspaziert kam? Ich wüsste wirklich zu gern, was er dazu sagen würde.«

Ruth hatte sich immer vorgestellt, der Tiger sei einfach so im Wohnzimmer aufgetaucht, wie ein Geist. Er war ein Spuk und brauchte nichts so Normales wie eine Tür. Jetzt sah sie ihn über die Straße und durch das hohe Gras der Auffahrt kommen; sie sah ihn mit ungezügelter Schnelligkeit über den Strand rennen und die Düne hinauflaufen. Sie sah ihn im dunklen Garten, wie er auf die offene Tür zuschlich.

Mit das Ungewöhnlichste, was Harry je zu ihr gesagt hatte, hatte etwas mit der Qualität des Mondlichts am Meer zu tun gehabt. Es war heller und blauer, hatte er gesagt, wenn das Meer es zurückwarf. Jetzt sah Ruth den Tiger unter dem leuchtend blauen Küstenmond, und sie sah ihr eigenes Haus hoch oben auf dem Rand der Düne; Seite an Seite mit dem Tiger lief sie darauf zu, und die Hintertür stand für sie beide offen. Aber der Leichtsinn, nachts die Tür offen gelassen zu haben, erschien Ruth als zu geringfügig, um derart schreckliche Konsequenzen nach sich zu ziehen.

»Dazu fällt Ihnen nichts ein, oder?«, ließ Frida nicht locker. Sie kippte den Sessel weit nach hinten. Ihr gebieterischer Bauch wölbte sich in die Luft; all ihre säuberlichen Kinnschichten falteten sich ordentlich übereinander, wie eine Serviette. »Wieso bringen Sie mir nicht einfach das Telefon, und ich rufe Ihren Sohn an? Soll er sich doch damit auseinandersetzen.«

»Er weiß über den Tiger Bescheid.« Es war befriedigend, das zu sagen. Ruth hatte das Gefühl, bis zu diesem Augenblick vorausgedacht und Jeffrey damals nur angerufen zu haben, um Frida jetzt diese Antwort auftischen zu können. Frida warf ihr vom Sessel aus einen Blick zu. Ihre in die Luft gereckten Beine waren unleugbar schlank, und sie bewegte ihre flinken Füße in den schnürsenkellosen Strandschuhen.

»Ach, tatsächlich?« Sie gab ein leises Grunzen von sich. »Sie haben ihm davon erzählt, bevor Sie es mir erzählt haben?«

»Ich habe ihm davon erzählt, da habe ich Sie noch gar nicht gekannt.«

»Einen Augenblick mal. Ich dachte, Sie hätten gesagt, der Tiger wäre letzte Nacht aufgetaucht.«

Ruth wurde rot, fühlte sich bei einer unbeabsichtigten Lüge ertappt. »Ich habe schon einmal gedacht, ich hätte ihn gehört.«

»Und Sie haben Jeffrey davon erzählt. Was sagt man denn dazu. Kein Sohn von mir würde sich erzählen lassen, dass ich einen Tiger im Haus habe, und es mir allein überlassen, damit fertigzuwerden.«

»Ich bin doch nicht allein«, sagte Ruth. Aber sie war allein gewesen, als der Tiger das erste Mal auftauchte, und Jeffrey war nicht gekommen. Er hatte gesagt, sie solle sich wieder schlafen legen, und am nächsten Morgen hatte er Witze darüber gemacht.

»Ihr eigener Sohn hat Sie mit einem verdammten menschenfressenden Tiger alleingelassen? Einem frauenfressenden Tiger? Sie können von Glück sagen, dass Sie nicht im Schlaf weggespachtelt wurden.«

Ruth lachte ihr nervöses Lachen. Sie wusste, wie leicht zu durchschauen dieses Lachen war, aber es kam trotzdem aus ihr heraus. Sie errötete und sah sich im Bett liegen, das heiße Gesicht des Tigers über ihrem.

»Es ist kein Tiger«, sagte sie.

»Ich habe einmal im Fernsehen einen Bericht gesehen.« Frida lehnte den Kopf in die weichen Polster des Sessels. »Genau, eine Dokumentation über menschenfressende Tiger in Indien. Wissen Sie, was die gesagt haben? Wenn ein Tiger einmal Menschenfleisch geschmeckt hat, will er nichts anderes mehr essen.«

»Das gilt nur für alte Tiger mit kaputten Zähnen«, sagte Ruth, die sich auch an einen Dokumentarfilm erinnerte, den sie gesehen hatte. Vielleicht war es derselbe gewesen. Er war intensiv gelb ausgeleuchtet gewesen, als sei die Hitze Indiens in der Färbung seines Sonnenscheins wahrnehmbar. »Und außerdem ist es kein echter Tiger.«

»Oh, dann ist es also ein *Geistertiger?«* Frida hievte ihren Körper vor, um den Sessel wieder aufzurichten. »Da denke ich die ganze Zeit, ein echter Tiger stattet uns Höflichkeitsbesuche ab, und dann ist es nur ein Geistertiger. Ein Geistertiger ist natürlich was völlig anderes. In dem Fall brauchen wir uns natürlich überhaupt keine Sorgen zu machen.«

»Nun ja, es ist doch offensichtlich, dass es keinen Tiger gibt«, sagte Ruth. »Sie haben ihn nicht gehört, und Sie haben gesagt, dass Sie nichts riechen.«

»Ich habe gesagt, dass ich durchaus etwas rieche. Etwas wie ein Teppich, der gewaschen werden muss.«

»Das ist nur der Teppich, der gewaschen werden muss.« Ruth tippte ihn mit dem Fuß an.

»Jetzt proben Sie hier mal nicht gleich den Aufstand. Ich wasche ihn noch heute«, sagte Frida. Sie stemmte sich aus dem Sessel hoch, der alarmiert bebte.

»Sie sehen also – ich bin einfach nur eine alberne alte Frau.« Ruth lachte, eine Hand scheu an den Hals gelegt. »Natürlich gibt es keinen Tiger.«

»Ich weiß nicht, Ruthie.« Frida ging zurück in die Küche und zu ihrem Mopp. »Es hat schon Merkwürdigeres gegeben.« Sie schüttelte den Kopf und blickte im Gehen aufs Meer hinaus, und Ruth sah, dass sie die Möglichkeit des Tigers ernst nahm, dass die Spannweite ihrer Gedanken sich noch mehr weitete, um auch den Tiger einzuschließen. Frida sah nur selten aufs Meer hinaus.

Ruth machte sich daran, jede Ecke des Wohnzimmers zu untersuchen. Es blieb ihr nichts anderes übrig, als ein Büschel orangefarbenes Fell zu finden, eine einzige Feder aus einem Papageienschwanz oder sonst einen greifbaren Beweis dafür, dass ihr Haus die Angewohnheit hatte, sich nachts in einen Dschungel zu verwandeln. Und umgekehrt, in Ermangelung derartiger Beweise, dass es das nicht tat. Sie drehte den Teppich mit dem Fuß um, hob Vorhänge an, schmuggelte einen Besen aus der Küche und stocherte damit unter dem Sofa herum. Frida gab zwar ein unterdrücktes Murmeln von sich, kam ihr aber nicht in die Quere. Ruth fühlte sich an eine Zeit erinnert, da sie sich Sorgen über die Existenz Gottes gemacht hatte. Damals, mit elf oder so, als sie überall und jederzeit an die Güte von Gottes Vorsehung erinnert wurde, hatte sie einen Horror davor entwickelt, von einem Engel aufgesucht zu werden, und dass sich alles – all diese schrecklich frohen Botschaften – als absolut wahr erweisen würde. Wie sie sich danach gesehnt und gleichzeitig davor geängstigt hatte, diesen Engel zu sehen. Nachts hatte sie wach gelegen und Angst gehabt, die Augen zu öffnen, aber auch, einzuschlafen. Der Engel war nie gekommen.

Abgesehen von der leichten Unordnung der Möbel deutete nichts im Wohnzimmer auf einen Dschungel hin, höchstens vielleicht die Überreste einer Spinne, von einer der Katzen ermordet, die zerquetscht ganz hinten unter dem Sofa lag; Ruth holte sie mithilfe des Besens hervor.

Nachdem Frida ihren Mopp ausgewaschen und ausgewrungen und zum Trocknen hingestellt hatte, kam sie ins Zimmer marschiert, rollte wortlos den Teppich zusammen, warf ihn sich wie eine Leiche über die rechte Schulter und schleppte ihn davon. Ohne den Teppich wirkte das Zimmer schutzlos und viel größer. So war jetzt zum Beispiel der Weg vom Fenster zur Tür sehr lang. Ruth fegte die tote Spinne durch die Weiten von Wohn- und Esszimmer in die Küche und dann in den Garten. Frida hatte den Teppich über einen niedrigen Frangipani-Ast gehängt und schlug mit einem Holzlöffel darauf ein. Den Löffel in der Hand wie einen Tennisschläger, bog sie den Arm nach hinten und ließ ihn mit solcher Wucht nach vorn sausen, dass Staub und Haare in schmuddeligen Wolken über ihrem bebenden Rücken aufstiegen.

Da Frida nicht im Haus und das Wohnzimmer bar jeder Beweise war, rief Ruth Richard an. Sie trug das Telefon am Ende seines langen, weißen Kabels durch den Flur und in ihr Schlafzimmer und lauschte freudig auf das Klingeln seines Telefons in ihrem Ohr und in seinem Haus. Frida klopfte immer noch den Teppich. Es klang wie eine Flagge, die bei starkem Wind gegen ihren Mast schlägt.

Richards Telefon klingelte neun Mal, bevor jemand antwortete.

»Hallo?«, sagte eine junge Frau. Ihre Stimme klang abgehetzt. Aus ihr ergab sich die Absurdität eines Hauses in Sydney, das Ruth nie gesehen hatte, von Töchtern und Enkelkindern, die mit Richard und Kioko blutsverwandt waren, eines ganzen Lebens, das nie in Einzelteile zerlegt und ans Meer verfrachtet worden war, eines ohne imaginäre Tiger, ohne Frida, die über einem Frangipani-Ast einen Teppich klopfte, und eines Richards, der über achtzig war. Und sie selbst war auch alt. Erschöpfter als beim ersten Mal, so als würde sie schon ewig warten, bestimmt, höflich, genervt, wiederholte die Stimme ihr »Hallo?«. Ruth, die auf dem Bett saß, auf dem sie vor Kurzem gelegen und – unbeholfen, optimistisch und nicht ohne Genuss – mit einem Mann geschlafen hatte, den sie fünfzig Jahre nicht gesehen hatte, wartete auf ein weiteres »Hallo?«, hielt dann eine Hand über die Muschel, um nichts mehr hören zu müssen, lief in die Küche und hängte den Hörer ein.

Frida ließ gerade Wasser in einen Eimer laufen. »Alles in Ordnung?«, fragte sie.

Ruth nickte. Gemeinsam gingen sie in den Garten, Frida den Eimer mit Seifenwasser an ihr Bein gedrückt, und gemeinsam wuschen sie den Teppich. Ruth mochte das kurze, raue Gefühl der Fasern unter ihren Fingernägeln, mochte den dünnen Staub, mit dem der Boden unter dem Frangipani überzogen war, und das seifige, graue Wasser, das in den Garten lief. Frida breitete den sauberen Teppich zum Trocknen über die Hortensie, und dort bewegte er sich den ganzen Rest des Tages im Wind, als unternehme irgendetwas, das darunter gefangen war, halbherzige Versuche, sich zu befreien. Dann fegte und polierte sie den Wohnzimmerboden, wobei sie hin und wieder prüfend die Luft einzog. Es gab keinen wahrnehmbaren Geruch im Wohnzimmer; nichts war geblieben von der haarigen Note, von der Ruth vermutet hatte, dass sie von einem Tiger stammte. Der Tiergeruch war doch nur vom Teppich ausgegangen. Ruth – schmutzig, müde, immer noch dieses »Hallo? Hallo?« in ihrem innersten Ohr – nahm ein langes Bad, wobei sie sich wiederholt in die Innenseite ihrer Wange biss, um kein Selbstmitleid aufkommen zu lassen. Aber als sie sich anschließend anzog – nein, nicht den Schlafanzug, nicht bevor es Zeit war, zu Bett zu gehen, das wäre schlampig gewesen –, erinnerte sie sich an jenen seltsamen kätzischen Fleck auf dem Sofa ganz kurz vor Richards Besuch und wusste nicht, was sie davon halten sollte.

Frida briet Steaks zum Abendessen – ein Luxus –, und als Ruth nach dem Anlass fragte, antwortete sie geheimnisvoll: »Rotes Fleisch gibt Kraft.« Nach dem Essen machte sie eine Kanne starken Tee, drängte Ruth, zwei Tassen zu trinken, und schlug vor, sich gemeinsam ins Wohnzimmer zu setzen. Frida saß abends nie im Wohnzimmer. Wenn sie nicht wegging – es gab Abende, an denen fuhr Georges kürbisfarbenes Taxi vor und trug sie davon –, blieb sie normalerweise am Esstisch sitzen und las die Zeitung oder einen Krimi; oder sie ging in ihr Zimmer, um ein Fußbad zu nehmen oder neue Frisuren auszuprobieren; oder sie belegte das Badezimmer stundenlang mit Beschlag und färbte und wusch und trocknete ihre Haare. Aber heute taten ihr die Arme vom Teppichklopfen weh, wie sie sagte, und sie wollte im Wohnzimmer sitzen, ein bisschen fernsehen und reden. Sie machte noch einen Tee und brachte ihn Ruth, die im Fernsehsessel saß und protestierte: »Drei Tassen! Ich werde die ganze Nacht auf den Beinen sein.«

»Genau das ist der Plan«, sagte Frida.

»Wieso?«

»Ich will Ihren Tiger sehen.«

Ruth nippte an ihrem zu heißen Tee und lachte ihr mädchenhaftes Lachen, dessen Klang sie hasste.

»Sie brauchen keine Angst zu haben, Ruthie. Ganz unter uns« – Frida spannte einen vielsagenden Bizeps an –: »Ihre Frida kann es mit jedem alten Tiger aufnehmen.«

»Hören Sie auf«, sagte Ruth. »Machen Sie den Fernseher an.«

Frida rührte sich nicht. Ihr Gesicht zuckte vor Erwartung. »Wir beide sind der Köder. Wir locken ihn aus seinem Versteck hervor, und dann, Ka-WUMM! Aber vielleicht ist das doch keine so gute Idee. Ich will Sie ihm ja nicht auf dem Silbertablett servieren.« Ruth wand sich aus dem Fernsehsessel heraus. »Wo wollen Sie hin?«

»Wenn Sie sich unbedingt so albern aufführen müssen, gehe ich ins Bett.«

»Wenn ein Tiger frei herumläuft, handelt es sich aller Wahrscheinlichkeit nach um einen Menschenfresser«, sagte Frida. »Wir könnten uns die Nachrichten ansehen. Vielleicht bringen sie was über einen Ausbruch aus einem Zoo.«

»Ich werde mich nicht in meinem eigenen Haus auslachen lassen.«

»Ich wäre froh, Sie hätten mir schon früher von dieser ganzen Geschichte erzählt, Ruthie. Ich hätte dem Tiger nachts auf dem Weg zum Klo begegnen können. Stellen Sie sich vor, er hätte mich mit ungekämmten Haaren gesehen!« Frida lachte, dass ihr Bauch wackelte.

»Gute Nacht, Frida«, sagte Ruth, und die Katzen, die sich gerade erst auf dem Sofa niedergelassen hatten, folgten ihr ins Schlafzimmer, wo sie ihre Pillen nahm, bevor sie sich aufs Bett legte und daran dachte, wie die Stimme an Richards Telefon immer wieder »Hallo?« gesagt hatte.

Frida machte den Fernseher an, und seine Geräuschkulisse tröstete Ruth wie ein unter der Tür durchschimmerndes Licht. Sie lag auf ihrem Bett, immer noch vollständig angezogen, ohne auch nur eine Lampe anzumachen: Sie wollte, dass die Dunkelheit ihr brennendes Gesicht kühlte. Der Fernseher quäkte bis spät in der Nacht vor sich hin, und ab und zu war Fridas Lachen aus dem Wohnzimmer zu hören.

Als Ruth am nächsten Morgen früh wach wurde, konnte sie sich nicht erinnern, eingeschlafen zu sein. Mehr noch, sie konnte sich nicht an ihren eigenen Körper erinnern; er schien verschwunden zu sein. Trotzdem konnte sie sich bewegen. Auf die langsame, bedächtige Weise, die Frida ihr beigebracht hatte, stieg sie aus dem Bett: Die Knie anziehen, auf die Seite drehen, den Rücken gerade halten, stellen Sie sich vor, Ihr Rückgrat sei eine Stange aus Stahl, lassen Sie die Schwerkraft die Arbeit tun, bleiben Sie entspannt, setzen Sie sich auf, verdrehen Sie sich nicht, bewegen Sie Ihre Wirbelsäule als Einheit, ruhen Sie sich aus, recken Sie sich so hoch Sie können, beugen Sie sich ein wenig vor, drücken Sie sich hoch, strecken Sie die Beine, und schon stehen Sie. Ruth stand, ohne je genau zu wissen, wie sie auf die Füße gekommen war. Sie fühlte nichts. Vielleicht war das das wahre Gewicht des Alters, dachte sie, ohne den Gedanken zu fühlen; es war gewichtslos, alles war gewichtslos, aber nicht auf leichte Weise. Das könnte angenehm sein. Die Gewichtslosigkeit setzte sich aus Abwesenheit zusammen. Ihr Rücken sollte schmerzen, und ihre Beine sollten zittern. Und sie wollte Richard, aber ihr Herz tat nicht weh. Und dann war auf einmal ein Geräusch im Zimmer, das sie zu guter Letzt als ihre eigene Stimme erkannte – sie war nicht sicher, was ihre Stimme sagte, aber ihre Existenz und ihr unverkennbarer Klang brachten das Gefühl in ihren Rücken und ihre Beine zurück. Ihre Haut war schmierig-feucht. Da war sie, im Spiegel, und die Katzen hatten sie gefunden und rannten durch die Tür nach draußen und wieder zurück und bettelten um ihr Frühstück. Es war nicht lange nach Anbruch der Morgendämmerung, das Meer war draußen; es war hörbar, ebenso wie ihre Füße auf dem Boden, und sie rief die Katzen, nur um ihre Stimme noch einmal zu hören. »Miez! Miez!«, rief sie. Die Zunge in ihrem Mund war klebrig.

Im Wohnzimmer lag Frida schlafend auf dem Sofa. Sie wurde wach, als Ruth hereinkam, fuhr hoch, hob eine Hand an ihre Haare und rieb sich das verschlafene Gesicht. Ruth wusste nicht, was sie sagen sollte. Ihr Körper war zwar zu ihr zurückgekommen, aber sie war immer noch unsicher, ob sie die Kontrolle über ihn hatte.

»Wie viel Uhr isses?«, erkundigte sich Frida schlaftrunken, aber Ruth wusste es nicht. Sie sahen einander an, Frida auf dem Sofa, Ruth am Fenster, und nachdem sie das einen Moment lang getan hatten, schüttelte Frida den Kopf und stand auf. Die Leichtigkeit, mit der sie das tat, war Ehrfurcht gebietend. Sie war wie eine Welle. Ein paar Haarsträhnen klebten an ihren verschwitzten Wangen.

»Er ist nicht gekommen«, sagte sie, reckte die Arme hinter den Kopf und ging in Richtung Küche. Ihre Haare waren hinten platt vom Liegen. »Der Tiger.«

Ruth gab ein kleines angewidertes Stöhnen von sich. Es war kindisch von Frida, sich immer noch über sie lustig zu machen. Aber gegen ihren Willen sah sie auch Beweise dafür, dass es Frida ernst war: ihre zerdrückten Haare, die verschobenen Sofakissen, die vielen Tassen Tee. Jetzt kam Frida mit Pillen und einem Glas Wasser ins Wohnzimmer zurück. Ruth nahm die Pillen, steckte sie sich in den Mund, schluckte und fühlte sich sicherer in dem Wissen, dazu in der Lage zu sein.

Sie hätte Richard gern angerufen, während Frida das Frühstück machte, aber es war noch viel zu zeitig am Tag. Also rief sie später an, als Frida unter der Dusche war, und dieses Mal meldete er sich selbst.

»Ruth!«, rief er, unverkennbar froh. »Ruth, Ruth, Ruth!«

Sie wollte hören, wie seine liebe Stimme in einen langsamen, glücklichen Rhythmus überging, aber er war zu aufgeregt, von ihr zu hören, und redete zu viel und zu schnell: von seinem Garten und von der Stadtteilverwaltung, die am Nachmittag Leute vorbeischicken wollte, um einen Baum zu fällen, einen alten Wacholder, der das Dach des Nachbarn gefährdete, ihm selbst aber so viel Freude bereitete, weil die Kakadus die Beeren fraßen und anschließend betrunken im Gras herumkullerten, und von seiner Urenkelin, die gerade eine Rolle in der Schulaufführung bekommen hatte, sie würde einen Piraten mit einem hölzernen Papagei spielen, und er hatte den Auftrag, eine Augenklappe und ein Fransentuch mit Goldmünzen daran zu besorgen, und außerdem, und das war eine traurige Nachricht, es ging um Andrew Carson – erinnerte sie sich noch an ihn? –, sein Sohn war letzte Woche völlig unerwartet gestorben, ein Schlaganfall, und Richard würde morgen zur Beerdigung gehen; Andrew selbst war ja schon lange von ihnen gegangen – dieser Ausdruck, *von ihnen gegangen,* erfüllte Ruth mit Bestürzung –, aber er, Richard, würde der Familie Ruths Beileid ausrichten.

Ruth hörte zu und stellte Fragen und gab angemessene Laute von sich; sie fühlte sich an den alten Richard erinnert, der nach einem Stück oder einem Film immer zu viel geredet hatte, außer dass er jetzt von Menschen und Ereignissen und Gegenständen redete, und nicht von den abstrakten Dingen, die sie damals so geängstigt hatten. Aber sie merkte, dass sie sie vermisste, oder vielmehr den Mann vermisste, der darauf gewartet hatte, dass sie mit ihm darüber redete, weil sie nichts zu dem Piratenstück, dem Wacholder oder Andrew Carsons Sohn beitragen konnte, der nicht lange nach dem Kuss auf dem Ball geboren worden war, also kurz bevor Ruth Fidschi verließ. Hatte Richard sie vielleicht als jemanden in Erinnerung, der nur zu dieser Art von belanglosem Geplauder fähig war? Oder war sie einfach nur erschöpft und traurig über diesen Beweis für die Vitalität von Richards Leben, die ihr nicht zusagte? Und so beendete sie das Gespräch, ohne auch nur etwas von dem zu sagen, was sie eigentlich sagen wollte: dass sie ihn vermisste, zum Beispiel, und dass sie jeden Tag an ihren Vormittag im Schlafzimmer dachte. Erst als sie sich verabschiedeten, sagte Richard: »Es tut mir leid, ich habe ununterbrochen geredet. Ich bin am Telefon immer so nervös«, und sie schämte sich für ihn – Richard, nervös! Ruth versprach, bald wieder anzurufen, dachte aber, dass sie ihm stattdessen einen Brief schreiben würde.

Am Abend kam Frida nach dem Essen zu Ruth ins Wohnzimmer. Sie hatte zwei ihrer Krimis dabei und ließ einen davon in Ruths ruhenden Schoß fallen.

»Wie ich höre, lesen Sie gern«, sagte Frida, bevor sie sich auf dem von den Katzen verlassenen Sofa niederließ und ihren eigenen Roman aufschlug.

Und so las Ruth im Beisein von Frida. Das Buch gefiel ihr: Die Geschichte spielte in Australien, was sie bezauberte, als sei sie nie auf den Gedanken gekommen, in ihrem eigenen Land könnten ausgeklügelte Verbrechen begangen und aufgeklärt werden. Die heiseren Rufe einheimischer Vögel unterbrachen oft die Überlegungen der wackeren Protagonistin, und die Jahreszeiten waren alle am richtigen Platz. Frida schwieg, aber das Geräusch umgeblätterter Seiten und das Licht der Lampen schufen eine so vertrauliche und behagliche Atmosphäre, dass Ruth sich wünschte, Frida würde etwas sagen. Sie räusperte sich und fragte: »Was haben Sie eigentlich an Weihnachten vor?«

»Weihnachten bin ich weg«, antwortete Frida, immer noch lesend.

»Was meinen Sie damit? Weg?«

Jetzt hob Frida den Kopf, einen Finger auf die Stelle gelegt, an der sie war. »Ich mache Urlaub, das meine ich damit. Und Sie haben Ihre Ruhe.«

»Vielleicht mache ich selbst Urlaub«, sagte Ruth.

»Ah, Richard.«

»Ja.«

»Schön für Sie.« Frida senkte den Kopf wieder über ihr Buch, hob ihn aber noch einmal, als könnte sie nicht anders, einen weisen Ausdruck auf dem Gesicht. »Man sollte diese Dinge lieber langsam angehen, finden Sie nicht auch? Ich predige ja immer Vorsicht – denken Sie bloß an den armen George. Sie wollen doch keine unangenehmen Überraschungen erleben.«

Ruth blieb stumm. Sie war sich nicht sicher, welche unangenehmen Überraschungen George verbildlichen sollte.

»Was zum Beispiel ist das überhaupt für eine Maschine?«, fragte Frida.

»Was für eine Maschine?«

»Mit der er schläft. Die Maske über seinem Gesicht.«

Ruth senkte den Blick auf ihr Buch. Sie hatte nicht gewusst, dass Richard beim Schlafen eine Maske über dem Gesicht trug.

»Und schließlich wäre es ja nicht das erste Mal, dass er mit einer Überraschung aufwartet«, fügte Frida mit einem mitfühlenden Glucksen hinzu. »Diese japanische Freundin! Vergewissern Sie sich lieber, dass er nicht noch eine in der Hinterhand hat.«

Ruths Brustkorb sackte in sich zusammen, ihre Rippen pressten sich zu eng um ihre Lungen. Sie tat, als lese sie weiter, damit Frida aufhörte zu sprechen. Aber sie konnte die Seite nicht umblättern, las immer und immer wieder denselben Satz: »Jaqui beugte sich vorsichtig in das ausgebrannte Auto und streifte die Fasern in einen kleinen Plastikbeutel.« Tränen standen starr in ihren Augen, sie blinzelte sie zurück.

»Haben Sie das gehört?«, fragte Frida.

Ruths wild schlagendes Herz schlug noch schneller. »Was?«

Mehrere Herzschläge lang antwortete Frida nicht. »Ich dachte, ich hätte draußen etwas gehört.«

Sie stand auf. Ihre Arme waren nackt, ihr Gesicht gerötet: Sie war in einer außergewöhnlichen Stimmung. Der Frühlingsabend war kühl, aber im Haus, merkte Ruth jetzt, war es heiß wie in einem Dschungel. Er kommt, dachte sie, ohne es zu wollen, und erinnerte sich an ein Gedicht, das sie ihre Schüler immer hatte aufsagen lassen: »Der Tiger kommt reitend, reitend, reitend / Der Tiger kam reitend zum alten Eingangstor.«

»Sie gehen jetzt ins Bett«, sagte Frida auf dem Weg ins Esszimmer, wo sie angespannt am Fenster stehen blieb und, immer noch in ihrer weißlichen Uniform, ihre äquatorialen Arme ausbreitete.

»Ich bin noch gar nicht müde«, protestierte Ruth, suchte aber bereits ihre Sachen zusammen – ihre Teetasse und das Buch – und machte Anstalten aufzustehen.

Frida war so still. »Haben Sie das gehört?«, fragte sie, den Kopf schief gelegt. »Ich gehe jetzt da raus.«

Ruth lauschte. »Da ist nichts«, sagte sie. Aber Frida war schon draußen und hatte die Hintertür zugemacht; Ruth beobachtete sie vom Esszimmerfenster aus. Sie stand im Licht des Fensters im Gras, die Nase hoch in der Luft, und bewegte den Kopf hin und her. Der Strand unter dem Frühlingsmond war leer und besaß jenes nackte, gebleichte Aussehen einer Küstenlandschaft bei Nacht. Frida gab Ruth mit einem Wedeln der Hand zu verstehen, sie solle vom Fenster verschwinden, und als Ruth sich nicht rührte, wedelte sie noch einmal. Die Katzen schnüffelten und maunzten an der geschlossenen Tür.

»Still«, befahl Ruth, scheuchte sie ins Schlafzimmer und knipste die Nachttischlampe an. »Sie kann mir keine Angst machen«, sagte sie, immer noch an die Katzen gewandt. Sie setzte sich auf ihr Bett, und abgesehen vom üblichen Geraschel draußen hörte sie Frida durch das hohe Gras in der Nähe ihres Fensters stapfen. Es klopfte dreimal ans Fenster, und Ruth, die nicht genau wusste, wie sie darauf reagieren sollte, schaltete die Lampe aus und wieder an. Oder vielmehr, denn es war eine Touch-Lampe – ein Geschenk von Jeffrey –, machte sie sie dunkler, noch dunkler, aus, und dann wieder strahlend hell. Frida ging weiter. Sie umrundete das Haus mindestens eine halbe Stunde lang und klopfte auf den ersten Runden im Vorbeigehen immer ans Fenster; Ruth antwortete mit ihrer Lampe, sodass sie sich ihr Fenster als Leuchtturm über der Bucht vorstellte: aus und an, aus und an, sowohl Gefahr als auch Sicherheit signalisierend. Es war, als sei sie wieder ein Mädchen und singe Kirchenlieder mit ihren Eltern. An jenen Abenden war es, als singe ihre Familie nicht gemeinsam zu Gott, sondern gegen den Tod an, der sich an die Fenster presste, aber genau wusste, dass er keine Einladung erwarten durfte. Je heller die Lichter im Haus, desto sicherer waren sie, und der Gesang verdoppelte und verdreifachte das Licht; das Haus war so hell erleuchtet vom Singen und von der Gegenwart ihrer Eltern, dass es über den Garten hinausstrahlen musste, über die Stadt, die Insel, ganz Fidschi, den ganzen Pazifik. Auf diese Weise, das hatte sie verstanden, musste man in der Welt ein Licht sein. Frida hörte auf zu klopfen, aber Ruth betätigte die Lampe weiter. Nach dieser angespannten ersten halben Stunde kam Frida wieder herein und sagte: »Sie können jetzt mit der Lampe aufhören. Legen Sie sich schlafen.«

»Wie soll ich denn schlafen können?«, protestierte Ruth. Sie stopfte sich die Kissen in den Rücken und saß unbeugsam in der Dunkelheit und lauschte auf Fridas Schritte vor ihrem Fenster. Die Katzen rollten sich in den Scharnieren ihrer Arme und Beine zusammen. Sie schlief ein und wachte auf und schlief wieder ein, immer noch auf Frida lauschend. Eine Stunde vielleicht war vergangen, oder sechs, als sie einen Schrei hörte – war es möglich, dass Frida geschrien hatte? –, und kurz darauf das laute Zuschlagen der Hintertür. Sie tippte auf die Lampe und schaute nach, ob das Licht Harry aufgestört hatte. Natürlich nicht. Es war kein Harry da.

»Ruthie!«, rief Frida, und als sie mit der Tür in Ruths Zimmer gestürmt kam, war ihr Gesicht blass und ihr Körper bebte. »Gott sei Dank, bei Ihnen ist alles in Ordnung!«

»Was ist? Was ist passiert?«

Frida ließ sich aufs Bett und über Ruths Beine fallen. »Sehen Sie sich das an!« Sie zeigte ihren linken Unterarm vor, auf dem drei lange, blutige Kratzer zu sehen waren.

»Was ist das?« Ruth war in diesem Augenblick eher neugierig als besorgt, aber sie zwang sich, die Hände erschrocken vor den Mund zu schlagen.

»Er hat mich vielleicht verletzt, aber ich habe ihm eine Heidenangst eingejagt.«

»Wem?«

»Was glauben Sie wohl?«, fauchte Frida.

Ruth konnte es sich nicht vorstellen. George? Richard? Sie knüllte die Decken in den Händen zusammen.

»Ich weiß nicht, wie er reingekommen ist«, sagte Frida, »aber ich weiß verdammt gut, wie er wieder rausgekommen ist. Ich hab die Tür aufgemacht, und er kam rausgestürzt. Hat mich umgerannt, dass ich mich mit dem Arsch in den Sand gesetzt habe und froh sein kann, dass noch alles an mir dran ist. Und dann hat er mir die Krallen übergezogen. Als Abschiedsgeschenk.«

Ruth setzte sich so gut es ging auf und sah zum Fenster mit den zugezogenen Vorhängen. Halb erwartete sie, es dreimal dagegenklopfen zu hören. Frida zerquetschte Ruths Beine, und ihr Herz schlug einen kräftigen, langsamen Wirbel. »Es gibt keinen Tiger«, sagte sie.

»Meinen Sie vielleicht, ich habe mir den Arm selbst zerkratzt?«

»Er ist nicht real.«

»Er ist sehr wohl real, aber er ist auch weg und wird so schnell nicht zurückkommen. Ich hab ihn verscheucht.«

»Die Katzen?«, fragte Ruth mit leiser Stimme.

»Wollen Sie nicht wissen, wie ich ihn verscheucht habe?« Frida stützte sich auf ihren unverletzten Arm und schnitt Ruth eine furchterregende Grimasse: Sie bleckte die Zähne und gab ein Geräusch von sich, das ein Zwischending zwischen einem Grollen und einem Fauchen war, und ihr Gesicht war so menschlich, dass Ruth Angst bekam. »Er ist mit eingezogenem Schwanz abgehauen. Ha! Schöner Tiger.« Frida ließ sich wieder aufs Bett fallen und lachte, als sei es typisch für Ruth, einen derart ängstlichen Tiger beherbergt zu haben. »Aber« – Frida hob ihren verletzten Arm, sodass er über ihr hin und her schwankte wie ein mahnender Stängel – »das bedeutet nicht, dass die Gefahr vorbei ist.«

»Zeigen Sie mir Ihren Arm«, sagte Ruth. Sie versuchte, ihre Beine zu bewegen. Frida war regloser Stein.

»Machen Sie sich wegen des Arms keine Sorgen. Er hat schon Schlimmeres zu spüren bekommen als ein paar Krallen. Hören Sie auf, so zu zappeln.«

Ruth hörte auf. Frida, komplett in der Horizontalen, schrumpfte in sich zusammen; ihr Bauch wurde flach, ihre Brüste auch. Ihre zarten Knöchel ragten über das Bett hinaus. Ihre Haare sahen schwarz aus, als hätte sie diese Farbe speziell zur besseren nächtlichen Tarnung gewählt, und waren zu einem kecken Pferdeschwanz gebunden. Sie schüttelte ihre Strandschuhe ab und spreizte die Zehen wie einen Pfauenfächer.

»Sie haben ihn wirklich gesehen?«, fragte Ruth, deren Beine allmählich einschliefen. Sie konnte ihr summendes Blut fühlen. Frida antwortete nicht. »Frida?«

Frida lächelte und schloss die Augen. »Ach Ruthie«, seufzte sie. »Was würden Sie bloß ohne mich anfangen?«

Ruth hatte keine Ahnung.

12

Den nächsten Vormittag verbrachte Frida damit, rund ums Haus Tigerfallen auszuheben.

»Ich dachte, Sie hätten ihn verjagt«, sagte Ruth.

»Für den *Augenblick*«, sagte Frida. »Tiger können geduldig sein. Sie wissen, wie man sich auf die Lauer legt.«

Die meiste Zeit des Vormittags verwandte sie auf die größte Falle: ein Loch auf halbem Weg die Düne hinunter, mitten auf dem unebenen, grasbewachsenen Pfad zum Strand. Als das Loch ihrer Meinung nach tief genug war, ging sie zum Strand und sammelte heruntergefallene Kiefernzweige, um es damit zu füllen. Um den linken Unterarm hatte sie einen Verband, der die Kratzer verdeckte, die der Tiger ihr letzte Nacht zugefügt hatte. Gelegentlich streckte sie diesen Arm aus und betrachtete ihn, als bewundere sie einen Verlobungsring. Abgesehen davon machten ihre Arme einen völlig normalen, fähigen Eindruck, und sie schleppte die Zweige mit der emsigen Geschäftigkeit eines Vogels herbei, der sein Nest baut.

»Bleiben Sie schön weg davon«, warnte Frida und deutete auf die Grube.

Kein Tiger wird darauf hereinfallen, dachte Ruth. Die Düne sackte bereits wieder in das Loch ab. Ruth blieb im Haus und schrieb ihren Brief an Richard. Eigentlich sollte es nur ein kurzes, beiläufiges, nettes Briefchen werden, in dem sie vorschlagen wollte, dass sie demnächst für ein Wochenende zu Besuch kommen würde, um zumindest die Lilien zu sehen. »Zumindest die Lilien«, schrieb sie und merkte dabei, dass ihre Schrift auch nicht mehr das war, was sie früher einmal gewesen war. Sie wirkte ungeübt und sperrig; Mrs Mason wäre enttäuscht.

Georges Taxi fuhr vor dem Haus vor. Ruth beobachtete vom Wohnzimmer aus, wie Frida durch das offene Fenster mit ihm plauderte, bevor sie eine Rolle Stacheldraht aus dem Kofferraum hievte. Erst als George das Taxi gekonnt rückwärts die Auffahrt hinuntergesetzt hatte, ging Ruth nach draußen.

»Haben Sie ihm von dem Tiger erzählt?«

»Wofür halten Sie mich? Für total beschränkt?«, empörte sich Frida, war aber nicht wirklich ärgerlich, sondern nur gutmütig indigniert, eine ihrer besten Stimmungen.

»Was glaubt er denn, wofür wir den brauchen?«, fragte Ruth und deutete auf den Stacheldraht.

»Als Erosionsschutz, hab ich gesagt.« Frida lächelte, als gehöre es zu den einfachen Freuden des Lebens, George einen Bären aufzubinden. Sie brachte den Draht zur Düne und mühte sich im Gras damit ab. Ruth machte sich Sorgen, die Katzen könnten sich an versteckten Stacheln verletzen, aber Frida wischte ihre Ängste beiseite.

»Sehen Sie doch, wie sie jede meiner Bewegungen beobachten«, sagte sie. »Die wissen genau, was Sache ist.«

Die Katzen saßen wirklich in aufmerksamen Posen da, absolut still, nur gelegentlich unterbrachen sie ihre Reglosigkeit mit dem dringend notwendigen Putzen einer Pfote.

»Sie meinen also, der Tiger wartet auf eine günstige Gelegenheit?«, fragte Ruth.

Frida nickte. Sie trug dicke Gartenhandschuhe – Harrys Gartenhandschuhe. Sie schienen eine strikte Starre ihrer Arme und Schultern zu verlangen. Nur ihr Kopf bewegte sich frei.

»Woher wissen wir, wann diese Gelegenheit gekommen ist?«

»Überhaupt nicht«, sagte Frida. »Er wird einfach irgendwann auftauchen.«

»Wie ein Dieb in der Nacht.«

»Genau. Und deshalb: die Fallen. Ich würde ja gern eine Videoüberwachung einrichten, in den Zoos haben sie garantiert so was«, sagte Frida und erklärte Ruth, Überwachungsanlagen seien ein Hobby von George. Philosophisch blickte sie aufs Meer hinaus. »Sie können sich ja denken, dass ein Taxifahrer nicht vorsichtig genug sein kann. Der arme Georgie.« Ein eifersüchtiger Schauder durchlief Ruth bei dieser liebevollen Benennung. »Er hat keinen grünen Daumen, wenn es darum geht, Geld zum Wachsen zu bringen.«

Am frühen Nachmittag war Frida mit ihren Fallen fertig. Der Himmel hatte sich mit Wolken überzogen.

»Das trifft sich gut«, sagte Ruth, die vom Esszimmer aus auf den Garten blickte. »Wolken bedeuten, dass die Nacht wärmer wird.«

Frida schüttelte den Kopf. »Tiger brauchen genau wie wir Schutz vor Regen.«

Der Tiger gehörte inzwischen Frida; und zwar nicht nur dieses eine Exemplar, sondern die ganze Spezies. Sie war stolz auf ihn und auf ihren Arm; die Heldentaten der vergangenen Nacht schienen ihr bei allen Haushaltsangelegenheiten Vorrang einzuräumen. Sie tat Milch in ihren Tee, den sie vor dem Spiegel in Ruths Schlafzimmer trank – das Licht dort war besser, sagte sie, um ihre Haare zu machen –, und sie zog die Tür zu, sodass Ruth wusste, dass sie ihr auf keinen Fall folgen durfte. Als Frida wieder zum Vorschein kam, trug sie ihren grauen Mantel und hatte sich ein grünes Tuch um den Kopf geschlungen. Das Grün verlieh ihren Haaren einen dunklen, distinguierten Rotton.

»Kühl heute Nachmittag«, sagte sie und deutete mit dem Kopf auf die Hintertür, die offen stand und durch die ein kalter Wind hereinfegte. »Wir machen sie zu, ja?«

»Die Katzen sind noch draußen«, sagte Ruth, die in ihrem dünnen Sommerkleid selbst ein wenig fröstelte. Sie hatte ihren Sessel an den Esstisch gezogen und las ihren Krimi. Der Brief an Richard lag neben ihr, schon im Umschlag, adressiert, nur die Briefmarke fehlte noch.

Frida unterdrückte ein Hüsteln. »Ich habe eine schwache Brust.« Fridas Brust war wie der Bug eines Schiffs. Sie stellte sich an die Hintertür und rief ohne große Überzeugung, »Kommt, Miezis, kommt, Miezi-Miez«, gefolgt von etwas, was einem Miau ähnelte.

»Sie machen ihnen nur Angst«, sagte Ruth.

»Das ganze Theater wegen ein paar Katzen, verflucht noch mal.« Frida fing an, Sachen in ihre Handtasche zu stopfen. »Es sind doch keine Schafe, oder? Also Schafe, die sind wirklich strohdumm.« Sie wogte durch die Küche und sammelte alles Mögliche ein. Auch die Ersatzschlüssel, die oben auf dem Kühlschrank lagen. »Ich habe heute Nachmittag etwas vor. Ich gehe A. U. S.« Und mit diesem letzten, explosiven S zog sie die Hintertür zu, schob die Riegel vor und schloss ab.

»Ich will sie offen haben«, protestierte Ruth.

»Ich weiß, aber ich kann Sie nicht bei offener Tür allein hier sitzen lassen, wenn ein Tiger frei herumläuft, oder?«, gab Frida zurück. »Und was ist das? Ein Brief an den Herrn Prinzgemahl? Soll ich ihn aufgeben, Eure Hoheit? Ja, nein? Soll ich?«

Frida griff sich den Brief mit ihren schnellen, braunen Fingern und verstaute ihn in ihrem Mantel, irgendwo in der büstigen Nähe ihres Herzens.

»Geben Sie ihn mir zurück und machen Sie die Tür wieder auf.«

Eine Hupe ertönte auf der Auffahrt.

»Das wird George sein«, sagte Frida und zupfte ihr grünes Tuch zurecht. »Sie brauchen nicht auf mich zu warten! Bis dann!« Damit tänzelte sie zur Vordertür, während Ruth »Frida! Frida!« rief und hörte, wie sie George mit fröhlicher Stimme begrüßte. Dann fiel die Tür zu, und das Taxi fuhr davon.

Ruth war allein im Haus. »Scheiße«, sagte sie.

Vorder- und Hintertür waren fest verschlossen, alle Schlüssel waren weg: der Satz aus Ruths Handtasche, der auf dem Kühlschrank und selbst der Ersatzschlüssel für den allerletzten Notfall, der unter einer von Harrys Schreibtischschubladen geklebt hatte. Es kostete Ruth einige Mühe, diesen Schlüssel zu suchen. In Harrys Arbeitszimmer, gebückt und mit schmerzendem Rücken, fluchte sie erneut, dieses Mal mit größerer Inbrunst, als würde das Wort »Scheiße« an Schönheit gewinnen, je sorgfältiger sie es aussprach. Die Katzen, die ihr Abendessen wollten, kratzten in rasendem Verlangen an der Hintertür.

»Ruhig, ruhig, meine Küken«, gurrte sie, an die Tür gepresst, was die Katzen aber nur noch aufgeregter machte; ihr Geschrei klang wie das hungriger Babys. Ruth zog sich zurück, wütend auf Frida, weil die sie ein- und die Katzen ausgeschlossen hatte, weil sie sich mit diesem ganzen Tigerunsinn über sie lustig machte, weil sie den Brief mitgenommen hatte, weil sie herumtänzelte und sie neckte und so tat, als gehöre das Haus ihr. In ihrer Wut trat Ruth gegen einen Stapel Krimis im Wohnzimmer. Er rutschte gegen den Teppich, dessen Ecke sich hochwölbte, genau so, vermutete sie, wie der Schwanz des Tigers es vielleicht tun würde. Wenn es wirklich ein Tiger war. Wenn es wirklich ein Tiger war, dachte sie, wäre er so lang wie der Teppich. Er würde sich hinter dem Fernsehsessel vorbeizwängen und dabei die Lampe umstoßen; Ruth stieß die Lampe um, sie fiel zu Boden. Vielleicht würde sein Schwanz über den Couchtisch peitschen, dass die Fernbedienungen nur so flogen; und schon flogen sie. Aus einer kullerte ein Satz Batterien heraus. Ruth betrachtete das Durcheinander, das sie angerichtet hatte. Es gefiel ihr. Wenn ich ein Tiger wäre, dachte sie, hätte ich keine Angst vor Phils Zimmer. Vor Fridas Zimmer. Diese Erkenntnis ließ sie auf weichen Sohlen durch den Flur tapsen.

Sie stieß Fridas Tür auf. Noch im Flur stehend, lauschte sie auf die Rückkehr von Georges Taxi, hörte aber nur ein leises Ticken, das aus dem Zimmer zu kommen schien, letztlich aber nur das winzige Geräusch ihres eigenen Herzens hinter ihren Ohren war. Sie atmete den neuen Schönheitssalonduft des Zimmers ein. Frida hatte das oberste Brett des brusthohen Bücherregals in einen Frisiertisch verwandelt:

Es quoll über vor Cremes, Lotionen, Haarsprays, Kämmen unterschiedlicher Breite und all dem anderen Krimskrams, den sie für ihre prachtvollen Haare benötigte. Über diesem Sammelsurium, an der Wand, an der früher ein Poster des Halley'schen Kometen geklebt hatte, hing nun ein ovaler Spiegel. Ruth wagte kaum, in ihn hineinzuschauen, weil sie fürchtete, Frida könne ihr daraus entgegensehen wie die Königin im Märchen. Aber sie sah nur ihr eigenes blasses Gesicht und das seitenverkehrte Zimmer dahinter. Das Bett war gemacht. Phillips Kinderbücher standen immer noch aufgereiht im Regal.

Ruth öffnete den Schrank und streifte Fridas Kleider von den Bügeln. Sie breiteten sich wie eine Pfütze zu ihren Füßen aus. Die meisten waren weiß oder weißlich, aufeinander abgestimmte Teile ihrer täglichen Uniform, aber es gab auch andere, hochinteressante Sachen: eine rosa Bluse, eine dunkelviolette Hose von beeindruckender Weite und ein schwarzes Kleid mit goldenen Pailletten an den Ärmeln. Frida und Pailletten! Ruth lächelte und schwamm durch die Kleider, zupfte an Ärmeln und Röcken, watete durch den leichten Eukalyptusduft. Die Stoffe zu berühren ließ die Härchen an ihren Unterarmen zu Berge stehen, aber sie machte weiter, bis jedes einzelne Stück entweder auf dem Boden des Schranks lag oder ins Zimmer überquoll. Sie durchwühlte auch die Schubladen. Fridas Unterwäsche schien von Ruths Fingern zu fliegen. Die BHs waren ganz besonders aerodynamisch und gaben ein herrliches leises Seufzen von sich, wenn sie auf dem Boden aufschlugen. So also, dachte Ruth, fühlt sich ein Tiger, wenn er stampft und lärmt; aber ich bin kein Tiger, rief sie sich in Erinnerung. Ich kann Werkzeuge benutzen.

Sie holte sich einen Besen aus der Küche und stieß mit dem Stiel gegen die Unterseite von Fridas Koffer, der wie ein seit Langem vergessenes Stofftier oben auf dem Schrank saß. Sie stocherte und stieß daran herum, und beim Fallen klapperte er wie ein Paar Maracas, und als er aufplatzte, verstreute er einen Regenbogen aus Pillen und Kapseln im ganzen Zimmer. Sie knirschten unter ihren Füßen, außer da, wo sie sich in Fridas Kleidern verfangen hatten. Ruth erkannte in den meisten ihre eigenen Pillen und war entzückt über ihre pittoreske Anordnung: die verschreibungspflichtigen alle blau oder wohltuend hellgelb, dazu die dicken mit Kurkuma, und dann natürlich die goldenen Phiolen mit dem Fischöl. Diese schimmernden Kapseln zu zertreten war am befriedigendsten, denn wenn Ruth Druck ausübte, leisteten sie erst Widerstand und federten nach, und dann machten sie plopp.

Aber sie war noch nicht mit dem Besen fertig; sie benutzte ihn, um unter dem Bett herumzustochern, und beförderte zwei Schachteln ans Tageslicht. Die erste sah offiziell aus: Sie enthielt Bankauszüge in ordentlichen Heftern. Die Namen auf diesen Heftern sagten Ruth nichts, bis auf einen: Shelley, Fridas tote Schwester. Ihr Nachname lautete nicht Young, also musste sie verheiratet gewesen sein, und als Ruth sich Frida auf einer Hochzeit vorstellte – als Brautjungfer –, regte sich ihr schlechtes Gewissen. Deshalb schob sie die Schachtel mit dem Fuß wieder unter das Bett.

Die zweite Schachtel war alt, von der Größe eines Schuhkartons, und aus dunkler, dicker Pappe gemacht. Ruth bückte sich, um sie aufzuheben, und spürte, wie ihr Rücken sich verkrampfte und zu brennen anfing, als ziehe ein Zahnrad unter ihren Rippen einen langen, heißen Draht durch ihre Wirbelsäule. Übelkeit wallte in ihrer Kehle auf, ihr Mund füllte sich mit Spucke, und sie übergab sich auf Fridas Bett: eine ziemlich trockene Masse, die aussah wie etwas, was die Katzen hervorwürgten, und sie musste, ein bisschen einfältig, lachen. Ehe sie das Zimmer mit der Schachtel unter dem Arm verließ, stürzte sie sich noch ein letztes Mal heldenhaft zu Boden, um eine Handvoll Pillen aufzuraffen. Die meisten gehörten zu den blauen, die sie wegen ihres Rückens nahm, und sie schluckte zwei davon ohne Wasser. Den Rest stopfte sie tief in die Taschen ihres Kleids.

Auf dem Tisch im Esszimmer öffnete sie die Schachtel. Sie enthielt Steine und Fläschchen voller Sand; kleine Glasbrocken und Kiesel schimmerten durch den schmierigen Staub, mit dem sie überzogen waren. Alle waren mit einem kleinen Anhänger versehen, der mit einer Schnur daran befestigt war. Ein Stein war mit *Koralle, unidentifiziert* beschriftet. Ein anderer mit *Vulkan. Schwefel, 1500 m.* Ein weiteres Etikett sagte: *Meeresschnecke, Typ Kauri.* Ruth sah sich dieses Exemplar genauer an. Sie wischte es mit den Fingern ab, und eine getüpfelte Oberfläche kam zum Vorschein. Ruth erkannte die glänzenden Sommersprossen. Sie kannte diese Sachen und diese Schachtel – sie besah sich noch einmal den Deckel und erinnerte sich an das Bild darauf, eine Werbung für Schuhcreme. Sie stieß einen leisen Schrei aus, ihre Hände fuhren zitternd durch die Luft. Diese Schachtel hatte ihrem Vater gehört.

Sie lief zur Spüle und suchte im Schrank darunter nach Lappen und Reinigungsmittel. Ihr Rücken pochte und schmerzte, aber sie beachtete ihn nicht, sondern stellte sich vor, wie die winzigen blauen Pillen durch ihren langen, trockenen Hals hinunter in ihren wartenden Magen rutschten. Sie nahm jeden einzelnen Gegenstand aus der Schachtel heraus, einen nach dem anderen, und kannte sie alle. Kleine Lichter explodierten in ihrem Kopf; sie spürte sie an ganz spezifischen Stellen und konnte sie sich sogar bildlich vorstellen, als betrachte sie in den Abendnachrichten eine Karte, die über die Ausbreitung von Buschfeuern informierte. Ihr zündelndes Gemüt; die genüssliche Freude des Saubermachens; jeder Augenblick der Entdeckung: Das alles war aufregend, war so zutiefst befriedigend, dass Ruth merkte, dass sie mit dem Fuß den Takt schlug, wie wenn sie Musik hörte. Sie machte sich daran, jeden einzelnen Gegenstand mit einer einzigartigen Zielstrebigkeit zu säubern, an die sie sich aus einem früheren Teil ihres Lebens erinnerte; sie empfand ihre Konzentration als etwas Laserscharfes und Beständiges, das sie mit großer Freude auf jeden Gegenstand in der Schachtel richten konnte, um zu beobachten, wie er Minuten später aus seinem eigenen Verfall auferstand. Jeder verlangte besondere Sorgfalt. Die Koralle klammerte sich an ihren Staub; als Ruth versuchte, sie zu putzen, fing sie an, sich in ihren Händen aufzulösen. Also blies sie sanft darauf und zerdrückte den faserigen Staub zwischen ihren Fingern – wie lang ihre Fingernägel geworden waren, fiel ihr auf, aber sie waren immer noch fest, so wie damals, als sie noch ein junges Mädchen war. Sie holte sich eine Zahnbürste, um damit weiterzumachen, und ein Glas Wasser. Muscheln schimmerten aus ihrem Dreck hervor, und Ruth drückte jede einzelne an ihr Ohr, um das unwiederbringliche Meer zu hören. Da war es – und wieder weg – und wieder da. Sie erkannte das ferne Tosen ihres eigenen Blutes.

Ganz unten in der Schachtel vermischten sich Staub, Steinsplitter und zerbrochene Muscheln zu einem schmutzigen Glitzern. Ruth schob den Papierkorb mit dem Fuß von Harrys Arbeitszimmer durch den Flur ins Esszimmer. Sie stopfte die dreckigen Lappen und Papiertücher hinein und schüttelte die Schachtel darüber aus. Dann verschloss sie sie mit dem Deckel, von dem ein dunkelhäutiger, glücklicher Schuhputzjunge mit übergroßen Zähnen zu ihr auflächelte, und stellte die Schachtel neben ihren Sessel.

»Sieh dir das an«, sagte sie, zu niemandem, zu sich selbst. Sie hatte Frida, und sogar die Katzen, völlig vergessen.

Alles war jetzt sauber. Alles lag geordnet und etikettiert auf dem Tisch; nichts berührte etwas anderes. Kleine Fläschchen aus braunem und blauem Glas sahen aus, als seien sie erst vor wenigen Augenblicken aus dem Meer gefischt worden. In jedem davon hatten sich geheimnisvolle Substanzen schlafend niedergelassen. Die Muscheln waren jetzt wieder rosa oder violett, fleischfarben, schamlos. Sie kuschelten sich ineinander wie Ohren.

Ruth hätte das alles gern mit jemandem geteilt. Es hätte Harry sein sollen, dachte sie, und wählte Richards Nummer. Es klingelte viermal, dann klickte und sirrte es, und da war Richards Stimme, untermalt von einem mechanischen Krächzen, als wäre er immer noch Raucher. »Ich kann im Augenblick nicht ans Telefon kommen«, sagte er, und seine Stimme war die eines alten Mannes, ein Ende.

»Richard?«, sagte sie. »Ich bin's, Ruth.«

Geräusche explodierten in der Leitung, und die Stimme derselben jungen Frau wie neulich rief: »Hallo? Ruth?« Ruth war sicher, im Hintergrund Gelächter zu hören, insbesondere ein ganz bestimmtes Lachen: Sie hörte es zwar nur selten, aber wenn, dann war es ein goldenes, klangvolles Anschwellen, wie von einem Messinggong, und unverwechselbar. Es gehörte – Ruth war sich absolut sicher – Frida. Was hatte Frida in Richards Haus zu suchen? Zutiefst erschrocken hängte sie ein. Natürlich fing es sofort anschließend an zu klingeln; Ruth verlor den Überblick, wie oft. Sie saß in ihrem Sessel und beobachtete, wie ein seltsamer gelber Nebel durch ihr Blickfeld schwebte, als sei eine Wolke, die vor der Sonne vorbeizog, von deren Licht halb weggebrannt worden. Helle Kreise bildeten sich in diesem Nebel, und sie pulsierten im Takt mit dem Klingeln des Telefons. Ruth beobachtete sie mit geschlossenen Augen; sie schienen an ihren Lidern zu kleben, und sie nahm eine weitere Pille, damit sie weggingen. Endlich verstummte das Telefon, und vielleicht schlief sie ein; ihr Schlaf war staubig und kantig, durchsetzt von einem schwimmenden Licht. Irgendwann sah sie das Meer anrollen und über die Düne steigen, die Teppiche beschmutzen und steigen und steigen, bis seltsame Schalentiere am unteren Teil der Wände klebten und längliche Gebilde, die entweder Würmer oder die Wohnstätten von Würmern waren, sich leise an den Fußleisten bewegten. Und dann war da nur noch Zerstörung und Vernichtung. Sie sah sich selbst und Frida auf einem Floß, das aus der Hintertür gemacht war. Frida benutzte den Besen als Stange und stakte sie wie ein venezianischer Gondoliere zu den triumphalen Wimpeln des Surfclubs.

Dieser vage Schlaf endete, als Frida zurückkam; Ruth hörte sie durch die Tür kommen und sah, dass der Rest des Tageslichts widergespiegelt im Osten hing.

»Ruthie«, rief Frida, kam in unglaublicher Stimmung ins Esszimmer und wickelte das grüne Tuch von ihrem Kopf. Sie sah brauner aus als am Morgen, als sie weggegangen war, und ihre Haare schienen einen anderen, schmeichelhaften Bronzeton angenommen zu haben.

»Was für ein Tag«, trällerte sie.

Sie lachte mädchenhaft, sagte, sie hätte mindestens zwei Pfund zugenommen, und tätschelte auf dem Weg zur Küche Ruths Arm. Es war, als sei sie drei Wochen weg gewesen. In den Armen trug sie einen riesigen Strauß rosa Lilien, die in Weihnachtspapier eingeschlagen waren. Sie legte sie auf die Arbeitsplatte, fischte ihren Joghurt aus dem Kühlschrank, aß ihn an die Wand gelehnt direkt aus dem Becher und erklärte, George habe sie zu einem Strand irgendwo weiter weg gefahren, »wo ich mich endlos in der Sonne geaalt habe.« An manchen Tagen war Frida wütend auf George, an anderen ließ sie nichts auf ihn kommen. Heute war einer der Tage, an denen er ein Heiliger war. »Zeit mit der Familie ist so wichtig«, sagte Frida, während Joghurt von ihrem Löffel tropfte. »Sie wissen ja, dass ich verrückt nach Ihnen bin, Ruthie, aber Familie ist eben doch etwas anderes. Und eine Zeit lang weg zu sein gibt einem die Gelegenheit, darüber nachzudenken, was man vom Leben will. Glauben Sie mir, Sie werden einiges an Veränderungen zu sehen bekommen.«

»Die Lilien sind wunderschön«, sagte Ruth. »Wo haben Sie sie her?«

»Aus Mums Garten. Was ist denn das für ein Gerümpel?«

»Es ist kein Gerümpel. Die Sachen haben meinem Vater gehört.«

»Sind sie antik?« Frida tippte mit einer neugierigen Hüfte gegen den Tisch; ein blaues Fläschchen geriet ins Rollen. Ruth konnte es gerade noch mit den Fingerspitzen auffangen. Ihr Kopf fühlte sich nun ein bisschen klarer an, aber alles, was sie sah, war von einem eigenartigen Leuchten erfüllt.

»Ich glaube, dass sie alt sind. Sie haben Kriege und Schiffbrüche überstanden. Nun ja, vielleicht keine Schiffbrüche. Aber sie haben überstanden. Sogar das Meer haben sie überstanden – die Muscheln.«

»Sind sie etwas wert?«

»Ach Frida!« Ruth lachte ein winziges Lachen. Die Lilien auf der Arbeitsplatte schienen zu brennen; es war leichter, nicht hinzusehen. »Ich glaube nicht, dass sie irgendetwas wert sind. Von ihrem persönlichen Wert abgesehen natürlich.«

»Aber Sie könnten sie irgendjemand zeigen und es herausfinden, oder? George könnte es wissen. Er kennt sich mit solchen Dingen aus.«

»Ich würde die Sachen meines Vaters nie verkaufen.«

Frida stupste einen glitzernden Stein an. »Der hier sieht wertvoll aus. Wie Silber.«

»Das ist nur Katzensilber. Es steht auf dem Etikett. Ihre Mutter hatte Lilien im Garten?«

»Und dann ist da ja auch noch die Versicherung. Denken Sie mal daran. Was, wenn das Haus abbrennt? Dieses Zeug könnte Millionen wert sein.«

Frida berührte die Rundung einer Muschel mit dem Finger und beobachtete, wie sie auf der Tischplatte vibrierte.

»Hübsch«, sagte Ruth. »Muschelmusik.«

Frida berührte eine andere Muschel, eine gefleckte, sah sie aber nicht wirklich an. Ihr war etwas anderes aufgefallen. »Ruthie?«, fragte sie. »Wo haben Sie die ganzen Sachen her?«

»Es gab auch noch andere Muscheln – große. Wie heißen sie bloß noch mal? Fängt mit K an. Ach ja, Kauris.«

»Kauris sind nicht besonders groß.«

»Wir hatten ein paar große, mit eingeritzten Inselszenen. Sie müssen noch irgendwo sein.«

Frida bückte sich. Die Bewegung wirkte so mühelos, wie geölt. Als sie sich wieder aufrichtete, hatte sie die Schachtel in der Hand. Sie rieb mit ihren großen Daumen über die Seiten und spähte in die leeren Ecken. Auf ihrem Gesicht lag ein Ausdruck des Wiedererkennens, als erinnere auch sie sich aus ihrer Kindheit an diese Schachtel.

»Die Schachtel gehört meinem Vater«, sagte Ruth. »Sie gehört mir.«

Frida sagte nichts. Sie hob die Schachtel an ihr Kinn, um sie genauer zu inspizieren; dann ging sie durch den Flur und in Richtung ihres Zimmers, und Ruth fing an, sich zu erinnern, was sie dort vorfinden würde.

»Sie haben mich eingesperrt!«, rief sie, stand aus ihrem Sessel auf und lief zu den Lilien – es war leicht, aufzustehen und zu laufen, wenn sie mehrere Pillen genommen hatte. Die Lilien waren noch feucht. Ruth riss das Einwickelpapier ab, um ihnen näher zu sein. Jede der Blüten war rosig überhaucht, aber in der Mitte verblasste das Rosa zu blond, und die Staubgefäße, die zitterten, als Ruth sie an ihr Gesicht hob, waren mit pudrigem Gelb beladen. In ihrem Zimmer stieß Frida einen Schrei aus; Ruth hielt die Lilien schützend vor sich. Sie rochen sauber und unverkennbar. Sie rochen nach einem salzlosen Garten.

Auf dem Rückweg durch den Flur blieb Frida ganz still. Die Schachtel immer noch in der Hand, betrat sie die Küche wie einen wackligen Steg. Ihre Schultern waren gestrafft und ihr Brustkorb voller Luft, als wolle sie die Wochentage aufsagen; aber das tat sie nicht. Sie schrie nicht einmal. Sie sah Ruth an, die hinter den Lilien hervorspähte, und sagte: »Das sind nicht Ihre Blumen.«

Ruth klammerte sich noch fester an die Lilien. »Sie sind von Richard«, sagte sie.

»Arme alte Verrückte. Geben Sie sie her.«

»Ich bin nicht verrückt.«

»Dann eben verwirrt. Die arme Ruthie ist wie üblich ein bisschen verwirrt.«

»Nein«, sagte Ruth, erkannte aber, dass das Wort *verwirrt* annähernd das ausdrückte, was sie nach ihrem klebrigen, hellen Traum war.

»Also gut«, kam es von Frida. »Dann wollen wir doch mal sehen. Wie alt sind Sie?«

»Fünfundsiebzig.«

»Welche Farbe haben meine Augen?«

»Braun.«

»Wie heißt die Hauptstadt von Fidschi?«

»Suva.«

»Nein.«

»Doch. Ich habe dort gelebt. Da sollte ich es ja wohl wissen.«

»Sie *wissen* es aber nicht«, sagte Frida. »Sie *denken* nur, dass Sie es wissen. Genau das meine ich – verwirrt. Und jetzt, wo wir das geklärt haben, sagen Sie mir vielleicht, was Sie in meinem Zimmer gemacht haben.«

»Es ist mein Zimmer. Es sind meine Lilien.«

»Geben Sie sie her. Ich stelle sie ins Wasser.«

»Nein.«

Frida kam näher. Sie streckte den Arm mit der Schachtel aus, als sei sie ein perfektes Behältnis für die Blumen. Dann drehte sie sich um und warf sie in den Papierkorb neben Ruths Sessel.

Ruth zuckte zusammen. »Ich weiß, dass Sie in Richards Haus waren. Wieso? Wieso war meine Schachtel unter Ihrem Bett?«

»Was hatten Sie unter meinem Bett zu suchen?«

»Sie haben mich eingesperrt.«

»Ich habe niemanden eingesperrt«, rief Frida. Sie war jetzt in der Küche, zerrte an dem Einwickelpapier, das von den Lilien feucht war und an ihren zornigen Fingern kleben blieb. Sie schüttelte es in den Papierkorb. »Ich habe die Tür zugemacht, damit Sie nicht draußen herumspazieren, nicht bei all den vielen Fallen im Gras. Aber ich habe die verdammten Türen *nicht* abgeschlossen.«

Ruth hatte die Türen probiert. Sie hatte probiert, sie zu öffnen. »Was wollen Sie eigentlich?«, fragte sie, weil ihr der Gedanke kam, dass Frida etwas von ihr wollte – immer etwas wollte, wollte, ohne es je wirklich zuzugeben.

»Ich will, dass Sie sich dafür entschuldigen, dass Sie mein Zimmer verwüstet haben«, sagte Frida. »Dass Sie meine Sachen kaputt gemacht und meine Privatsphäre verletzt haben. Ich will, dass Sie mir diese Lilien geben, und ich will, dass Sie zugeben, dass Suva nicht die Hauptstadt von Fidschi ist.«

Ruth schüttelte den Kopf.

»Also gut«, sagte Frida mit ausdruckslosem Gesicht und fegte mit dem Unterarm die Sachen vom Esstisch. Sie klapperten über die Tischplatte, verfingen und verhakten sich, und die Flaschen fielen um und rollten nach links und rechts, aber alle wurden von Fridas Arm an den Rand des Tischs geschoben und kippten in den Papierkorb. Kein Glas splitterte; alles fiel ordentlich und ruhig, fast als nähmen die Gegenstände ihren ursprünglichen Platz ein, als fügten sie sich so behaglich in den Papierkorb wie vorher in die Schachtel. Es war wie ein Zaubertrick. Dann hob Frida den Papierkorb hoch und setzte ihn sich auf die Hüfte wie ein unbeholfenes Baby. Mit einer schnellen Handbewegung öffnete sie die Hintertür und marschierte, immer noch wie eine Mutter mit Kind, in den Garten.

Ruth konnte nicht verstehen, wie es möglich war, dass sich die Tür geöffnet hatte; aber hinter ihren Lilien war sie sicher. Sie folgte Frida und beobachtete, wie sie den Inhalt des Papierkorbs über den Rand der Düne kippte. Einige der Muscheln und Korallen hüpften ein paarmal auf und ab, bevor sie anfingen zu rollen, und der ganze Schmutz und Staub stieg in einer schmuddeligen Wolke auf, bevor er abrupt davonflog, als habe er ein besonderes Ziel im Sinn. Die Schachtel schnellte aus dem Papierkorb und wurde vom Küstenwind erfasst; erst nach einem kurzen, verzweifelten Flug landete sie zwischen den Gräsern. Dann schleuderte Frida die Arme weit von sich, sodass der Papierkorb hoch in die niedrige Sonne hinaufsegelte und anschließend zum Strand hinuntertrudelte.

Ruth stand neben Frida auf dem Grat der Düne. Die Lilien in ihren Armen wurden schwerer. Ein Stück die Düne hinunter begannen die Korallen und Muscheln ihren urzeitlichen Rückweg ins Meer.

»Diese Sachen gehören meiner Familie«, sagte Ruth.

»Eine kleine Lektion für Sie, Ruthie«, sagte Frida. »Hängen Sie Ihr Herz nicht an *Dinge*.«

Ruth setzte probeweise einen Fuß auf die abschüssige Düne. Frida grinste ins Salz des Windes hinein. Ein immenses Wohlbefinden strahlte von ihr aus, und sie hob das Gesicht dem Himmel entgegen, als spüre sie zum ersten Mal seit Monaten die Sonne. Frida erweckte oft den Eindruck, gerade erst aus dem Winterschlaf erwacht zu sein. Sie war ein großer brauner Bär, eine schlummernde Gefahr, sowohl schlaftrunken als auch wachsam. Und Ruth war an die langsame Sicherheit ihrer Bewegungen gewöhnt. Aber jetzt war sie aufgewacht.

»Sie sind eine schreckliche Frau«, sagte Ruth, und Frida kicherte wie ein Gnom. Der kalkige Sand zerkratzte Ruths nackte Füße. »Eine brutale Frau.« Frida lachte lauter, mit demselben runden Gongklang, den Ruth am Telefon gehört hatte. Ruth deutete mit ihren Lilien die Düne hinunter. »Ich will das alles zurückhaben.«

Frida klopfte sich den Staub von den Händen und seufzte, wie sie es oft tat, wenn sie aus dem Sitzen aufstand. »Zwei Dinge«, sagte sie. »Erstens, Sie entschuldigen sich. Zweitens, Sie sagen, dass Suva nicht die Hauptstadt von Fidschi ist. Dann sammle ich alles wieder für Sie ein. Wenn nicht, können Sie es selber machen.«

Ruth machte sich an den Abstieg, die Lilien immer noch umklammert. Das war die schlimmste Anforderung, die sie an ihren Rücken stellen konnte: mit vollen Armen einen steilen Hang hinunterzugehen. Sie beugte sich in die Düne hinein, und sie sackte unter ihr ab. Wirbelwinde aus Sand stoben auf.

Frida beobachtete sie von oben. »Passen Sie auf, wo Sie hintreten«, sagte sie.

Ruth machte einen weiteren Schritt, und das Gras brach unter ihr ein; sie spürte, dass ihre Füße ins Rutschen gerieten, und dann lag sie auf dem Boden, die Lilien über sich und rund um sich herum verstreut. Sie schüttelte sie von sich ab. Sie hatte nicht das Gefühl, sich verletzt zu haben, es fühlte sich nicht einmal an, als sei sie gestürzt. Eher war es, als habe die Düne sie aufgeschöpft. Sie war in einer flachen, sandigen Kelle gefangen.

»Ach Ruthie«, sagte Frida von oben.

»Was ist das?«, fragte Ruth zwischen den Gräsern hervor, aber sie wusste, dass sie in die Tigerfalle gestürzt war. Sie hatte sich in den Stunden seit ihrem Bau ein gutes Stück gefüllt; jetzt umschloss sie Ruth wie eine nach Lilien duftende Wiege. Ruth schloss die Augen und öffnete sie wieder, und die Welt stieß mit ihr zusammen und neigte sich dann in die Schräge. Sie lag auf der Seite. Ameisen krabbelten über den Sand, über jedes einzelne Sandkorn, und das alles viel zu dicht vor Ruths Nase. Über sich sah sie den Rand des Rasens oder was davon übrig war. Er war ein zerschlissener grüner Teppich, die einzige Art von zivilisiertem Gras, die sich bereitfand, hier zu wachsen – eine zähe, glänzende Spezies mit tüchtigen Wurzeln. Harry hatte dieses Gras nie gemocht; es war ihm nicht weich genug, hatte er gesagt, und bildete einen zu krassen Gegensatz zum Sand. Ruth schaffte es, sich auf den Rücken zu rollen, und da erschien der Himmel, ein dunkles, leeres Blau. Sie spürte ein schwindelerregendes Brennen hinter ihren Augen.

»Irgendwelche Knochen gebrochen?«, rief Frida.

Ruth bat jeden ihrer Knochen um Informationen, und alle beruhigten sie. Aber ihr Rücken brannte. Sie tastete im Sand nach etwas, woran sie sich festhalten konnte, und fand einen kleinen mineralischen Brocken, an dem noch ein Stück Schnur hing. Aufstiebender Sand ließ vermuten, dass Frida die Düne herunterkam.

»Nicht!«, rief Ruth.

»Wie Sie wollen.« Frida seufzte erneut, und das Seufzen klang gleichzeitig resigniert und froh. Der Sand legte sich wieder. »Wissen Sie, genau das habe ich zu Jeff gesagt! Jeffrey, habe ich zu ihm gesagt, es ist viel zu gefährlich, eine alte Dame wie Ihre Mutter in dieser Umgebung leben zu lassen. Sie geht in den Garten, und ehe man sich versieht, ist sie ausgerutscht und hingefallen. Ich habe erlebt, dass ein Sturz jemandem den Rest gegeben hat. Ist nie wieder richtig auf die Beine gekommen. Und deshalb bin ich vierundzwanzig Stunden am Tag hier.« Das Meer klang sehr nahe, und etwas kitzelte Ruths Ohr. »Aber bedankt sich Jeff etwa bei mir? Ruft er je an und sagt: ›Frida, Sie sind ein Geschenk des Himmels‹?«

Sand rieselte über Ruths Stirn. Sie war nicht sicher, ob der Wind daran schuld war oder Frida. Sie versuchte, sich aufzusetzen, und merkte, dass sie es nicht konnte. »Ich kann nicht aufstehen«, sagte sie, aber nicht zu Frida; zu sich selbst.

»Natürlich nicht. Nicht mit dieser Einstellung.«

»Ich kann wirklich nicht«, sagte Ruth, immer noch zu sich selbst. Sie hätte gern eine einzige Wolke am Himmel gesehen. Das wäre kuschelig und fröhlich und irgendwie tröstlich gewesen. Wenn ich eine Wolke sehe, dachte sie, bedeutet das, dass ich wieder hochkomme. Es bedeutet, dass ich nicht gefallen bin.

»Nehmen Sie zum Beispiel mich«, sagte Frida. »Wenn ich den ganzen Tag immer nur ›Ich kann nicht, ich kann nicht‹ sagen würde, würde ich nie irgendwas erledigt bekommen. Was Sie brauchen, ist ein bisschen positives Denken. Sagen Sie zu sich selbst: ›Ich werde jetzt aufstehen!‹ Und dann tun Sie es.«

Ruth versuchte, einen Fuß zu bewegen.

»In diesem Land gibt es zu viele Menschen, die vor ihrer Zeit alt werden«, seufzte Frida.

»Frida!« Ruth hörte das Flehen in ihrer Stimme. Ihr Körper wollte sich einfach nicht bewegen. »Ich glaube, ich bin gelähmt.«

Etwas kitzelte ihre Stirn, vielleicht eine Handvoll geworfenes Gras. Sie wischte es mit der rechten Hand weg.

»Sehen Sie? Sie sind nicht gelähmt«, sagte Frida. »Immer so negativ. Wissen Sie was, das hier könnte sogar gut für Sie sein. Eine kleine Herausforderung, damit Sie aus Ihrem *Ich kann nicht kann nicht kann nicht* rauskommen und sehen, dass Ihre Handlungen Konsequenzen haben. Ich gehe jetzt rein, Ruth, und räume das Durcheinander auf, das Sie angerichtet haben. Eines Tages werden Sie mir hierfür dankbar sein.« Frida atmete tief ein, als wolle sie ihre Lungen mit der Seeluft füllen, und dann war sie weg. Sand stieg hinter ihr auf und lagerte sich über anderen Sand. Die Hintertür wurde geöffnet und wieder geschlossen.

Nun tauchten die Katzen aus ihrem Versteck auf, wo immer das auch gewesen sein mochte, und beschnupperten Ruths Wangen und Schultern. Eine von ihnen rollte sich neben ihr zusammen. Die Düne hatte sich bewegt, um sie aufzunehmen, und es war angenehm – oder zumindest weniger beängstigend – zu denken, dass sich diese Mulde irgendwann noch enger um sie herumschmiegen und sich perfekt an ihren Rücken und ihre Knochen anpassen würde. Dann würde sie so schlafen, wie sie als Kind geschlafen hatte, als alles noch sanft und neu war, als es noch möglich war, ihren Körper Nacht für Nacht vollständig zu verlassen, ohne zu wissen, was für ein Glück das war. Im Gras neben ihrem Kopf sirrte etwas, irgendein Insekt, und ihr kam der Gedanke, dass Fridas Tiger in der Nähe sein könnte. Vielleicht würde er bei Anbruch der Nacht kommen und sie finden. Vielleicht würde Frida ihn dazu bringen, zu kommen; vielleicht würde sie ihn zu einem echten Tiger machen, mit echten Zähnen. Der Gedanke erschreckte sie so sehr, dass sie beschloss, etwas zu unternehmen. Sie musste es ins Haus zurückschaffen, und wenn sie die ganze Nacht dafür brauchte, und dann würde sie weglaufen. Sie würde zu Richard gehen. Sie würde seine Adresse auf dem Umschlag finden, den sie aufbewahrt hatte, den Bus in die Stadt nehmen, dann den Zug nach Sydney. Ruth tastete ihre Umgebung mit den Händen ab, hielt sich an Gräsern fest; sie fühlte, wie sie in ihre Handflächen schnitten, kleine, schnelle Schnitte, als sie sich in eine halb sitzende Position zog. Die Katze neben ihr sprang beleidigt beiseite. Aber Ruths Hüften waren schadhafte Scharniere, und sie fiel wieder in den Sand zurück.

Ihr Rücken protestierte gegen das alles. Sie stellte sich ihren Rücken oft als ein Instrument vor; auf diese Weise konnte sie entscheiden, ob der Schmerz in den höheren oder tieferen Registern spielte. Manchmal war er nur ein einziger langer, tiefer Ton, manchmal durchdringend und schrill. Hier im Sand war er beides, ein ganzes Blechbläserensemble. Sie schrie auf, aber es war niemand da, der sie hören konnte. Die Rettungsschwimmer saßen unten am Surfclub in ihren beflaggten Türmchen und beobachteten die Sonne und das Meer und würden bald ihre Sachen zusammenpacken und Feierabend machen. Sie wussten nicht, dass sie am Ertrinken war. Der Wind war ein bisschen kühl. Wenn sie ganz still lag, würde er vielleicht eine Decke aus Sand über sie breiten.

Die Katzen beobachteten sie aus den Gräsern heraus. Sie schienen ihr mit ihren fassungslosen Augen Mut zuzusprechen. Das hast du jetzt davon, dachte sie, dass du an einem Strand und nicht an einer Straße lebst; und das war Harrys Schuld, weil er diese Einsamkeit unbedingt gewollt und sie dann beide damit umgebracht hatte. Denn sie fühlte jetzt, dass sie in Gefahr war, hier draußen auf der Düne zu sterben, und dass Frida die ganze Zeit über versucht hatte, sie an diesen Punkt zu bringen – einen Tiger geschickt und Fallen gebaut hatte und nun versuchte, sie umzubringen. Sie war sich auch sicher, dass Harry, wäre er in Sydney geblieben und jeden Tag am Hafen spazieren gegangen so wie früher, noch am Leben wäre. Er wäre in Sekundenschnelle in ein Hightech-Krankenhaus gebracht worden, wo es zum Alltagsgeschäft gehörte, dummen alten Männern das Leben zu retten. Nicht etwa, dass sie dem Mädchen, das ihn aus der Gosse aufgelesen hatte, einen Vorwurf machen würde. Wie hatte sie gleich noch mal geheißen? Ellen Sowieso. Jeffrey hatte ihr erzählt, diese Ellen Sowieso hätte Harrys Kopf gehalten, als er starb. Diesen dummen, isolierten alten Kopf. Und jetzt lag Ruth sterbend in einer Tigerfalle, und niemand war da – nicht einmal Frida –, um irgendeinen Teil von ihr zu halten.

Vielleicht hätte sie in diesem Augenblick geweint, aber eine der Katzen war auf ihre Brust geklettert und krallte sich liebevoll in sie. Sie spürte, wie ihre Haut aufriss. Als sie sich bewegte, um die Katze von sich abzuschütteln, schaffte sie es irgendwie, sich auf die Ellbogen aufzurichten. Das eröffnete ihr neue Möglichkeiten. Sie sah jetzt ihre Füße, und jene dünne Sichel dort war der Saum des Meeres. Wenn sie sich mit den Füßen in Richtung Wasser abstemmte und die Ellbogen unter sich aufgestützt ließ, schaffte sie es vielleicht, sich langsam rückwärts die Düne hinaufzuschieben. Sie rutschte probeweise zwei Zentimeter, und ihr Rücken erhob keine besonderen Einwände. Im ersten Augenblick erfüllte sie das mit unbändiger Energie. Sie dachte an die ingrimmige Freude von Bergsteigern, die in Gletschern eingeklemmt sind und erkennen, dass sie ihre eigenen zerschmetterten Arme abschneiden können. Zwei Zentimeter weiter ließ sie sich erschöpft in den Sand zurücksinken und rutschte prompt ein Stück nach unten in Richtung Strand, was sie aber nicht sonderlich entmutigte, weil sie akzeptiert hatte, dass dieses Unterfangen Stunden in Anspruch nehmen würde. Ein Teil von ihr begrüßte die damit verbundene Anstrengung; sie war so allegorisch. Der Kampf ums Überleben! Ruth war immer schnell dabei, sich selbst leidzutun, aber auch, sich zu beglückwünschen. Das war ein bewusster Vorgang: ein lebenslanger Mechanismus, der ihr, ihrer Meinung nach, gute Dienste geleistet hatte. Sie hob sich auf die Ellbogen und setzte ihren rückwärtskriechenden Weg fort.

Alles war nur Millimeter entfernt, insbesondere das Meer und die untergehende Sonne, aber das Haus war unmöglich weit weg. Sobald sie eine Pause einlegte, rutschte sie die Düne wieder hinunter und verlor jedes Mal kostbare Millimeter, aber wenn sie sich nicht ausruhte, trieben die Rückenschmerzen ihr die Tränen in die Augen, und ihre Arme schienen unter ihr zu schmelzen. Dann musste sie sich einfach in den Sand zurücklegen und die Arme rechts und links neben sich ausbreiten wie Flügel oder sie lang an ihrem Körper ausstrecken und ihre Oberschenkel berühren. Sie fühlte etwas Klumpiges in ihrer Rocktasche, fischte darin herum und fand Pillen. Noch eine kann nichts schaden, dachte sie und schluckte sie trocken, würgte an ihrer eigenen sandigen Spucke. Dann stemmte sie sich wieder hoch und machte weiter. Gut möglich, dass das mehr als einmal passierte. Sie lernte, ihre Füße nach außen zu drehen und in den Sand zu stemmen und sich an den Wurzeln der Gräser festzuhalten, was dazu beitrug, ihr Abrutschen zu verlangsamen. Ihre Ruhepausen wurden länger, und die Katzen verloren das Interesse. Ruth fühlte sich so, wie es ihr immer in Flugzeugen erging: leer, in der Schwebe, gequält von der Unannehmlichkeit, urinieren zu müssen. Sie wusste, dass sie sich aus der Tigerfalle herausgearbeitet hatte, als keine Lilien mehr zu ihren Füßen lagen.

Die Sonne kippte unter den Horizont, bevor Ruth den Rand des Gartens erreichte. Sie kam jetzt schneller voran, das Gras war dichter, und sie rutschte nur noch selten zurück. Halb noch auf der Düne, halb schon auf dem Rasen, ruhte sie sich erneut aus und fragte sich, ob sie, wenn sie ihre ganze Kraft aufbot, einen großartigen Endspurt zum Haus hinbekäme. Dieses Aufbieten all ihrer Kräfte brauchte Zeit. Ein heller Stern erschien am Himmel – oder war es die Venus? Harry kannte die Sternbilder. Er hatte ihr beigebracht, die Venus auf eine bestimmte Weise anzusehen und dadurch den Pol zu bestimmen. Oder war das auf der Nordhalbkugel gewesen? Der Himmel war immer noch blauer als das Meer, aber in den Städten jenseits des Wassers gingen Lichter an, und die Milchstraße hing verstreut über ihr, und vielleicht würde Fridas Tiger unter den Sternen jener Galaxie schon bald über den Strand gelaufen kommen.

Im Haus war kein Lebenszeichen zu bemerken, bis der Himmel dunkler wurde. Da leuchtete erst ein Fenster auf, dann noch eins, sodass Ruths Körper halb im Schatten und halb in einem gelben Lichtviereck lag. Wessen Hand hatte das Licht angemacht? Ruth war sich nicht sicher. Fridas natürlich; aber es konnte auch Harrys gewesen sein, oder vielleicht sogar ihre eigene? Bis jetzt war ihr im Liegen noch nie schwindlig gewesen. Sie glaubte, im Inneren des Hauses eine männliche Stimme zu hören, aber das konnte der Fernseher sein. Die Katzen waren irgendwo in der Nähe und bettelten um ihr Abendessen, aber Ruth weigerte sich, in ihren Chor einzustimmen. Sie würde auf keinen Fall rufen. Sie hievte sich wieder hoch und *ging* nun fast auf ihren Ellbogen, die Füße hinter sich herziehend; auf diese Weise erreichte sie das Haus. Mithilfe der Mauer richtete sie sich in eine sitzende Position auf und ruhte sich, den Kopf dagegengelehnt, in der Nähe der Hintertür aus.

Es war friedlich im Garten. Er war so besonders. Der Abend schien zum Stillstand gekommen zu sein, schien nur widerstrebend dunkler werden zu wollen. Ruth lehnte an der Wand und dachte an Frida, die im Inneren ihres Hauses auf ihre Ankunft wartete, gleichzeitig aber war sie mit Frida drinnen, saß in ihrem Sessel und wurde umsorgt. Sie war sowohl im Haus als auch draußen; sie war weg von Frida, aber an sie gebunden; sie war hungrig. Die Katzen schrien wieder – was für einen Lärm sie machen konnten, diese winzigen Wesen –, und schließlich öffnete jemand die Tür und stand ohne etwas zu sagen über Ruth; alles, was sie sehen konnte, war das Licht. Arme versuchten, sie hochzuziehen, aber sie wehrte sich dagegen. Sie machte ihren Körper schlaff und schwer, und schließlich gaben die Arme auf. Die Tür wurde wieder geschlossen. Jemand bewegte sich in der Küche, fütterte die Katzen, sang, briet Würstchen. Der satte Duft der Würstchen machte Ruths Kopf wieder klar. Ihr ging auf, dass die Schachtel gar nicht ihrem Vater gehört hatte, sondern Harry – sie stammte aus seiner Familie, von den Salomonen, und hatte überhaupt nichts mit ihr zu tun. Wie war es möglich, so etwas zu vergessen?

Wenn die Schachtel nicht ihrem Vater gehört hatte und die Türen nicht verschlossen gewesen waren, war Suva vielleicht auch nicht die Hauptstadt von Fidschi. Und was für eine Rolle spielte das schon? Es war so wenig von Fidschi übrig, an das sie sich erinnern konnte. Da war nur dieses Gefühl, das sicher jeder in Bezug auf seine Kindheit hatte, dass sie auf irgendeine Weise außergewöhnlich gewesen war. Aber sie war definitiv auf einem königlichen Ball gewesen. Ruth sah die kleine Gestalt der Queen auf dem Ball. Es war komisch, eine Königin beim Altwerden zu beobachten, es gab Ruth das Gefühl, sich überhaupt nicht weiterentwickelt zu haben. Aber natürlich hatten sie das beide. Sie waren, wie es sein musste, in ihre Verantwortungen hineingewachsen. Sie fragte sich, ob das der Sinn einer Königin war, wenn man schon eine haben musste: dass sie einem half, das Vergehen der Zeit zu registrieren, weil man jedes Jahr sah, wie ihr Profil auf den Rückseiten der Münzen mit dem Alter weicher wurde, aber gleichzeitig hinderte sie einen auch daran, die Zeit zu bemerken, weil sie auf ihrem fernen Thron so fixiert und unbeweglich schien. Wie unwahrscheinlich sie von hier aus wirkte, vom Boden aus, in der Nacht, auf der anderen Seite der Welt. Aber es hatte auch etwas Besonderes, zu wissen, dass sie beide an einem ganz bestimmten Tag im Jahr 1953 zur selben Zeit am selben Ort gewesen waren. Deshalb hatte Ruth immer beschützerisch reagiert, wenn Phillip davon redete, wie überflüssig die Queen sei, wie anachronistisch, und wenn sie protestierte und von der Würde und vom Leid der Queen sprach, machte Jeffrey immer eine Art Rückzieher und sagte: »Wir haben ja nichts gegen sie *persönlich,* Ma.«

Und Phillip fügte hinzu: »Genau, Ma. Ich bin sicher, sie ist das Salz der Erde.«

Aber war es nicht so, dass Salz verhinderte, dass die Erde Pflanzen hervorbringen konnte? War es nicht so, dass Felder, die mit Salz in Berührung gekommen waren, nie wieder eine Ernte hervorbrachten? Wer wollte denn dann das Salz der Erde sein? Und Salz kam doch schließlich aus dem Meer. Dann musste das Salz der Erde der Sand sein. Und Frida hasste Sand. Ruth dachte, eines Morgens würde sie aufwachen und feststellen, dass Frida allen Sand ins Meer gefegt hatte. Sie sah sie mit einem riesigen Besen, wie sie sich auf das Meer zufegte, und die zuvorkommenden Wellen schluckten alles, was sie ihnen zuwarf. Der Strand würde leer und offen daliegen: Felsen und Fossilien, die entblößten Knochen von Dinosauriern, große, versteinerte Seeungeheuer, die aschigen Überreste uralter Feuer. Nach Frida würde alles sauber, weiß und abgestorben sein. Sie würde alles mit Eukalyptus einseifen, und erst dann wäre sie glücklich. Ruth konnte nicht sagen, ob sie wollte, dass Frida glücklich war. Allerdings schien sie einst – vielleicht noch vor Kurzem – eine Meinung dazu gehabt zu haben. Frida, Frida, Königin von Saba. Und Richard hatte Ruth in Anwesenheit der Königin geküsst – die ganze Zeit aber eine andere geliebt. Daran zu denken – dass Richard eine andere geliebt hatte, oder sie, oder vielleicht sie beide, oder vielleicht war es dasselbe –, war nun anstrengender, als die Düne hinaufzukriechen. Er wurde zu Wacholderbüschen und Enkelinnen, die Piraten waren, und Beerdigungen, während sie, Ruth, nicht einmal sicher war, ob sie je wieder aufstehen würde.

Hinter ihr war ein Geräusch zu hören, ein Quietschen, dann hoben Arme sie aus dem Garten. Sie war zu müde, um sich gegen sie zu wehren. Niemand sagte ein Wort, aber Türen öffneten und schlossen sich, und dann lag sie auf ihrem Bett. Sie trank Wasser und schluckte ein paar Pillen; danach machte niemand irgendein Getue um sie. Sie lag und lag und wurde hungrig und unruhig, aber weil niemand kam, schlief sie ein. Am Morgen hatte sie keine Rückenschmerzen, und die Sonne auf dem Gras sah einladend aus. Ruth hatte das Gefühl, die Einzige im Haus zu sein, die wach war: keine Ehemänner, keine Jungs, niemand sonst, der sich regte. Sie rollte sich hoch und aus dem Bett und fand ihre Handtasche mit ihrer Geldbörse in Harrys Arbeitszimmer. Ohne genau zu verstehen, wieso, wusste sie, dass sie schnell handeln musste und kein Geräusch machen durfte. Die Haustür quietschte leise, als sie sie hinter sich zuzog.

Das Gras auf der schattigen Auffahrt war so hoch! Es würde eine gute Ernte abgeben. Diesen Weg ging Harry jeden Morgen, die Auffahrt hinunter und dann auf die Straße, also ging Ruth zur Straße und blickte den Hügel hinunter. Sie war überrascht, Menschen an der Bushaltestelle zu sehen. Sie drängten sich darum herum, als sei etwas Dramatisches im Gange. Vorsichtig ging sie den Hügel hinunter. Wie das Meer sich vor ihr ausbreitete, irgendwie schöner, mit der daran entlang verlaufenden Straße. Eine besondere Glasigkeit seiner Oberfläche bedeutete, dass es keine Farbe hatte, sondern ein einziges Leuchten war; aber zum Ufer hin färbte es sich grün. Ruth erinnerte sich, ihren Kindern erklärt zu haben, das Glitzern auf dem Wasser sei die Widerspiegelung Tausender Sonnen, zurückgeworfen von jedem neuen Winkel, den die Wellen bildeten; jeder einzelne Lichtpunkt war die Sonne, immer wieder wiederholt. Sie musste wirklich öfter hierherkommen.

Wie es schien, hatten sich die Leute an der Bushaltestelle nicht wegen eines Unglücks versammelt, sondern warteten auf den Bus. Sie waren sandig vom Strand – der Himmel in dieser Richtung sah nach Regen aus. Der Gedanke an Regen beunruhigte Ruth, aber sie fühlte sich seltsam gelassen, weit weg von den besonderen Umständen ihres Lebens und gleichzeitig eins mit den erfreulicheren Schicksalen der Menschen um sie herum, als warteten sie alle gemeinsam an den Pforten des Himmels. Der Bus kam. Sie kramte in ihren Münzen herum und musste sich helfen lassen; der Fahrer suchte die korrekte Summe aus ihrer Handfläche zusammen, ein Vogel, der nach Würmern pickt. Ein höflicher Junge machte seinen Platz für sie frei. Sie setzte sich, voller sentimentaler Gefühle für sich selbst, fühlte sich geliebt und unterstützt, und beobachtete, wie der von seinem Platz vertriebene Junge ein Stück den Bus entlangschwankte. Vom Heckfenster eingerahmt wie ein Gemälde, kam eine kräftig gebaute Frau den Hügel herabgelaufen. Graue Wolken stürzten ins Meer. Die Fenster bewegten sich von der Frau fort. Oh, sie würde zurückgelassen werden. Ruth schrie leise auf, obwohl sie gar keine Sorge empfand. Der Mann auf der anderen Seite des Gangs warf ihr einen skeptischen Blick zu, und Ruth lächelte. Gemeinsam verschwanden sie alle über die Kuppe des nächsten Hügels, als Frida die Bushaltestelle erreichte.

13

Der Bus setzte Ruth in einer abschüssigen Straße ab, in der sie Geschäfte und den Bahnhof erwartet hatte, aber nur Wohnhäuser vorfand. Ihre Ziegeldächer waren dunkelorange; sie hoben sich grell vor der Farbe des Meeres ab, wie eine Warnung vor einer Gezeitenwelle oder einer Flut. Der Horizont fühlte sich höher an, als er sein sollte, sodass das Meer sich geradezu schwindelerregend über die Häuser zu neigen schien und Ruth sich beim Gehen an den niedrigen Umfassungsmäuerchen aus Backstein festhalten musste. Dann erinnerte sie sich, dass sie diese Straße doch kannte: Einmal, als Jeffrey noch ein kleiner Junge war, war sie mit ihm hier entlanggegangen. Er hatte eine Münze fallen lassen, die unter ein parkendes Auto gerollt war, und Ruth hatte sich fast den Rücken ausgerenkt, um sie für ihn zurückzuholen. Jeffrey hatte nicht geweint, sondern nur mit geballten Fäusten dagestanden, einen Ausdruck unerträglicher Spannung auf dem Gesicht. Als sie ihm die Münze zurückgab, bedankte er sich so förmlich, mit so feierlicher Anmut, dass er ihr vorkam wie ein Kind in einem fremden Land, das die milde Gabe eines Touristen entgegennimmt. Nur Minuten später gab er das Geld für ein Rosinenbrötchen aus und war wieder sein klebriges, glückliches Selbst.

Ein großer rotbrauner Hund kam mitten auf der Straße angeschlendert. Er bewegte den Kopf wachsam von Seite zu Seite, als sei er auf der Jagd. Ruth drückte sich an die Mäuerchen. Sie bewunderte die Häuser, die ordentlich und unaufdringlich waren, mit ihren weiß gerahmten Fenstern unter Markisen und ihren Backsteinmäuerchen vom selben Rot wie der Hund. Eins dieser Häuser gehörte vielleicht Fridas Mutter. Ruths Schultern hatten angefangen zu schmerzen, als hätte sie die ganze Nacht lang schwere Lasten gehoben.

Sie bog um eine Ecke und befand sich in der Hauptstraße. Geschäfte schmiegten sich in ordentlichen Reihen aneinander; alles fühlte sich weihnachtlich an, weil Lichterketten quer über die Straße gespannt waren. Vielleicht gab es heutzutage ständig Lichter, um das Einkaufen festlicher zu gestalten. Sie erinnerte sich an die Jovialität des Metzgers, der alljährlich Schilder aufhängte, die ihn zum Würstchenkönig der Südküste erklärten. Es handelte sich um einen offiziellen Titel, den er offensichtlich Jahr für Jahr gewann und eifersüchtig hütete. Ein Taxi kam die Straße entlang, und Ruth versteckte sich im schattigen Eingang der Metzgerei. Das bedeutete, dass sie die Tür blockierte, die gerade geöffnet wurde, und sie und die Frau dahinter waren gezwungen, einen lebhaften kleinen Tanz aufzuführen, und wie sich herausstellte, kannte die Frau sie.

»Mrs Field! Ruth!«, rief sie. Sie war so klein – »petite« hätte Ruths Mutter dazu gesagt –, dass sie Ruth wie eines dieser winzigen Spielzeuge vorkam, die man hinter den Türchen teurer Adventskalender fand. Ruth versuchte, einen Ausdruck des Wiedererkennens auf ihr Gesicht zu zaubern, was ihr aber anscheinend nicht gelang, denn die Frau sagte mit einem hoffnungsvollen Lächeln: »Ich bin's, Ellen?«

»Oh, Ellen!« Als Ruth den Namen laut aussprach, erkannte sie in der Frau Ellen Gibson. »Was für ein Zufall! Wohnen Sie auch hier?«

»Ja, ja, natürlich«, nickte Ellen. »Ich wollte Sie schon längst einmal angerufen haben. Wie nett, Sie wiederzusehen.«

Ruth strahlte. Ja, es war *nett* – was für ein wahrhaftiges Wort, so schön und unterbewertet. Es bedeutete mehr als Freundlichkeit; es bedeutete das bewusste Bemühen, rücksichtsvoll und gut zu sein. Wenn man in dieser Welt nett war, dachte Ruth, galt man als – was? Weichlich und schwächlich. Fragil. Aber sie selbst hielt viel von Nettigkeit, und Ellen Gibson ebenso. Das war es, was sie beide gemeinsam hatten; deshalb hatte Ellen ihr Auto angehalten, um sich zu erkundigen, ob mit dem distinguierten älteren Herrn, der am Straßenrand so eigenartig atmete, alles in Ordnung war.

»Wie geht es Ihnen?«, erkundigte sich Ellen.

»Mir geht es sehr gut, meine Liebe. Und natürlich habe ich Frida, die mir hilft.« In diesem Augenblick erkannte Ruth in Frida eine Art Schild, sie schien sie schützend vor sich zu halten. »Frida kocht für mich und putzt. Sie ist meine rechte Hand.«

»Das freut mich«, sagte Ellen. »Und was führt Sie heute Morgen in die Stadt? Einkäufe?«

In diesem Augenblick war Ruth sich nicht sicher, was sie in die Stadt geführt hatte. Aber sie hatte die vage Vorstellung, dass ihr Anliegen sie irgendwann in Richtung Bahnhof führen würde.

»Kann ich Sie irgendwohin fahren?«, fragte Ellen nun. »Oder soll ich Sie vielleicht nach Hause bringen? Ich liebe den Weg zu Ihnen raus.«

Ruth hätte das Angebot gern angenommen, weil es Ellen so gefreut hätte. War es nicht wundervoll, Leuten eine Freude machen zu können? Aber es war unmöglich. »Ich möchte nicht nach Hause«, sagte sie.

»Gut«, sagte Ellen. Sie hatte eine Sonnenbrille in ihre Haare geschoben; deshalb blitzte Licht auf ihrem Kopf auf. »Soll ich Sie dann vielleicht woanders hinfahren?«

»Ich muss Einkäufe erledigen.« Ruth suchte in ihrem Geldbeutel nach dem Einkaufszettel. Sie hatte immer einen Einkaufszettel dabei, wenn sie in die Stadt fuhr, doch heute fehlte er – war das nicht wieder typisch? Aber sie stand genau vor der Metzgerei. »Würstchen«, sagte sie, und die Tür zur Metzgerei sang, als sie sie öffnete. Drinnen hing ein kalter, blutiger Geruch. Ellen blieb einen Moment mit einem überraschten Ausdruck auf dem Gesicht auf der Straße stehen, aber Ruth weigerte sich, sich davon beunruhigen zu lassen. Der Würstchenkönig der Südküste stand plaudernd und breit lächelnd hinter der Theke, während seine Höflinge Lammkoteletts und Steaks orderten. Auch er kannte Ruths Namen; kannte ihn denn jeder?

»Mrs Field!«, rief er.

Sie kam sich richtiggehend berühmt vor. Vielleicht gewann der Mann aus diesem Grund Jahr für Jahr diesen Preis; nicht wegen seiner Würstchen, sondern weil er ein so ausgezeichnetes Gedächtnis hatte. Früher hatte Ruth den Namen des Würstchenkönigs ebenfalls gekannt. Er hatte immer ein Grillfest für seine »Lieblingskunden« veranstaltet, am Neujahrstag, an dem Ruth und ihre Familie immer bereits für den Sommer hier waren; sie war in seinem Haus gewesen. Er grillte mit unbändigem Stolz und forderte die Leute ständig auf, dies und das zu probieren. Jetzt zwinkerte er ihr zu. Das war seine Art zu sagen: »Ich möchte die Frau hier gar nicht bedienen, ich möchte *Sie* bedienen, ich kann es kaum erwarten, Sie endlich bedienen zu dürfen«, und Ruth wartete geschmeichelt, bis sie an der Reihe war. Sie und Harry hatten immer über das Geschäker des Würstchenkönigs gelacht, das keinen der Ehemänner je störte. Sie kannte diesen Mann seit fast vierzig Jahren.

»Mrs Field«, sagte er noch einmal, als er sich ihr zuwandte. Er war groß und vergnügt und schmuck. Sie erinnerte sich, dass es irgendeinen großen Kummer gegeben hatte, weil ein Sohn kein Metzger werden wollte – oder vielleicht war das Problem, dass er einer werden wollte? Der Würstchenkönig trug eine gestreifte Schürze und schien absolut keine Haare an den Armen zu haben. Seine Hände waren groß und rosig und jugendlich vom Umgang mit all dem vielen Fleisch.

»Wir haben Sie ja schon seit Monaten nicht mehr gesehen«, strahlte er sie an. »Erzählen Sie uns: Wo haben Sie bloß die ganze Zeit gesteckt?«

Auch daran erinnerte sie sich: Er benutzte immer den Pluralis Majestatis, als spreche er nicht nur für sich, sondern auch für seine Würstchen. Aber wie hieß er noch einmal?

»Nirgends, nirgends«, antwortete sie verschämt. Er brachte sie immer zum Erröten, und sie vermutete, dass sie aus diesem Grund wusste, dass seine Aufmerksamkeiten harmlos waren. »Ich habe jetzt jemanden, der für mich einkauft.«

Frida kaufte alles Fleisch, das sie brauchten, in Styropor und Plastik verpackt im Supermarkt, aber das wusste der Würstchenkönig nicht. Trotzdem trieb das schlechte Gewissen Ruth eine neue Röte ins Gesicht.

»Es ist so eine Freude, Sie zu sehen«, sagte er und wandte sich an die anderen Kunden im Laden – alle jünger als Ruth und der Würstchenkönig. »Mrs Field ist eine meiner ältesten und treuesten Kundinnen. Wir haben uns schon gekannt, da waren Sie alle noch nicht einmal auf der Welt.«

Ruth errötete noch tiefer. Niemand im Laden war derart jung, aber vielleicht war sie derart alt.

»Und was kann ich heute für Sie tun?«, fragte er. »Das Lamm, das Frühlingslamm, ist ein wahres Wunder.«

»Ach ja, Lamm. Aus Neuseeland.«

»Australisches Lamm, Mrs Field! Immer! Und was soll es sein? Ein Braten? Koteletts?«

»Ach du je«, seufzte Ruth. Die anderen Kunden wurden allmählich unruhig. Viele von ihnen waren schon vor der Ankunft der getreuen Mrs Field im Laden gewesen. »Koteletts«, sagte sie dann, weil Frida über einen teuren Braten schimpfen würde. Wenn Frida vom Supermarkt zurückkam, regte sie sich immer über die horrenden Lebensmittelpreise auf.

»Also Koteletts. Wie viele? Wie viele?«, singsangte der Würstchenkönig. Seine geschäftigen rosigen Hände bewegten sich über die Koteletts, suchten besonders schöne heraus, schoben die Petersilie aus Plastik beiseite. »Fünf neunundneunzig das Kilo, fünf fünfzig für Sie.« Die Kunden schüttelten die Köpfe über die ach so liebenswerten Vergünstigungen des Würstchenkönigs.

»Fünf fünfzig«, wiederholte Ruth.

»Dann also ein Kilo. Sonst noch etwas, was ich für Sie tun kann?« Er schlug das Lamm in weißes Wachspapier ein. Ruth liebte die kühle Schwere der Fleischpäckchen des Metzgers; sie erinnerten sie an Babys.

»Nein, danke, das wäre alles.« Wenn sie nur sicher sein könnte, dass es wirklich alles war.

»Keine Würstchen? Wissen Sie was, ich lege Ihnen einfach zwei dazu, kleine Aufmerksamkeit des Hauses.« Jetzt drohte der Laden mit Meuterei. Die Tür wurde geöffnet, die Glocke schlug an, jemand verließ den Laden. Der Würstchenkönig packte auch die Würstchen in weißes Papier. Ruth sah ihn einer anderen Frau zuzwinkern; sie würde er als Nächste bedienen. »Das wären dann also fünf fünfzig für Mrs Field.«

Ruth nickte und öffnete ihre Börse, aber es war kein Geld drin, bis auf ein paar Münzen, die sie nach der Bezahlung der Busfahrkarte übrig hatte. Abgesehen davon enthielt die Börse nur ihren Bibliotheksausweis. »Ach du liebes bisschen«, jammerte sie. »Ich habe meine Geldbörse vergessen.«

Der Würstchenkönig blickte auf die Börse in ihrer Hand.

»Ich meine, sie ist leer. Wie kann man nur so dumm sein!«

Die glatten weißen Päckchen in der Hand, stand der Metzger da. »Kein Problem, kein Problem«, versicherte er ihr, grinste dabei aber die anderen Kunden an. Sein Grinsen sagte: »Vertrottelte alte Schachtel.« Es sagte: »Doof, doof, und alt, alt, alt.« Als er noch jung war, hatte er einmal Hüte aus Metzgerpapier für Ruths Söhne gefaltet; sie hatten sie einen ganzen Nachmittag lang geliebt.

»Ich weiß wirklich nicht –«, fing Ruth an, aber die Frau, die angezwinkert worden war, trat sachlich, gleichzeitig aber auch entschlossen freundlich vor und reichte dem Würstchenkönig sechs Dollar.

»Sehen Sie!«, rief er, als sei das Frühlingslamm-Wunder tatsächlich eingetreten. Wie er der Welt vertraute, wie er die Welt liebte! Das stand auf seinem ganzen Gesicht geschrieben. Er tätschelte die Hand der Frau. Sie würde auf jeden Fall zum Neujahrsgrillen eingeladen werden.

»Danke, danke, vielen, vielen Dank«, rief Ruth und ergriff Besitz von ihren Päckchen mit ihrem glatten Babygewicht. Sie hatte die vage Vorstellung, dass sie Frida mit den sechs Dollar zum Haus ihrer Retterin schicken würde, aber die gab bereits ihre Bestellung auf – eine komplizierte Bestellung, für eine ganze Familie, die die ganze Aufmerksamkeit des entzückten Metzgers verlangte –, und ihr resoluter Gesichtsausdruck machte deutlich, dass sie keine weitere Unterbrechung und keine weiteren Dankesbezeigungen dulden würde.

»Auf Wiedersehen, Mrs Field!«, rief der Würstchenkönig, und Ruth winkte ihm, behindert durch ihre Päckchen und ihre leere Börse, zu, und eine Frau hielt ihr die Tür auf. Die Glocke schlug an. Als sie auf die Straße hinaustrat, lachten die Kunden im Laden über einen Witz, den der Metzger gemacht hatte. Ruth hasste ihn und seine grobschlächtigen Höflichkeiten. Harry, der war wirklich gütig, wirklich ritterlich. Nichts davon war bei ihm nur Show. Das würde sie ihm sagen, wenn sie nach Hause kam, und sie würde das peinliche Fleisch, das sie umsonst bekommen hatte, vor Frida verstecken, die häufig ihre Verachtung für Almosen, Schmarotzer und alle zum Ausdruck brachte, die für ihr Geld keine ehrliche, harte Arbeit leisteten. Frida würde nichts von der leeren Börse, der demütigend-hilfreichen Frau und der Verlockung des Lamms erfahren, und daher auch nicht ärgerlich sein. Der Glaube daran erfüllte Ruth mit geschäftiger Zielstrebigkeit. Wohin als Nächstes? Die Straße war gesäumt von allen möglichen Geschäften. Nebenan war die Drogerie, auf der anderen Seite die Bäckerei, ein Stück weiter die Bank.

Sie fragte sich, wieso sie nicht öfter in die Stadt kam. Wo hatte sie das Auto geparkt? Jedes Mal vergaß sie das. Nein, sie war mit dem Bus gekommen. Und am Ende der Straße war der Bahnhof, von dem alle drei Stunden ein Zug nach Sydney abfuhr. Wieso war das ein so tröstlicher Gedanke? Ihre Oberarme schmerzten immer noch.

Vor der Drogerie warteten zwei Jungen mit jener speziellen, wachsamen Langeweile von Kindern, denen man für ihre Geduld eine Belohnung versprochen hat. Interessiert musterten sie jedes vorbeifahrende Auto; wenn die Straße leer war, ließen sie die Schultern hängen, stellten die Füße über Kreuz, verlagerten ihr Bantamgewicht wie neugeborene Giraffen. Sie hatten jungenhafte Gesichter, Kinderchorgesichter, tugendhaft, als spielten sie in einer Weihnachtsaufführung mit, und lange, helle Haare, die sie mit wunderschönen Kopfbewegungen nach hinten warfen. Sie waren vielleicht neun und elf. Der ältere Junge war sich seiner Gesten sicher, beherrschte das Zurückwerfen des Kopfes, das Überkreuzen der Füße. Der jüngere machte es ihm nach, sodass ihre Ähnlichkeit weniger genetisch schien als vielmehr ein Ergebnis angestrengten Lernens. Ruths Herz quoll über vor Liebe zu diesen Jungen, die vor der Drogerie warteten und den Würstchenkönig auslöschten. Sie trugen grau-blaue Schuluniformen. Im Schatten der gestreiften Markise warteten sie in lässiger Haltung, und weil sie so geduldig gewesen waren, würde sie ihnen einen Milchshake kaufen, oder ein Eis, wenn ihnen das lieber war. Dafür würden ihre Münzen doch sicher reichen.

Mit ausgestreckten Händen lief sie auf die Jungen zu. Ihre Börse entglitt ihr und fiel ihnen genau vor die Füße, und der ältere Junge hob sie für sie auf. Er war fast so groß wie sie und überreichte ihr die Börse mit einer schüchternen, fast fraulichen Eleganz, die seine Züge in eine höfische Maske verwandelte.

»Danke, mein Schatz«, rief Ruth und umarmte ihn.

»Schon gut«, wehrte er mit dem gepressten Knurren eines Jungen kurz vor dem Stimmbruch ab, und sie ließ seine krampfhaft starren Schultern los.

»Es ist so brav von euch, so geduldig zu warten. Wie wäre es mit einem Milchshake?« Ruth hielt dem jüngeren der beiden die Hand hin, doch der versteckte sich hinter seinem Bruder und sah sie an, als habe sie hier, mitten auf der Straße, irgendeinen faszinierenden Fauxpas begangen. Aber Ruth wusste, wie Jungen sich aufführen konnten, wenn sie ein bestimmtes Alter erreichten. Sie wusste, dass sie das enttäuschte Zwicken, das es in ihrem Hals hervorrief, einfach ignorieren musste. Sie wedelte aufmunternd mit der Hand vor dem kleineren Jungen hin und her. »Na, was sagt ihr? Ein Milchshake oder lieber ein Eis? Ihr habt es euch redlich verdient.«

»Mum?«, rief er verunsichert und vielleicht sogar ein bisschen verängstigt, und sah an ihr vorbei auf eine Frau, die gerade aus der Drogerie kam.

»Noch einmal Hallo!«, sagte die Frau, bei der es sich um Ellen Gibson handelte. »Wie ich sehe, haben Sie meine Jungs bereits kennengelernt. Das hier ist Brett, und das Jamie. Jungs, das ist Mrs Field.«

Die Jungen nickten mit den blonden Köpfen, und ihre Körper schienen in eine kleine Verbeugung einzuknicken. Sie hatten dasselbe schüchterne Lächeln, hießen Brett und

Jamie und schienen sich darauf geeinigt zu haben, ihrer Mutter irgendeinen Rest von Unbehagen zu verheimlichen.

»Haben Sie Ihr Fleisch bekommen, Ruth? Kann ich Sie jetzt nach Hause bringen?«

Ruth sah in Richtung Bahnhof. Wie sollte sie eine Fahrkarte bezahlen, wenn sie nur ihren Bibliotheksausweis bei sich hatte? Und außerdem würde das Fleisch schlecht werden.

Die Jungen hatten sich bereits in Bewegung gesetzt. Ebenso Ellen. Und Ruth. Sie wurde geführt. Das Meer zog sich zurück, als sei es auf seine richtige Ebene heruntergekurbelt worden, und das war eine Art Kapitulation.

»Hier entlang. Das rote Auto da ist meins.« Ellen lächelte und nickte. Es war dasselbe kleine Neigen des Kopfes wie bei ihren Söhnen. »Wenn es Ihnen recht ist, setze ich die Jungs erst an der Schule ab. Sie sind heute spät dran, weil sie beim Zahnarzt waren.«

Die Jungen, die bereits auf dem Rücksitz angeschnallt waren, stöhnten wie aufs Stichwort, als sei es ihnen unendlich peinlich, dass der Zustand ihrer Zähne öffentlich gemacht wurde. Ruth spürte auch eine Ungerechtigkeit; sie vermutete, dass der Beifahrersitz einem von ihnen für die Fahrt versprochen worden war, und jetzt hatte sie ihn okkupiert.

»Ach du je«, murmelte sie, weil sie mit ihrem Sicherheitsgurt nicht zurechtkam. Ellen ließ ihn einschnappen, während Ruth die Arme rechts und links ihres gesenkten Gesichts in die Höhe hielt, als halte ihr jemand eine Pistole unter die Nase.

Die Schule war nicht weit entfernt. Die Jungen liefen zum Eingang und schienen geradezu in das Gebäude hineinzufallen. Ruth staunte, dass sie auf diesen langen Füßen überhaupt irgendetwas tun konnten. »Sie werden mal sehr groß werden, nicht wahr?«, sagte sie.

Ellen lächelte und nickte. »Genau wie ihr Vater.« Sie war stolz auf sie. Sie beobachtete sie, bis sie nicht mehr zu sehen waren.

»Ist es nicht seltsam, zuzusehen, wie die Kinder groß werden?«

»Es ist ein Privileg.«

Ruth ließ sich diese Möglichkeit durch den Kopf gehen. Nein, dachte sie, es ist traurig und seltsam. Kinder sind so temporär. Als Jeffrey geboren wurde, hatte Harry die Nase seines kleinen Sohns gestreichelt und gesagt: »Ist es nicht erstaunlich, dass das hier *für immer* ist?« Aber es war nicht für immer. Es war nicht einmal für einen Monat. Ein paar Wochen später war Jeffrey ein völlig anderer; der blinde, zappelnde, wassergesättigte neugeborene Jeffrey war verschwunden, er war nun rosig und mollig und patschte ihr ins Gesicht, so wie die Katzen es taten. Und sie erkannte, dass sie ihre Kinder vermisste, nicht so, wie sie jetzt waren, mit eigenen Kindern, sondern als sie noch klein waren. Sie würde sie nie wiedersehen. Jeffrey am Strand, als das Haus noch ein reines Ferienhaus war. Phillips rasselnder Atem. Ihre kleinen Hände. Sie hätte gern – liebend gern – »Scheiße« gesagt.

»Und jetzt bringen wir Sie nach Hause«, sagte Ellen.

»Kennen Sie denn den Weg?«, fragte Ruth, weil sie selbst sich unsicher war.

»Schon, aber vielleicht müssen Sie mir sagen, wo ich abbiegen muss.«

Ruth versuchte sich vorzustellen, wo sie abbiegen mussten, und sah nur Gras – langes, helles Gras mit einem Tiger darin. Sie lächelte vage. Sie fühlte sich so wohl in diesem Auto, das Ellen so voller Selbstvertrauen steuerte. Die Stadt zog vorbei, und das Meer. Die Andeutung von Regen war verschwunden, und der blasse, wolkenlose Himmel wirkte fast weiß. Ellen wollte wissen, was Ruth so alles getrieben hatte, ob sie Besuch gehabt hatte, ob sie viel draußen gewesen war und das schöne Wetter genossen hatte. »Und wie geht es Ihren Söhnen?«, fragte sie, und Ruth antwortete: »Sie werden mal sehr groß werden.«

»Kommen Sie oft in die Stadt?«

»Nicht annähernd oft genug. Sie wissen ja, wie es ist. Immer hat man zu tun, zu tun, zu tun.«

»O ja.«

»Sie wissen, wie es ist. Sie sind eine Mutter.«

»Und Sie haben jetzt jemanden, der sich um Sie kümmert?«

»Ich werde sehr gut versorgt«, bestätigte Ruth. Das Auto fuhr so leicht dahin. »Aber nicht nur das, ich werde *verteidigt.*«

»Verteidigt? Wogegen?«

Ruth registrierte die Verwunderung in Ellens Stimme – diese kleinen Nuancen in den Reaktionen anderer waren für sie neuerdings sehr wichtig, waren Hinweisschilder für ihr Verhalten, machten sie darauf aufmerksam, dass sie ihre vorherige Bemerkung vielleicht noch einmal überdenken musste. Deshalb antwortete sie mit Shakespeare: »Gegen die Pfeil und Schleudern des Geschicks.«

»Des wütenden Geschicks«, lachte Ellen.

Und Ruth war ihr dankbar, sie war auch Frida dankbar, die sich mit dem ständigen Kümmern um Haus und Katzen und sie selbst aufrieb und den Tiger verjagt hatte. Aber sie war sich auch eines unguten Gefühls bewusst, als hätte sie etwas getan, was Frida verärgern würde; wieso hatte sie Angst vor Frida? Die Angst kam und ging. Vage erinnerte sie sich, dass sie gestern das Haus auf den Kopf gestellt hatte: Pillen auf den Boden und Blumen die Düne hinuntergeworfen hatte. Kein Wunder, dass Frida verärgert war.

Das Meer sah völlig anders aus, wenn man mit großer Geschwindigkeit daran vorbeifuhr. Die Sonne strahlte aus jedem Teil des Himmels und des Wassers: Helles Licht blitzte von überall her auf sie zu. Ruth schloss die Augen und sah kräftiges Rosa. Sie spürte, dass das Auto einen Hügel hinauffuhr, und sagte: »Es ist jetzt gleich rechts.« Dann machte sie die Augen wieder auf, und es war, als komme sie zum ersten Mal an ihrem Haus an. Sie sah das Gras und die ineinanderwuchernden Sträucher der Auffahrt, die zurückgeschnitten werden mussten, und den Wildwuchs des völlig vernachlässigten Gartens, und inmitten dieses ganzen Durcheinanders stand das ordentliche Haus mit seinen geputzten Fenstern. Es strahlte eine gepflegte Ruhe aus, aber irgendetwas daran war trotzdem ungewöhnlich; ein schwacher Nebel schien dahinter aufzusteigen, vage grau und fast unsichtbar vor dem Hintergrund des Wassers. Ellen brachte das Auto zum Stillstand.

Frida saß auf der niedrigen Stufe vor der Vordertür. Müde hob sie den Kopf und sah zum Auto hinüber, das Gesicht auf eine Katastrophe eingestellt, die Arme lose auf den Knien, sodass ihre Handgelenke nach außen zeigten, als rechne sie damit, Handschellen angelegt zu bekommen. Aber beim Anblick des unbekannten Autos stand sie mit langsamer

Konzentration, die an ihre mythische, fettere Vergangenheit erinnerte, von der Stufe auf. Ellen beugte sich über Ruth, um die Beifahrertür zu öffnen, und Ruth merkte, dass sie sie gern wieder zugezogen hätte, als Schutz gegen Frida. Aber es war zu spät. Ellen war schon ausgestiegen, und Frida hatte sich in Bewegung gesetzt. Ruth drehte sich auf dem Sitz zur Seite, um auszusteigen, und ihre Beine ragten in die Luft wie die eines kleinen Kindes. Das schien Frida noch mehr zu Schnelligkeit anzutreiben. Sie breitete die Arme aus, damit Ruth hineinlaufen konnte, und Ruth tat es; sie war Fridas Körper in diesem Augenblick näher als je zuvor. Eine aufgeregte Hitze ging von ihm aus. Ruth erkannte diese Umarmung; genau so hatte sie Jeffrey an dem Tag an sich gedrückt, als sie mit seinem kleinen Bruder aus dem Krankenhaus zurückkam. Vielleicht war Frida doch nicht wütend. Ellen hatte den Blick abgewandt und musterte das neblige Haus.

»Wo in aller Welt sind Sie bloß gewesen?«, rief Frida, aber Ruth erinnerte sich an ihre guten Manieren, löste sich ein wenig von ihr und wandte sich an Ellen.

»Das ist Ellen«, sagte sie. »Frida, das ist *Ellen.*«

»Hallo«, sagte Ellen. »Und Sie sind Ruths Pflegerin?«

»Ihre Betreuerin.« Frida gab Ruth aus ihrer Umarmung frei.

»Frida, kann ich Sie fragen, was hier los ist?« Ellen klang knapp und selbstsicher. Fast wie eine Polizistin, fand Ruth, bis Frida einen schrecklichen Schritt auf sie zutrat. Da war der Größenunterschied zwischen den beiden beängstigend.

»Was hier los ist?«, fauchte Frida, schien ihre Situation neu zu überdenken und verlieh ihrer Stimme einen sanfteren Klang. »Ich ängstige mich zu Tode, weil Ruthie einfach verschwunden ist, das ist hier los! Und ich warte auf meinen Bruder, damit er mir hilft, sie zu suchen.«

Der Ton war sanft, aber auch effizient und stolz. Ruth wartete an der Haustür, die Päckchen mit dem Fleisch und ihre Börse fest an sich gedrückt, zutiefst beunruhigt, weil die Begegnung zwischen Ellen und Frida ganz und gar nicht gut verlief. Ein bitterer Geruch hing in der Luft, ein Geruch nach altem Buschfeuer.

»Sie wussten nicht, dass sie das Haus verlassen hat?«

»Ich habe es erst gemerkt, als sie schon halb am Bus war – Sie haben mir einen höllischen Schrecken eingejagt«, fügte sie an Ruth gewandt hinzu. Sie trat ein paar Schritte zurück und zog Ruth unter ihren Arm. Ellen klimperte mit den Schlüsseln und sah zu ihrem Auto hinüber.

»Sie sollten sich bei Ihrer Freundin bedanken, dass sie Sie wohlbehalten nach Hause zurückgebracht hat«, sagte Frida jetzt, und Ruth, die wusste, dass das unnötig war, lächelte Ellen an. Ellen lächelte zurück. Zwischen ihnen beiden herrschte ein wortloses Einverständnis.

»Wie oft kommt das vor?«, wollte Ellen, den Blick auf Ruth gerichtet, wissen.

»Bisher noch nie«, antwortete Frida. »Aber so ist es nun mal mit diesen lieben Alten. Plötzlich setzen sie sich irgendwas in den Kopf, und weg sind sie.«

Ellen wandte sich immer noch an Ruth. »Wenn Sie wieder einmal in die Stadt wollen, rufen Sie mich doch bitte an. Ich würde Sie so gerne einmal zum Mittagessen einladen. Meine Nummer haben Sie ja, nicht wahr?« Sie sah Frida an. »Sie hat meine Nummer. Ellen Gibson. Ich bin diejenige, die – die geholfen hat, als ...«

Frida nickte sachlich. Natürlich kannte sie alle Einzelheiten im Zusammenhang mit Harrys Tod, aber dieses Nicken schien zu sagen, dass sie ihre eigene Arbeit – die tägliche Plackerei des Kümmerns um die Witwe – für weit beeindruckender hielt als Ellens glamourösen Part in der ganzen Angelegenheit.

»Also gut.« Ellen wandte ihren Körper bereits dem Auto zu, schien aber noch auf etwas zu warten – irgendeine Versicherung möglicherweise, dass es in Ordnung war, jetzt zu gehen. Frida bewegte sich weder auf Ellen noch auf das Haus zu. Vielmehr erweckte sie den Eindruck, an Ort und Stelle festgewachsen zu sein, von zarter Wurzel bis zu holzigem Stamm, und nicht bereit, sich durch irgendetwas überreden zu lassen, diesen Ort je zu verlassen. Und was das anging, würde sie auch Ruth nicht loslassen.

»Fahren Sie vorsichtig«, sagte sie nun in einem Ton, der deutlich verriet, wie egal Ellens Wohlbefinden ihr war.

»Auf Wiedersehen, Ruth«, sagte Ellen, und obwohl sie erneut zögerte, ein Bein schon im Auto, den anderen Fuß noch auf dem Boden, setzte sie sich hinters Steuer, fuhr davon und wurde von den Gräsern verschluckt.

Als Ellen weg war, verschwand Fridas Großspurigkeit. Sie weinte. Konnte das wahr sein – dass Frida weinte? Ruth hielt sie – wurde eigentlich von Frida gehalten, die sich aber an sie klammerte – und beobachtete Frida so, wie Harry immer ein von ihm aufgeschichtetes Feuer beobachtet hatte: mit dem Gefühl, keine wirkliche Kontrolle über die Vorgänge zu haben, für den Notfall aber doch lieber anwesend sein zu wollen.

»Ich dachte, ich hätte Sie verloren«, schniefte Frida. »Ich dachte, Sie wären endgültig fort. Wie lange haben Sie das alles geplant?«

Dann gewann sie ihre Fassung wieder und hielt Ruth auf Armeslänge von sich weg. Ihre Augen waren feucht und gerötet, ihr Gesicht auf eine neue, mitfühlende Weise verquollen, aber sie schüttelte Ruths Schultern und zog sie dann in eine weitere, luftlose Umklammerung. »Sagen Sie schon«, sagte sie. »Was hatten Sie vor?«

Ruth, die kaum noch Luft bekam, schüttelte nur den Kopf.

»Wen haben Sie in der Stadt getroffen, he?« Frida bugsierte sie nun ins Haus. »Haben Sie geplant, Ellen zu treffen? Mit wem sonst haben Sie gesprochen?«

Im Flur gab sie Ruth frei und lehnte sie an die Garderobe, bevor sie die Tür abschloss und sich mit kurzen Atemstößen, die ihre Brust dennoch bis an ihr Vielfachkinn anhoben, von innen dagegenlehnte.

»Mit niemand«, sagte Ruth, eingekuschelt in die Wintermäntel, die das ganze Jahr über im Flur hingen und einen schalen, übelnehmerischen Geruch ausdünsteten. Sie rochen auch, ganz vage, nach Harry – aber das war nur ein flüchtiger Hauch. Ruth meinte sich zu erinnern, dass sie nach seinem Tod zwischen den Mänteln gestanden und diesen Geruch gesucht hatte. »Nur Ellen. Ich bin vor der Drogerie mit ihr zusammengestoßen. War das nicht ein Glück?«

»Und was für eins«, sagte Frida. »Absolut großartig.«

Frida schnappte sich Ruths Börse und begutachtete sie auf geschäftsmäßige Weise.

»Oh! Und mit dem Würstchenkönig.« Ruth hielt Frida die weißen Päckchen hin. Sie rechnete damit, ausgeschimpft zu werden, weil sie den Würstchenkönig bisher verschwiegen hatte, aber Frida straffte nur die Schultern, als müsse sie ihre eigene Überlegenheit behaupten.

»Übrigens«, sagte sie, »muss ich Ihnen etwas gestehen. Während Sie weg waren, ist ein kleines Malheur passiert. Machen Sie sich aber keine Sorgen, es ist kein großer Schaden entstanden. Hier entlang – in der Küche.«

Ruth folgte ihr durch den Flur.

In der Küche hatte es gebrannt: ein kleines, schwärzliches, eher schwelendes Feuer, wie es schien, denn die Küche war nicht ausgebrannt. Sie schien eher ihr Leben ausgehaucht zu haben, nachdem sie erst etwas aufgegeben hatte – irgendeine frühere Würde, eine mutmaßliche Nützlichkeit –, um dann in Verzweiflung zu versinken. Dunkle Streifen zogen sich vom Herd aus über die Wand nach oben, als seien sie von einem Pinsel aus Rauch hingezeichnet worden, und der Geruch war mehr als intensiv – zusammengesetzt aus dem behaglichen Geruch eines Kaminfeuers und etwas Bitterem, fast Salzigem. Rußiges Wasser stand in Pfützen auf dem Boden.

»Oh«, machte Ruth.

»Es tut mir leid«, sagte Frida, schien sich aber nicht wirklich zu entschuldigen, sondern vielmehr eine Information weiterzugeben. »Ich bin fast verrückt geworden, als ich Sie nicht finden konnte, und habe völlig vergessen, dass ich Öl auf dem Herd hatte.«

Ruth besah sich die verwüstete Küche. »Und was mache ich jetzt?«

»Wie?«

»Wie bringe ich das wieder in Ordnung?« Ruth nahm an, dass sie diejenige war, die die Küche wieder in Ordnung bringen musste.

»*Sie* bringen gar nichts in Ordnung. Das mache ich. So wie ich alles mache.«

»Dafür sind Sie ja da«, sagte Ruth.

»Genau. Und jetzt setzen Sie sich. Ich kann immer noch nicht glauben, dass Sie einfach weggelaufen sind! Was soll ich jetzt bloß mit Ihnen machen?«

Sie fing an, in der Küche herumzuhantieren. Ruth saß in ihrem Sessel und fühlte das Gewicht der Dankbarkeit auf sich lasten, weil Frida immer alles in Ordnung brachte. Es war, als habe man ihr etwas Schweres und Warmes in den Schoß gelegt. Dann kam ihr ein Gedanke, und sie fragte: »Was wollten Sie eigentlich kochen?«

»Was?«, rief Frida, als stecke ihr Kopf tief in einem Schrank voller Bettwäsche, dabei legte sie in Wahrheit nur die Päckchen des Metzgers in den Kühlschrank.

»Was wollten Sie kochen, als das Öl Feuer fing?«

Frida seufzte und blieb zögernd hinter der Kühlschranktür stehen. »Fischstäbchen.«

»Oh.«

»Wieso, Sherlock? Wollen Sie die Packung sehen? Wollen Sie den Müll kontrollieren?«

Ruth lachte. »Ich war nur neugierig.«

Frida kam ins Esszimmer, setzte sich an den Tisch und überraschte Ruth – schien sich selbst zu überraschen –, indem sie wieder zu weinen anfing. Was für eine empfindliche Frida sie heute war. Ruth war tieftraurig für sie.

»Das ist alles zu viel für mich«, äußerte Frida mit einer Stimme, der man das Weinen absolut nicht anhörte, aber Ruth sah die Tränen auf ihrem Gesicht und die verzweifelte Haltung ihrer Schultern.

»Nein, nein, nein«, rief Ruth. »Nicht weinen, meine Liebe. Alles ist wunderbar. Alles ist gut.«

Da legte Frida den Kopf auf den Tisch. Ihre Frisur schien perfekt für dieses Manöver geeignet, der steife Knoten wurde nicht in Mitleidenschaft gezogen. Ruth konnte eine detaillierte Betrachtung von Fridas Nacken vornehmen. Er war glatt, bis auf eine tiefe Falte, die ihn durchzog wie ein Burggraben. Ihre Haut war blasser, als Ruth sie in Erinnerung hatte, was sie einen Augenblick lang beunruhigte; sie begutachtete Fridas Arme, die ebenfalls blass waren, fahl; dann fiel ihr ein, dass der Winter erst seit Kurzem vorbei war. Jeder wurde im Winter blasser. Ruth sah, dass Fridas Haare zurzeit nussig braun waren, es war eine satte, weihnachtliche Farbe, die perfekt zu ihrer helleren Haut passte. Wie klug sie war, und wie weitsichtig. Aber Fischstäbchen? In Öl? Am Vormittag?

Frida sah Ruth aus der Wiege ihrer pastellfarbenen Arme an. »Sie sind zu gut zu mir. Letzte Nacht …«

»Hören Sie mir zu, meine Liebe«, unterbrach Ruth, die eine ungefähre Ahnung hatte, dass als Reaktion auf derartige Aussagen gütige Strenge angebracht war. »Es gibt absolut keinen Grund zu weinen. Und es gibt eine Menge anderer Fische im tiefblauen Meer.«

Ruth fand es leicht, diese Dinge aus der Sicherheit ihres Sessels heraus zu sagen. Ein wenig war es, als gewinne sie eine Sprache zurück, von der sie vergessen hatte, dass sie sie je gekannt hatte und bei der sie immer noch nicht ganz sicher war, ob sie ihren Sinn verstand.

Frida hob den Kopf vom beschlagenen Tisch; ihr Gesicht war fleckig und feucht, aber sie hatte aufgehört zu weinen. »Sie sind ein komisches altes Persönchen.«

Ruth fühlte sich nicht komisch, aber sie lächelte und lächelte.

14

Irgendwann später klingelte das Telefon. Das Geräusch ließ Ruth aufschrecken, die in ihrem Sessel döste und nur vage mitbekommen hatte, dass Frida die Küche putzte. Sie wurde aus einem Traum herausgerissen, in dem sie auf einem Trapez über einem Schwimmbecken in die Höhe gezogen wurde, während das Wasser unter ihr glitzerte, gefährlich auf eine undefinierbare, gechlorte Art und Weise.

Frida ging ran. »Ja, Jeff«, sagte sie. »Ein kleines Abenteuer, ja. Es geht ihr gut, dem armen Dummchen. Wahrscheinlich erinnert sie sich morgen nicht einmal mehr daran.«

Und dann: »Also wirklich, Jeff, es ist schließlich nicht so –«

Und zum Schluss: »Sicher. Sicher. Ich gebe sie Ihnen.«

Frida brachte Ruth das Telefon und machte sich wieder daran, die geschwärzte Küche zu schrubben. Ruth drückte das Telefon an ihr Ohr.

»Ma? Ellen Gibson hat mich gerade angerufen.« Jeffreys Stimme drang um eine misstrauische Ecke herum zu Ruth.

»Sie ist furchtbar nett«, rief Ruth.

»Sie hat gesagt, du warst heute in der Stadt? Wieso?«

»Weil ich Lust dazu hatte«, sagte Ruth. Sie vermutete, dass sie Ärger bekommen würde, konnte aber nicht entscheiden, wie sie sich deswegen fühlen sollte. »Ich darf doch in die Stadt fahren, oder?«

Einen Moment lang blieb Jeffrey stumm. »Ich habe mir überlegt, dass ich dich demnächst besuchen komme, nur um zu sehen, wie es dir geht. Was hältst du von der Idee?«

»Klingt nett«, sagte sie, obwohl sie den Vorschlag noch nicht als Idee in Augenschein genommen hatte, ganz gleich ob nett oder nicht.

»Du klingst nicht, als seist du dir sehr sicher.«

»Es gibt da ein Problem.« Eine plötzliche Sorge erfüllte sie; aber was war das Problem?

»Ach ja?«, stürzte sich Jeffrey auf ihre Bemerkung, als habe er sie in eine Vertrauensfalle gelockt.

»Ich weiß«, rief sie. »Ich kann dich nicht abholen kommen.«

»Du brauchst mich nicht am Bahnhof abzuholen, Ma. Ich nehme mir ein Taxi.«

»Ach, das ist ja wunderbar! Das passt ja gut. Ich habe nämlich das Auto deines Vaters verloren.«

»Wie meinst du das? Du hast Dads Auto verloren?«

»Nein, nicht verloren. Verkauft.«

»Du hast mir gar nicht gesagt, dass du Dads Auto verkaufen willst.«

»Ich will es nicht verkaufen. Ich habe es schon verkauft.«

»Wann war das denn?«

»Frida hat alles arrangiert.«

»Ach, hat sie das?« Jeffrey benutzte jetzt Harrys Anwaltsstimme – überlegend, zurückhaltend, sicher, dass es irgendeine versteckte Möglichkeit gab, die durch seinen mathematischen Verstand tickerte. »Hör zu, wie wäre es mit kommendem Wochenende? Ich muss zwar noch nach Flügen schauen, aber wie wäre es mit Freitagabend?«

»Gut, in Ordnung«, sagte Ruth. Dann versetzte die Nähe des Freitags ihr einen Schreck. »Diesen Freitag? So bald schon?«

Frida hörte auf zu schrubben und blickte über ihre Schulter.

»Je früher, desto besser«, sagte Jeffrey, und damit war die Sache anscheinend entschieden. Ja, je früher, desto besser. »Dann also Freitag. Es sind doch keine weiteren geheimnisvollen Besucher angesagt, oder? Keine weiteren Männerbekanntschaften? Du wirst sehen, wir werden es uns richtig gut gehen lassen und Scrabble spielen und nach Walen Ausschau halten.«

Jeffrey hatte also nichts gegen ihren Ausflug in die Stadt einzuwenden, ganz anders als Frida. Er war ihr guter, großzügiger Sohn, ihr verzeihender Sohn. Wie gütig und nachsichtig er war. Gerecht, so wie sein Vater – zwar unnachgiebig, aber auch mitfühlend. Er war das Gesetz. Ruth rief Frida zu sich, damit sie das Telefon zurückbringen konnte. Es gab nichts, wovor sie Angst haben musste.

Aber Fridas Gesicht war wie eine wolkenverhangene Felswand. »Was ist am Freitag?«, fragte sie, an die Wand gelehnt, als wäre sie gerade eben am Strand angespült worden. Eine allgemeine Aura der Zerstörung lag über allem, was sie umgab, aber die dunklen Streifen an der Küchenwand sahen gemütlicher aus, nachdem sie geschrubbt worden waren; fast altmodisch.

»Jeffrey kommt«, sagte Ruth.

»Wieso? Was haben Sie zu ihm gesagt?«

»Nichts«, sagte Ruth. Sie hatte das Gefühl, in einer Folge von Ereignissen, über die sie keine Kontrolle hatte, gefangen zu sein. Aber sie war innerlich ganz ruhig.

»Erst Ellen, und jetzt auch noch Jeff. Die beiden Schnüffelnasen haben das zusammen ausgeheckt.« Das *Ellen* sprach Frida mit abgrundtiefem Abscheu aus. Sie ging vom Tisch zum Fenster und wieder zurück, und als sie das Fenster zum zweiten Mal erreichte, klopfte sie mit einer kalkulierenden Hand dagegen. »Es gibt da ein paar Dinge, die wir dem guten Jeff gegenüber lieber nicht erwähnen sollten«, sagte sie.

»Was für Dinge?«

Frida klang verschwörerisch und ehrerbietig. »Nun ja, den Tiger natürlich.«

»Ich dachte, Sie sind stolz auf den Tiger.«

Frida sah absolut nicht stolz aus, sondern schien generell auf irgendeine wichtige Weise versagt zu haben. Sie erweckte den Eindruck, kurz vor einem Zusammenbruch zu stehen, den sie nur abwehren konnte, indem sie ans Fenster klopfte.

»Wenn Jeff alles wüsste, was ich für Sie tue, würde er sich nur Sorgen machen. Er würde Sie in ein Heim stecken, und Sie wissen ja, was das bedeutet: Kein Haus mehr. Kein Meerblick. Kein ›Ich entscheide selbst, was ich essen will‹. Keine Frida.«

Ruth saß mit dieser Möglichkeit da. Im Augenblick kam sie ihr ganz tröstlich vor.

»Und er wird Sie nie zu Richard fahren lassen – das wissen Sie doch, oder? Niemand wird zulassen, dass Sie das tun. Sie werden sagen, dass Sie zu alt sind, und Richard natürlich auch, und dass Sie beide nicht füreinander sorgen können. Sie werden sagen, dass es nicht das Beste für Sie ist.«

»Wer wird das sagen?«, fragte Ruth erschrocken, nicht nur, weil man sie aufhalten könnte, sondern auch, weil sie Richards Namen laut ausgesprochen hörte. Noch letzte

Nacht, sogar noch an diesem Morgen, war dieser Name ihr wichtig gewesen. Sie hatte zu ihm fahren wollen, oder?

»Jeff wird es sagen«, sagte Frida.

»Jeffrey kann mich nicht aufhalten.«

»Aber das Gesetz kann es, wenn Jeff es will. Der Staat kann es.«

»Sie sind doch der Staat«, sagte Ruth.

»Ich werde kündigen.«

»Wann?«

»Jetzt sofort. Aber ich kann Ihnen helfen, Ruthie, wenn Sie mir helfen.«

Ruth nickte. Sie brauchte Zeit, um nachzudenken. Außerdem war sie hungrig. Wieso taten ihre Schultern immer noch weh?

»Dann wäre das also geklärt. Jetzt muss ich telefonieren. Ich muss George anrufen.«

»Vielleicht könnte George sich um den Garten kümmern.« Der Zustand des Gartens machte Ruth Sorgen. Er würde Jeffrey nicht gefallen.

»Ich werde ihn von meinem Zimmer aus anrufen. Wo ich ungestört bin.«

Ruth nickte erneut. Das Nicken fühlte sich gut an, also machte sie damit weiter. Ja, sagte sie mit ihrem auf und ab pendelnden Kopf, und Ja und noch einmal Ja. Sie war eine Uhr, dachte sie; sie war großzügig und weise. Frida ließ sie allein, und Ruth ging ins Wohnzimmer, begab sich auf die Suche nach Richard – nicht weil sie dachte, er würde da sein, sondern weil sie hoffte, Hinweise auf ihn zu finden. Vielleicht gab es etwas, was ihr sagen würde, dass er tatsächlich die Hand auf ihr Knie gelegt und »Bitte, denk darüber nach«

gesagt hatte. Aber das einzig Ungewöhnliche im Wohnzimmer war eine Delle im Lampenschirm. Ruth versuchte, sie herauszudrücken, machte sie dadurch aber nur noch tiefer. Als sie die Arme ins Licht hob, bemerkte sie seltsame gelbe Flecken auf ihrer Haut.

Die Katzen waren Frida zu Phils Zimmer gefolgt, stießen ihre abenteuerlustigen Nasen gegen die geschlossene Tür und maunzten. Ruth rief sie zu sich. Gleichzeitig wurde Fridas Stimme lauter. Sie schien George anzuschreien. Ruth vermutete, dass er nicht kommen und sich um den Garten kümmern wollte. Dann kam ihr ein neuer Gedanke: nämlich dass George für den verwüsteten Garten verantwortlich war, und nicht die Katzen. Möglicherweise war George für alles verantwortlich. In diesem Augenblick nahm er für sie eine völlig neue Gestalt an, finster und gottähnlich. Dann musste Frida etwas geworfen oder getreten haben: Irgendetwas krachte. Die Katzen erstarrten und blinzelten und wandten sich trostsuchend zu Ruth um. Sie lockte sie aufs Sofa, wo sie sich erst rekelten und dann als wunderliche kleine Bündel niederließen.

»Ich glaube, ich will keinen zornigen Mann im Haus haben«, sagte sie zu ihnen, wusste aber nicht genau, welchen Mann sie meinte. Jeffrey vielleicht? Aber wieso sollte er zornig sein? George? Richard konnte sie nicht meinen, denn der wollte, dass sie zu ihm in *sein* Haus kam. Fridas Stimme drang immer noch unverständlich aus ihrem Schlafzimmer zu Ruth.

Ruth setzte sich zwischen die Katzen. Sie stießen sie mit den Köpfen an, und ihre Krallen bohrten sich wie Nadeln in ihren Schoß. Alle Fenster und auch die Vorder- und die Hintertür standen offen, wegen des Brandgeruchs. Trotzdem war es im Haus heiß, und der Geruch war noch intensiver geworden. Es war ein beißender, unverkennbar verbrannter Geruch, trotzdem erinnerte er Ruth an den nächtlichen Dschungel, er hatte dieselbe Farbe. Die Wohnzimmeruhr schlug fünfmal. Bei jedem Schlag zuckten die Katzen zusammen und verkrochen sich weiter in sich selbst.

Dann stand Frida in der Wohnzimmertür. Sie sah völlig aufgelöst aus. Ihre Haare waren zerzaust, ihre Wimperntusche verschmiert, und ihre weiße Kosmetikerinnenhose hatte Aschеflecken. »Schlechte Neuigkeiten«, sagte sie. »Es geht um George.«

»Was ist mit ihm?«

»Es ist wirklich schlimm.«

»Ach Frida«, seufzte Ruth. Sie glaubte zu wissen, was geschehen war. Sie sah George tot auf der Straße, das Taxi sein Sarg. Sie sah ihn im Gras liegen, vielleicht ein Herzanfall. Möglicherweise im Meer – mit geplatzten Lungen, aufgequollen. Es gab so viele Möglichkeiten. Vielleicht hatte er allein in den Dünen gesessen und geraucht, und dann – der Tiger. Ja, sie konnte es vor sich sehen: das Wasser, das sich zu seinen Füßen ausbreitete, den Rauch vor seinem Gesicht, den Blick auf ihr Haus von der Stelle, an der er saß, und auf die Stadt – die starre Flagge über dem Surfclub –, und dann der Tiger, der sich gegen den Wind an den unglückseligen George heranschlich. Sie würde zu Frida sagen: »Ich bin sicher, es ging alles sehr schnell. Ich bin sicher, dass er nicht leiden musste.« Sie würde sagen: »Ich wünschte, ich hätte ihn besser gekannt.« Aber sie hatte gar nicht den Wunsch, ihn besser zu kennen. Als dunkler Schatten auf dem Vordersitz eines Taxis war er ihr lieber.

»Es tut mir so leid«, sagte sie, aber Frida fragte so schnell zurück: »Was tut Ihnen leid?«, dass sie wusste, dass es besser war, zu schweigen.

»Also gut«, fuhr Frida fort. »George hat mein ganzes Geld gestohlen, und er hat das Haus verloren und mich ruiniert.« Sie war ganz ruhig, als sie diese Katastrophe verkündete.

»Nein!«, rief Ruth. Panik und Entsetzen waren ein Taschentuch an ihrem Hals. »Sie haben doch gerade noch mit ihm gesprochen!« Das stimmte. Frida hatte gerade noch mit George gesprochen, also konnte er nicht tot im Taxi liegen oder vom Tiger getötet worden sein; er konnte nicht ihr ganzes Geld gestohlen haben.

»Daher weiß ich es ja«, sagte Frida.

»Aber wie?«

»Weil er es mir gesagt hat.« Frida klang defensiv, als verdächtige sie Ruth, ihr nicht zu glauben.

»Aber wie hat er es angestellt, Ihr ganzes Geld zu stehlen?« Das war für Ruth, die noch nie daran gedacht hatte, irgendjemandes Geld zu stehlen, und sich fragte, wie man dabei vorgehen musste, ein echtes Rätsel.

»Es hat mit Mums Haus zu tun.«

»Dem Haus, in dem sie gestorben ist.«

»Ja, ja«, kam es ungeduldig von Frida. »Ich habe ihm mein Gehalt gegeben, aber er hat es nicht für die Hypotheken verwendet, und jetzt wollen sie uns das Haus wegnehmen.«

»Wer?«

»Die Bank«, sagte Frida. »Außer, ich bezahle auf der Stelle. Das Schlimmste ist, dass ich nicht einfach die rückständigen Hypothekenraten bezahlen kann, weil es rechtlich gesehen immer noch zur Hälfte Georges Haus ist. Also muss ich die

Hypothek nachzahlen und dazu George seine Hälfte des Hauses abkaufen. Sonst verliere ich alles.«

»Das ist nicht fair«, sagte Ruth. »Ständig geben Sie George Geld? Das kann doch nicht richtig sein.«

»Es spielt keine Rolle mehr, weil ich kein Geld mehr habe, das ich ihm geben könnte.«

»Ich weiß, was wir tun«, sagte Ruth, und Frida hob den Kopf und warf ihr einen schnellen, scharfen Blick zu. »Wir reden mit Harry. Er weiß sicher, wie man das alles wieder in Ordnung bringt.«

»O mein Gott!«, stöhnte Frida.

»Er ist ein sehr guter Anwalt.«

Frida ließ sich auf das katzenlose Ende der Couch sinken. »Ruthie«, sagte sie mit unerwartet sanfter Stimme. »Harry ist tot.«

»Ich weiß«, fauchte Ruth, und sie wusste es tatsächlich; sie hatte es schon einen Augenblick vorher gewusst, als sie vorgeschlagen hatte, ihn um Rat zu fragen. Und sie war wütend auf ihn, denn niemand konnte wirklich und wahrhaftig tot sein; das konnte doch niemand ertragen. Es war vielleicht eine Sache, zu sterben – und Ruth hatte Harrys Kopf gehalten, als er starb, daran erinnerte sie sich jetzt, sie sah den Sand auf dem Bürgersteig an der Bushaltestelle und Harrys zitternden, sterbenden Kopf –, aber etwas völlig anderes war es, einfach tot zu bleiben. Das war starrsinnig; es war lieblos.

Frida vergrub eine Hand im nachgiebigen Fell der Katze, die ihr am nächsten war. »Ich habe eine andere Idee«, sagte sie. »Vielleicht können wir uns gegenseitig helfen.«

Die Katze zuckte unter ihren Fingern, erhob sich, gähnte, und trottete auf Ruths Schoß.

»Richard«, sagte Frida. »Ich kann Ihnen wegen Richard helfen, und Sie helfen mir wegen George.«

»Brauche ich denn wegen Richard Ihre Hilfe?«

»Sie brauchen mich auf Ihrer Seite, wenn Sie Jeffrey überzeugen wollen. Sie brauchen mich, damit ich sage: ›Meiner professionellen Meinung nach sollte Ihre Mutter zu Richard ziehen.‹«

»Sollte ich?«

»Ich habe mir gestern sein Haus angesehen. Ich wollte wissen, wie es dort ist, ob Sie dort zurechtkommen werden.«

»Und?« Müdigkeit erfasste Ruth; es fühlte sich an wie eine Decke, an der plötzlich gezogen wird. Vielleicht hatte sie selbst daran gezogen.

»Es ist wirklich nett dort. Alles auf einer Ebene, eine riesige Küche, sogar ein Whirlpool. Er ist im Augenblick zu tief für Sie, und Richard benutzt ihn nicht einmal, aber ich könnte Haltegriffe anbringen, und – Bingo!«

»Und der Garten?«

»Sehr hübsch. Seine Tochter kümmert sich darum. Jakarandabaum, großer Kräutergarten, Backsteinterrasse.«

»Lilien?«

»Er hat die letzten für Sie geschnitten. Und es gibt eine richtig dicke Palme, die aussieht wie eine Ananas.«

»Gut für die Katzen.«

»Also, das ist der eine Nachteil. Seine Tochter ist allergisch gegen Katzen. Übrigens war ich so schlau, die Katzen nicht zu erwähnen, nur damit Sie Bescheid wissen. Sie müssen sie eben einfach einsperren, wenn die Tochter zu Besuch kommt. Leicht zu regeln. Der andere Nachteil ist, dass er nachts mit dieser Maske schläft, um besser atmen zu können. Und die ist sehr laut.«

Ruth schloss die Augen beim Gedanken an diese lauten Nächte. »Ich kann nicht glauben, dass Sie ohne mich hingefahren sind«, sagte sie aus der Dunkelheit hinter ihren Lidern. Sie sah den Garten vor sich: grün, mit einem Zaun drum herum, anderes eingezäuntes Grün an den Rändern. Sie sah Richards Ohr, horizontal an seinem Kopf, und seinen Kopf, der ganz still lag: sein Krankenbett. Und kein Meer.

»Wenn ich Ihnen also mit Richard helfe, können Sie mir vielleicht mit George helfen.«

Ruth öffnete die Augen. »Wo sind die Lilien, die er für mich geschnitten hat?« Vage glaubte sie zu wissen, wo sie waren; sie glaubte, sie könnten etwas mit den gelben Flecken auf ihrer Haut zu tun haben. Aber sie konnte sich nicht erinnern.

»Weg«, sagte Frida, und Ruth schloss erneut die Augen; sie hatte auf diese Antwort gewartet. Wenn die Lilien weg sind, sagte sie zu sich selbst, wenn sie verblüht sind und ich sie nie gesehen habe, bedeutet das – was? Die Katze auf ihrem Schoß wand sich und fand keine bequeme Stelle, also bewegte Ruth die Knie auf und ab, bis sie heruntersprang. In ihrem Schoß spürte Ruth etwas Klumpiges – die übrig gebliebenen Pillen von gestern, immer noch in ihren Taschen. Da fiel ihr ein, wo die Lilien waren. Sie erinnerte sich, dass sie in die Tigerfalle gestürzt war. Sie hatte immer noch dasselbe Kleid an, in dem sie die Düne hinaufgekrochen war; danach hatte sie geschlafen und war in der Stadt gewesen, mit Pollen an den Armen und dreckigen Schuhen. Da hatte sie die Erklärung für ihre schmutzige graue Haut und den Sand an den Wurzeln ihrer strähnigen Haare. Kein Wunder, dass Ellen Jeffrey angerufen hatte.

»Ich bin ein Wrack«, sagte sie.

»Das werden wir bald beide sein, sehr bald«, sagte Frida. »Es sei denn, wir handeln, und zwar schnell.«

»Wieso wollen Sie, dass ich zu Richard ziehe?«

»Weil ich will, dass Sie glücklich sind.« Ruth vermutete, dass Frida die Wahrheit sagte. »Sie ahnen ja nicht, was es für mich bedeutet hat, die letzten Monate hier bei Ihnen zu leben. Sie sind wie die Mutter, die ich –«

»Nein«, sagte Ruth.

»Nein?«

»Ich werde nicht zu Richard gehen.« Diese Entscheidung war ganz einfach: Die Lilien sind verblüht, geh nicht zu Richard. Genau genommen war Ruth ein bisschen verärgert über sich selbst, weil sie fast darauf hereingefallen war, auf diese Version, ihr Haus zu verlassen, ihr eigenes Leben aufzugeben, als könne sie die Enttäuschung von vor fünfzig Jahren einfach ausradieren und wie eine Braut über Richards Schwelle treten. »Wenn er mich will, soll er hierherkommen. Ich hoffe, dass er kommt. Ich werde ihn einladen.«

»Aber –«

»Sie können mir trotzdem helfen. Sie können weggehen«, sagte Ruth, und auch das war einfach. »Sie lassen mich in Ruhe, und ich helfe Ihnen. Ich leihe Ihnen das Geld für das Haus Ihrer Mutter. Ich habe massenhaft Geld. Ich werde der Bank das Geld geben. Sagen Sie ihnen das.«

»Das kann ich ihnen nicht sagen«, sagte Frida. Sie saß sehr still an ihrem Ende der Couch, aber Ruth konnte einen Muskel an ihrer Schläfe zucken sehen.

»Wieso nicht?«

»Es ist zu viel Geld.«

»Sie haben sich um mein Haus gekümmert, jetzt kümmere ich mich um Ihres. Es ist wie ein Gedicht.«

»Wie meinen Sie das?«

»Es reimt sich«, erklärte Ruth.

Frida seufzte. »Wissen Sie, von wie viel Geld wir reden?« Sie schüttelte den Kopf. Irgendetwas verblüffte sie.

»Ich habe massenhaft«, wiederholte Ruth. »Harry hat das Haus in Sydney verkauft. Es war ein großes Haus, er hat viel Geld dafür bekommen.«

»Ich weiß nicht, was ich sagen soll«, sagte Frida mit einer Art trauriger, ungläubiger Erleichterung.

»Aber Sie müssen gehen. Sie können nicht mehr hier wohnen. Sie sollten im Haus Ihrer Mutter leben und mich in Ruhe lassen.«

»Ich werde gehen«, sagte Frida. »Ich bin schon dabei, zu gehen. Aber ich möchte Sie glücklich machen, verstehen Sie das? Ich will Sie nicht allein in diesem schrecklichen Haus zurücklassen.«

»Mit dem Haus ist alles in Ordnung«, sagte Ruth. »Außer dass ich mir Sorgen mache – ist es nicht albern? Ich mache mir Sorgen wegen dieses Tigers.«

»Wirklich? Das Einzige, worüber Sie sich sorgen, ist der Tiger?«

Ruth nickte verlegen.

»Das können wir nicht zulassen«, sagte Frida. »Ich werde mich um den Tiger kümmern.«

»Was wollen Sie denn tun?«, fragte Ruth, ein bisschen ängstlich.

»Was getan werden muss.« Frida setzte sich auf. »Aber woher soll ich wissen, dass Sie das alles bis morgen nicht wieder vergessen haben?«

»Das könnte passieren«, gab Ruth zu und versuchte, die Klumpen in ihrem Schoß glatt zu streichen. »Deshalb werde ich mir eine Notiz machen. Das tun die Leute doch in so einem Fall, oder?«

Das ließ Frida in Aktion treten. Sie wogte von der Couch und ins Esszimmer. Das erste Beschreibbare, was sie fand, war Ruths Krimi. Sie schlug ihn auf der ersten Seite auf und legte ihn Ruth in den Schoß.

»Schreiben Sie es hierhin.« Von irgendwoher an ihrem Körper brachte Frida einen Füllfederhalter zum Vorschein.

Ruth hatte das Gefühl, ein Buch zu signieren, das sie selbst geschrieben hatte. Sie probierte den Füllfederhalter mit einem kleinen Kringel ganz oben auf der Seite aus und schrieb dann unter den Titel: »VERTRAU FRIDA!«

»Welches Datum haben wir?«, fragte sie.

»Ich weiß nicht. Dienstagabend.«

Und Ruth schrieb in Klammern: »Dienstagabend.«

»Wie gehen wir vor?«, fragte sie dann und blies auf das Buch. Die Tinte war auf dem billigen Papier verlaufen. »Gehen wir zur Bank?«

»Ja«, sagte Frida. »Aber! Aber! Man kann nicht einfach in eine Bank gehen und sagen, dass man ein Haus kaufen will. Wir brauchen George, wir brauchen einen Anwalt, wir brauchen alles Mögliche. Ich habe ihm *gesagt,* dass man so etwas nicht überstürzen kann.«

Ruth, die wusste, dass Frida eine Lösung für diese Probleme finden würde, blieb stumm und wartete darauf.

»Aber«, sagte Frida. »Aber! Wie wäre es hiermit? Sie überweisen das Geld an George, ich besorge mir eine schriftliche Einverständniserklärung von ihm – um die Details kümmern wir uns später. Die Hauptsache ist, alles zu erledigen, bevor sie uns das Haus wegnehmen.«

»Wann wollen sie Ihnen das Haus wegnehmen?«

»Am Freitag.«

»Ich stelle Ihnen einen Scheck aus«, sagte Ruth. »Bringen Sie mir mein Scheckbuch.« Ruth hatte es immer geliebt, Schecks auszustellen. Es hatte etwas so Geschäftsmäßiges.

»Es dauert ewig, bis ein Scheck gutgeschrieben wird«, sagte Frida.

»Nicht wirklich, nicht dieser Tage.« Ruth erinnerte sich, dass Harry ihr das erklärt hatte. »Es dauert heutzutage nur drei Geschäftstage.« Und sie lachte, weil dreimal »Tage« zu sagen ihr das Gefühl gab, als seien diese Tage bereits vergangen.

Frida ging im Zickzack im Wohnzimmer hin und her. Das tat sie immer, wenn sie nachdachte. »Drei Tage ist zu lang«, sagte sie. »Also gut, also gut. Wir machen Folgendes. Wenn es Ihnen recht ist.« Sie tippte sich an die Stirn, als wolle sie ihren Verstand herauslocken. »Wir fahren morgen in die Stadt und zur Bank. Die kennen Sie doch dort, oder?«

»Einige vielleicht. Ich war schon lange nicht mehr in der Stadt.«

»Stimmt. Seit *Ewigkeiten* nicht.« Frida schüttelte den Kopf. »Jedenfalls kann man Schecks kaufen, die sehr schnell eingelöst werden. Sie haben einen bestimmten Namen – ich komme nicht drauf.«

Das Wort plumpste in Ruths Kopf. »Express«, sagte sie.

»Richtig!« Frida riss jubilierend die Arme hoch. »Genau das machen wir. Aber was ist mit Jeffrey?«

»Was hat er denn damit zu tun?«, wollte Ruth überrascht wissen.

»Er kommt am Freitag.«

»Soll er doch kommen«, rief Ruth. »Sollen sie alle kommen. Wir veranstalten eine Party. Wenn Jeffrey kommt, und Richard, lade ich Ellen ein.«

»Richard kommt?«

»Ja, natürlich. Ich habe Ihnen doch von Richard erzählt, oder? Ich kenne ihn von Fidschi.« Frida marschierte ungeduldig ans Wohnzimmerfenster. »Er kommt übers Wochenende. Zu Weihnachten.«

Frida blieb am Fenster stehen, und weil das Licht brannte und die Vorhänge offen waren, stand Frida auch im Fenster und blickte zurück. Ihr Gesicht war so ernst; wahrscheinlich war sie nicht mit Richard einverstanden. Im Grunde ihres Herzens war sie schrecklich prüde, wirklich. Sie hatte diese nackten jungen Leute vom Strand vertrieben.

»Haben Sie wirklich Angst vor dem Tiger?«, fragte sie.

Ruth lachte nur. »Natürlich müsste auch Phil kommen, wenn Jeffrey kommt. Ich rufe ihn an, soll ich?«

»Unbedingt«, kam es großmütig von Frida. »Rufen Sie Phil an, rufen Sie alle an. Rufen Sie die Königin an, Liebes. Wieso zum Teufel nicht?«

»Ich habe die Königin gesehen«, sagte Ruth, und gemeinsam ergänzten sie: »Auf Fidschi.«

»Mein Gott, Ruthie«, sagte Frida im Fenster.

15

In dieser Nacht kämpfte Frida gegen den Tiger. Er kam früher als in den anderen Nächten. Frida war im Badezimmer, Ruth saß bei immer noch brennendem Licht im Bett und überlegte, ob sie Richard anrufen sollte, war sich aber nicht sicher, was genau sie sagen wollte: Es hatte etwas mit einer Einladung über Weihnachten zu tun, und dass sie Sydney hasste, wegen der schlechten Wacholderbäume und der guten Piratentheaterstücke. Sie war sich bewusst, dass sie sehr müde war, und fürchtete, sich zum Narren zu machen. Daher ließ sie sich in die Kissen sinken, und als sie das tat, hörte sie die ersten Hinweise auf den Tiger: tapsende Schritte im Wohnzimmer, Lampen und Stühle, die bewegt wurden. Er war ohne den Dschungel gekommen, aber Ruth spürte, dass der Dschungel in der Nähe war, vor den Fenstern, auf eine Weise, die sie an Fidschi erinnerte. Es war wie eine Nacht in ihrem geräumigen heißen Haus neben der Ambulanz, wo Motten gegen die Scheiben flogen und der Garten in der Dunkelheit vor sich hin tröpfelte. Das Licht rund um ihr Bett bewegte sich wie das Moskitonetz, unter dem sie als Mädchen geschlafen hatte. Dann der Tiger: erst leise, mit seinem üblichen Schnüffeln und Schnauben, alles so sacht, dass Ruth überlegte, ob sie diese Hinweise einfach ignorieren und nach wie vor annehmen sollte, dass er an den Strand verbannt war. Aber die Katzen machten sich steif und starrten zur Tür – ein schlechtes Zeichen, ein Tigerzeichen –, und kurz danach gab der Tiger ein durchdringendes Winseln von sich, als sei er hungrig. Und da war er dann eindeutig der Tiger.

Frida war immer noch im Badezimmer. Ruths Tür stand offen, und sie sah das Licht auf eine Weise durch den Flur fallen, die besagte, dass auch die Wohnzimmertür offen war. Der Tiger war dort, in diesem Licht! Was würde es bedeuten, ihn tatsächlich zu sehen? Würde es wehtun? Der Dschungel presste sich gegen die Fenster, nicht nachdrücklich, er war einfach nur da.

Ruth stieg aus dem Bett. Sie hatte das Gefühl, in letzter Zeit ständig heroisch aus dem Bett zu steigen, hauptsächlich wegen ihres Rückens. Heute hatte er noch keine Gelegenheit gehabt, sich im Schlaf zu verkrampfen; er besaß immer noch die eingeschränkte Elastizität des Tages. Die Katzen beobachteten sie. Sie hatten es nicht eilig, das Bett zu verlassen. Ruth schüttelte den Kopf, wie um ihnen zu sagen: »Leise!«, ging zur Tür und spähte in den Flur. Er war leer. Dann tauchte Frida an seinem Ende auf und kam auf sie zu gerannt.

»Haben Sie ihn gehört?«, rief sie.

»Schnell!«, schrie Ruth und zog sie zu sich in ihr Schlafzimmer. Frida trug einen weißen Frotteebademantel und sah darin weich und formlos aus. »Machen Sie die Tür zu!«

Frida machte die Tür zu. »Haben Sie ihn gehört?«

»Ja«, sagte Ruth. »Ich glaube – ja, habe ich.«

Beide verstummten und lauschten. Er war jetzt im Flur, daran hatte Ruth keinen Zweifel. Er musste Frida gehört oder gesehen oder gerochen haben und wusste jetzt mit Sicherheit, dass sie hier waren. Er schnüffelte an der Tür herum.

Frida warf sich dagegen. »Also gut, also gut«, sagte sie. »Denken Sie nach!«

Sie dachten beide nach. Es gab nichts nachzudenken. Ruths Kopf war absolut leer, enthielt nichts, bis auf den Tiger. Frida stemmte sich gegen die Tür. Schließlich sagte sie: »Ich gehe da raus.«

»Das können Sie nicht!«, rief Ruth. Aber sie war sicher, dass Frida es tun würde, es gab keine Alternative.

»Ich kann, und ich werde.« Fridas Gesicht über dem weißen, kuscheligen Stoff ihres Bademantels sah entschlossen aus. Sie drückte ein Ohr an die Tür und lauschte, aber im Flur war es still. Ruth wartete auf ein hungriges Aufheulen.

»Versprechen Sie mir, dass Sie nicht rauskommen, egal was Sie hören«, sagte Frida. »Und falls etwas passiert, müssen Sie mir versprechen, George anzurufen und es ihm persönlich zu sagen.«

»Frida!«

»Versprechen Sie es.«

»Wie rufe ich ihn denn an?«

»Sehen Sie im Telefonbuch nach. Unter Taxen. Taxiservice Young. Schaffen Sie das?«

Ruth nickte.

Frida drehte sich um und blieb einen Augenblick stehen. Sie zog ihren Bademantel zurecht, holte tief Luft, als wolle sie tauchen, öffnete die Tür und verschwand im Flur. Die Tür fiel hinter ihr zu. Da stand endgültig fest: Frida würde gegen den Tiger kämpfen.

»Können Sie ihn sehen?«, fragte Ruth durch die Tür hindurch.

»Noch nicht. Ich suche mir eine Waffe.«

»Holen Sie sich einen Besen.«

»Ist gut«, sagte Frida. »Und vielleicht ein Messer.«

Ruth hörte Frida in die Küche laufen, um den Besen und das Messer zu holen; dann kam das Geräusch von Tigerpfoten im Flur. Es erinnerte Ruth an das weiche Schleifen eines ganz bestimmten Rollwagens auf dem Boden der Ambulanz in Fidschi; sie hatte ihn hin und her fahren hören, während sie im Sprechzimmer ihres Vaters wartete. Der Tiger folgte Frida ohne jede Eile; er war eine Katze im hohen Gras; er war auf der Jagd. An die Tür gepresst, konnte Ruth ihr eigenes aufgeregtes Herz hören, den jagenden Tiger und den Rollwagen in der Ambulanz; dann die Geräusche Fridas, die den Besen hervorkramte.

»Frida«, rief Ruth. »Er ist hinter Ihnen!«

Der Besenschrank quoll über vor Gerätschaften, Mopps, Schrubbern, Besen und Eimern, alle kreuz und quer hineingestopft. Sie fielen heraus, als Frida ihre Waffe wählte. Das alles hörte Ruth von ihrem Zimmer aus.

Die Katzen sprangen vom Bett und veranstalteten einen Aufstand zu Ruths Füßen. Sie wollten raus. In der Küche, zwischen den Schrubbern und den Eimern, fluchte Frida jetzt, hörte aber auf, als sie den Tiger sah, und stieß ein »Aha!« aus. Der Tiger antwortete mit einem kurzen, stolzen Schnauben. Dann sprang er auf den Tisch – Ruth hörte den Tisch über den Boden scharren. Frida war jetzt an der Besteckschublade. Metall klirrte. Sie würde den Tiger aufschlitzen. Aber er war jetzt sprungbereit.

Im Haus war es heißer denn je. Ruth drückte ihre klebrige Hand an die Tür, als wolle sie prüfen, ob es dahinter brannte.

In der Küche hatte es heute gebrannt! Frida stand dem Tiger gegenüber! Hatte sie selbst wirklich erst an diesem Morgen mit leerer Geldbörse im Laden des Würstchenkönigs gestanden? Gab es so etwas wie einen Bus, eine Stadt, eine Hypothek? Die Katzen kratzten an Ruths Beinen. Auf welcher Seite standen sie eigentlich? Sie waren hysterisch vor Panik und Angst. Ruth erkannte sie kaum noch.

Frida schwang den Besen – sie versuchte, den Tiger durch die Hintertür zu scheuchen. Aber an diesem Abend ließ er sich nicht verscheuchen. Frida befahl: »Raus hier! Raus hier!« Der Besen schlug gegen Fensterläden und Wände, aber der Tiger blieb, wo er war. Ruth hatte gesehen, wie die Katzen im Garten Vögel jagten; sie wusste, dass die ganze rostrote Vorderseite des Tigers reglos und flach auf den Tisch gepresst war, seine Hinterläufe unter dem langsam schlagenden Schwanz würden sich anheben, anheben. Dann – der Tisch bewegte sich erneut, scharrte laut über den Boden – sprang er Frida an. Sie riss den Besen hoch, der auf etwas Hartes traf. Die beiden waren so still; Ruth konnte es kaum fassen. Hin und wieder stieß Frida ein »Uff« aus, aber vom Tiger kamen keine Schmerzenslaute, kein Winseln, nichts, nur das Scharren von Möbeln und gelegentlich das Klirren von Glas. Ruth schloss die Augen. Der Tiger war stärker als Frida, und entschlossen zu kämpfen.

Aber Frida war furchtlos. Sie wich weder zurück, noch verlor sie ihre Waffen. Sie schlug zu. Und jetzt stieß der Tiger ein hohes Jaulen aus. Die Katzen warfen sich wie rasend gegen die Tür, und Ruth – die Augen immer noch geschlossen – machte sie für sie auf und schnell wieder zu. Sie rannten durch die Küche, zwischen Frida und dem Tiger hindurch, und nach draußen. Ihr Auftauchen lenkte ihn kurz ab, und Frida schlug noch einmal zu. Jetzt flüchtete er. Durch das ganze Krankenhaus flüchtete der Tiger, ins Haus und durch den Flur und durch die Ambulanz, und während er vorbeilief, setzten sich die Patienten in ihren Betten auf, sogar die, die gar nicht sitzen konnten, als hätten sie die Trompeten der Wiederauferstehung gehört, als erhöben sich ihre Seelen aus dem ewigen Schlaf. Jemand läutete eine Glocke, die vielleicht die Feuerwehr herbeirief; vielleicht weckte sie auch den Arzt mit seinen geschickten, zarten Händen und ließ ihn in Erwartung einer Operation herbeigelaufen kommen. Vielleicht weckte sie die ganze Stadt, die ganze Insel; vielleicht ließ sie das Meer stillstehen und darauf warten, warten, dass der Tiger vorbeikam. Er lief in Phillips Zimmer und wieder heraus, und wo immer er hinlief, Frida folgte ihm mit ihrem Besen und ihrem Messer und ihrem Schlachtruf. Zusammen mit der Glocke hörte Ruth ein neues Geräusch – das Zusammenschlagen von Kompostbehälterdeckeln, die über den Sand flogen. Jugendliche flohen vom Strand. Kinder in den Stationen fingen an zu rufen, aber nicht aus Angst. »Frida! Frida!«, riefen sie. In allen Zimmern gingen Lichter an. Die Glocke läutete. Die Lichter erloschen und flammten dann in jedem Zimmer erneut auf. Der Tiger rannte blindlings gegen Möbel. Seine Krallen schlitterten über den Boden.

»Lass das!«, rief Frida, und Ruth – und alle anderen – riefen mit ihr: »Lass das!«

Der Tiger war jetzt im Flur gefangen. Ruth drückte sich gegen ihre Tür; ihr Herz schlug und schlug. Ja, da war er, im Flur, sie hörte sein Fauchen und sein wütendes Schnauben. Die Katzen im Garten schrien. Und nun stieß auch

Frida einen Schrei aus; sie war einfach großartig. Der Tiger antwortete mit einem Brüllen, und dieses Brüllen war ein Stein, der übers Wasser flog. Dann schlug Frida zu. Die Schnelligkeit ihres Arms jagte einen Windstoß durchs Haus. Der Tiger jaulte überrascht auf – ein erschrockenes, zahmes kleines Aufjaulen –, und dann war er wieder im Dschungel, oder Teil des Dschungels, und wütend. Einen Moment lang spürte Ruth, dass sie kurz davor war, genau zu verstehen, was der Tiger sagte, als er brüllte. Er war nicht um seine Sicherheit besorgt, sondern um seine Würde. Er spürte eine gewaltige Ungerechtigkeit, die ihm nicht begreiflich war. Du musst Frida ernst nehmen, dachte Ruth und merkte, dass der Tiger ihr leidtat. Er kämpfte, um sein Territorium zu schützen, aber Frida war entschlossen, ihn zu töten. Dann brüllte er noch einmal, ein Kriegsgebrüll, und sie hörte auf, um ihn zu zittern. Um Frida hatte sie zu keinem Zeitpunkt Angst.

Etwas Schweres stieß gegen die Tür, Ruth war unklar, wer von den beiden es war. Aber der Tiger musste zugeschlagen haben, denn Frida schrie vor Wut und Schmerzen auf. Doch sie kämpfte weiter. Es hatte keinen Anfang für Frida und den Tiger gegeben, und jetzt würde es kein Ende geben. Beide fauchten und bleckten die Zähne. Frida schrie die eigenartigen Silben eines kriegerischen Alphabets. Ihre Stimme wurde lauter, die des Tigers ließ nach. Zwar brüllte er immer noch, aber sein Gebrüll war voller statischer Störungen, wie das eines Tigers im Fernsehen. Es kam und ging. Fridas Besen klapperte. Die Glocke verstummte, und alle Lichter gingen aus. Es gab keine Ambulanz und kein Haus; nur Frida und den Tiger. Ruth lehnte verängstigt an der Tür.

Nun setzte der Dschungel ein, abrupt und harmonisch aufeinander abgestimmt: Insekten in Bäumen, das hohe Gellen versteckter Vögel. Der Wind im Laub erstarb und verwandelte sich in eine heiße, feuchte Stickigkeit, die sich kaum bewegte, aber wenn sie es tat, etwas Nasses in sich trug. Frida hatte den Tiger jetzt beim Kleiderständer zu Boden gezwungen und hielt die Stellung. Wahrscheinlich lagen seine Ohren flach an seinem Kopf an. Sein Schwanz peitschte hin und her. Seine Krallen scharrten über den Holzboden.

»Frida!«, rief Ruth, und als sie es tat, ertönte das Geräusch fallender Körper, weitere Schreie, weitere Besenschläge gegen die Wand, aber es klang, als handele es sich um nichts Ernsthafteres als ein Gerangel, ein Handgemenge nach Kneipenschluss, doch dann folgte ein Kreischen – das Kreischen einer Katze, der man auf den Schwanz getreten hat. Frida ächzte; sie versuchte, etwas Schweres zu schieben. Sie rief etwas, und dann fiel ihr Körper – oder sein Körper – jedenfalls ein schwerer Körper. Im Flur wurde es still. Kurz darauf sickerte Licht unter der Schlafzimmertür hindurch.

»Frida?«, fragte Ruth. Frida stöhnte. »Sind Sie verletzt?« Frida klopfte mit dem Besenstiel an die Tür. »Kann ich rauskommen? Ist bei Ihnen alles in Ordnung?«

»Bleiben Sie, wo Sie sind«, stieß Frida keuchend hervor. Das Licht verschwand. Dann sagte sie: »Machen Sie die Tür auf. Aber gucken Sie nicht raus.«

Ruth öffnete die Tür. Der nasse Geruch des Tigers war überall. Den Besen in der Hand, aber ohne Messer, kam Frida ins Zimmer.

»Es ist vorbei«, sagte sie und schloss Ruth in die Arme. An ihrem Bademantel und ihrem Gesicht war Blut, Tigerblut.

16

Am nächsten Morgen stand Ruth früh auf. So hoch auf den Zehenspitzen, wie ihr Rücken es zuließ, schlich sie an Fridas Tür vorbei. Das Haus war ein einziges Chaos. Sand lag in Strudeln und Wirbeln überall auf dem Boden. Ruth beschloss, ihn wegzufegen, aber er schien festzukleben, als habe er sich mit Feuchtigkeit vollgesaugt – jeder Klumpen besaß den langen, feuchten Fuß eines Weichtiers –, und das Fegen bewirkte nur, dass die Borsten des Besens völlig verklebten. Ruths Rücken tat weh, ihr Sessel hatte auf dem sandigen Boden Schiffbruch erlitten, ständig trat sie auf irgendetwas Hartes, bei dem es sich, wie sie fürchtete, um Tigerzähne und Tigerkrallen handeln konnte, aber wie sich herausstellte, waren es nur kleine Steinchen und dergleichen. Fridas Besen, oder der Schwanz des Tigers, hatte Glas auf den Boden geworfen, und die Lampe im Wohnzimmer stand schief, als sei sie betrunken. Aber der Körper des Tigers war weg.

Frida hatte den Bereich vor der Haustür mit einer Plane abgedeckt und diese Plane mit vollen Wassereimern beschwert. Das Wasser roch rostig und hatte eine rostige Farbe, als Ruth den Finger hineintauchte. Sie konnte die Eimer nicht anheben, um unter die Plane zu gucken, und als sie die Vordertür öffnete, konnte sie nur sehen, dass etwas Großes ins Gras am Rand der Auffahrt geschleift worden war.

Der Grund war matschig. In der Nacht hatte Frida Stunden damit verbracht, Eimer mit Wasser zu füllen und über die Schleifspur zu kippen, die vom Körper des Tigers stammte. Sie hatte Ruth nicht erlaubt, ihr Zimmer zu verlassen.

Als Frida zum Vorschein kam, vollständig angezogen – in ihrer weißen Uniform, die Haare zu einem so straffen Knoten nach hinten gezurrt, dass sie mehr denn je wie eine Kosmetikerin aussah –, döste Ruth, immer noch im Nachthemd, im Fernsehsessel im Wohnzimmer vor sich hin.

»Los jetzt, Faulpelz«, sagte Frida. »Der Bus geht um Viertel nach zehn.«

»Welcher Bus?« Ruth blinzelte und zwinkerte.

»Der in die Stadt? Zur Bank?«

»Fährt George uns denn nicht?«

»Herzchen, ich habe Ihnen doch gesagt, dass George abgehauen ist. Und jetzt machen Sie endlich voran, sonst verpassen wir ihn noch.«

»Wir fahren zur Bank?«

Frida wedelte mit einem Buch vor Ruths Gesicht herum. In dem Buch stand etwas geschrieben – da stand: »VERTRAU FRIDA!«

»Ich weiß, ich weiß«, sagte Ruth ein bisschen unleidlich.

»Husch, husch!«, rief Frida und klatschte in die Hände. Sie zog Ruth aus dem Fernsehsessel hoch, schleppte sie ins Schlafzimmer und fing an, sie anzuziehen. Ruth saß stumm auf der Bettkante. Fridas Haare waren so streng und ihre Uniform so weiß, dass es unmöglich gewesen wäre, die blutbeschmierte Frida der letzten Nacht heraufzubeschwören, außer dass sie blaue Flecken an den Unterarmen hatte, die immer dunkler wurden.

Frida stand murmelnd vor Ruths Schrank. »Etwas Gedecktes, etwas Gedecktes. Probieren Sie das hier.« Sie zog ein elegantes graues Kostüm hervor.

»Ist das nicht zu förmlich?«, fragte Ruth.

»Ziehen Sie es einfach an. Schaffen Sie das?« Frida kam auf Ruth zu und fing an, an ihrem Nachthemd herumzuzerren.

»Ja, das schaffe ich!« Es war einfach undenkbar, sich vor Frida, der stolzen, entschlossenen Frida mit den gelackten Haaren, die den Tiger getötet hatte, nackt zu zeigen.

Frida warf die Hände in die Luft. »Beeilen Sie sich gefälligst«, sagte sie und drehte Ruth den Rücken zu, blieb aber im Zimmer.

Ruth mühte sich mit dem Rock ab. Wann hatte sie dieses Kostüm das letzte Mal getragen? Das war sicher Jahre her, und es war ihr inzwischen ein bisschen zu groß. Als sie es geschafft hatte, den Rock zuzuknöpfen, war sie so stolz auf sich selbst, dass sie den Mut aufbrachte zu fragen: »Frida, wo ist der Tiger?«

»Über den brauchen Sie sich keine Sorgen mehr zu machen.«

»Ich will nur wissen, wo er ist. Ich dachte, wir könnten vielleicht eine Art Zeremonie veranstalten? Eine Art Begräbnis?«

»Ich habe ihn für Sie getötet, und Sie wollen eine Beerdigung?« Frida benutzte ihre ungläubigste Stimme. »Jetzt machen Sie endlich. Es ist fünf vor zehn.«

»Ich brauche Strümpfe«, sagte Ruth. Frida drehte sich um und sah sie prüfend an. Ruth hasste die dicken, fleischfarbenen Strümpfe, die sie an anderen alten Frauen sah. Bei offiziellen Anlässen, bei denen ein Kostüm angebracht war, trug sie am liebsten dünne, schwarze Strümpfe. »Sie sind in der obersten Schublade.«

»Sie sehen prima aus«, sagte Frida. »Ziehen Sie einfach Ihre Schuhe an. Schnell jetzt! Sonst verpassen wir den Bus wirklich.«

»Wir könnten ein Taxi rufen«, sagte Ruth, der Verzweiflung nahe, aber Frida verstellte ihr den Weg zur Kommode und tippte auf ihr Handgelenk, als trage sie dort eine Uhr.

»Wie oft muss ich es Ihnen denn noch sagen?« Frida zog Ruth inzwischen zur Tür. »George ist abgehauen!«

»Es gibt noch andere Taxiunternehmen auf der großen weiten Welt.«

Im Flur hatte Frida ein Glas Wasser und Ruths Pillen bereitstehen; Ruth schluckte sie geschickt, nahm ihre Handtasche vom Kleiderständer und hängte sie sich um.

»Achten Sie auf die Eimer«, sagte Frida. »Passen Sie auf, wo Sie hintreten.«

Sie hetzte Ruth durch den Vorgarten zur Auffahrt, wo Ruth herumtrödelte und nach Hinweisen auf den Tiger Ausschau hielt. Als sie die Straße erreichte, war Frida schon ein gutes Stück den Hügel hinunter und wartete auf sie.

»Was ist? Soll ich Sie vielleicht huckepack nehmen?«, rief Frida. Ruth antwortete nicht. Frida setzte sich wieder in Bewegung und rief über die Schulter zurück: »Was Sie brauchen, ist ein Rollstuhl!«

Ruth war über die Vorstellung eines Rollstuhls nicht sehr glücklich und verlegte sich auf kleine Trippelschritte, um Frida einzuholen. Wenn Frida nur nicht ganz so schnell gehen würde; wenn der Rock ihre Bewegungen nicht ganz so sehr einschränken würde. Wie typisch für mich, dachte sie – für mich und alle *alten Menschen* –, keinen Rollstuhl zu wollen. Dabei – was war denn schon so schlimm daran, in der Gegend herumgeschoben zu werden? Im Augenblick wäre sie gern huckepack den Hügel hinuntergetragen worden. Halb hoffte sie, Frida würde ihr Angebot wiederholen.

»Rollstühle«, rief sie, »sind für Leute, deren Beine nicht funktionieren.«

»Oder deren Rücken!«, rief Frida zurück.

An der Bushaltestelle, die unerklärlich vertraut vor ihnen auftauchte, war niemand. Der Tag war von der nassen, stickigen Sorte, an dem niemand sich die Mühe machte, an diesen Teil des Strands zu kommen. Bei Wetter wie diesem zeigte sich, dass der Strand sowohl gefährlich als auch schmutzig war. Das Meer sah bedrohlich aus, der Himmel war hell und farblos und schien fast auf der Wasseroberfläche zu liegen. Frida lief nervös auf und ab, als fürchte sie, alles sei nur ein Trick – kein Bus würde kommen, sie würden bis in alle Ewigkeit hier warten müssen. Frida war immer so aufgebracht über die Möglichkeit, man könne sie zum Narren halten. Ruth saß auf der Bank, die sich härter anfühlte als jedes andere harte Material, das sie je zuvor erlebt hatte. Ein Auto verlangsamte seine Fahrt und fuhr dann weiter. Ruth mochte es nicht, mit dem Rücken zum Meer oder zur Straße zu sitzen, deshalb bewahrte sie ein nervöses Schweigen, als könne sie, wenn sie sich ganz still verhielt, einen möglichen Überfall aus dem Hinterhalt abwehren. Auch Frida schwieg. Tatsächlich hätte man meinen können, sie seien sich noch nie begegnet und nur zufällig an dieser Bushaltestelle aufeinander getroffen. Frida würde Ruth aus reiner Höflichkeit als

Erste in den Bus einsteigen lassen und sie dabei vielleicht sogar anlächeln, aber das wäre alles, was sie miteinander zu schaffen hatten. Dann würde ein anderes Leben beginnen, ein riskanteres, in dem sie nichts über die jeweils andere wissen würden.

»Der Bus kommt«, sagte Ruth, obwohl das nur allzu offensichtlich war.

Frida stieg als Erste ein und bezahlte für sie beide. Ruth erkannte den Fahrer. Er hatte die dichten, kräftigen Haare eines jungen Mannes, war aber völlig grau. Er lächelte sie an und sagte: »Wieder mal unterwegs?« Das Lächeln fältelte seine Stirn bis hinauf in seine jugendlichen Haare.

Frida nahm Ruths Hand. »Kommen Sie schon, Ruthie«, sagte sie.

Fridas Handfläche fühlte sich an wie ein in Backpapier eingeschlagenes Steak.

Der Bus war heute leerer. Die wenigen Passagiere hüllten sich in ostentatives Schweigen, als verbiete das düstere Wetter jede Art von Kommunikation. Frida schlingerte mit seemännischem Schritt den Gang entlang und zog Ruth hinter sich her.

»Ist es nicht nett hier?«, sagte Ruth, als sie neben Frida Platz nahm, und eine Frau etwa in Ruths Alter, die zwei Reihen weiter saß und ihre restlichen Haare in ein frauliches Tuch geknotet hatte, runzelte die Stirn, als hätte Ruth in einem Kino laut geredet. Frida sagte nichts. Ruths Rücken verkrampfte sich bei jedem Ruck des Busses. Da sie auf ihrem Sitz kaum Platz hatte, musste sie sich bei jeder Andeutung einer Linkskurve an den Griff vor ihr klammern, um nicht in den Gang zu kippen. Sie rutschte hin und her, bis

Frida mit leiser Stimme sagte: »Würden Sie bitte aufhören, sich so an mich zu quetschen.«

Die Stadt wirkte heute völlig anders – grauer, leerer. Es hatte nicht geregnet, aber die Häuser und Gärten duckten sich in Erwartung schlechten Wetters aneinander. Der Bus hielt an einer Haltestelle, und durch eine Lücke zwischen zwei Häusern sah Ruth eine Frau, die Handtücher von der Leine nahm und dabei wiederholt zum nicht vertrauenswürdigen Himmel aufsah. Die Leine bewegte sich im immer stärker werdenden Wind hin und her, und die Arme der Frau füllten sich immer mehr mit Handtüchern. Sie hatte keine Frida, die die Wäsche für sie erledigte. Ruth empfand wilde Verachtung für diese nervöse Frau und die Wäsche in ihren Armen. Wenn sich der Himmel doch nur in genau diesem Moment öffnen würde, damit Ruth die unglückselige Hast der Frau und ihrer Handtücher sehen könnte. Aber der Bus fuhr weiter, und keine Tropfen wurden an den Scheiben flach gedrückt.

»Hier müssen wir aussteigen«, sagte Frida und fing an aufzustehen, also stand auch Ruth auf. Der Bus ruckte beim Anhalten, und Ruth wäre fast gefallen. Frida fing sie laut seufzend auf, während die anderen Passagiere – alle mit Ausnahme der strengen Frau mit dem Tuch – sich halb von ihren Sitzen erhoben, um zu helfen.

»Sie machen eine Szene«, tadelte Frida, während sie Ruth durch den Gang geleitete, und dann standen sie in der Hauptstraße der Stadt, und hinter ihnen drängten weitere Menschen aus dem Bus. »Machen Sie Platz, machen Sie Platz«, mahnte Frida und zog Ruth ein Stück beiseite. Ruth drückte ihre Handtasche fest gegen ihre Hüfte. Ihre

Jacke war ein bisschen nach rechts verrutscht. Frida hatte sich bereits in Bewegung gesetzt, und Ruth, die ihre Jacke zurechtzupfte, folgte ihr. »Ich wüsste wirklich gern«, sagte Frida über ihre Schulter, »wie Sie es geschafft haben, allein hierherzukommen.«

Arbeiter von einer Baustelle auf der anderen Straßenseite überquerten die Straße trotz des fließenden Verkehrs. Sie hatten breite, glückliche Gesichter, und Ruth beobachtete sie ängstlich, weil sie das Unglück heraufbeschworen. Eine Frau mit sehr roten Haaren blieb stehen, lächelte Ruth an und sagte etwas. Ruth wusste, dass sie sie erkennen müsste, tat es aber nicht.

»Wir gehen zur Bank«, sagte sie und deutete auf Frida, die unter der Markise des Würstchenkönigs wartete.

»Dann will ich Sie nicht aufhalten!«, rief die Frau und ging weiter.

»Kennen Sie denn wirklich *jeden?«,* fauchte Frida, also hielt Ruth den Kopf gesenkt. Als sie zu Frida unter die Markise trat, wandte sie das Gesicht vom Fenster der Metzgerei ab. Sie öffnete ihre Börse und sah hinein: Sie enthielt Geldscheine, und ihre Karten steckten wieder in ihren Schlitzen. Vielleicht waren sie auch gestern alle da gewesen, unter den wachsamen Augen des Würstchenkönigs. Frida hantierte mit irgendwelchen Papieren herum, die sie aus ihrer Tasche gezogen hatte, strich sie glatt und überflog sie. Ihre Tasche hing offen, und aus irgendeinem Grund war auch das Buch, in das Ruth hineingeschrieben hatte, hineingezwängt worden.

Interessiert stellte Ruth fest, dass Fridas Größe schrumpfte, wenn man sie mit den Türen und Autos und Briefkästen der Welt verglich; trotzdem war sie immer noch das Auffälligste in der ganzen Straße. Was sonst gab es denn auch schon, was das Anschauen lohnte? Fridas Haare leuchteten im grauen Licht des himmellosen Tages, und ihre Schultern waren so breit wie die der Bauarbeiter.

»Sind Sie bereit, Ruthie?« Frida hielt Ruth fast die Hand hin. Ruth hätte sie fast genommen.

»Ich will den Tiger sehen.« Ruth wusste selbst, wie quengelig sie klang.

»Das geht nicht«, sagte Frida. »Er ist im Meer.«

»Wie haben Sie das denn geschafft?« Menschen drängten sich an ihnen vorbei, weil sie in den Metzgerladen wollten, und die Glocke läutete melodisch. Ruth drückte sich enger an Frida.

»Erst habe ich ihn gezogen, dann habe ich die Schubkarre genommen. Er war ziemlich übel zugerichtet, Ruthie. Das wollten Sie auf keinen Fall sehen.«

»Wie übel zugerichtet?«

Bei näherer Betrachtung sah Frida erschöpft aus. Mit den nach hinten zurückgenommenen Haaren wirkte sie älter und trauriger, und die Ringe unter ihren Augen waren deutlicher pflaumenfarben. Sie hatte den größten Teil der Nacht damit verbracht, den Tiger ins Meer zu schleppen.

»Ich habe ihm den Bauch aufgeschlitzt«, sagte sie. »Wollen Sie das alles wirklich wissen? Seine Gedärme kamen rausgequollen. Und dann habe ich ihm den Rest gegeben und ihm die Kehle durchgeschnitten. Es hat unglaublich geblutet.«

»Blut macht mir nichts aus. Ich bin ja praktisch in einem Krankenhaus aufgewachsen.«

»Sind wir das nicht alle?« Frida zog den Reißverschluss ihrer Tasche zu und straffte die Schultern. »Bereit für die Bank?«

»Aber wie genau haben Sie ihn ins Meer bekommen?«, beharrte Ruth. »Und was, wenn er wieder angeschwemmt wird?«

Fridas Stimme war tonlos. »Ich habe ihn in die Schubkarre gestopft. Schwanz, Pfoten, Kopf obenauf.«

»War er schwer?«

»Verdammt schwer. Dann habe ich die Schubkarre ans Wasser geschoben, was Schwerstarbeit war, das können Sie mir glauben. Es war Ebbe. Die Sonne fing gerade an, sich zu überlegen, ob sie aufgehen soll. Ich habe die Schubkarre so weit ins Wasser geschoben, wie es ging, bevor er anfing zu treiben.«

»Im Morgenmantel?«

»Den habe ich ausgezogen.« Frida räusperte sich.

Und Ruth sah Frida unten im heller werdenden Meer, nackt, wie sie sich mit der Schubkarre abmühte; sie sah, wie das Wasser den Tiger anhob und davontrug. Im nassen Zustand, und von einem Messer aufgeschlitzt, war er sicher kleiner und dunkler, aber immer noch ein Tiger.

Frida legte die Hand auf Ruths Arm und drückte leicht zu. »Wollen wir das hier wirklich tun, Ruthie? Wollen wir in die Bank gehen und mein Haus retten?«

»Das Haus, in dem sie gestorben ist«, sagte Ruth.

Die Bank war ein sicherer und gewissenhafter Ort, auch wenn Ruth eine Bank am Strand nicht wirklich gutheißen konnte. Sie lebte seit Jahren am Meer, aber die Möwen und die Palmen zwischen den Kiefern hatten für sie immer noch etwas von Ferien. Eine Bank an so einem Ort sollte Geld für den Kauf von Eis und Badetüchern auszahlen, was hatte sie mit der Ernsthaftigkeit von Hypotheken zu schaffen? Harry und Ruth hatten eine Hypothek aufgenommen, um das Ferienhaus zu kaufen. Harry sprach von dieser Hypothek wie von einer alten Verwandten, die sich in einem langsamen Genesungsprozess befand, gewiss aber wieder gesund würde. Als die Hypothek abbezahlt war, fuhren sie übers Wochenende in ihr Haus – die Jungen waren inzwischen erwachsen –, und Harry sagte: »Ich finde, wir sollten ganz hierherziehen, wenn ich in den Ruhestand gehe.«

»O nein«, rief Ruth, ohne nachzudenken. »Wirklich? Was würden wir denn den ganzen Tag tun?«

Harry ging in den Ruhestand, und sie zogen um, und den ganzen Tag lang waren sie Ruth und Harry.

»Sie zuerst«, sagte Frida. Die Automatiktüren öffneten und schlossen sich, völlig außer Kontrolle geraten, ohne dass Kunden sie in Gang setzten, und ein paar gewöhnliche Papier- und Plastikfetzen, wie es sie auf jedem Bürgersteig gab, wehten hinein und hinaus. Frida versetzte Ruth einen kleinen Stoß in den Rücken. »Lächeln!«, sagte sie.

Ruth lächelte. Sie hätte gern Fridas Hand gehalten. Eine Frau in einem roten Kostüm zwitscherte »Guten Morgen!«, und Ruth zwitscherte »Guten Morgen« zurück. Es war wie in einer Kirche. Was würde die Frau als Nächstes sagen? Was würde Ruth antworten?

»Wie kann ich Ihnen helfen?«, fragte die Frau. Sie war hübsch und jung und hielt ein Klemmbrett in der Hand. Ruth war sich nicht sicher, wie eine solche Frau ihr helfen könnte, war aber empfänglich für die Idee, sich helfen zu lassen.

»Wir kommen schon zurecht, danke«, sagte Frida und steuerte Ruth auf die Schlange zu, die aus weiteren hübschen jungen Frauen bestand, viele von ihnen mit Kindern behangen.

»Wenn Sie mir sagen, weshalb Sie hier sind, könnte ich die Dinge vielleicht ein wenig für Sie beschleunigen«, sagte die Frau, die ihnen mit hochhackigen Schritten folgte. Ihre Haare waren zu einer blonden Gischt gefroren, und sie trug ein kleines Namensschildchen: JENNY CONNELL, ASSISTENZ KUNDENBERATUNG.

»Ihre Türen spuken«, sagte Ruth.

»Spuken!«, lächelte Jenny Connell. »Das gefällt mir. An windigen Tagen machen sie das immer. Es tut mir so leid.« Aber es tat ihr überhaupt nicht leid, was Ruth gefiel. Die Türen öffneten sich erneut, Papier und Plastik wehten herein und sanken zu Boden, als die Türen sich schlossen. Sie öffneten sich wieder, und alles wurde nach draußen gesaugt. Es war wie Ebbe und Flut.

Frida drückte sich an Ruths Rücken, so wie Phillip es als Junge immer getan hatte.

»Also, womit können wir Ihnen helfen?«, fragte Jenny erneut, sah aber jetzt Frida an.

»Wir sind hier, um das Haus zu retten«, zwitscherte Ruth, und Jennys Lächeln wurde breiter, aber sie sah immer noch Frida an.

»Wir sind hier, um Geld zu transferieren«, sagte Frida.

»Wunderbar!«, rief Jenny, und Ruth war entzückt. »Wussten Sie, dass Sie das mit Internet-Banking ganz bequem von zu Hause aus erledigen können?«

»Es handelt sich um eine Menge Geld«, sagte Frida.

Jenny nickte anerkennend. »Unser tägliches Limit liegt bei fünftausend Dollar.«

»Es geht um mehr«, sagte Frida.

Die Frau vor ihnen drehte sich zu ihnen um, und Frida trat von einem weiß beschuhten Fuß auf den anderen.

»Viel mehr«, ergänzte Ruth.

Jenny nickte immer noch. »Dann sind Sie bei uns an genau der richtigen Stelle«, versicherte sie. »In dieser Filiale liegt das tägliche Limit bei zwanzigtausend Dollar.«

»Wir haben einen Scheck«, sagte Frida.

»Dann ist es also kein Transfer.« Jenny wirkte erleichtert. »Unsere Scheckeinreichung befindet sich da drüben.« Sie deutete auf eine hilfreich aussehende Wand.

»Man hat mir gesagt, Mrs Field soll persönlich herkommen, damit sie den Scheck verifizieren kann«, erklärte Frida, ohne die Wand anzusehen. Dumpf wiederholte sie: »Es handelt sich um eine Menge Geld.«

Die Banktüren öffneten und schlossen sich und ließen Papier und Wind und weitere Kunden ein. Jenny sah nervös zu diesen Neuankömmlingen hinüber, als hätten sie sie am Ärmel gezupft. »Dann warten Sie bitte hier in der Schlange«, sagte sie. »Jemand wird gleich bei Ihnen sein.«

Frida verdrehte die Augen.

»Wir haben einen Scheck?«, fragte Ruth.

Frida atmete hörbar aus. «Nein«, antwortete sie.

»Wieso haben Sie dann gesagt, wir hätten einen?«

»Weil wir einen kaufen müssen.«

»Ich habe welche zu Hause.«

»Es geht um einen besonderen Scheck. Erinnern Sie sich? Express. Ein Scheck, der schneller eingelöst wird. Machen Sie sich deswegen keine Sorgen, Ruthie. Ich habe alles unter Kontrolle.«

Frida sah nicht so aus, als habe sie alles unter Kontrolle. Vielmehr schien sie vor unterdrückter Wut zu schäumen. Die Schlange war lang, und der Wind, der durch die Türen fegte, war kalt für November. Kinder weinten und wurden beruhigt und weinten weiter, bloß leiser. Ruth lehnte sich an Frida, weil das lange Stehen ihr zu schaffen machte. Die Frau vor ihnen drehte sich noch einmal um und sagte: »Da drüben am Fenster gibt es Stühle«, und Ruth und Frida sahen sie ohne zu lächeln an, als hätte sie in einer fremden Sprache gesprochen. »Falls Sie sich setzen wollen«, fügte die Frau hinzu, aber Ruth lehnte sich nur noch mehr an Frida und nickte einmal mit dem Kopf. Die Frau schaukelte ein Baby auf ihrer Hüfte. Schulterzuckend wandte sie sich ab, aber das Baby beobachtete Ruth, bis Ruth ihm eine Grimasse schnitt. Es betrachtete sie mit stumpfsinnigem Blick, bevor es seinen runden Kopf versteckte.

Eine neue Wachsamkeit machte sich an Frida bemerkbar, als sie den Kopf der Schlange erreichten. Sie umklammerte ihre Handtasche und wartete darauf, dass der nächste Mitarbeiter frei wurde, und als das Zeichen endlich kam – eine aufblinkende goldene Nummer und eine fröhliche Klangfolge –, setzte sie sich mit derart energischer Zielstrebigkeit in Bewegung, dass Ruth, die immer noch an ihr lehnte, einen Stolperschritt machen musste, um das Gleichgewicht nicht zu verlieren. Frida blieb stehen und nahm ihren Arm, nicht gerade grob, aber ungeduldig. Sie steuerte Ruth zu dem Schalter mit der blinkenden Nummer und führte sie der Frau dahinter vor, als sei sie ein Beweisstück.

Auch diese Frau trug ein rotes Kostüm, war aber ganz anders als Jenny Connell. Sie war älter, hatte breite Schultern, als sei sie dazu geschaffen worden, sich schnell durch Wasser zu bewegen, und eine mädchenhafte Frisur. Sie trug einen Ehering, kaute aber Fingernägel. Laut Namensschild hieß sie Gail und dazu irgendetwas Kompliziertes und Griechisches.

»Guten Morgen«, grüßte Gail hinter ihrer Glasscheibe hervor. Ihre Stimme drang durch ein kleines Mikrofon zu ihnen, als benötige sie sehr viel Hilfe, um die Distanz zwischen ihnen zu überbrücken.

»Das hier ist Mrs Field«, erklärte Frida und begann, alles Mögliche aus ihrer Handtasche zu kramen: Ruths Sparbuch, diverse Dokumente und ein Blatt Papier mit Zahlen darauf.

»Guten Morgen«, zwitscherte Ruth.

»Ich bin Mrs Fields Betreuerin und hier, um ihr dabei zu helfen, einen Scheck auszustellen.«

»Ich habe keinen Scheck«, warf Ruth im Plauderton ein.

»Genau gesagt möchten wir einen Expressscheck kaufen«, erklärte Frida.

Gail sah zwischen Ruth und Frida hin und her, je nachdem, wer von den beiden sprach. Ihre Miene war gelassen und leidenschaftslos.

»Ein Expressscheck geht doch sehr schnell, nicht wahr?«, fragte Ruth. Sie liebte den Klang des Wortes. Express hörte sich riskant und wichtig an.

»Das schon«, antwortete Gail. »Die Einlösung erfolgt binnen eines Geschäftstages.«

»Ein Tag, Frida«, rief Ruth. »Normalerweise dauert es drei!«

»Die Gebühr beträgt elf Dollar«, sagte Gail.

Frida zog die elf Dollar wie durch einen Zaubertrick aus ihrer Handtasche.

»Vielen Dank«, sagte Gail. Was für eine höfliche Frau! Sie konsultierte Ruths Sparbuch und dann ihren Computer und tippte sehr schnell mit ihren abgekauten Fingern auf der Tastatur herum, aber abgesehen davon waren ihre Bewegungen ohne Hast. Frida umklammerte ihre Handtasche, als wäre sie am liebsten über den Schalter gesprungen, um alles selbst zu machen.

»Möchten Sie den Scheck gleich hier ausfüllen, Mrs Field?«, erkundigte sich Gail.

»O ja!«, antwortete Ruth.

Dann schien der Scheck auf die Scheibe zuzuschwimmen, als könne Gail ihn nur mit Mühe zurückhalten; er besaß ein ganz eigenes Leben. Er segelte durch die Lücke zwischen Scheibe und Schalterfläche, und Gail schob einen Kugelschreiber hinterher. Jetzt sahen alle Ruth an.

»Soll ich Ihnen dabei helfen, Ruthie?«, fragte Frida.

Ruth betrachtete den Scheck. Ihr Name war bereits darauf aufgedruckt, und dazu eine Reihe von Zahlen, die sie als ihre Kontonummer erkannte. Ihr Zahlengedächtnis war gut.

»Er ist für George«, erklärte Ruth.

»Für George Young«, bestätigte Frida. »Das kommt hier auf diese Linie.« Sie legte den Finger auf den Scheck.

»Taxiservice Young«, sagte Ruth.

»George Young. Schreiben Sie es hierhin.« Frida sah noch einmal zu Gail hinüber. »Ich bin ihre Betreuerin.«

Gail nickte. »Wie ich sehe, haben Sie eine Vollmacht für das Konto. Genau genommen könnten Sie den Scheck auch selbst ausstellen.«

»Nicht über diesen Betrag.« Frida klang bekümmert. »Man hat mir gesagt, Mrs Field müsse diesen Betrag persönlich freigeben.«

Ruth schrieb *George Young* auf die Linie. Sie fragte sich, wieso Frida eine Vollmacht für ihr Konto hatte.

»Entschuldigen Sie mich einen Augenblick«, kam es von Gail. Ein Telefon klingelte – klingelte schon seit einer ganzen Weile, fiel Ruth erst jetzt auf –, und Gail ging hin, um den Anruf entgegenzunehmen. Sie war größer, als Ruth erwartet hatte.

»Konzentrieren Sie sich«, zischte Frida. »Hier.« Sie nahm Ruth den Kugelschreiber aus der Hand, zögerte einen Augenblick und schrieb in eleganter Kursivschrift *Siebenhunderttausend Dollar*.

»Das sieht sehr schön aus«, lobte Ruth.

Aber als Frida den Betrag noch einmal in Zahlen hinschrieb, erinnerten all die vielen Nullen, in ein einziges Kästchen gezwängt, Ruth an die Schrift eines Schulmädchens, dünn und krakelig.

»Unterschreiben Sie«, sagte Frida und gab Ruth den Kugelschreiber zurück, und als Ruth zögerte, den Blick immer noch auf die eingezwängten, krakeligen Nullen auf dem Scheck gerichtet, machte Frida ihre Handtasche auf und holte das Buch hervor.

»Schauen Sie, schauen Sie«, sagte sie und hielt Ruth das Buch mit aufgeschlagener Titelseite hin. Dort stand etwas geschrieben, aber es zitterte zu sehr, als dass Ruth es lesen konnte. Wieso machte Frida so ein Getue?

Gail kehrte an ihren Platz hinter der Glasscheibe zurück. Andere goldene Ziffern blinkten über anderen Schaltern, die

Schlange wurde immer länger, und Jenny Connell begrüßte jeden hereingewehten Neuankömmling.

»Banken sind heutzutage so freundlich.« Ruth lächelte Gail an, die aber nicht zurücklächelte.

»Wir halten den Betrieb auf«, sagte Frida und steckte das Buch wieder weg.

Ruth unterschrieb den Scheck. Irgendetwas in Frida schien in sich zusammenzusacken. Sie schrumpfte ein wenig, als hätte sie auf Zehenspitzen dagestanden und die Luft angehalten. Ruth schob den Scheck unter der Scheibe durch. Sie war gespannt, wie Gail auf die Summe reagieren würde, und stolz darauf, einen so hohen Scheck ausstellen zu können. Aber Gail ließ sich durch nichts anmerken, dass sie Ruths Großzügigkeit zur Kenntnis genommen hatte. Was für eine Bank war denn das? Kamen hier etwa jeden Tag Millionäre hereinspaziert und händigten der desinteressierten Gail Schecks über enorme Summen aus?

»Hätten Sie vielleicht irgendeine Art von Ausweis bei sich, Mrs Field?«, erkundigte sich Gail, und Frida gab ein ungeduldiges Schnauben von sich.

»Lassen Sie mich sehen.« Ruth fing an, in ihrer Geldbörse zu kramen. »Was für eine Art von Ausweis?«

»Einen Führerschein zum Beispiel.«

Ruth erinnerte sich, dass ihr Führerschein immer im Handschuhfach von Harrys Auto lag. Sie hörte noch einmal, wie das Auto seine letzte Fahrt die Auffahrt hinunter zurücklegte.

»Oder einen Pass«, sagte Gail.

»Ein Scheck ist ein Scheck«, sagte Frida und beugte sich so dicht an die Öffnung in der Scheibe, dass ihr Atem den Rand beschlagen ließ.

»Mein Pass ist zu Hause«, sagte Ruth.

»Sie ist doch offensichtlich, wer sie zu sein behauptet«, sagte Frida. »Sie haben ihr Sparbuch.«

»Für eine derart hohe Summe brauchen wir einen Ausweis mit Lichtbild«, sagte Gail mustergültig hinter ihrer Frida-sicheren Scheibe.

»Wir kommen morgen wieder«, sagte Ruth. »Ich weiß genau, wo mein Pass ist. In der obersten Schublade von Harrys Schreibtisch.«

»Wir haben die Zeit nicht«, protestierte Frida.

»Dann heute Nachmittag«, sagte Ruth. »Wir nehmen den Bus.«

»Was ist mit Ihrer Seniorenkarte, Mrs Field?« Gail schien diese Möglichkeit bisher verschwiegen zu haben, um es nun genießen zu können, sie vorzuschlagen.

Frida nahm Ruth die Börse aus der Hand und fing an, die Karten durchzusehen.

»Sie verstecken sich manchmal«, erklärte Ruth und sah Gail mitleidheischend an, aber die beobachtete Fridas Hände. Der Wind kam herein und fegte um den Saum von Ruths Kostüm. Ihr fiel ein, dass sie keine Strümpfe anhatte, was ihr peinlich war. Frida schob Ruths Seniorenkarte unter der Scheibe durch, und Gail kontrollierte sie, nickte und tippte. Jenny Connell begrüßte eine neue Kundin. »Guten Tag«, zwitscherte sie. Ruth presste die Knie zusammen und sah auf die Uhr. Es war genau zwölf.

17

Frida winkte einem Taxi, das sie nach Hause fuhr, und bezahlte es aus eigener Tasche. Der Taxifahrer kannte sie; redselig schwelgte er in Erinnerungen und schilderte George bei der Arbeit und beim Vergnügen, und Ruth vermutete, dass er einst Teil von Georges unseligem Unternehmen gewesen war. Frida war die ganze Fahrt über zugeknöpft. Zweifellos versuchte sie, ihre eigene Würde zu wahren, indem sie George schützte, Ruth jedoch hätte diesem Fahrer gern alles Schlechte erzählt, was sie wusste.

Der Zustand des Hauses war ein Schock für sie. Es war völlig durcheinander und schmutzig und roch nach salzigem Schlamm, als wäre die Flut hindurchgeschwappt. Das war das Werk des Tigers, erinnerte sie sich, und war plötzlich müde. Sie wollte ihrem Rücken eine Pause im Bett gönnen. Frida war mehr als verständnisvoll; sie zog Ruth erst die Schuhe und dann auch die Jacke aus und erbot sich, ihr Wasser oder einen Tee zu bringen.

»Ich lege mich einfach nur aufs Bett«, sagte Ruth. »Ohne mich auszuziehen. Ich muss bereit sein.«

»Bereit für was?«

»Für Richard. Habe ich Ihnen nicht gesagt, dass ich ihn für Weihnachten eingeladen habe?«

Frida hob Ruths Füße an, um ihr aufs Bett zu helfen.

»Meine Füße sind kalt«, sagte Ruth.

Frida breitete die Jacke über ihre Füße, legte eine Hand auf die Jacke und sagte: »Rufen Sie, wenn Sie etwas brauchen.« Dann ging sie und machte die Tür hinter sich zu.

Ruth schlief nicht. Ihr Schlafzimmer war hell, und es gab keine Schatten. Frida hantierte im Flur herum, räumte die Eimer und die Plane weg und summte beim Arbeiten leise vor sich hin. Irgendwann klingelte das Telefon, und Frida ging ran. Ruth hörte sie etwa eine oder zwei Minuten lang reden, überlegte, ob sie den Hörer an ihrem Bett abheben sollte, und entschied, dass es ihr zu viel Mühe war. Dann endete das Gespräch. Im Haus war es so still, dass man hören konnte, wie jemand am Strand nach seinem Hund pfiff. Frida ging nach draußen, als habe der Pfiff ihr gegolten, kam aber fast unverzüglich wieder zurück. Die Wellen klangen im Wind laut und hell. Ruth, die sich wie ein krankes Kind fast schon wieder auf dem Weg der Besserung fühlte, blieb den ganzen Nachmittag im Bett liegen, aber als sie sich schließlich aufsetzte, waren erst zwei Stunden vergangen.

»Frida!«, rief sie, beschwichtigte ihren Rücken mit den Atemübungen, die Frida ihr beigebracht hatte, und als sie aufstand, belohnte er sie, indem er nicht wehtat.

»Frida!«, rief sie noch einmal. Der Flur war sauber. Frida hatte den Bereich vor der Haustür geputzt. Er glänzte in einem satten, hölzernen Rot. Sie war weder in ihrem Schlafzimmer noch im Wohnzimmer oder im Badezimmer, aber aus all diesen Räumen war das schlimmste Durcheinander verschwunden, das der Tiger angerichtet hatte. Ein paar Glasscherben lagen noch im Flur, zu einem kleinen Archipel zusammengefegt, der ungefähr wie Fidschi aussah.

Frida war in der Küche und wusch Gemüse. Als sie Ruth sah, trocknete sie sich die Hände ab und sagte sanft: »Aus dem Dornröschenschlaf erwacht?« Dann kam sie auf Ruth zu und küsste sie auf den Kopf.

»Wofür war das denn?«, fragte Ruth.

»Wollen wir Sie jetzt fertig machen?«

»Wofür?«

»Für Ihre Besucher.« Frida nahm Ruth bei den Schultern und steuerte sie ins Badezimmer. »Richard für Weihnachten und Jeffrey am Freitag. Wir machen Ihnen die Haare.«

»Wollen Sie sie schon wieder waschen?«

»Viel besser. Ab in die Dusche.« Frida zog an Ruths Rock, bis er über ihre Hüften glitt. Ruth trat daraus heraus. Sie hob die Arme, und Frida zog ihr die Bluse über den Kopf, ohne auch nur einen einzigen Knopf zu öffnen. Den BH allerdings zog Ruth selbst aus; sie war sehr stolz auf diese kleine Leistung.

»Machen Sie die Dusche noch nicht an«, sagte Frida und verschwand im Flur.

Mithilfe der Haltegriffe stieg Ruth in die Dusche. Sie hatte vergessen, ihren Schlüpfer auszuziehen, ließ sich von diesem kleinen Missgeschick aber nicht aus der Fassung bringen. Sie setzte sich auf den Hocker und wartete auf Frida, die vor sich hin summend mit einem Kamm und einer heftig geschüttelten Flasche zurückkam. Sie legte ein Handtuch um Ruths Schultern und wies sie an, die Augen zuzumachen, und dann spürte Ruth eine Linie kühler Flüssigkeit auf ihrer Kopfhaut.

»Was ist das?«

»Schsch«, machte Frida. »Augen zu.«

Als Nächstes kam ein scharfer, durchdringender Geruch, der sich gegen Ruths Lider drängte. Frida kämmte und striegelte ihre Haare und durchtränkte sie mit diesem schrecklichen Geruch, aber seine Schärfe hatte auch etwas Kraftvolles, wie eine Art Schutz. So rochen auch Fridas Haare, wenn sie sie gerade gefärbt hatte.

Als Ruth die Augen öffnete, sah sie dunkelbraune Spritzer des Färbemittels auf ihrer Haut. »Es ist so dunkel.«

»Nur keine Sorge«, sagte Frida. »Ich habe ein wunderschönes Aschblond genommen, ganz dezent. Sie werden so hübsch aussehen, wenn Richard kommt. Können Sie eine Weile so sitzen bleiben?«

Ruth glaubte, es zu können. Von ihrem Platz in der Dusche hörte sie Frida im Haus herumgehen; sie hörte sie in Phillips Zimmer, wo sie mit Sachen herumhantierte. Sie packte also. Sie ging weg. Ich habe ihr gesagt, dass sie gehen soll, dachte Ruth, und bei diesem Gedanken bekam sie Angst vor dem, was sie getan hatte. Sie befand sich in einer Glocke, die nach außen schwang; sie konnte die Wölbung der Glocke über sich spüren, und die Dunkelheit unter ihren Füßen, wo niemand war, niemand; die Angst schlug an und schlug an. Sie besaß ein Echo, sodass sie jedes Mal, wenn sie kam – sie kam in Schüben –, etwas von sich selbst zurückließ, und diese ganze zurückgelassene Angst sammelte sich bei Ruth unter der Wölbung der Glocke. Der Tiger hatte sie nie derart in Angst und Schrecken versetzt; nicht einmal der Mann am Telefon, der ihr mitgeteilt hatte, dass Harry tot war. Sie erinnerte sich, dass er gesagt hatte: »Kommen Sie ins Krankenhaus, um sich Ihren toten Mann anzusehen.« Aber das konnte er natürlich nicht gesagt haben. Sie schwang über der Dunkelheit nach außen, klammerte sich an irgendetwas fest – an Richard? Vielleicht an Richard – und stürzte nicht ab, aber die Angst wurde immer größer, und dann stand Frida hinter ihr.

»Hören Sie auf zu weinen«, sagte Frida, und da wusste Ruth, dass sie weinte. Die Duschkabine verstärkte das Geräusch. »Was ist denn los?«

»Ich habe solche Angst«, sagte Ruth. Sie streckte die Hände aus, als erwarte sie, etwas auf ihren Handflächen zu sehen. »Sehen Sie doch nur, wie ich zittere.« Aber sie zitterte nicht.

»Wovor haben Sie denn Angst? Ich habe den Tiger getötet. Der Tiger ist tot.«

»Lang lebe der Tiger.«

»Nein, Sie Dummchen«, sagte Frida. »Tod allen Tigern, wissen Sie nicht mehr?«

»Tod allen Tigern«, sagte Ruth zu Frida, der Tigertöterin, und dann kam die Angst, die einen Augenblick lang nachgelassen hatte, wieder zurück, und sie verstand, wieso: Es war, weil Frida wegging. Alle Sicherheit, auf die sie je gebaut hatte, flog davon, flog unter ihren Füßen davon, über den Garten und das Meer. So fühlte es sich an.

Frida hatte die Dusche angestellt, weiches Wasser rann in dunkelbraunen Linien über Ruths blasse Haut.

»Machen Sie die Augen zu«, befahl Frida. »Und den Mund.« Aber sie sagte es sanft.

Ruth machte Augen und Mund zu, aber trotzdem kam ein schreckliches Geräusch von irgendwoher, möglicherweise aus ihrer eigenen Kehle.

»Eigentlich wollte ich Ihnen die Haare noch föhnen«, schimpfte die traurige, süße Frida. »Aber Sie sind ja zu nichts mehr zu gebrauchen, außer fürs Bett.«

Das Wasser war inzwischen klar, und Ruth war nicht mehr in der Dusche. Sie war in ihrem Schlafzimmer, und Frida zog ihr ein Nachthemd an. Ruth klagte, ihr Gesicht fühle sich so heiß an, und Frida ging weg und kam mit einem feuchten Waschlappen zurück und rieb Ruths Gesicht damit ab.

»Ich weiß wirklich nicht, was das ganze Theater soll«, sagte Frida, was Ruth gemein fand, und als sie noch heftiger weinte – ihre Brust hob sich und saugte Luft ein und stieß sie wieder aus –, schlug Frida nach ihrem Gesicht, aber ohne sie zu berühren. »Ach, Ruthie, seien Sie doch endlich still. Sie haben Ihre Pillen genommen, alles ist in Ordnung. Sie haben doch gewollt, dass ich gehe, und Jeffrey kommt am Freitag.« Sie packte Ruth ins Bett, sah sich noch einmal im Zimmer um, verließ es und zog die Tür hinter sich zu. Ruths Weinen verwandelte sich in tiefe Atemzüge. Sie wusste, dass sie einschlief, weil das Kindheitsgefühl, es mit Tränen auf dem Gesicht zu tun, ihr vertraut war, aber sie glaubte nicht, dass es je geschehen würde.

In der Nacht wachte sie hungrig auf. Als sie auf die Uhr sah, war es erst elf. Sie rief nach Frida, aber es kam keine Antwort, und weil ihr Magen gierige Geräusche von sich gab, setzte sie sich auf, stellte sich auf die Füße und war aus dem Bett. Ihr Rücken bewahrte Ruhe. Er hatte sich monatelang nicht so geschmeidig angefühlt. Sie sah sich selbst im Frisierspiegel und winkte sich zu – in der Dunkelheit war sie nur ein gräulich-weißer Fleck. Ihre Haare fühlten sich am Hinterkopf feucht an, waren sonst aber trocken. Sie hatte keine Angst, in den Flur zu gehen. Im Haus war es kühl und still. Frida hatte einen Teller mit gegrillten Lammkoteletts im Kühlschrank bereitgestellt, und die Obstschale war gefüllt mit runzligen Äpfeln, die Ruth an die grünen Mandarinen erinnerte, die sie als Kind gegessen hatte. An der Arbeitsplatte aß sie die kalten, fettigen Koteletts mit den Fingern und sah durch eine Lücke in den Fensterläden auf die Bucht hinaus. In der Stadt brannte kein Licht; meilenweit war kein einziges Licht zu sehen. Auch keine Schiffe draußen auf dem Meer, und kein Mond. Die Folie, mit der das Lamm abgedeckt gewesen war, war das Hellste auf der ganzen Welt, und das Lauteste. Die Katzen kamen nicht in die Küche, nicht einmal, obwohl es nach Fleisch roch. Ruth fühlte sich so wie früher, als sie noch jünger war, als ihre Füße noch fester auf dem Boden standen und ihre Kinder und ihr Mann schliefen; das Gefühl war wie eine Adresse, zu der sie zurückgekehrt war, und sie fragte sich, warum sie so lange weg gewesen war. Selbst der Geschmack des Essens war jünger. Die Hintertür war zu, das Haus kühl, der Tiger tot. Ihr Kopf fühlte sich an, als sei alles daraus herausgespült worden.

»Was war denn das vorhin für ein Theater?«, schimpfte sie sich selbst aus.

Ruth wusste, dass Fridas Schlafzimmer leer sein würde, aber sie sah trotzdem nach, nur um ihren eigenen Instinkt zu bestätigen. Dennoch war sie überrascht, dass das Zimmer genauso aussah wie vor Fridas Einzug: als hätte der siebzehnjährige Phillip es gerade verlassen, um einem edleren Schicksal entgegenzugehen. Frida hatte das Bett frisch bezogen und die zertretenen Pillen aufgefegt. Sie hatte ihren Spiegel und ihre ganzen Frisiersachen entfernt, und der Halley'sche Komet war an den Himmel der spiegellosen Wand zurückgekehrt.

Ruth suchte das ganze Haus nach Anzeichen für Frida ab, konnte aber keine finden, bis auf die, die ihre dauernde Hinterlassenschaft waren: das dämmrige Schimmern der Böden, zum Beispiel, und die neue Ordnung der Bücher auf dem Regal über dem Fernseher. Abgesehen davon war es fast so, als sei sie nie da gewesen. Die Uhren tickten lauter. Die Möbel waren leblos ohne den Tiger oder die Vögel oder Frida, und so kehrten sie zu ihrer früheren Funktion zurück, nämlich vertraute Behaglichkeit auszustrahlen. Die Spitzenvorhänge an den Fenstern waren grau beleuchtet, und Ruth ging hin und sah in den Vorgarten hinaus. Eine unerwartete Gestalt saß auf der Stufe vor der Tür: Es war Frida. Sie saß absolut still, aber erwartungsvoll. Sie war Stein, der zu Leben gemeißelt worden war. Sie hatte ihren Koffer neben sich stehen und wartete auf jemanden. Es musste George sein; auf wen sonst hatte sie je gewartet? Aber George hatte ihr Geld gestohlen, und das Haus, in dem ihre Mutter gestorben war. Wieso also wartete sie auf George?

Ruth blieb ganz ruhig. Sie hatte nicht den Wunsch, zu rufen, ans Fenster zu klopfen oder die Haustür zu öffnen. Sie wusste, dass Frida sie verließ, aber nicht, weil sie es ihr befohlen hatte; schließlich hatte sie Frida schon früher weggeschickt, immer ohne Ergebnis. Frida tat immer nur, was sie selbst tun wollte. Das wusste Ruth, so wie sie wusste, dass Frida nicht ehrlich war und sie auf irgendeine wichtige Weise zum Narren gehalten hatte. Die Uhren tickten lauter. Ruth ging in ihr Schlafzimmer, wo sie sich nicht die Mühe machte, nach ihrem Spiegelbild zu sehen. Es war niemand im Spiegel: nicht Frida, nicht Harry, nicht einmal Richard. Die Katzen folgten ihr auf federnden Füßen, und sie schliefen den Rest der Nacht so wie sie: reglos, traumlos und ohne ein Geräusch von sich zu geben. Am Morgen, als sie wach wurde, ging Ruth ins Wohnzimmer zurück und sah erneut aus dem Fenster. Frida saß immer noch auf der Stufe.

18

Der Morgen war karg und hell. Die Sonne hatte den Horizont überstiegen, das Meer war in seiner Gänze sichtbar und ohne Glanz, und kein Wind bewegte die Gräser. Es war frühlingsstill; es war erst November. Ruth klopfte ans Fenster, zog den Spitzenvorhang beiseite und klopfte weiter, bis Frida sich zu ihr umdrehte. Sie sah sehr jung aus, wie sie da auf der Eingangsstufe saß und zu Ruth aufblickte, als hätte ihr nächtliches Aufbleiben alles von ihrem Gesicht gewischt, was sie dort angesammelt hatte, und als sei sie jetzt nur noch müde und kindlich. Sie war glatt, wie frisch gelieferte Milch. Dann wandte sie sich ab, und obwohl Ruth noch einmal klopfte und durch das geschlossene Fenster »Frida!« rief, die Hände um den Mund gewölbt, als helfe es dem Klang, die Distanz zu überbrücken, blieb Frida weitere zwanzig Minuten auf der Stufe sitzen. Dann kam sie herein.

»Ich muss nur telefonieren«, sagte sie schwerfällig, und schwerfällig ging sie in die Küche, wo sie das Telefon beäugte, als sei es ein verkleideter Feind. Sie sagte: »Ich habe das Recht, einen Anruf zu machen, Officer!« Dann lachte sie.

Ruth blieb im Wohnzimmer und blickte auf die Eingangsstufe. Fridas Koffer stand immer noch im sandigen Gras. Er sah aus, als sei er an einem Stängel zu einer grauweißen Frucht herangewachsen.

»Ihr Koffer, Frida«, rief Ruth, aber Frida antwortete nicht. Das Telefon zwischen Schulter und Kinn geklemmt, ging sie in der Küche auf und ab und wickelte die Schnur um ihren Arm, bis sie nicht mehr auf und ab gehen konnte, sondern sich selbst an die Wand gewickelt hatte. Sie wartete und lauschte. Dann hängte sie ein und versuchte es mit einer anderen Nummer, dann mit noch einer. Nur einmal war am anderen Ende der Leitung eine Stimme zu hören, aber selbst auf die Entfernung – Ruth stand am Kopf des Esstischs, hielt sich daran fest – war unverkennbar, dass es sich um einen Anrufbeantworter handelte. Ruth ging in die Küche. Frida holte tief Luft, hängte ein und drückte die Stirn sanft gegen die Wand.

Dann drehte sie sich um und sah Ruth an. »George ist weg«, sagte sie.

»Ich weiß«, antwortete Ruth.

»Nein, ich meine, dieses Mal ist er *wirklich* weg. Dieses Mal ist es echt. Und er hat mein ganzes Geld mitgehen lassen. Was heißt, Schätzchen, er hat auch Ihr ganzes Geld mitgehen lassen. Er hat alles mitgehen lassen.«

Wie sollte das irgendetwas bedeuten? Es bedeutete nur sehr wenig.

»Er hat es tatsächlich getan«, sagte Frida. Sie lehnte sich ans Fensterbrett, so verblüfft, dass ihr Gesicht fast glücklich aussah. »Er hat es wirklich und wahrhaftig getan.«

Allmählich fing es an, etwas zu bedeuten. Frida hatte die Dinge nicht mehr unter Kontrolle, Frida hatte Angst. Sie hatte den Tiger bekämpft, aber jetzt lehnte sie mit blassem Gesicht am Fensterbrett, weil sie sich nicht mehr darauf verlassen konnte, dass ihre Beine sie trugen.

Wie konnte er alles mitgehen lassen? Alles war doch noch hier: das Haus, die Katzen, das Meer, Ruth, Frida.

»Er hat uns beide aufs Kreuz gelegt«, sagte Frida, immer noch mit jenem verwunderten Klang in der Stimme. »Und wie er uns aufs Kreuz gelegt hat.« Jetzt wurde ihre Stimme lauter. »Das Schwein hat alles kaputt gemacht, dabei habe ich so verdammt *hart* gearbeitet! Sehen Sie sich das alles an!« Sie deutete mit ausgestrecktem Arm. »Ich habe diese Böden tausendmal und öfter geputzt, ich habe gekocht und sauber gemacht, ich habe hier *gelebt,* weil er sagte, so könnten wir Miete sparen, wir könnten mehr erreichen, hat er gesagt, wir könnten uns besser einschleichen – ich habe dieses Haus gelebt und geatmet, und Sie, Ruth, Sie! Monatelang! Und was hat er getan? Er hat nur immer wieder gesagt: ›Du hast es dir verdient, warte nur ab, du hast es dir verdient‹, und ist in diesem verdammten Taxi rumgefahren, und jetzt hat er mir alles genommen.«

Frida sah Ruth an, als sei sie in der Lage, alles wieder in Ordnung zu bringen; als müsse sie zumindest Verständnis für Fridas Unglück aufbringen. Ruth schenkte ihr ein kleines Lächeln. Sie hätte gern gesagt, alles würde gut, aber sie schien Mühe mit ihrer Atmung zu haben; irgendein Teil von ihr, dachte sie, war wütend, aber welcher Teil? Es wurde von ihr erwartet, dass sie wütend auf George war, also war sie es.

»Ich habe ihm gesagt, dass wir auf einen Mann warten sollen«, ereiferte sich Frida, die inzwischen wieder stand. »Eine Frau hat keinen Zweck. Ich habe ihm *gesagt,* wie viel schwerer es mit einer Frau sein würde. Bei einer Frau machen die Leute immer viel mehr Aufhebens. Und dazu auch noch eine

Frau mit Söhnen! Söhne machen immer Theater. Aber nein, nein, nein, wir dürfen keine Minute verlieren, Frida, die hier ist es, Frida, jetzt oder nie! Ich hätte –« Sie wirbelte herum und sah das Telefon an, als verbinde es sie auf irgendeine mystische Weise mit George. »Ich hätte ihn zwingen sollen, mitzukommen und alles selbst zu machen. Dann könnte *ich* jetzt diejenige sein, die in den Sonnenuntergang reitet, und wo wäre er dann?«

»Aber Frida, ich hätte keinen Mann im Haus haben können«, sagte Ruth. »Was hätten denn die Leute gedacht?«

»Genau!«, rief Frida. »Ihr zwei wärt jetzt verheiratet, Schätzchen. O ja, das wären Sie. Sehen Sie mich nicht so an, so unschuldig! George hätte Richard mit einem Knüppel aus dem Haus gejagt.«

»Ich kenne George ja nicht einmal«, wandte Ruth ein.

»Aber *ich!«*, sagte Frida. »Mein Gott, und wie ich ihn kenne. Er würde einen Goldfisch vögeln, wenn er Geld hätte.« Sie stand am Fenster und schlug mit der flachen Hand dagegen, sodass die Scheibe und das Meer bebten, und sie stampfte mit dem Fuß auf, als sei dieser an den Tisch gekettet. Es folgte eine stille Minute, in der Ruth versuchte zu erkennen, ob Frida weinte. Dann drehte Frida sich abrupt um und rief: »Und jetzt? Und jetzt?«, und es waren keine Tränen zu sehen, aber ihr Gesicht war so ingrimmig, so verlassen; plötzlich krümmte sie sich zusammen, als habe sie Schmerzen. Aus dieser Haltung heraus sagte sie sanfter: »Was mache ich denn jetzt nur?«

»Richten Sie sich auf«, sagte Ruth. »Ich kann mich nicht bücken.« Sie versuchte es trotzdem, aber Frida hob eine Hand, um sie daran zu hindern.

»Nein!«, sagte Frida und richtete sich auf, und während sie das tat, schloss sie Ruth in ihre Arme und hob sie ein Stück hoch. Ihr Gesicht war in weiche Falten gelegt. Ihr Körper vibrierte. »Er hat mich verlassen, Ruthie«, sagte sie. »Ich habe nichts. Was mache ich jetzt nur?«

»Setzen Sie mich ab«, sagte Ruth, obwohl sie nicht sicher war, ob sie das wirklich wollte, und Frida stellte sie wieder auf die Füße.

»Ich hatte diesen Traum, dass das Meer hierherkam, zu uns, hierher auf unseren Hügel.« Frida sah durchs Fenster aufs Wasser, und der verwunderte Ausdruck kehrte in ihr gerötetes Gesicht zurück. »Und da waren all diese Boote auf den Wellen – altmodische Boote, wissen Sie, wie man sie manchmal im Fernsehen sieht, einige mit Segeln, andere mit Rauchwolken und riesigen Schornsteinen. Sie kamen genau auf uns zu, hier auf unseren Hügel, und die Leute auf ihnen winkten wie verrückt. Ich konnte nicht sagen, ob sie uns zuwinkten, oder ob sie wollten, dass wir uns in Sicherheit brachten.«

»Und was haben Sie getan?«, fragte Ruth. Sie empfand es als eine tröstliche Vision, es würde sein wie die Schiffe auf dem Wasser in Suva, und auf einem von ihnen wäre die Königin. Die Königin war mit Richard auf einem Schiff davongefahren, den ganzen Weg bis nach Sydney.

»Ich bin aufgewacht«, sagte Frida.

»Wahrscheinlich war das das Beste«, murmelte Ruth enttäuscht.

Jetzt ging Frida zur Hintertür. Sie trug ihre Strandschuhe und ihren Mantel, aber unter dem Mantel, fiel Ruth auf, war eine braune Hose zu sehen. Ruth hatte Frida noch nie in Braun gesehen. Sie musste sich in der Nacht umgezogen haben.

»Was sollen wir jetzt nur tun, Ruthie?«, fragte Frida mit nachdenklicher Stimme. »Denn der Punkt ist – wir können alles tun. Wissen Sie das? Sollen wir in den Garten gehen? Sollen wir runter an den Strand gehen? Nein, noch nicht. Zuerst haben wir noch ein paar Dinge zu erledigen. Was für Dinge? Was für Dinge?« Frida redete mit sich selbst. Sie ging rückwärts in die Küche. »Was für einen Tag haben wir heute?«, fragte sie sich selbst. »Donnerstag? Donnerstag. Verstehen Sie, Ruthie, dass George mich verlassen und unser ganzes Geld gestohlen hat?« Und sie ging aus der Küche und durch den Flur zur Vordertür.

George hatte also das Geld von allen gestohlen. Ruth klatschte ein- oder zweimal in die Hände. Das tat sie immer, wenn die Katzen zu sehr jammerten oder ihre Kinder sich danebenbenahmen. Das scharfe Geräusch beschwichtigte sie. Ihr Rücken tat nicht weh, er fühlte sich perfekt an. Trotzdem: unser ganzes Geld! Sie erinnerte sich an ihre leere Börse in der Metzgerei und an den geduldigen, pompösen Ausdruck auf dem Gesicht des Würstchenkönigs, und sie fragte sich, wann genau George es getan hatte. Sie hatten sich solche Sorgen wegen des Tigers gemacht, dabei war George die ganze Zeit die wahre Gefahr gewesen. Vor allem aber empfand Ruth Mitleid mit Harry, weil er stolz und vorsichtig war und beispielsweise nie zugelassen hätte, dass sie nachts die Tür offen ließ. Es war peinlich für Harry und würde ihn kränken, wenn er hier wäre. Wo war er eigentlich? Unser ganzes Geld! Frida kam mit ihrem Koffer zurück.

»Ich möchte, dass Sie wissen, dass ich mich, wenn ich mich entscheiden müsste – zwischen Ihnen und George –, immer für Sie entscheiden würde. Ich möchte, dass Sie das wissen.« Frida klang sehr ernst. Ihr Koffer lag jetzt geöffnet auf dem Esstisch, und sie nahm Dinge heraus; Dinge aus Glas und Silber und Gold, von denen Ruth glaubte, sie zu kennen. »Wenn ich gewusst hätte, wie alles kommen würde, will ich damit sagen«, fügte Frida immer noch erklärend hinzu. »Wenn ich gewusst hätte, was für ein Schwein er ist.«

Ruth betrachtete die Sachen auf dem Tisch.

»Sehen Sie mich an«, sagte Frida, und Ruth sah sie an, und dann wieder auf den Tisch, und dann wieder auf Frida, weil Frida ihr Kinn gepackt hatte und sie dazu zwang. »Sagen Sie, dass Sie wissen, dass ich mich für Sie entscheiden würde.« Was sich deutlich auf Fridas Gesicht abzeichnete, war weder Liebe noch Hass, sondern Überzeugung.

»Was sind das für Sachen?«, fragte Ruth und zog ihren Kopf weg.

»Geschenke.«

»Für mich?«

»Sie waren für mich. Aber Sie können sie jetzt haben. Sie können Sie jetzt genauso gut haben.«

Einer der Gegenstände sah aus wie der Verlobungsring von Ruths Mutter. Ruth streckte die Hand danach aus, und Frida gab ihr den Ring. Er war aus Gold, mit einem Nest aus Diamanten; es war der Ring ihrer Mutter.

»Er ist wunderschön, nicht wahr?«, sagte Frida, die noch nie, nicht in Ruths Beisein, das Wort *wunderschön* ausgesprochen hatte, und deshalb erfüllte es Ruth mit Stolz. Sie steckte den Ring an ihren Finger, wo er sich über ihren anderen, perfekt passenden Ringen drehte. Frida gab ein kleines Grummeln von sich und sagte: »Er ist Ihnen zu groß.« Dann nahm sie Ruths Hand, tippte auf Ruths eigenen Verlobungsring und Ehering und sagte: »Ich habe ihm gesagt, *die* würde ich nicht nehmen. Sie gehören für immer Ihnen.«

Ruth ballte die Hand zur Faust. »Sie *gehören* mir auch. Harry hat sie mir geschenkt.«

»Das habe ich ihm auch gesagt. Und jetzt muss ich Ihnen etwas zeigen.«

»Haben Sie denn die Zeit dafür?«, fragte Ruth.

»Es ist doch erst Donnerstag.«

Frida ging ins Arbeitszimmer, um etwas zu suchen. Als sie zurückkam, hielt sie einen Brief auf dünnem blauem Papier in der Hand und schwenkte ihn wie eine blaue Flagge. »Das hier können Sie jetzt genauso gut sehen«, sagte sie. »Was für einen Unterschied macht es schon?« Mit zarten Fingern reichte sie Ruth das Blatt Papier.

Der Brief war von Richard.

»Es ist der letzte«, sagte Frida. »Es gibt noch andere. Er hat Ihnen fast jeden Tag seit seiner Abreise geschrieben. Ich kann sie Ihnen alle holen, wenn sie wollen.«

»Oh.« Ruth hatte das Gefühl, innerlich zusammengedrückt zu werden, es war eine gewaltige Umklammerung, dann wurde sie wieder freigegeben. Sie betrachtete den Brief, der mit »Meine liebste Ruth« anfing, brachte es aber nicht über sich, weiterzulesen.

»Sie haben mir vertraut, nicht wahr?«, sagte Frida. Es war keine Frage.

»Es gibt keine Garantien«, antwortete Ruth. Sie hielt es für wahrscheinlich, dass sie Frida nie getraut hatte. Aber schließlich traute sie auch sich selbst nicht.

»Sie haben es gesagt.« Frida schrieb etwas auf ein Stück Papier und klebte es ans Telefon. »Das ist Jeffs Nummer, genau hier am Telefon.«

»Man drückt Sternchen und die Eins, wenn man Jeff anrufen will«, sagte Ruth.

»Das können Sie vergessen. Das habe ich schon vor Wochen gelöscht. Sie müssen diese Nummer anrufen – sehen Sie sie? Am Telefon? Sie wissen doch noch, wie man telefoniert? Übrigens habe ich den Ton manchmal leiser gestellt, damit Sie es nicht klingeln hören.«

»Wieso haben Sie das getan?«

»Damit Sie nicht mit Leuten reden können. Aber bei Jeff ging das nicht. Er hätte sonst Ärger gemacht. Leute wie Jeff machen immer Ärger. Lieben Sie mich, Ruthie?«

»Ja«, sagte Ruth ohne nachzudenken, was bedeutete, dass es stimmte.

»Ich wusste es!« Frida hob Ruth in ihre Arme, als wäre sie ein Baby.

Ruth hatte immer noch den Brief in der Hand. »Wo gehen wir hin?«

»Nur raus.«

»Wissen Sie, was Sie tun werden?«

Frida schüttelte den Kopf. »Ich habe nicht die geringste Ahnung.«

Ruth glaubte ihr nicht. Als sie das Haus verließen, sah sie sich im Esszimmerfenster widergespiegelt: hoch oben in Fridas Armen, mit ganz anderen Haaren.

Frida trug Ruth in einen schattigen Teil des Gartens und setzte sie dort ab. Sie stand in dem unebenen Gras, mit dem Rücken teils an den herabhängenden Ast des Frangipani gelehnt.

»Ich bin gleich wieder da«, sagte Frida.

Ruth beobachtete, wie sie zum Haus ging. Irgendetwas an ihr war anders, aber was? Ihre Haare waren immer noch dunkel und glatt, sie war immer noch groß und breit, sie war immer noch Frida. Weil sie Richards Brief noch in der Hand hielt, sah sie ihn sich noch einmal an: »Meine liebste Ruth, Frida sagt, dass es Dir allmählich besser geht, und das ist eine so gute Nachricht, dass sie eine Feier verlangt.« Und weiter unten: »Wäre es Dir peinlich, wenn ich Dir sagte, dass du das wundervollste aller wundervollen Dinge bist?« Sie erinnerte sich an die Handschrift. Früher einmal hatte sie jeden kleinsten Schnipsel gehortet, den sie finden konnte. Sie liebte die lange, erwachsene Linksneigung seiner t's und h's und l's. Er hatte sie auf dem Ball geküsst, und dann im Schlafzimmer. Würde er ein guter Ehemann sein? War er ein guter Ehemann gewesen? Oder war das jemand anderes? Harry war der Ehemann – aber er war verschwunden.

»Harry?«, sagte sie in den Wind hinein. Wo war er bloß? Hier im Garten vielleicht. Sie lauschte auf Geräusche, die ihr verraten würden, dass er hier war. »Harry? Liebling?«

Der Garten war leer. Keine Katzen, keine Pflanzen, er war kahl und geschrubbt. Die Bäume waren kahl, als hätte jemand alle Äste leer gerupft. Außerdem war keine Sonne da. Nur die Düne, grau, und der Himmel, grau, und in einiger Entfernung das weiß-schwarze Meer.

»Hier bin ich!«, rief Frida. Sie hatte Ruths Sessel in den Garten gebracht und fand in der Nähe des Frangipanibaums eine ebene Stelle dafür. Dann kam sie zu Ruth und fasste sie bei den Schultern, so wie sie es getan hatte, als Ruth mit Ellen aus der Stadt zurückgekommen war.

»Und ich bin hier!«, sagte Ruth. Sie sah sich immer noch nach Harry um. Wahrscheinlich kniete er in irgendeinem Beet, wahrscheinlich zwischen den Hortensien. Hortensienblüten fallen nicht von selbst ab. Sie werden braun, nicht wahr, und bleiben einfach; dabei sollten sie eigentlich abfallen. In der Vergangenheit musste Harry sie abgeschnitten haben. Vielleicht konnte sie ihm dabei helfen. Es musste doch irgendeinen Wurm geben, der hervorkommen und die Blütenköpfe fressen wollte. Ruth stampfte mit den Füßen auf, um die Würmer aus der Erde herbeizurufen. Das Geräusch ihrer Füße setzte sich durch die Düne fort, andere Geräusche gesellten sich dazu: das Vorantreiben neuer Wurzeln, vielleicht, und geschäftige Krebse und Insekten, die sich in den Sand wühlten. Frida umfasste sie fester, damit sie stillhielt.

»Was ist bloß mit Ihnen?«, fragte Frida und fing an, leise ein Kinderlied zu singen; Ruth kannte die Melodie, aber nicht die Worte, die ihr irgendwie unenglisch vorkamen. Dann erkannte sie sie, ohne sie zu verstehen. Es war ein fidschianisches Lied. Sie und Frida wiegten sich auf der Düne hin und her, die Worte schwebten über ihnen und um sie herum, und das Lied ließ sich an einem inneren Ort in Ruth nieder, wo es andere Dinge begrüßte – die Form der Lippen ihrer Mutter, einen Hund, der auf einer Straße in Suva überfahren worden war. Es fand dort eine Vereinigung statt, an diesem Ort. Ruth nahm daran teil, und an der sanften Bewegung von Fridas großem Körper, und an dem Gefühl der Luft auf ihren Armen, während sie sich bewegten. Die Krankenschwestern in der Ambulanz hatten manchmal bei der Arbeit gesungen. Junge Mütter sangen ihren Babys vor. Ruths Mutter und Vater sangen Kirchenlieder. Ihr Vater las ihnen abends vor, während der Hausboy in der Küche sang: »Schaut die Lilien auf dem Felde«, las ihr Vater, und Ruth schaute. »Wie sie wachsen: Sie arbeiten nicht, auch spinnen sie nicht.« Ich arbeite nicht, auch spinne ich nicht, dachte Ruth. Sie lehnte sich an Fridas Bauch und fühlte sich in Herrlichkeit gekleidet.

Was sollte dieses Lied bezwecken? Es sollte Babys in den Schlaf wiegen. Phillip schlief unruhig in seinem Bettchen. War Pleuritis nicht ein sehr schönes Wort? Neben seinem Bettchen: »Der Kater mit Hut«. »Ich bin der kleine Hase«. »Kuddel lang und Kuddel kurz«. Ruth ruhte sich aus und sang. Es war feucht in der Höhle von Fridas Arm, und Ruths Haare klebten an ihrer Wange. Dann fiel ihr ein, dass Harry tot war. Ich erinnere mich daran, ich erinnere mich daran, dachte sie. Dem Himmel sei Dank, dass diese Tatsache kleben geblieben war. Sie wollte sie in Ehren halten. Jede zukünftige Minute kündigte sich an, breit, ohne Harry. Und dann drängte sich ihr ganzes Leben, ihre ganze Vergangenheit, gegen diese Minute, füllte diese Minute ganz aus; sie war so schnell vorbei. Alles beharrte so emsig auf irgendetwas, das Ruth nicht identifizieren konnte, etwas, das mit Glück zu tun hatte. Wie enttäuschend es war, nicht glücklich gewesen zu sein, dachte Ruth. Jeden Moment erwartete man, es zu sein. Jetzt, hier, könnte sie vielleicht glücklich sein, aber es war unwahrscheinlich.

Frida kniete sich auf den Boden und zog Ruth mit sich. Sie sang immer noch, aber jetzt ohne Worte; Frida war nur noch eine Melodie, ein warmer Atem, der Ruth zu Boden zog. Das Gras war glatt und rau, und Frida bettete sie darauf. Frida küsste Ruths Stirn; sie hob ihre freie Hand an, damit die Sonne nicht in Ruths Augen schien. Sie sang immer noch, hielt aber inne, um zu sagen: »So geht das nicht«, und sie legte Ruth ein Stückchen weiter in den Schatten, oder was es an Schatten gab unter dem dicken, grauen Spitzengewebe des Frangipani, der noch keine Blüten trug und nur wenige Blätter hatte, so früh im November. Eine Möwe saß in der Spitze des Baums. Sie beobachtete sie nicht, sie schlief nicht, sie war nichts, nur eine Möwe.

»Besser so?«, fragte Frida, und sie hob Ruths Kopf an und bettete ihn auf etwas Weiches.

»Mein Rücken tut nicht weh«, sagte Ruth, als verkünde sie den Wetterbericht. »Er fühlt sich sehr gut an.«

»So soll es sein«, sagte Frida. Sie stand über Ruth und hatte ihren Mantel nicht mehr an. In der Hand hielt sie ein Glas Wasser, das sie Ruth reichte, und eine blaue Pille, und noch eine, und dann, nach einem Augenblick des Zögerns, noch eine. Frida half Ruth, alle Pillen zu schlucken. »Jetzt werden Sie es ganz bequem haben. Sie ruhen sich hier einfach ein Weilchen aus, und wenn Sie so weit sind, möchte ich, dass Sie Jeff anrufen und ihm sofort alles über George erzählen. In Ordnung? Versprechen Sie mir das?«

»Ich verspreche es«, sagte Ruth. Der Boden war elastischer, als sie es in Erinnerung hatte.

»Was werden Sie ihm über George sagen?«

»Taxiservice Young.«

»Richtig, richtig. Das ist sein Taxiunternehmen«, sagte Frida geduldig. »Aber was hat er getan? Was hat George Schlimmes getan?«

»George ist mit dem Geld von allen abgehauen.«

»Gut. Sagen Sie Jeff, dass ich Papiere auf den Tisch gelegt habe, die er der Polizei geben soll. In Ordnung?«

»Frida?«, lächelte Ruth. »Ich kann Jeff nicht von hier aus anrufen.«

»Ich weiß. Sie müssen dafür ins Haus gehen, so wie an dem Tag, an dem Sie allein hier draußen waren und es ganz allein geschafft haben, wieder ins Haus zu kommen. Aber dieses Mal wird Ihr Rücken nicht wehtun, weil Sie die Pillen genommen haben, und außerdem habe ich Ihren Sessel hierhergestellt, damit Sie besser aufstehen können. Sie ziehen sich einfach daran hoch, dann ist es ganz leicht. Ich muss in einer Minute gehen, und wenn Sie dann bereit sind, machen Sie sich auf den Weg zum Telefon. Rufen Sie Jeff so schnell wie möglich an. Sie müssen mir nur ein kleines bisschen Zeit geben. Haben Sie das verstanden?«

»Wofür brauchen Sie Zeit?«

»Das weiß ich noch nicht.«

Ruth lächelte immer noch. Frida kniete jetzt neben ihr. Sie trug ein rosa T-Shirt. Frida in Pink! Ihr ganzes Gesicht war von der Farbe erleuchtet.

»Die Hintertür ist offen«, sagte Frida und streichelte Ruths Gesicht. »Die Katzen sind in Ihrem Schlafzimmer, mit Futter und Wasser. Sie gehen einfach in Ihr Schlafzimmer, wenn Sie sie sehen wollen. Sie brauchen sich über nichts Sorgen zu machen, in Ordnung?«

»In Ordnung«, sagte Ruth. Frida verharrte ganz still und sah sie nur an. »In Ordnung«, sagte Ruth noch einmal und drückte Fridas Hand, die ihre hielt, wie sie jetzt merkte. Das Drücken hatte keine große Wirkung – Ruth konnte nicht spüren, ob ihre Hand sich anspannte, und sie wusste nicht, ob Frida den Druck erwiderte. Harry hatte den Druck immer erwidert. Ein, zwei, drei Mal drücken bedeutete: »Ich liebe dich.« In der anderen Hand hielt Ruth Richards Brief.

»Ich muss jetzt gehen«, sagte Frida, rührte sich aber immer noch nicht. Auf ihrem Gesicht lag ein schrecklicher Ausdruck, ruhig, aber schrecklich; entschlossen und geduldig. Der Sand und das Gras würden ihre hübsche Hose ruinieren.

»Sie sollten öfter Rosa tragen«, sagte Ruth, und Frida ließ Ruths Hand los und stand auf. Jetzt war ihr Gesicht verschwunden, aber sie blieb noch einen Moment stehen. Ruth sah ihre Beine. Ihre Hose war vom Knien ein bisschen zerknittert, aber nicht schmutzig. Ein Ring aus Haaren zog sich um ihren Knöchel, und sie hatte dort einen kleinen Leberfleck. Frida drehte sich um und ging ins Haus. Die Möwe saß immer noch im Frangipani.

19

Im leeren Garten war es still. Alles schien reglos zu verharren: der Wind, das Rauschen des Meeres, selbst das Licht, als ziehe eine dünne Wolke vor der Sonne vorbei. Ruth schmiegte den Kopf in das Kissen, das Frida ihr gebracht hatte, und ruhte sich eine Weile aus, um die Kräfte zu sammeln, die sie brauchen würde, um das Telefon zu erreichen. Sie dachte an Harry, als sie dort im Garten lag, weil sie wusste, dass er tot war, und weil sie wusste, dass sie vergessen hatte, dass er es war. Es schien dasselbe zu sein, wie zu vergessen, dass er gelebt hatte. Hauptsächlich dachte sie daran, wie sein Gesicht ausgesehen hatte, wenn er neben ihr im Bett lag. Ruth dachte an Harry und drückte ihre eigene Hand. Sie rieb ihre Füße aneinander, so wie glückliche Babys es tun, konnte sie aber nicht spüren. Es war, als hätte sich ein weicher Bezug über ihre Beine gelegt – etwas Weiches und Schweres, und auch Warmes, aber kein Stoff. Es dauerte eine Weile, bis sie darauf kam, was es sein könnte, und irgendwann fiel ihr ein – da sie anscheinend den Kopf nicht von dem Kissen heben konnte, um nachzusehen –, dass Frida ihre Füße vielleicht mit dem Fell des Tigers zugedeckt hatte. Da sah sie sich selbst unter dem Baum, unter dem Tigerfell, und was würde Harry dazu sagen? Er würde sagen: George, George, George. Der junge George hatte allen das Taxigeld gestohlen. Ruth konnte nicht sagen, ob sie aufgehört hatte, ihre Füße aneinanderzureiben. Sie dachte, Frida hätte das Telefon zu ihr nach draußen bringen sollen, wenn sie so unbedingt wollte, dass sie George anrief. Sie dachte, Frida hätte vieles anders machen sollen. Etwas schnitt in ihre Hand, als sie sie drückte, und nachdem sie noch ein bisschen mehr gedrückt hatte, ging ihr auf, dass es der Verlobungsring ihrer Mutter war.

Bald würde sie ins Haus gehen und das Telefon finden müssen. Es würde mit der weißen Schnur umwickelt sein. Ruth konnte ihre Füße nicht spüren, aber sie glaubte, ihre Ellbogen zu spüren. Sie versuchte, sich auf sie aufzustützen, so wie an dem Tag, an dem sie in die Tigerfalle gestürzt war. Aber sie hoben sich nicht, nichts hob sich. Als sie in der Tigerfalle gelegen hatte, war nur der weite Himmel über ihr gewesen, aber hier hatte sie die grünen, schrägen Streifen der Sonne, die durch den Frangipani fiel. Ruth kannte die Größe dieser Sonne, und all ihre Eigenschaften: Sie bewegte sich jetzt an ihrem Rückgrat entlang nach unten, brannte manche Dinge weg, machte andere empfindungslos. Ihre Hitze breitete sich aus, aber sanft. Sie stellte sich ihr Rückgrat als einen rauen Schacht vor, von Flechten überzogen, schrundig, wie Holz unter Wasser. Sie musste diesen hölzernen Schacht an der Stelle finden, wo er unter Wasser splitterte; sie packte ihn mit ihren Händen, sie zog daran, und das Holz kam frei. Da tauchte Ruth aus dem Meer auf. Sie schmeckte das Salz auf ihren Lippen, um zu überprüfen, ob es wirklich das Meer war; sie hatte keine Erinnerung daran, dorthin gelangt zu sein. Außerdem hatte sie dieses feuchte Stück Holz in der Hand, und es war ganz einfach, es über den Sand zu werfen, sodass es über die Düne hinweg und hinauf in den Langstreckenwind flog. Der Wind gab ein hohes, pfeifendes Geräusch von sich, bevor er rosa Spuren zurückließ. Der Himmel rötete sich ein wenig – wie ein winziger Blutstropfen in Wasser –, was das seltsamste Wetter überhaupt war. Vielleicht zog ein Sturm auf, oder ab. Die Fensterscheiben klapperten, wie um zu sagen: »Sei bereit! Sei bereit!« Jemand musste den Sessel ins Haus tragen, bevor er ruiniert wurde. Niemand konnte die Möwe aus dem Frangipani vertreiben, aber vielleicht flog sie mit dem ersten Regen davon. Die Wale klangen tiefer, wenn es keinen Sturm gab, und der Junge raste vielleicht mit seinem Boot über das Wasser, um sie zu suchen. Dann würde Harry, jener notwendige Mann, vom Ufer aus rufen: »Sei bereit! Sei bereit!« Er war zu beschäftigt, um den Sessel aus dem Garten ins Haus zu tragen, sodass man eine weiße Schnur um ihn binden und ihn ziehen musste, so wie man Holz aus dem Wasser herauszog. Harry lief am Ufer entlang und rief, und das Boot war ein schmaler gelber Strich in der Bucht. Die Wellen stiegen an und sandten Gischt über die Dünen. Die Gischt fiel über den Frangipani, aber die Möwe blieb; sie drehte nur ein neugieriges Auge in Ruths Richtung. Die Schnur war zu schwer, um sie vom Boden aufzuheben, und der Sessel zitterte nur, ließ sich aber nicht bewegen. Die Sonne war jetzt verschwunden; sie war nicht mehr die Sonne. Es gab keinen Namen für sie, weil sie nicht wiederkommen würde. Etwas Blaues, Papierartiges fiel von irgendwoher und stob in den Baum hinauf. Es war nicht schrecklich wichtig. Der Sessel würde draußen bleiben müssen, wie auch der Mann, der unterhalb der Düne rief. Die Fenster konnten klappern, so viel sie wollten, und niemand und nichts würde drinnen sein.

Dann das Schaben des Sturms über den Bäumen. Es gab keinen Regen, nur Geräusche. Erst die Vögel, die protestierten, als sei der Morgen mitten in der Nacht angebrochen, und dann jedes Insekt. Eine Glocke läutete, um den Arzt aus dem Schlaf zu reißen. »Nicht bei diesem Wetter«, sagte eine Frau, eine Mutter, aber der Vater ging dennoch in das Geräusch hinaus. Er ging hinunter zum Strand, wo Menschen mit Ferngläsern standen. Dort watete er durch die Menschen, und es war, als sei ein Gott in ihre Mitte gekommen, ein alter Hirtengott, der Schafe vor sich hertrieb. Der Ring der Mutter umschloss ihren Finger. Auch sie hatte ihren Ehemann verloren und war untröstlich. Sie sagte: »Im Himmel gibt es keine Ehe.« Jetzt steigerte sich die Lautstärke des Dschungels, aber irgendetwas stimmte nicht: Es gab Affen und Aras, alle fehl am Platze, große, sich öffnende Lilien, die einen Geruch nach Regen verströmten. Nichts ist so laut wie das Geräusch von Insekten. Und auf dem kaum wahrnehmbaren Meer etwas Gelbes, das kein Boot war. Es war lang und kam aus dem Wasser heraus. Es blieb stehen, um Gegenstände am Strand zu inspizieren, drehte sich gelegentlich hin und her, wenn es jemanden – weit in der Ferne – rufen hörte. Es blieb am rauen Rand der Wellen, und kam näher, und war erkennbar. Der Tiger war dort, im Wasser. Seine Kehle war nicht durchgeschnitten, und er trug sein eigenes angesengtes Fell. Tiger können geduldig sein; sie können warten.

Dieser Tiger war auch schnell; er kam. Er schien zu wissen, dass es nichts gab, was ihn aufhalten konnte. Jetzt war er aus dem Wasser und auf dem Sand; jetzt am Fuß der Düne, am Ende der Falle. Sein Atem drang über das Geräusch der

Vögel gleichmäßig zu ihr, seine Ohren lagen eng am Kopf an, seine Krallen im Sand klangen wie rollende Steine. Er hatte die Farbe der verschwundenen Sonne. Und er sang! Er sang ein leises Lied, während er rannte, es strich mit seinem Atem über seine raue Zunge. Jetzt kam er singend die Düne herauf, und alle Vögel flogen schreiend hinter ihm her, bis auf die eine Möwe im Frangipani. Dieser Baum schwamm im grünen Licht hin und her. Er war mit einer langen, weißen Schnur umwunden, die sich nicht vom Boden heben ließ und aus der in regelmäßigen Abständen ein Geräusch drang. Konnte es unter diesem Baum wirklich so laut sein, nach all der Stille? Jetzt war der Tiger da, wo das Gras begann. Sein schwerer Kopf war so vertraut, und er sang immer noch mit leiser, vertrauter Stimme. Was für einen großen, goldenen Raum er am Rand des Gartens ausfüllte. Sein Gesicht strahlte aus sich selbst heraus, und jede schwarze Linie war nur ein Weggehen, sodass er sich zurückzuziehen schien, obwohl er sich nicht vom Fleck rührte. Und er war absolut unverletzt; jemand hatte gelogen, was diesen Tiger anging. Eine Frau, so groß wie er und so real wie er, hatte gelogen. Als er über den Rasen kam, bebten die Hortensien, und das Dünengras wehte nach hinten, weg von dem grüneren Gras. Am Sessel blieb er stehen und reckte sich vor – seine ganze Länge reckte sich vor – und schärfte seine Krallen an einem hölzernen Bein. Dann setzte er sich auf die Hinterbeine, und hielt inne, und sprang auf den Sessel. Er kippte nach links. Genau betrachtet sang er doch nicht, aber sein Atem war melodisch, und er saß hoch aufgerichtet da, die Pfoten zusammengestellt, wie ein Zirkustiger. Er fing an, seine symmetrischen Flanken zu putzen.

»Jetzt«, sagte Ruth. Ruth war ihr Name. Er war ihr versprochen worden und ihr treu geblieben. »Jetzt!«, rief sie, aber der Tiger bewegte sich nicht. Dass sie dabei war, aufzustehen, merkte sie nur daran, dass sie nicht mehr auf dem Boden lag. Lagen diese Öltanker nicht hoch im Wasser? Ihr hölzernes Rückgrat war weggebrannt, und sie konnte stehen. Sie musste sich nicht einmal mehr an der weißen Schnur festhalten, was gut war, denn wo würde die sie hinführen? Jetzt, im Stehen, war sie so groß wie der Tiger. Er beobachtete sie nicht, sondern leckte und glättete nur sein Fell. Ruth streckte ihm die Hände entgegen. Sie überquerte den feinen, staubigen Rasen, und jeder Schritt schien ihn wegzufegen. Alles Gras flog die Düne hinunter, und nur das reinste, braunste Weiß schimmerte hindurch.

»Jetzt«, sagte sie zu dem Tiger, aber er schwenkte den trägen Kopf nur zu seiner anderen Flanke und leckte sie ab. Er definierte seine Streifen. Er befestigte sie mit seiner Zunge.

Also ging Ruth näher. »Miez, Miez, Miez«, sagte sie. Sie streckte die Arme aus und packte das raue, warme Fell seiner Schultern. Jetzt fing der Vogel im Baum zum ersten Mal an zu singen. »Sei bereit! Sei bereit!«, sang er. Aber es gab keinen Grund, vor diesem so ruhigen Tiger Angst zu haben. Er roch wie schmutziges Wasser. Sie lehnte den Kopf an seine weiche Brust, wo sein großes Herz tickte.

20

Die Katzen fanden bei Ellen Gibson ein neues Zuhause. Sie erfuhr von ihrer misslichen Lage, weil ihre Schwester als Sprechstundenhilfe bei dem Tierarzt arbeitete, den Jeffrey anrief, um sich nach einem guten Tierheim zu erkundigen. Er hatte am Telefon geklungen, als tue es ihm leid, berichtete Ellens Schwester, aber es waren Hunde und internationale Flüge und Allergien zu berücksichtigen, hatte er schuldbewusst und defensiv zugleich vorgebracht. Ellen wusste, dass Jeffrey den Tierarzt angerufen hatte, kaum dass er von der Bank zurück gewesen war – diverse Leute hatten ihn dort gesehen und seine Wut auf den Bankmanager und Gail Talitsikas mitbekommen, und er war das Stadtgespräch in jenen frischen, spannungsgeladenen Tagen, sodass Ellen, wo immer sie hinging, neue Einzelheiten erfuhr. So zum Beispiel, dass Fridas Nachname nicht Young lautete und dass sie keineswegs vom Staat geschickt worden war.

In ihrem kleinen roten Auto fuhr Ellen den Hügel hinauf, stellte es an der Küstenstraße ab und ging zu Fuß zum Haus. Eigentlich hatte sie ohne großes Getue auftauchen wollen, und ohne sich ein Urteil anzumaßen, war aber gezwungen, sich durch das Gestrüpp zu kämpfen, das die Auffahrt vereinnahmt hatte. Niedrige, verkrüppelte Bäume ließen sie straucheln und griffen nach ihren Haaren, und die Gräser schüttelten eine samenartige Substanz ab, die sie zum Niesen brachte. Jeffrey wartete auf sie, als sie am Haus ankam.

»Wie ein Dornröschenschloss, nicht wahr?«, sagte er. Er trug alte Sachen, die vielleicht seinem Vater gehört hatten, und Gartenknieschoner.

»Ein bisschen.« Ellen nieste erneut und lachte leise. Sie kam sich wie ein Eindringling vor und gleichzeitig selbstgerecht. Sie kam sich albern vor.

»Mit dem Auto geht es viel besser«, sagte Jeffrey. »Man zwängt sich einfach durch und schiebt alles beiseite.«

Ellen fand, Jeffrey sollte sich schämen, weil er unter anderem zugelassen hatte, dass das Grundstück seiner Mutter derart verkam; andererseits erinnerte sie sich daran, in welchem Zustand die Auffahrt noch vor einer Woche gewesen war, und da war sie ihr nicht annähernd so unpassierbar vorgekommen. Es war, als sei der Garten absichtlich in die Höhe geschossen, um das Haus zu verbergen. Sie drückte Jeffrey kurz und unbeholfen an sich, und er tätschelte ihre Schulter, wie um zu sagen »Ist ja gut, ist ja gut.«

»Sie scheinen der Schutzengel unserer Familie zu sein«, sagte er.

Eher der Todesengel, dachte Ellen. Sie hatte darüber nachgedacht. Sie war ein böses Omen; ein Vogel, der über den Köpfen der Leute kreiste und fragte: »Alles in Ordnung?«, wenn niemand auch nur im Entferntesten in Ordnung war.

»Es tut mir so leid – das alles«, murmelte sie. Aber das klang wie eine Entschuldigung, und es gab wirklich nichts, wofür sie sich entschuldigen musste. Aber der Teil von ihr, der fand, eigentlich müsse Jeffrey ihre Entschuldigung zurückweisen und sich seinerseits entschuldigen, wurde von einem anderen, mitfühlenderen Teil zum Schweigen gebracht. Jeffrey war schmaler als auf der Beerdigung seines Vaters, als habe jener Tod ihn zu kardiovaskulärer Wachsamkeit aufgerüttelt. Aber er drückte auch die Faust in den unteren Teil seines Rückens und streckte sich, als habe er Ruths Rückenprobleme geerbt und merke das erst jetzt. Vielleicht bleiben die Probleme einer Familie immer erhalten, dachte Ellen, und gehen bei einem Todesfall einfach auf ein anderes Mitglied über. Aber – wie dumm – genau das war natürlich mit genetisch gemeint, oder?

»Wir sind Ihnen sehr dankbar.«

»Dazu gibt es keinen Anlass. Ich wünschte, ich hätte mehr tun können.« In Wirklichkeit wünschte sie, sie hätte weniger getan.

»Wir alle wünschen, wir hätten mehr tun können«, sagte Jeffrey, und das war nun wirklich unerträglich. Eine Minute lang ließ Ellen den abgrundtiefen Abscheu, den sie für Jeffrey empfand, aus irgendeinem bodenlosen Ort in ihrem Inneren aufsteigen. Wenn Ruth *meine* Mutter gewesen wäre …, dachte sie, wie schon so oft. Aber sie neigte trotzdem verständnisvoll den Kopf. Sie wusste nicht, was sie sagen sollte. Jeffrey wirkte auf merkwürdige Weise wie ein Rekonvaleszent, wie ein Mann, der sich von einer traumartigen Krankheit erholt, und all seine Bewegungen hatten etwas Unterwasserartiges: Er ging zu einer Schubkarre, die neben dem Haus lag, hob sie halb an und ließ sie wieder fallen. Er litt also doch, wie es Ellen, das merkte sie jetzt, von ihm erwartete, und plötzlich hatte sie das Gefühl, gleich weinen zu müssen.

Phillip kam aus dem Haus gestürzt.

»Ellen!«, rief er. Mit seinen hellen Haaren und dem milchproduktrunden Gesicht sah er aus wie seine Mutter, und er hatte dasselbe breite Lächeln wie sie. Er war das Baby der Familie und hatte die unrühmliche Sicherheit dieser Position nie ganz aufgegeben. Seine Pflicht, niedlich jovial zu sein, war unter den gegebenen Umständen eine große Bürde; er zog Ellen in seine Arme und hielt sie eine Weile. Er roch nach frisch gewaschener Wäsche. Als er sie losließ, lächelte er – traurig, liebenswert – und hielt ihre Hand fest. Es war viel leichter, Phillip zu verzeihen als seinem Bruder.

»Ich habe das Gefühl, dass Sie zur Familie gehören«, sagte er, während Jeffrey von ihnen wegging und um die Hausecke bog. »Als wären Sie eine Schwester.« Das war Ellen lieber, als ein Engel zu sein. Sie drückte seine Hand.

»Ich kann mir nicht vorstellen …«, fing sie an, aber sie konnte es sich vorstellen, also verstummte sie wieder.

Sie gingen ins Haus, um die Katzen zu suchen.

Das Haus war sauber, aber wichtige Dinge fehlten – das Sofa, zum Beispiel, und in der Küche der Herd. Die Wand dahinter war fleckig, zeigte ein tiefes, ausgefranstes Braun, als hätte es gebrannt. An den Wänden hingen keine Bilder und Fotos mehr, und das Wohnzimmer war voller Begräbnisblumen. Ellen hatte ihre zum Bestatter geschickt und bedauerte es jetzt. Ruths Lieblingssessel stand da, wo das Sofa hätte stehen sollen; er sah ramponiert und ausgebleicht aus, als hätte er tagelang bei hohen Temperaturen draußen gestanden. Der Esstisch quoll über vor Papieren. Phillip bewegte den Arm darüber hinweg und sagte: »Alles Sachen, die die Polizei nicht haben wollte. Sie trinken doch einen Tee mit uns, nicht wahr?«

Durch die Fenster konnte Ellen Jeffrey im Garten sehen. Er schien sich damit schwerzutun, das Unkraut zwischen dem Strandgras herauszureißen; oder vielleicht riss er auch das Gras selbst aus. Das Meer hinter ihm schimmerte wässrig grün.

»Werden Sie das Haus verkaufen?«

»Auf jeden Fall.« Dann, als wolle er die Endgültigkeit dieser Aussage abmildern, änderte Phillip sie in »Ja« um. Er rief die Namen der Katzen, aber ohne große Überzeugung, und sie kamen nicht.

Offensichtlich war er mit der Küche nicht vertraut. Er öffnete und schloss Schränke auf der Suche nach Tassen und Tee und Zucker – es war wie Slapstick in Zeitlupe. Ellen saß auf einem der Esszimmerstühle und gab sich alle Mühe, die Papiere auf dem Tisch nicht anzusehen. Als das Wasser im Kessel anfing zu brodeln, sagte sie: »Wie ich höre, hat man Fridas Bruder inzwischen gefunden. Das ist doch eine gute Nachricht.«

»Er war ihr Geliebter«, sagte Phillip, der mit der Milch herumhantierte.

»Oh. Aus irgendeinem Grund dachte ich, er sei ihr Bruder. Aber so ergibt es vermutlich mehr Sinn.«

»Inwiefern?«

»Na ja, dass sie – einfach aufgegeben hat. Sie kam mir nicht vor, als wäre sie der Typ dafür.«

Plötzlich war Ellen nervös, weil sie Frida zur Sprache gebracht hatte, ihren Namen ausgesprochen hatte wie ein böses Omen in diesem immer leerer werdenden Haus.

Aber Phillip schien sich nicht daran zu stören. »Sie haben sie gekannt, nicht wahr?«

»Ich habe sie einmal gesehen«, antwortete Ellen. Sie erinnerte sich, wie Ruth und Frida aufeinander zugelaufen waren, wie Liebende, und wie verlegen diese Intimität sie gemacht hatte, und wie sehr sie sie später beunruhigt hatte. Sehr viel Zeit schien seit dem Tag vergangen zu sein, an dem sie Ruth in der Stadt getroffen hatte.

Phillip brachte die Becher an den Tisch und schob mit dem Ellbogen Papiere beiseite, um Platz zu machen. Er sah zu seinem Bruder im Garten hinaus. »Ich bin erst gestern angekommen«, sagte er, ging zur Tür und rief: »Jeff? Tee?« Jeffrey stand auf, drückte den Arm gegen die Stirn und schüttelte seinen ganzen Körper, um zu verneinen. Er schien ein Bündel Stacheldraht in den Händen zu halten.

Phillip drehte sich zu Ellen zurück, die pflichtschuldigst an ihrem Tee nippte, und sagte: »Ich habe den ersten Flug genommen, den ich von Hongkong aus kriegen konnte. Jeff ist schon seit Freitag hier.«

»Hätte ich das nur gewusst. Ich hätte ihm etwas zu essen bringen können.«

Jetzt setzte sich Phillip. »Wissen Sie, was wir unter dem ganzen Zeug hier gefunden haben?«, fragte er und deutete auf die Papiere auf dem Tisch. »Briefe von einem Mann, den sie aus Fidschi kannte. Liebesbriefe, alle aus neuester Zeit, die meisten ungeöffnet. Wir haben uns gefragt, ob sie sich deshalb die Haare gefärbt hat. Jedenfalls hat Jeffrey den Mann angerufen und ihm gesagt, was passiert ist, und er kommt zur Beerdigung. Sie kommen doch auch, ja? Er heißt Richard. Er hat sie hier besucht und natürlich Frida kennengelernt. Alle haben sie gekannt, nur wir nicht.« Er pustete auf seinen Tee. »Wie war sie?«

»Ich habe sie ja nur kurz gesehen«, sagte Ellen. »Sie war sehr groß.«

»Ihre Mutter hat über die Polizei Kontakt zu uns aufgenommen. Anscheinend ist sie Engländerin. Der Vater stammte aus Neuseeland – halb Maori. Er ist seit Jahren tot, und es gab auch eine Schwester, ebenfalls tot. Krebs. Aber diese Mutter – sie ist wirklich was Besonderes. Sie will zur Beerdigung kommen.«

»Wirklich?«, sagte Ellen. »Ist sie von hier?«

»Nein, sie lebt in Perth, aber sie ist hergeflogen.«

»Ich habe ja nur ein paar Minuten mit Frida gesprochen«, sagte Ellen. »Aber ich hatte den Eindruck, dass sie Ihre Mum wirklich geliebt hat.«

Phillip schwieg einen Moment. Dann sagte er: »Sie war Putzfrau, in diesem Pflegeheim. Seewind? Seeblick?«

»Meerblick.«

»Wir vermuten, dass sie da an die Infos über Mum rangekommen ist. Jeff hat sich Anfang des Jahres dort mal telefonisch informieren lassen, als Mum ein bisschen daneben schien und mitten in der Nacht anrief, weil sie schlecht geträumt hatte oder so. Die Polizei denkt, Frida und George haben auf irgendeine günstige Gelegenheit gelauert, und plötzlich war sie da.« Phillip wirkte sehr gelassen, als er das alles erzählte, aber Ellen vermutete, dass er nicht der Typ war, der komplizierte Reuegefühle hegte. Stattdessen empfand er einen betäubenden, verwirrenden Kummer, der alles andere überlagerte. Er fuhr mit einem Finger über den Rand seiner Teetasse, und draußen riss sein Bruder Unkraut aus. Jeffrey hatte Ruth unter einem Baum im Garten gefunden, wie jeder wusste, aber Ellen glaubte nicht, dass das der

Grund für seine Geschäftigkeit war; wahrscheinlich wollte er das Haus nur für den Verkauf auf Vordermann bringen. Einige Leute in der Stadt missbilligten diese Eile, andere fanden sie angemessen.

Denn natürlich war die Stadt wie elektrisiert – all diese Neuigkeiten, Ereignisse, Ängste und Spekulationen. Einige waren sicher, George Youngs Taxi spätnachts oder frühmorgens am Anfang der Auffahrt der Fields gesehen zu haben; andere hatten beobachtet, wie Frida sich im Supermarkt wegen irgendwelcher Schecks herumstritt. Alle riefen ihre alternden Eltern an oder besuchten sie in ihren Pflegeheimen. In den ersten Tagen, nachdem Ruth gefunden worden war, als niemand wusste, wo Frida und George sein könnten, hatte Ellen, wie alle anderen auch, die Schlösser an ihren Türen und Fenstern zweimal kontrolliert, als könne in der Nacht alles Mögliche angekrochen kommen. Und dann, am Sonntagnachmittag, entdeckte ein Fischer Fridas Leiche, die an die Felsen des Leuchtturms angeschwemmt worden war, und in der Stadt machte sich eine gewisse Enttäuschung breit. Die Leute wollten, dass sie der Gerechtigkeit zugeführt wurde. Sie war zu schwer, als dass ein Mann allein sie aus dem Wasser heben konnte, und als der benötigte Notfalldienst endlich eintraf, hatte sich bereits eine gaffende Menschenmenge angesammelt. Zwei Tage lang hatten alle diese Frau gesucht, und jetzt wurde sie aus dem Meer gezogen. Damit schien die Gefahr vorbei, aber die Flagge am Surfclub blieb auf halbmast.

Jetzt kamen die Katzen aus dem Garten, blieben aber zögernd in der Tür stehen, also bückte Ellen sich und machte Kussgeräusche. Da kamen sie vorsichtig näher.

»Sie sind wirklich eine Lebensretterin«, sagte Phillip, was ihr unangenehm war, weil es – zumindest im Fall der Katzen – vielleicht sogar stimmte.

Die Katzen machten dümmliche Gesichter, stürzten sich abergläubisch auf ihre eigenen Schwänze, putzten ihre sauberen Krallen und beschnupperten Ellens dargebotene Finger mit milder Neugier. Phillip berichtete, dass sie nicht fressen wollten.

»Und damit Sie auch wirklich alles wissen, muss ich Ihnen noch sagen, dass sich die getigerte, das Männchen, mindestens einmal am Tag übergibt.«

Der getigerte Kater sah Ellen mit leeren Augen an. Er ließ sich in den Tragekorb heben, den sie mitgebracht hatte, und das schildpattgemusterte Weibchen verhielt sich gleichermaßen gefügig. Unter ihrem gewichtigen Fell waren sie zerbrechliche kleine Bündel. Sie gaben keinen Mucks von sich, als sie aus dem Haus getragen und auf den Rücksitz gestellt wurden, aber als das Auto den Hügel hinunterfuhr, fingen sie an zu maunzen – klagend, untröstlich. Als Ellen an der Bushaltestelle vorbeikam, sah sie einen ganzen Schwarm Möwen vom Meer aufsteigen. Sie stürzten sich in den Himmel und fielen dann wieder zurück.

Danksagung

Ich danke meiner Familie – Lyn, Ian, Katrina, Evan und Bonita McFarlane, und meine Gedanken sind auch bei meinen beiden Großmüttern, Hilda May Davis und Winifred Elsie Mary McFarlane. Danken möchte ich auch meinen Lehrern, insbesondere Elizabeth McCracken, Steve Harrigan, Alan Gurganus und Margot Livesey. Dankbar bin ich Stephanie Cabot, Chris Parris-Lamb, Anna Worrall, Rebecca Gardner, Will Roberts und der ganzen Gernert Company sowie meinen Lektoren Mitzi Angel, Ben Ball, Meredith Rose und Carole Welch. Dieses Buch entstand mit der großzügigen Unterstützung des Australia Council for the Arts, des Fine Arts Work Center in Provincetown, des St. John's College in Cambridge, der Phillips Exeter Academy und des Michener Center for Writers – in Zusammenhang mit diesen wundervollen Orten danke ich Salvatore Scibona, Roger Skillings, Charles Pratt, Marla Akin, Debbie Dewees, Michael Adams und Jim Magnuson. Und ich habe meinen Freunden zu danken, insbesondere Mimi Chubb, Kate Finlinson und Virginia Reeves und, vor allen Dingen, Emma Jones.

Originaltitel: The Night Guest
Originalverlag: Faber and Faber, Inc., New York, NY

MIX
Papier aus verantwortungsvollen Quellen
FSC® C014889

Verlagsgruppe Random House FSC® N001967
Das für dieses Buch verwendete FSC®-zertifizierte Papier *EOS* liefert Salzer, St. Pölten.

1. Auflage

Typografie und Satz: DVA / Brigitte Müller
Gesetzt aus der Baskerville
Druck und Bindung: Friedrich Pustet, Regensburg
Printed in Germany
ISBN 978-3-421-04607-9

www.dva.de